Brigitte [illegible]
septembre 2008
5

Bouddha

www.quebecloisirs.com

UNE ÉDITION DU CLUB QUÉBEC LOISIRS INC.

L'ouvrage original a été publié par HarperCollins*Publishers*, sous le titre
Buddha - A Story of Enlightenment
ISBN Q.L. : 978-2-89430-878-3
Publié précédemment sous ISBN : 978-2-89044-761-5
Imprimé au Canada

DEEPAK CHOPRA

Bouddha

Histoire d'une illumination

Traduit de l'américain par Louis Ajanic

Note de l'auteur

Quiconque me voit, voit l'enseignement.

BOUDDHA

Pour écrire ce livre, il m'a fallu prendre une grande respiration et plonger. Je me suis en effet permis de créer de nouveaux personnages et d'inventer de nouveaux événements pour raconter la vie d'un des hommes les plus célèbres de tous les temps. Célèbre et pourtant encore mal connu, obscur. Je voulais tirer Bouddha des brumes du temps, faire de lui un être de chair et de sang tout en préservant son mystère. Dans l'histoire de ce prince qui devint un dieu vivant, les faits et les légendes se sont mêlés depuis des siècles. Mais « dieu » n'est-il pas justement ce qu'il ne voulait pas être ? Son but le plus cher n'était-il pas de disparaître du monde matériel et qu'on se souvienne de lui seulement comme d'un modèle, d'une inspiration pour atteindre soi-même la perfection ?

L'histoire de Bouddha, en se développant et en s'enrichissant au cours de deux millénaires, s'est remplie à ras bord de miracles et de dieux qui restent pour ainsi dire collés à sa surface. Pourtant, parlant de lui, Bouddha n'a jamais fait mention de dieux ou de miracles. Il gardait ses distances à l'égard des uns comme des autres. Il ne montra aucun intérêt à ce qu'on voue un culte à sa personne ; aucun de ses nombreux sermons ne parle de sa vie familiale et on y trouve peu ou prou d'informations personnelles à son sujet. Contrairement au Christ dans le Nouveau Testament, il ne se considérait certainement pas lui-même comme un dieu. Il se voyait plutôt comme « celui qui est éveillé » : c'est ce que le mot *Bouddha* signifie.

Voilà la personne que j'ai essayé de faire vivre dans ce livre. Ici, dans tout son mystère, se trouve l'être humain le plus connu qui soit parvenu à l'illumination, avant de passer le reste de sa longue vie à essayer d'éveiller les autres, c'est-à-dire nous tous. Tout ce qu'il savait, il l'avait appris à la suite d'expériences difficiles et parfois amères. Il connut des souffrances extrêmes – allant jusqu'à frôler la mort – et il en rapporta quelque chose d'incroyablement précieux. Car il devint, littéralement, la vérité. « Quiconque me voit, voit l'enseignement, dit-il, et quiconque voit l'enseignement me voit. »

J'ai entrepris ce livre à la manière d'un voyage spirituel, faisant appel à la fiction sur bien des points superficiels mais demeurant fidèle à la vérité, je l'espère, pour tout ce qui concerne les étapes psychologiques traversées sur ce chemin. Durant les trois grandes périodes de sa vie – Siddharta le prince, Gautama le moine et Bouddha l'Éveillé – l'homme dont je raconte l'histoire était un simple mortel, comme vous et moi, et pourtant il est parvenu à l'illumination et il a rejoint le rang des immortels. Le miracle est qu'il y soit parvenu en suivant la voie d'un cœur aussi humain que le vôtre ou le mien, et tout aussi vulnérable.

Première partie

Siddharta, le prince

Chapitre 1

Royaume de Sakya, l'an 563 avant Jésus-Christ

Par une claire et froide journée de printemps, le roi Suddhodana, se retournant sur sa selle, observa le champ de bataille. Il cherchait un point faible dont il pourrait tirer avantage et il était convaincu que l'ennemi en avait oublié un. C'est ce qui arrivait chaque fois. Ses sens fermés à tout le reste, il n'entendait ni les ordres, ni les appels aux dieux lancés d'une voix rauque par ses officiers, ni les râles des blessés et de ceux qui allaient mourir. Piétiné par les sabots, remué par les pattes des éléphants, lacéré par les chars aux roues cerclées de fer, le champ de bataille ruisselait de sang comme si la terre elle-même avait été mortellement blessée.

« Plus de soldats ! Il me faut plus de soldats ! Tout de suite ! »

Suddhodana n'attendit pas de voir si on lui obéissait.

« Si quelqu'un m'entend et tente de s'enfuir, je le tuerai de mes mains ! »

À pied ou à bord de leurs chars de guerre, les hommes firent mouvement pour se rapprocher de leur roi ; ils étaient tellement sales, dépenaillés, meurtris par les combats qu'on aurait dit des démiurges façonnés à partir de la boue du champ de bataille.

Suddhodana était un roi guerrier et voici la première chose qu'il importe de savoir à son sujet : il se prenait – à tort – pour un dieu. Avant de partir en guerre, il allait bien s'agenouiller devant l'autel et prier avec tous ses hommes en armes, mais en réalité il ne comptait sur l'aide d'aucune divinité.

Franchissant les portes de la capitale, Suddhodana avait regardé une dernière fois la ville où était son foyer. Mais à mesure que les kilomètres l'éloignaient de Kapilavastu, son humeur avait changé et lorsqu'il parvint enfin au champ de bataille, le tumulte des combats et les odeurs qui assaillirent ses narines – paille, sang, sueur des soldats et chevaux crevés – le transportèrent dans un autre monde. Il était plus convaincu que jamais qu'il ne pourrait être vaincu.

La guerre actuelle n'était pas son fait. Posté en embuscade près de la frontière népalaise, Ravi Santhanam, un seigneur de la guerre d'une des régions du nord, s'était emparé d'une des caravanes dont Suddhodana se servait pour commercer avec ses voisins. La réplique de Suddhodana ne s'était pas fait attendre. Même si l'ennemi détenait l'avantage du terrain et se battait sur son propre sol, les armées de Suddhodana entamaient peu à peu ses positions. Les chevaux et les éléphants trébuchaient sur les cadavres et sur le corps de ceux qui vivaient encore mais n'avaient pas la force de s'écarter de leur chemin. La monture de Suddhodana s'approcha tout près du ventre d'un éléphant. La bête lança une ruade et Suddhodana évita de justesse les énormes pattes de l'animal qui plongeait vers l'avant. Une demi-douzaine de flèches lui perçaient le cuir et la douleur le rendait complètement fou.

« Je veux d'autres chars ! Serrez les rangs ! »

Suddhodana avait découvert le point où le front ennemi était affaibli et prêt à céder. Une douzaine de chars supplémentaires vinrent se placer devant l'infanterie. Leurs roues recouvertes de métal avançaient avec fracas sur le sol dur. Debout derrière les conducteurs, des archers étaient prêts à faire pleuvoir leurs flèches sur l'armée ennemie.

« Formez un mur, cria Suddhodana. Nous allons enfoncer leurs lignes ! »

Ses conducteurs de chars étaient des vétérans, au visage dur, au cœur sans pitié. Monté sur son cheval, Suddhodana s'avança lentement devant eux, indifférent à la bataille qui se déroulait tout près. Il s'adressa à eux d'une voix forte et calme.

« Les dieux veulent qu'il n'y ait qu'un seul roi. Mais aujourd'hui je jure que je ne suis pas meilleur soldat que vous et que chacun d'entre vous vaut un roi. Puisque chaque homme ici est une partie de moi-même, que reste-t-il qu'un roi puisse dire ? Seulement deux mots, mais ce sont les deux mots que vos cœurs veulent entendre. Le mot *victoire* ! Et le mot *retour* ! »

Puis il lança un ordre qui claqua comme un coup de fouet.

« Tous ensemble, à l'assaut ! »

Les deux armées se lancèrent en hurlant dans la brèche créée par les chars comme deux vagues se heurtant face à face. Toute cette violence réjouissait le cœur de Suddhodana. Il abattit son sabre en tourbillonnant, tranchant la tête d'un homme d'un seul coup. Son armée avançait comme un véritable mur et, si telle était la volonté des dieux, et il fallait que ce le soit, les rangs ennemis allaient s'ouvrir, les corps tombant un après l'autre, jusqu'à ce que l'infanterie puisse s'y enfoncer comme un coin aiguisé glissant sur le sang ennemi. Le roi, à cet instant, se serait moqué de quiconque aurait nié qu'il était au centre même de l'univers.

Pendant ce temps, un palanquin transportait la reine Maya, son épouse, à travers une forêt profonde. La reine était enceinte de dix mois, ce qui, selon les astrologues, annonçait la naissance d'un bébé dont le destin serait hors de l'ordinaire. Mais dans l'esprit de la reine Maya rien n'était extraordinaire, sinon l'inquiétude et la nervosité de ceux qui l'entouraient depuis qu'elle avait pris la décision, un peu impulsive, de revenir accoucher à la maison de sa mère.

Suddhodana s'était opposé à ce départ. C'était pourtant la tradition pour les jeunes mères de rentrer chez elles pour leur premier accouchement, mais Maya et lui étaient inséparables. Il avait songé à lui refuser sa permission, mais avec sa spontanéité habituelle la reine lui en avait fait la demande devant toute la cour réunie. Il ne pouvait l'éconduire publiquement, malgré les dangers qu'elle courrait.

« Et qui vous accompagnera ? » demanda-t-il avec une certaine dureté dans la voix, espérant lui faire peur et la voir renoncer à ce projet téméraire. »

« Mes femmes. »

« Des femmes ? »

Il hocha la tête, consentant avec réticence. « Vous aurez des hommes, tous ceux dont nous pouvons nous passer. » Maya sourit et se retira. Si Suddhodana ne voulait pas discuter avec elle, c'est qu'en vérité son épouse le mystifiait. Essayer de lui faire craindre un danger était inutile. Le monde physique était comme une mince membrane sur laquelle elle glissait, comme un moucheron glisse sur la surface d'un étang sans y laisser une égratignure : le monde physique pouvait toucher Maya, l'émouvoir, la blesser, mais il ne pouvait pas la faire changer d'idée.

La reine quitta Kapilavastu la veille du départ de l'armée. Kumbira, la plus vieille des dames de la cour, marchait en tête du cortège qui s'avançait dans la forêt. C'était une bien maigre troupe, formée de six soldats trop vieux pour le combat chevauchant six canassons trop faibles pour charger l'ennemi. Suivaient, derrière, les quatre porteurs du palanquin richement décoré où reposait la reine, qui avançaient pieds nus sur le sentier empierré. Cachée derrière les rideaux de soie qui balançaient à la fenêtre, Maya n'émettait aucun son, si ce n'est parfois un gémissement étouffé lorsqu'un des porteurs trébuchait et que la litière sautait brusquement. Trois jeunes dames d'honneur, qui grommelaient à voix basse et se plaignaient de devoir aller à pied, formaient l'arrière-garde de la troupe.

Kumbira, la vieille aux cheveux gris, attentive au moindre signe, épiait les dangers qui les menaçaient des deux côtés de la piste étroite, découpée comme une crevasse dans la pente de granit. C'était à l'origine une route de contrebandiers et de braconniers, à l'époque où les peaux de chevreuil, les épices et d'autres marchandises faisaient l'objet de trafic avec le Népal – et elle était toujours fréquentée par les brigands. Les tigres venaient parfois y chercher leur proie, même en plein jour, parmi des groupes de voyageurs terrifiés. Pour s'en protéger, les gardes portaient des masques dont le visage leur couvrait l'arrière de la tête, car la croyance populaire voulait qu'un tigre attaque toujours par-derrière et ne s'en prend jamais à celui qui le regarde dans les yeux.

Kumbira fit trotter son cheval jusqu'à la hauteur de celui de Balgangadhar, le chef des gardes. Le guerrier la regardait venir d'un air stoïque, mais ne put s'empêcher de grimacer quand on entendit la reine pousser un autre cri.

« Elle ne tiendra plus très longtemps », dit Kumbira.

« Je ne peux faire que la route soit moins longue », marmonna Balgangadhar.

« Ce que tu peux faire, c'est te dépêcher », répliqua Kumbira.

Elle savait que Balgangadhar était humilié de ne pas participer à la bataille aux côtés du roi, mais Suddhodana avait voulu qu'au moins un de ses gardes d'élite accompagne son épouse.

D'un ton tout juste assez poli pour respecter les règles prescrites par l'étiquette, le garde ajouta : « Je pars en avant chercher un endroit où établir notre camp pour la nuit. Il paraît qu'il y a une clairière avec quelques cabanes de bûcherons pas très loin d'ici. »

« Non, nous avançons ensemble », protesta Kumbira.

« Il reste des hommes pour vous protéger pendant que je serai parti. »

« Vraiment ? dit Kumbira en jetant un coup d'œil sceptique par-dessus son épaule à la troupe déguenillée qui les accompagnait. Et qui les protégera, eux, à ton avis ? »

❋ ❋ ❋

On raconte que Maya Devi – qui deviendra plus tard la déesse Maya – arriva en pleine nuit dans les jardins de Lumbina, l'un des lieux les plus sacrés du royaume. On prétend aussi que ce n'est pas par accident qu'elle accoucha dans cette forêt, que c'est le destin qui l'y avait guidée. Elle voulait absolument visiter, dit-on, cet endroit sacré parce qu'on y trouvait un arbre immense qui ressemblait à un pilier et semblait s'élever jusqu'à la Déesse Mère. Des voix lui auraient dit que cette naissance serait bénie.

En réalité, Maya n'était qu'une jeune femme apeurée et fragile qui échappa de peu à la mort dans cette forêt sauvage. Et l'arbre sacré ? Si Maya s'agrippa à la branche d'un gros arbre qu'on appelle *sal*, c'est parce que c'était l'arbre le plus commun de la région et le premier qu'ils virent en arrivant dans la clairière. Balgangadhar avait choisi un endroit abrité, pas très loin de la piste, et le palanquin royal y parvint au moment où Maya entrait déjà dans la dernière étape de son travail. Les dames de la cour formèrent un cercle autour d'elle. La reine se montra courageuse et, tard dans la nuit, elle accoucha du fils que son époux le roi désirait depuis si longtemps.

La vieille Kumbira mourut bien avant que ne prennent forme les premières légendes entourant cette naissance et c'est pourquoi celles-ci ne nous la montrent pas, lançant ses ordres aux femmes pour qu'elles s'activent, houspillant les hommes qui traînaient autour, transportant à la course l'eau bouillante du feu jusqu'à la cabane. C'est elle la première qui accueillit l'enfant couvert de sang, qui le lava avec douceur et le prépara malgré ses cris et ses pleurs pour le présenter à Maya.

La reine reposait doucement sur le sol et semblait presque apathique. La première tétée, rituel important selon les coutumes locales, aurait lieu au matin. Même si le bébé paraissait en bonne santé, Kumbira était inquiète, soucieuse tout autant des rumeurs de la forêt que de la santé de Maya, dont le travail avait été beaucoup trop long et trop dur.

« Maintenant mon époux peut mourir en paix, murmura Maya d'une voix fatiguée. Et moi non plus je ne serai pas maudite quand je ne serai plus là. » Kumbira sursauta. Comment Maya pouvait-elle penser à la mort dans un moment pareil ? Ses yeux continuaient de fouiller l'obscurité qui entourait leur camp isolé, tandis que les jeunes femmes de la cour, soulagées de voir leur épreuve prendre fin, heureuses à l'idée de retourner à la maison et de retrouver leurs lits douillets et leurs amoureux, ne tarissaient pas d'éloges pour le courage de la nouvelle maman. Et leur bonheur fut encore plus grand quand une pleine lune resplendissante, présage de bon augure, apparut par-dessus le sommet des arbres.

« Tenez, votre Majesté, voici ce que vous devez faire », dit Utpatti, une de ses servantes, en se penchant au-dessus d'elle. Et avant que personne n'ait pu l'en empêcher, elle ouvrit la robe de Maya et découvrit ses seins. Embarrassée et confuse, Maya referma rapidement d'une main le col de son vêtement.

« Mais que fais-tu là ? » demanda-t-elle.

Utpatti eut un mouvement de recul.

« C'est bon pour le lait, votre Majesté », murmura-t-elle, tout à coup intimidée. Et, jetant des regards de côté vers les autres femmes, elle ajouta : « Les rayons de la lune sur les seins... Toutes les femmes de la campagne savent cela... »

« Tu viens de la campagne ? » demanda Maya.

Les autres ricanèrent. Pour bien montrer que cela ne la dérangeait pas, Utpatti répondit : « Autrefois. »

Maya se pencha à nouveau en arrière et exposa ses seins à la clarté laiteuse de la lune. Ils étaient gros et déjà gorgés de lait.

« Je sens quelque chose », murmura-t-elle. Elle avait changé, une sorte d'extase transformait sa voix et la douleur semblait disparue. Si elle n'était pas elle-même une déesse, elle exultait au contact de cette autre déesse, la lune. Elle prit son bébé et le tint contre elle.

« Vous voyez comme il est tranquille à présent ? Il le sent lui aussi. »

À cet instant, Maya était convaincue que tous ses vœux avaient été exaucés. Il y a un mot en sanscrit pour exprimer cette idée. Maya prit son bébé et l'éleva devant elle.

« Siddharta, dit-elle. Celui dont tous les désirs ont été comblés. »

Conscientes de la solennité de l'instant, les dames de la cour courbèrent la tête, même la vieille Kumbira, qui en oublia pour un moment ses inquiétudes.

Chapitre 2

Une pluie grise enveloppait Suddhodana et ses hommes lorsqu'ils atteignirent les murs surmontés de tours de la capitale. Du poste de garde, la sentinelle lança un ordre et les lourdes portes de bois de la ville s'ouvrirent. « Dépêchez-vous ! Plus vite ! » criaient les sergents aux hommes qui défilaient devant eux. Quelques-uns des habitants de la cité, peu nombreux, étaient venus à leur rencontre. Suddhodana savait fort bien que les petits groupes de femmes qui surveillaient les troupes d'un air inquiet, plantées comme des bosquets rabougris au bord de la rue, priaient intérieurement pour que leur mari ou leur fils soient au nombre des survivants.

Ce matin-là, la reine s'était éveillée à l'aube pour guetter le retour de son époux, mais il s'était mis à pleuvoir et la pluie avait tout ralenti. Après l'accouchement, le voyage de retour à travers les forêts montagneuses s'était déroulé pour elle dans une sorte d'extase confuse, qui allait s'intensifiant à mesure que son corps s'affaiblissait. On murmurait beaucoup à la cour parce qu'elle avait refusé les services d'une nourrice. « Il est impossible qu'aimer mon enfant puisse être la cause de ma mort », disait Maya.

Elle se souvenait du songe qui l'avait troublée, dix mois plus tôt. Il commençait juste au moment où Maya se réveillait dans sa chambre à coucher. Une lumière brillante avait envahi la pièce et elle devait se couvrir les yeux d'une main pour les protéger de cette blancheur aveuglante. De la lumière émergèrent trois êtres angéliques qui avaient l'apparence de trois jeunes filles souriantes. Se redressant dans son lit, Maya sut aussitôt à qui elle avait affaire – des *dévas*, des êtres célestes.

Les trois dévas lui firent signe de venir les rejoindre. Tout en se demandant pourquoi ils l'avaient choisie, elle, Maya quitta son lit douillet. Les dévas jetèrent un coup d'œil derrière eux pour voir si elle les suivait et passèrent à travers le mur de la chambre comme si c'était de la fumée. Maya traversa le mur à son tour sans difficulté. De l'autre côté, elle se sentit emportée rapidement, puis le palais et les terres ainsi que les gens qui l'entouraient ne furent bientôt plus qu'une image brouillée, tandis que devant elle la lumière devenait encore plus brillante. En un éclair, Maya comprit que cette lumière, c'était la neige qui brillait sous le soleil. Éblouissant, celui-ci faisait resplendir la surface cristalline d'un lac de haute montagne encerclé de pics enneigés.

Depuis toujours, malgré son éloignement, l'Himalaya (car elle ne doutait pas un instant que c'était là que les dévas l'avaient emmenée) l'accompagnait de sa présence grandiose. Mais jamais elle n'avait imaginé s'y retrouver et maintenant les trois dévas l'entraînaient vers une plage de galets située de l'autre côté du lac dont la surface immobile luisait comme un miroir.

Les trois jeunes filles entreprirent de lui retirer ses vêtements. Maya n'en était pas étonnée et s'abandonna à elles avec confiance. Aussi rapidement qu'ils l'avaient dévêtue, les dévas la recouvrirent des plus riches vêtements qu'elle ait jamais vus. Puis, souriants et silencieux, ils touchèrent le ventre de Maya. Ce contact lui parut chaud et vivifiant. Elle s'avança ensuite vers le lac et entra dans l'eau, s'enfonçant de plus en plus profondément. Puis elle se réveilla et se retrouva assise dans son lit, exactement comme si elle ne l'avait jamais quitté. Sauf que la chambre était maintenant habitée par une créature dont l'œil retint d'abord son regard. Une blancheur semblait s'étendre à partir de cet œil et, à mesure que le cerveau engourdi de Maya émergeait du sommeil, cette blancheur prit peu à peu la forme d'un énorme éléphant aussi blanc que la neige. L'éléphant la regardait avec une sorte d'intelligence chaleureuse et confiante. Puis, il leva la trompe pour la saluer. Un désir inattendu s'empara tout à coup de Maya. Puis elle s'éveilla une nouvelle fois, toujours assise dans son lit mais seule. Ce désir étrange l'habitait toujours et ne se laissait pas oublier.

En vitesse, presque tremblante, elle quitta son lit, s'enroula dans un châle et courut jusqu'à la chambre du roi. À la lueur des chandelles, Suddhodana dormait enroulé dans les draps. Il avait espéré un fils en vain pendant des années et maintenant il lui arrivait souvent de dormir seul. Un autre roi aurait peut-être pris une maîtresse capable de lui donner un héritier. Un autre roi aurait peut-être fait assassiner son épouse, ou l'aurait fait passer pour folle et enfermer afin d'obtenir l'annulation de son mariage. Mais pas Suddhodana. Il était demeuré valeureux et loyal en amour comme à la guerre.

Ce soir, ce sera différent, se dit Maya. *Je suis bénie.* Doucement, pour ne pas éveiller son époux trop brusquement, elle s'allongea près de lui. Doucement, elle caressa son visage, le tirant peu à peu du sommeil. D'abord, les mains de Suddhodana se raidirent comme des poings, puis il ouvrit les yeux et l'aperçut. Il voulut parler mais elle posa un doigt sur ses lèvres.

Maya n'était pas folle de désir, ni prisonnière de son désir, ni son esclave. Ses jambes emmêlées à celles de son époux, ce n'était pas tant le plaisir qu'elle cherchait que l'union. Elle l'encourageait avec des mots qu'elle n'aurait jamais imaginé dire: « Ne me fais pas l'amour comme un roi. Fais-moi l'amour comme un dieu. »

L'effet de ses paroles fut spectaculaire. Avec fougue, le roi s'approcha d'elle et elle put lire l'étonnement dans ses yeux. Depuis si longtemps ils s'unissaient sans conviction, l'un et l'autre ayant perdu espoir qu'un enfant naisse de leur union. Mais ce soir, Suddhodana paraissait lui aussi transporté par la nouvelle confiance qui s'était éveillée chez sa reine.

Quand elle fut prête, elle roula des hanches et l'invita en elle. Le souffle coupé, elle sentait le même étrange désir monter en elle comme un crescendo. Pendant un bref instant, elle pénétra jusqu'à cette profondeur de la félicité qui ressemble à l'immortalité. Puis, lentement, elle s'arracha à cet état en soupirant et s'aperçut que le roi la tenait fermement enlacée. Il la tirait vers lui comme s'il essayait de mêler totalement sa chair à la sienne. Longtemps ils s'embrassèrent et se caressèrent et Maya s'endormit épuisée de plaisir sans avoir révélé ce qu'elle savait déjà avec certitude: ils venaient de concevoir un enfant.

Le souvenir du songe des trois dévas l'avait soutenue tout au long de son pénible voyage dans la forêt et pendant les douleurs de l'enfantement. Même si son souvenir était moins vif, elle y pensait chaque jour. *C'est encore un merveilleux rêve,* se dit-elle en reposant doucement sa tête sur l'oreiller, et il lui permettait d'échapper un moment à la grande lassitude qui l'accablait. Elle pensait même parfois qu'il vaudrait mieux vivre dans ce rêve pour toujours, si seulement la chose était possible.

❋ ❋ ❋

Dans la chambre du bébé royal, Suddhodana regardait son fils avec un amour mêlé de respect. On lui avait d'abord présenté le poupon emmailloté dans des vêtements de soie pourpre et Suddhodana était certain que l'enfant l'avait reconnu. Il s'était même mis à croire que Siddharta avait volontairement gardé les yeux fermés jusqu'à ce moment-là, une lubie que personne n'osait contredire.

« Est-ce normal qu'il dorme autant ? Pourquoi son nez coule-t-il ? Si on le laisse seul ne serait-ce qu'un instant, je verrai à faire fouetter quelqu'un. » Les ordres de Suddhodana se succédaient sans arrêt et finissaient par rendre fou son entourage. Suivant la coutume, Maya passait en quarantaine le premier mois après l'accouchement, pour se soumettre aux rites de purification et à des rituels religieux. Suddhodana en était irrité, mais il n'y pouvait rien, si ce n'est se glisser la nuit dans la chambre de la reine endormie pour contempler quelques moments son visage à la lueur des chandelles, se demandant si toutes les jeunes accouchées avaient l'air aussi pâles et aussi faibles. Il repoussa ses pensées troublantes.

« Qu'il soit toujours habillé de soie, décréta Suddhodana, et quand ses vêtements seront souillés, qu'on les jette. Si vous manquez de soie, déchirez les saris des dames de la cour. » Aucune souillure, rien qui portât la moindre tache de saleté ne devait entrer en contact avec la peau de son fils. Mais la soie était aussi un symbole, puisque Suddhodana revenait chez lui par la Route de la soie lorsqu'un messager envoyé par Kumbira lui avait apporté la nouvelle que sa femme avait accouché d'un fils et que tous deux étaient vivants.

Comme chaque matin, le roi traversa le cercle des femmes qui éventaient le jeune prince avec leurs châles. S'approchant du berceau, il s'empara de son fils et, le tenant en l'air, lui enleva sa couche.

« Regardez-le ! Regardez comme il est bien fait ! » Suddhodana exhibait son fils dans toute sa glorieuse nudité. Les femmes qui étaient là comprenaient de quoi il voulait parler. Kakoli, la nurse royale, se mit à marmonner quelque chose qui ressemblait à un compliment.

« Remarquablement bien fait, reprit Suddhodana. Bien que je n'aie pas ton expérience, Kakoli. » Suddhodana rit et constata encore une fois que cela lui était facile quand il tenait son fils dans ses bras. « Ne rougis pas, vieille hypocrite, ajouta-t-il. S'il avait vingt ans de plus et qu'on pouvait t'en enlever quarante, tu gagnerais le marathon à courir après lui. »

Kakoli secoua la tête sans rien dire. Les femmes de chambre rirent nerveusement et rougirent. Suddhodana était sûr que son franc-parler les amusait beaucoup plus qu'il ne les scandalisait.

Asita se réveilla dans la forêt en pensant aux démons. Ça ne lui était pas arrivé depuis des années. Il se souvenait en avoir brièvement aperçu un ou deux par le passé, sur les lieux d'une famine ou d'une guerre, là où se trouvaient des monceaux de cadavres. Il connaissait les souffrances que ces démons provoquaient, mais les souffrances ne faisaient plus partie des préoccupations d'Asita. Il avait vécu en ermite dans la forêt pendant cinquante ans. Il s'était depuis longtemps retiré du monde et désintéressé du sort des hommes et il passait parfois des journées entières dans une grotte secrète quand même les affaires des animaux n'arrivaient plus à l'atteindre.

Asita s'agenouilla près d'un torrent de montagne et réfléchit. Il voyait clairement les démons dans son esprit. Ils étaient d'abord apparus dans la lumière tachetée qui venait jouer à l'aube sur ses paupières. Asita dormait sur des branches jetées à même le sol nu et il aimait ces mouvements d'ombre et de lumière sur lesquels il ouvrait les yeux au petit matin. Son imagination y découvrait des formes qui lui rappelaient le marché du village où il avait grandi. Sur l'écran de ses paupières closes, il pouvait voir tout ce qu'il voulait, des vendeurs ambulants, des femmes portant des cruches d'eau en équilibre sur la tête, des chameaux, des caravanes – tout, vraiment.

Mais des démons, jamais, pas avant ce matin. Presque nu, Asita s'avança dans le ruisseau glacé. Les ascètes comme lui ne portaient aucun vêtement, pas même la robe d'un ordre monastique, à peine un simple pagne ceint autour des reins. Récemment, il avait ressenti une inspiration soudaine et, répondant à cet appel, il s'était mis en route, grimpant toujours plus haut, jusqu'à ce qu'il aperçoive les cimes enneigées qui formaient la frontière nord du royaume. Cela le rapprochait d'autres *lokas*, ces mondes à l'écart de la Terre. Les mortels sont confinés au plan terrestre, mais de la même façon que l'air dense et lourd de la jungle fait place graduellement à l'air raréfié des montagnes, de même le monde matériel se transforme progressivement en des mondes de plus en plus subtils. Les *dévas* avaient leur propre *loka*, tout comme les dieux et les démons avaient les leurs. Les ancêtres aussi vivaient dans un *loka* particulier, réservé aux esprits en transition entre une vie et la suivante.

Asita avait appris tout cela très jeune ; toute son éducation était basée sur ce savoir. Il savait aussi que tous les plans se fondent les uns dans les autres, comme se mêlent les couleurs de vêtements fraîchement teints et suspendus trop près les uns des autres sur une corde, le bleu saignant sur le rouge et le rouge sur le jaune safran. Les *lokas* étaient à la fois ailleurs et ici, séparés des autres plans et unis à eux en même temps. Les démons pouvaient se promener parmi les humains et ils le faisaient souvent. À l'inverse, un mortel s'aventurant dans le *loka* des démons était une chose beaucoup plus rare.

Asita plongea la tête sous l'eau puis la releva d'un coup, la rejetant vers l'arrière, sa barbe et ses cheveux, qu'il ne coupait jamais, projetant dans l'air un jet de gouttes d'eau. S'il lui arrivait d'avoir besoin de nourriture, il n'avait qu'à descendre avec son bol de mendiant vers un des villages environnants. Même les petits enfants n'éprouvaient aucune frayeur en voyant un vieil homme nu marcher dans les rues avec une barbe et des cheveux lui descendant jusqu'au bas du dos. Les ascètes faisaient partie de la vie de tous les jours et c'était un devoir sacré, si un ermite errant frappait à la porte à l'heure où le soleil se couchait, de lui offrir gîte et nourriture. Pourtant, ce jour-là, Asita n'avait pas faim. Il connaissait d'autres façons d'alimenter le *prana*, le souffle vital. S'il avait vraiment l'intention de se rendre dans le *loka* des démons, il lui faudrait une énorme quantité de *prana* pour survivre car, dans ce monde, ses poumons ne trouveraient pas la moindre trace d'air respirable.

Il laissa le chaud soleil de l'Himalaya sécher son corps tandis qu'il marchait dans cette zone située au-dessus de la limite des arbres. Les démons ne vivent pas littéralement sur le sommet des montagnes, mais pour exercer les pouvoirs spéciaux qu'il avait acquis et qui lui permettaient de pénétrer dans les mondes subtils où ceux-ci habitaient, Asita devait s'éloigner le plus loin possible des humains. Autour des endroits où les humains se regroupaient, l'atmosphère était trop lourde. Aux yeux d'Asita, même le plus petit village était une masse bouillonnante d'émotions où chacun – à l'exception des tout petits enfants – vivait plongé dans un brouillard confus qui mêlait les peurs, les désirs, les souvenirs et les espoirs. Ce brouillard était si dense que l'esprit parvenait à peine à le percer.

Mais là-haut, sur les montagnes, Asita pouvait trouver le silence qu'il cherchait. Assis dans le vide qui l'enveloppait tout entier, il avait l'esprit clair et il pouvait le diriger, aussi sûrement qu'une flèche, vers le lieu ou l'objet qu'il désirait. C'était en vérité l'esprit qui se rendait au *loka* du démon, mais Asita avait développé une concentration d'une telle clarté et d'une telle précision qu'il pouvait voyager avec lui.

Et c'est ainsi qu'il arriva que Mara, le roi des démons, se retrouva face à face avec un visiteur tout à fait indésirable. Il lança un regard furieux au vieil homme nu assis devant son trône dans la position du lotus. On ne l'avait pas dérangé de cette façon depuis fort longtemps.

« Va-t'en, grogna Mara. Le fait que tu te sois rendu jusqu'ici ne signifie nullement que tu ne peux être détruit. » Le vieil homme ne bougea pas. Sa concentration était sans aucun doute intense ; les muscles et les tendons saillaient sous la peau de son corps maigre et brun, lui donnant des contours plus fermes. Mara aurait bien ordonné à quelques démons inférieurs de venir tourmenter l'intrus, mais on ne se débarrassait pas si facilement de ces ermites. Il décida d'attendre le bon moment pour agir.

Au bout d'un certain temps, le vieil homme ouvrit les yeux. « Tu ne me souhaites pas la bienvenue ? » La voix du vieillard était douce, mais Mara en perçut l'ironie.

« Non, je ne te souhaite pas la bienvenue. Tu n'as rien à faire ici. » Les morts et les disparus transitaient par les mains de Mara, mais en toute autre circonstance il lui déplaisait de rencontrer des mortels.

« Je ne suis pas venu pour moi, dit le vieil homme. Je suis venu pour toi. » Il se leva et regarda autour de lui. Le *loka* des démons est un monde aussi plein de variété que l'univers matériel : il se divise en multiples régions et selon les régions, on y trouve des souffrances plus ou moins grandes. Mais comme il n'était pas menacé par ces supplices, Asita ne voyait rien qu'un brouillard dense et nocif. « Je t'apporte des nouvelles », ajouta-t-il.

« J'en doute », dit Mara. Il s'agitait nerveusement sur son trône fait de crânes humains, comme on le voit souvent représenté dans les tableaux. Le corps de Mara était rouge et il en sortait des flammes et au lieu d'une seule tête, il en avait quatre, horribles, qui tournaient comme une girouette et présentaient tour à tour leurs quatre visages : la peur, le désir, la maladie et la mort.

« Quelqu'un viendra te voir, dit Asita. Bientôt. Très bientôt. »

« Des millions de gens m'ont déjà rencontré, maugréa Mara en haussant les épaules. Qui es-tu ? »

« Je suis Asita. » Le vieil ermite se leva et fit face à Mara. « Bouddha est en route », ajouta-t-il. À ces mots, un léger tremblement, à peine perceptible, parcourut le corps de Mara. Asita le remarqua. « Je savais que cela t'intéresserait. »

« Je doute que tu puisses m'apprendre quoi que ce soit. » Ce n'était pas de l'arrogance. Pour Mara, Asita n'existait pas, il n'était qu'un espace vide, un espace blanc. Mara n'avait aucune prise sur lui, rien à quoi s'accrocher, aucun terreau où le désir ou la peur puissent prendre racine. « Qui t'a choisi comme messager ? Tu n'es qu'un pauvre fou. »

Asita ignora cette remarque et répéta le nom qui avait fait trembler Mara. « Bouddha s'en vient. J'espère que tu es prêt. »

« Silence ! »

Jusque-là Mara n'avait pas accordé plus d'attention à Asita qu'à une petite famine saisonnière ou à une épidémie de lèpre insignifiante. Mais à ces mots il bondit de son trône et prit une taille humaine, ne gardant qu'un seul de ses quatre visages, celui de la mort.

« Qu'est-ce que ça change ? Qu'il vienne. Il abandonnera le monde, comme tu l'as fait. C'est tout. »

« Si c'est ce que tu crois, c'est que tu as oublié ce que Bouddha peut faire », dit calmement Asita.

« Vraiment ? Eh bien, regarde ! » Mara ouvrit la bouche. Derrière ses dents pointues comme des crocs, elle était noire comme de l'encre. Cette noirceur s'étendit et Asita put voir la masse de souffrances que Mara incarnait. Il vit un tourbillon d'âmes emportées dans la tourmente, un fouillis de guerres et de maladies et toutes les variantes de la souffrance que les démons avaient pu inventer.

Quand il sentit que le spectacle avait fait son effet, Mara referma lentement la bouche et la noirceur retraita en lui.

« Bouddha ? dit-il avec mépris. Je leur ferai croire qu'il est un démon. »

Asita accueillit ce projet avec un sourire.

« Alors permets-moi de te parler en ami et je te dirai quel est ton point faible », dit Asita. Il s'assit en lotus, repliant les jambes l'une sur l'autre, le pouce et l'index formant la *mudra* de la paix. « Parce que tu es le monarque de la peur, tu as toi-même oublié ce que la peur était. »

Insulté et furieux, Mara rugit et se mit à grandir jusqu'à atteindre une taille monstrueuse tandis que l'ermite s'effaçait soudainement. Mara devinait la possibilité de Bouddha, comme la toute petite lueur qui point avant l'aube. Mais il ne voulait pas voir. Il était convaincu que les humains ignoreraient encore une fois la venue d'une âme pure. C'était une erreur. L'enfant qui s'en venait laisserait sa marque parce qu'il représentait le destin de toute l'Humanité.

Chapitre 3

Les rideaux de soie qui fermaient la chambre de Maya s'entrouvrirent et la vieille Kumbira sortit en vitesse. Pour l'instant personne d'autre ne savait la nouvelle, c'était la seule chose positive dans tout cela. Adouci par des pantoufles, le bruit feutré de ses pas décroissait rapidement le long des corridors du palais. La nuit était tombée, la septième depuis la pleine lune suivant la naissance du bébé, et ses rayons traçaient des barreaux de lumière spectrale sur les planchers de teck polis comme des miroirs. Kumbira n'y porta aucune attention.

Le repas du soir terminé, Suddhodana s'était retiré dans la chambre du bébé pour être seul avec son fils. Quand Kumbira y entra, essoufflée et sans voix, il vit sur son visage une expression qu'il n'avait aperçue qu'une seule fois auparavant, le jour où son père, le vieux roi…

« Non ! »

Le cri lui échappa sans qu'il puisse le retenir. En un instant, la joie qui gonflait son cœur fit place à un sentiment d'horreur et sa poitrine se serra comme si on l'avait placée dans un étau.

D'un geste las, Kumbira ramena son sari sur sa tête pour cacher son visage. Des larmes coulaient de ses yeux fatigués.

« Que lui avez-vous fait, monstres que vous êtes ! » demanda Suddhodana. Il s'élança vers la chambre, projetant au passage la vieille Kumbira par terre. Parvenu au lit de la reine, il rejeta les draps et découvrit le corps de son épouse. Maya semblait dormir, mais elle était parfaitement immobile. Suddhodana tomba à genoux et prit ses mains entre les siennes ; elles étaient à peine froides, comme lorsqu'elle sentait tout à coup un frisson et qu'il la réchauffait en lui frottant les mains. Sans penser, il se mit à les caresser.

Kumbira laissa toute une heure s'écouler avant d'oser se glisser à nouveau dans la chambre, accompagnée d'une escorte de dames de la cour. Elles étaient là, toutes, pour apporter leurs consolations mais aussi la dignité de leur présence à cette occasion. Le deuil, comme tout ce qui entourait le roi, devait s'accomplir conformément à un rituel. Dès que Suddhodana accepta de quitter les lieux, serviteurs et assistants arrivèrent avec les baumes divers, les draps pour envelopper le corps et les fleurs cérémonielles, des calendulas, pour ornementer les lieux. Les pleureuses étaient à leur poste, de même, bien sûr, qu'une douzaine de brahmanes avec leurs prières et leurs encensoirs.

« Altesse. » D'un mot, Kumbira ramena l'attention du roi sur ce qui se passait autour de lui. Suddhodana la regarda, le visage sans expression, comme s'il ne comprenait pas. Kumbira attendit un moment, laissant au roi le temps de réagir. Suddhodana replaça doucement la main de Maya sur sa poitrine et tressaillit. Souvent son épouse dormait dans cette position, un bras replié, l'autre l'encerclant. Mais il y avait autre chose. Il avait senti la légère raideur qui prenait lentement possession des mains de Maya. Il venait de comprendre qu'il ne pourrait plus jamais la toucher et le toucher est le sens favori des amants. Il fit un signe de la tête, dignement, et les lamentations dans les corridors purent commencer.

Le deuil plaît aux démons comme la musique plaît aux mortels. Invisible et silencieux, Mara se promenait dans le palais. Les formalités entourant la mort sont strictes. Yama, le seigneur de la mort, est prévenu chaque fois que quelqu'un rend le dernier souffle et c'est lui qui donne au *jiva*, c'est-à-dire à l'âme individuelle, la permission de passer dans l'autre monde. Là, les seigneurs du karma l'attendent pour lui assigner sa prochaine existence selon les bonnes ou les mauvaises actions qu'elle aura accomplies. Cette justice cosmique est rendue par les *dévas*, les créatures célestes qui récompensent les âmes pour leurs bonnes actions et par les *asuras*, les démons qui infligent les punitions à ceux qui se sont mal conduits. Les démons, cependant, ne sont pas entièrement libres dans cet exercice. La loi du karma est précise et exige que la punition corresponde exactement à la faute, au milligramme près.

La présence de Mara sur les lieux n'était donc pas nécessaire, puisque la reine Maya reposait déjà entre les mains des trois *dévas* qui étaient venus la visiter en rêve et qui revinrent s'occuper d'elle quand elle rendit son dernier souffle. Mourir dans un monde, c'est renaître dans un autre. Mais Maya s'attardait dans son corps aussi longtemps qu'elle le pouvait. Dans un ultime effort de volonté, elle laissa une dernière étincelle de vie couler le long de sa main jusqu'à celle de Suddhodana qui, agenouillé près du lit, la serrait dans les siennes.

Rien de tout cela, cependant, ne concernait Mara non plus. Il passa devant la chambre de Maya sans s'arrêter et continua plus loin, vers la chambre du bébé, maintenant abandonnée par les nourrices, les gardes et les prêtres. L'enfant avait été laissé sans aucune protection. Mara s'approcha du berceau et jeta un regard scrutateur sur le bébé dont les yeux étaient grands ouverts. Le jeune prince reposait sur le dos, son petit cou offert au premier brigand qui viendrait à passer.

Mais le prince des démons lui-même ne possédait pas le pouvoir de causer directement une douleur physique. Le travail des démons consistait à amplifier les souffrances de l'esprit; et c'est ce que Mara se préparait à faire avec cet enfant, puisque pas un seul petit bébé ne naît sans porter déjà dans son esprit les semences de la peur. Se penchant sur le berceau, Mara laissa son visage se transformer tour à tour en un grand nombre de masques terrifiants. *Tu ne verras plus jamais ta maman*, répétait Mara. *Elle est partie très loin, dans un endroit où on lui fait beaucoup de mal.* Le regard de Siddhartha ne bougeait pas, fixé sur un point invisible, mais Mara était certain qu'il l'avait entendu. En fait, et de cela aussi Mara était certain, Siddhartha l'avait même reconnu.

« Bien, dit le démon. Tu es donc revenu. »

Il se pencha au-dessus du couffin afin de chuchoter dans l'oreille du bébé : « Dis-moi ce que tu veux. Je t'écoute. » C'était toujours la clé, jouer avec les désirs de son adversaire. « Est-ce que tu m'entends là-dedans ? » Le bébé fit bouger ses pieds.

« Tant d'âmes ont besoin de toi, dit Mara rêveusement, posant les bras sur le bord du berceau. Mais il y a un petit problème. » Il fit une pause et s'approcha encore. « Quand tu auras raté ton coup, ils aboutiront chez moi ! C'est un secret mais je te le dis, pour que tu ne viennes pas te plaindre ensuite que ce n'était pas juste. Deviens un saint. Cela contribuera seulement à faire de toi un meilleur instrument de destruction. N'est-ce pas tout à fait amusant ? » Comme en réponse à cette question, les pleurs et les lamentations entourant la mort de la reine redoublèrent. Le bébé détourna les yeux et s'endormit bientôt.

Lourde et grasse, la fumée funéraire s'élevait en volutes épaisses et salissait le ciel, tandis que le corps de Maya se consumait au sommet d'une énorme pile de bois de santal rapporté de la forêt. Le *ghatraj* était le maître des lieux. C'était un gros homme tout en sueur dont le visage rougissait un peu plus chaque fois qu'il aboyait ses ordres, exigeant plus de bois, une flamme plus forte, plus de beurre clarifié à verser sur le corps. Ce beurre clarifié avait été baratté avec le lait de vaches sacrées. Les prêtres marchaient lentement autour du bûcher funéraire en psalmodiant des prières tandis que les femmes en pleurs lançaient sur le feu des milliers de fleurs. Derrière elles, d'autres femmes, engagées comme pleureuses, tournaient sans arrêt autour du bûcher en se frappant la poitrine pour exprimer leur douleur.

Ce spectacle rendait Suddhodana malade. Il avait défié les brahmanes en refusant d'amener Maya aux *ghats* près de la rivière. Il avait ordonné qu'on érige le bûcher funéraire dans les jardins royaux. Maya se souvenait d'y avoir joué quand elle n'était encore qu'une enfant et lui un jeune prince à qui on présentait les nobles jeunes filles de la région à la cour dans l'espoir que l'une d'entre elles lui plaise. Il trouvait approprié que le lieu de son dernier repos soit un endroit qu'elle avait aimé. Mais secrètement il savait que son geste était le fruit de la culpabilité autant que de l'amour. Car il avait, lui, encore une vie à vivre.

Canki, le grand brahmane, aborda la phase finale du rituel en tendant une hache dans ses mains devant lui. C'était le moment le plus sacré, celui où, tandis que le brahmane priait pour la libération de l'âme de la reine, Suddhodana devait écraser ce qui restait de son crâne pour en libérer l'esprit. Le roi s'approcha du bûcher, avec un visage de marbre. Dans son poing il tenait un collier d'or serti de rubis qu'il avait offert à Maya pour leur nuit de noces. Il le déposa doucement à côté du crâne.

Voyant le roi se préparer à partir sans avoir levé la hache, Canki n'hésita pas à l'arrêter en posant la main sur son bras – pour le moment, c'était lui qui dirigeait ici.

« Il le faut. »

Suddhodana n'éprouvait aucun mépris particulier pour les prêtres et il savait qu'il venait de transgresser une tradition sacrée alors que son rôle était d'en assurer la pérennité. Mais sur le coup, que ce prêtre ose le toucher le révolta. Il tourna les talons et se dirigea d'un pas ferme vers le palais.

Une femme lui bloqua le passage. « Votre Majesté, je vous en prie, regardez-le. »

Suddhodana mit un moment à comprendre ce qu'on venait de lui dire et s'aperçut qu'il avait devant lui Kakoli, la nourrice. Elle tenait Siddhartha dans ses bras et le tendait devant elle d'un air mal assuré. Des larmes brillaient dans ses yeux. « Il est précieux. C'est un cadeau. » Depuis la mort de sa femme, le roi ne s'était pas occupé un seul instant de son fils. Malgré lui, il ne pouvait s'empêcher de penser que si l'enfant n'était pas né, son épouse serait toujours vivante.

« Moi, le regarder ? C'est plutôt à lui de voir. Qu'il regarde ceci. »

Suddhodana jeta un regard plein de colère à la nourrice et lui arracha le bébé des bras. L'enfant se mit aussitôt à pleurer pendant que son père l'élevait par-dessus les têtes et la foule pour qu'il puisse bien voir le corps qui se consumait.

« Sire ! » Kakoli essaya de lui reprendre le bébé des mains, mais Suddhodana résistait. Tout autour les gens se retournaient pour voir. Suddhodana les défia du regard.

« Sa mère est morte ! cria-t-il. Je n'ai plus rien. » Puis, s'avançant vers Kakoli : « Est-ce que cela aussi fait partie du cadeau ? » La vieille nourrice se couvrit la bouche d'une main tremblante. Sa faiblesse ne fit qu'augmenter la rage de Suddhodana. Il fit un pas dans sa direction et la vit avec plaisir reculer devant la menace. « Arrête de pleurnicher. Laisse Siddhartha emplir ses yeux de la laideur de ce monde pourri. »

Puis, il lui redonna le bébé et partit à grandes enjambées vers le palais. Sans s'arrêter, il pénétra dans le grand hall, cherchant des yeux une nouvelle victime, un nouvel adversaire qui lui opposerait plus de résistance que les femmes et les prêtres. Maintenant, Suddhodana éprouvait le besoin de se battre, le besoin de se jeter dans quelque chose où il pourrait s'oublier et s'abandonner totalement.

Le spectacle qui l'attendait l'arrêta d'un coup sec. Une vieille domestique était agenouillée sur le plancher, raclant de ses mains noueuses les cendres du foyer. Ses cheveux gris et négligés tombaient sur des yeux chassieux. Quand elle aperçut Suddhodana, elle eut un grand sourire qui découvrit une bouche sans dents. Suddhodana trembla. C'était son propre démon, son démon personnel, qui était là, devant lui. Il demeura figé sur place, se demandant, l'air lugubre, quel mal elle pouvait bien lui vouloir.

La vieille femme hocha la tête comme en signe de sympathie. Tranquillement, elle ramassa une poignée de cendres froides et la tint au-dessus de sa tête, puis la laissa couler lentement sur ses cheveux, parodiant les gestes des pleureuses qu'on entendait à l'extérieur et se moquant de lui en même temps.

Ta pauvre, ta merveilleuse épouse. Elle est avec nous maintenant. Et nous l'aimons autant que tu l'aimais.

La vieille sorcière étendit la cendre sur son visage, dessinant d'abord de larges traits, puis couvrant peu à peu toute sa figure, jusqu'à ce que seule sa bouche ridée et ses yeux perçants demeurent intacts. Il était pris au piège. S'il faiblissait, s'il s'abandonnait à toute la douleur et la détresse qu'il avait réprimées jusque-là, une brèche s'ouvrirait dans son esprit par où les démons s'empresseraient de s'engouffrer. Des images hideuses envahiraient son esprit chaque fois qu'il penserait à Maya. Mais s'il résistait, s'il maîtrisait sa douleur, s'il la tenait immobile dans un carcan de fer, il ne trouverait jamais de repos et les démons continueraient à rôder autour de lui.

La vieille sorcière savait tout cela et attendait sa réaction. Dans les yeux de Suddhodana, l'anxiété disparut et son regard devint dur comme la pierre. Dans son esprit, il recréa le visage de Maya, puis il visualisa une hache et il fracassa son souvenir une fois pour toutes. Le vent venant du jardin poussait autour de lui la fumée du bûcher qui empuantissait l'atmosphère. Il avait fait son choix; il avait choisi la voie du guerrier.

Les flammes de cent lampes à l'huile vacillaient dans la salle de réception, tenues à bout de bras par les courtisans qui étiraient le cou pour mieux voir. Plutôt calme au début, la scène s'était animée avec les sacrifices d'animaux; les cris des chevreaux, l'éclair vif des lames de couteaux avaient transformé l'atmosphère. Fébriles maintenant, les courtisans s'agitaient, leur clameur s'élevant par-dessus les chants des brahmanes.

Au milieu de la foule, Suddhodana s'impatientait. C'était la cérémonie du baptême de son fils, au cours de laquelle il recevrait officiellement son nom; et c'était aussi le moment où les astrologues de la cour, les *jyotishis,* dévoileraient son thème astral et liraient à haute voix l'horoscope rattaché à sa naissance. La destinée de Siddhartha serait ainsi annoncée et tout le cours de sa vie en serait ensuite affecté. Mais les quatre vieillards n'annonçaient rien : ils restaient là, penchés au-dessus du berceau, à se caresser la barbe en énonçant des lieux communs au sens ambigu : « Vénus est en position favorable. La dixième Maison montre des promesses, mais la pleine lune est alignée avec Saturne. Son esprit mettra du temps à se développer. »

« Combien d'astrologues êtes-vous encore, à qui j'ai laissé la vie ? marmonna Suddhodana. Quatre ? Je pensais qu'il en restait encore cinq... »

La menace que laissait planer Suddhodana n'avait pas réellement de poids. Les astrologues étaient des gens étranges mais respectés et il savait qu'il était dangereux de s'en prendre à eux. Ils appartenaient à la caste des brahmanes et le roi n'était que de la caste Kshatriya – et même si le roi pouvait les prendre à son service, aux yeux de Dieu ils demeuraient ses supérieurs. Après les funérailles de Maya, Suddhodana était demeuré enfermé dans sa chambre, seul, des journées entières, refusant d'ouvrir la porte à qui que ce soit. Mais il avait un royaume à diriger et sa succession à assurer face au monde et à ses ennemis visibles et invisibles. Ce serait un signe de faiblesse pour toute sa lignée si les astrologues avaient quelque sombre présage à annoncer.

« Est-il hors de danger ? Va-t-il mourir ? Je veux le savoir maintenant », exigea Suddhodana.

Le plus vieux des *jyotishis* hocha la tête. « C'était le karma de la mère de mourir, mais votre fils est hors de danger. » Ces paroles avaient la plus haute importance ; tout le monde dans la pièce les entendit et tout le monde les crut. Elles dissuaderaient un assassin potentiel de commettre son crime si jamais quelqu'un avait été mandaté secrètement pour tuer le prince. Car maintenant les étoiles prédisaient l'échec de toute tentative de ce genre.

« Continue », ordonna Suddhodana. Autour du roi, la clameur se tut. On attendait la suite.

« Son horoscope annonce que cet enfant deviendra un grand roi », entonna le vieux *jyotishi* d'une voix forte, s'assurant que ses paroles, comme les précédentes, soient entendues par toute la foule.

« Pourquoi n'as-tu pas commencé par là ? Continue, déballe la suite. Je veux tout savoir. » À bout de patience, Suddhodana avait presque crié et pourtant il ressentait un profond soulagement.

Les astrologues se regardèrent nerveusement l'un l'autre. « Il y a des... complications. »

« Que veux-tu dire exactement ? » Suddhodana les regardait d'un air féroce, les mettant au défi de retirer un seul mot de leur prédiction. Canki, le premier brahmane, s'approcha, sentant qu'il aurait peut-être à intervenir. Le plus vieux des *jyotishis* s'éclaircit la gorge.

« Avez-vous confiance en nous, Altesse ? » demanda le vieil astrologue.

« Bien sûr, dit le roi. Je n'ai jamais fait tuer qu'un ou deux astrologues, trois tout au plus. Pourquoi me demandes-tu cela ? »

« Les présages annoncent que votre fils ne dirigera pas le royaume de Sakya. » Le vieil homme fit une pause tandis que le roi retenait un juron. « Son royaume s'étendra aux confins des quatre horizons. »

Dans la salle, la consternation était générale. Les courtisans retenaient leur souffle, quelques-uns applaudirent, la plupart semblaient ahuris. Les mots du *jyotishi* avaient eu l'effet prévu. Mais Suddhodana se durcit.

« Combien est-ce que je vous paye pour que vous me racontiez des sornettes pareilles ? Et vous pensez que je vais vous croire ? » Il avait pris un ton faussement incrédule pour tester la détermination du vieil homme.

Mais avant que le *jyotishi* ait pu trouver quoi que ce soit à répliquer, un mouvement parcourut la foule. Les lampes à l'huile, qui jusque-là bougeaient en tous sens comme des mouches à feu, s'immobilisèrent. Les courtisans s'inclinèrent et leurs rangs s'ouvrirent, laissant le passage à quelqu'un qui venait tout juste d'entrer dans la salle – quelqu'un de très important.

Asita, Asita.

Suddhodana n'avait pas besoin d'entendre la rumeur qui circulait de bouche en bouche. Il connaissait Asita ; ils s'étaient déjà rencontrés, il y avait très longtemps de cela. Quand il avait sept ans, des gardes étaient venus le réveiller en pleine nuit. Un poney l'attendait à côté du destrier noir monté par son père. Le vieux roi n'avait rien dit, simplement fait un signe de tête, et la petite troupe s'était mise en marche. Suddhodana se sentait nerveux, comme souvent lorsqu'il était en compagnie de son père. Ils chevauchèrent au milieu des gardes, s'avançant en direction des montagnes, et juste au moment où le garçon pensait qu'il allait s'endormir sur sa selle, le roi s'arrêta. Il mit pied à terre, prit l'enfant dans ses bras et entreprit de grimper une pente pleine d'éboulis qui menait à une caverne au-dessus de leurs têtes. L'entrée de la grotte était cachée derrière des buissons et des blocs de rochers, mais son père semblait savoir où il allait.

Debout dans la lumière de l'aube, il appela : « Asita ! » Au bout d'un moment, un ermite nu apparut, qui ne semblait ni servile ni sauvage. « Tu as béni ma famille depuis des générations. Voici venu le tour de mon fils de recevoir ta bénédiction », dit le roi. Dans les bras de son père, le jeune garçon fixait le vieil homme nu ; d'après sa barbe, qui n'était pas encore complètement grise, il ne paraissait pas avoir plus de cinquante ans. Comment donc avait-il pu bénir sa famille de génération en génération ? À ce moment, le roi son père le déposa sur le sol et Suddhodana courut se prosterner devant l'ermite.

Asita se pencha vers lui.

« Veux-tu vraiment être béni ? » Le garçon se sentit troublé. « Dis-moi la vérité. »

Suddhodana avait reçu bien des bénédictions au cours de sa courte vie ; on appelait en effet les brahmanes à son chevet dès qu'il avait le moindre rhume. « Oui, je veux votre bénédiction », dit-il sans trop réfléchir.

Asita le regarda. « Non, dit-il. Tu veux te battre et tuer. Et faire des conquêtes. » Le garçon essaya de protester mais Asita coupa court à ses tentatives. « Je ne fais que dire ce que je vois. Tu n'as pas besoin de ma bénédiction pour détruire. » En prononçant ses mots, l'ermite avait tendu les mains au-dessus de la tête du garçon, comme s'il lui accordait ce qu'il avait demandé. Il salua de la tête en direction du vieux roi, trop à l'écart pour les entendre.

« Reçois la bénédiction de la mort, dit Asita. C'est celle que tu mérites et elle te servira bien à l'avenir. Maintenant, va-t'en. »

Perplexe mais nullement offensé, le garçon sauta sur ses pieds et courut retrouver son père, qui semblait satisfait de la tournure des événements. Avec les années cependant, le fils se rendit compte que son père était un roi faible, qui se comportait en vassal face aux seigneurs voisins dont les armées, mais surtout la détermination, étaient plus puissantes. Suddhodana en vint à avoir honte de cette situation et même s'il n'avait jamais très bien compris ce que Asita avait voulu dire avec sa bénédiction de la mort, il n'éprouva aucun émoi quand il découvrit que la nature l'avait doté d'un tempérament violent et ambitieux.

« C'est un honneur de te recevoir », dit Suddhodana en s'agenouillant au passage d'Asita. L'ermite avait l'air plus vieux maintenant, mais certainement pas de trente ans, le laps de temps qui pourtant s'était écoulé depuis leur première rencontre. Ignorant le roi, Asita se dirigea droit vers le berceau. Il y jeta un coup d'œil, puis se tourna vers les *jyotishis*.

« La carte du ciel. » Il attendit qu'on lui passe le rouleau fait de peau de mouton puis l'étudia un long moment.

« Un grand roi. Un grand roi. » Il répétait les mots d'une voix neutre et sans émotion. « Un grand roi. Voilà ce qu'il ne sera jamais. »

Silence tendu dans la salle.

Puis Asita ajouta : « Mais que m'importent les trônes ? » Il n'avait accordé aucune importance au roi en arrivant, mais maintenant il semblait ne plus pouvoir détacher les yeux du fils.

« Sa carte du ciel indique sans aucun doute qu'il sera un grand chef », insista le plus vieux des *jyotishis*.

« Ne le vois-tu pas aussi ? » demanda anxieusement Suddhodana.

Mais l'ermite se comporta de façon étrange. Sans répondre, il s'agenouilla devant le bébé et courba la tête. Siddhartha, tranquille jusque-là, fit montre d'un intérêt inattendu pour cette nouvelle personne ; il lança ses jambes en l'air et l'un de ses pieds frôla le dessus de la tête d'Asita. Des larmes se mirent à couler sur les joues du vieil ermite. Suddhodana se pencha et le força à se relever. L'ascète le laissa faire, même si en des circonstances normales ce geste eut constitué un affront sérieux à un saint homme.

« Que veux-tu savoir ? » demanda-t-il. Il avait l'air tout à coup d'un vieil homme fatigué.

« Mon fils – pourquoi ne régnera-t-il pas ? Si son destin est de mourir, je veux le savoir ».

Asita regarda le roi comme s'il l'apercevait pour la première fois. « Oui, il mourra. Pour toi, il sera mort. » Autour de lui, la foule des courtisans s'agitait nerveusement, mais Suddhodana, qui aurait pu attendre et poser ces questions en privé, n'en était plus à se préoccuper de savoir qui allait l'entendre. « Explique-toi », dit-il.

Voyant le désarroi qui avait envahi le visage du roi, Asita marqua un temps d'arrêt avant de continuer. « Cet enfant a deux destinées, reprit-il. Vous, les *jyotishis*, n'aviez raison que sur l'un de ces deux destins. »

Même s'il s'adressait au roi, Asita ne quittait pas un instant le bébé des yeux. « Ta volonté est d'en faire un roi. Mais en grandissant il pourra choisir l'autre voie. Sa seconde destinée. »

Suddhodana avait l'air complètement déconcerté. « Et quelle est sa seconde destinée ? »

« Régner sur son propre esprit. » Un sourire éclaira le visage du roi. « Tu crois donc que c'est si facile ? » dit Asita.

« Non, je crois que seul un fou échangerait la possession du monde pour une pareille destinée, et je vais veiller à ce que mon fils ne devienne pas fou. »

« Lorsqu'il sera mort pour toi, tu ne seras plus sûr de rien. » Le sourire du roi disparut. « Tu te trompes. Régner sur le monde est un jeu d'enfant. Mais régner vraiment sur son propre esprit, c'est comme commander toute la création. C'est un état qui se situe même au-dessus de celui des dieux. »

Le vieil ermite n'avait pas fini. « Toi aussi, tu apparais sur sa carte du ciel. On y dit que, ou bien tu t'inclineras devant ton fils ou bien tu souffriras à cause de lui comme aucun père n'a jamais souffert. »

Excédé, Suddhodana rugit : « Tu as tort, vieux moine. Je ferai de mon fils ce que *je* veux. » Il avait le visage marbré de rage. « Et maintenant, hors d'ici ! Sortez tous ! »

Une bonne moitié des lampes à l'huile avaient déjà disparu. Même pour les courtisans friands de commérages, la scène avait été presque trop intense. Dans le peu de lumière qui restait, ils se mirent à battre en retraite, ombres sans substance qui s'enfuyaient hors de la présence du roi en faisant des courbettes et des ronds de jambes. Les *jyotishis* ouvraient la voie, distribuant explications abondantes et bénédictions nerveuses. Canki voulut demeurer le dernier dans la pièce mais jugea politiquement plus sage de partir quand le roi le fusilla du regard. Au bout d'un moment, il ne resta donc plus qu'Asita.

Le public parti, Suddhodana s'adressa à lui librement. « Tout ce que tu as dit est-il bien vrai ? N'y a-t-il rien que je puisse y faire ? »

« Quoi que je te dise, tu feras ce que tu as en tête. » Sans lui faire le moindre reproche, Asita se préparait à partir lorsque le roi le retint à nouveau.

« Dis-moi une seule chose. Pourquoi as-tu pleuré en regardant mon fils ? »

« J'ai pleuré parce que je ne vivrai pas assez vieux pour entendre la vérité éternelle que Bouddha est venu annoncer », répondit Asita.

Chapitre 4

Le lendemain matin, monté sur son destrier de guerre, Suddhodana escalada la colline sur la crête de laquelle son père avait fait ériger un grand temple consacré à Shiva. L'humeur du roi avait changé au cours de la nuit et sa mélancolie avait cédé la place à une détermination nouvelle. Autour des portes du temple, un grand nombre de chars à bœuf attendaient, les grandes bêtes patientes cherchant paresseusement les brins d'herbe qui poussaient ici et là à travers la terre compactée par les sandales des dévots.

Suddhodana mit pied à terre et laissa son cheval brouter avec les bœufs. Il s'avança à grandes enjambées dans la cour principale du temple, remplie de fidèles qui priaient en tournant tout autour, parmi la foule des marchands qui vendaient le bois de santal et le beurre clarifié dont on se servait pour les offrandes rituelles. Des regards étonnés le suivaient tandis qu'il traversait le parvis consacré, mais Suddhodana n'avait pas de temps à perdre avec les cérémonies. Il était venu sans équipage, parce que sa visite avait un motif secret ; et il n'avait pas fait venir Canki au palais, parce qu'il était trop impatient pour l'attendre.

Suddhodana entra en coup de vent dans la partie la plus sacrée du sanctuaire ; l'atmosphère était lourde et une odeur douccâtre flottait dans l'air. Un prêtre solitaire célébrait le rituel de Rudravishek. Il puisait du lait dans un récipient avec une sorte de louche ou de cuiller profonde et le versait lentement sur une grande pierre polie, le lingam de Shiva. Le liquide coulait en laissant un mince voile bleuté sur la vieille roche usée par le temps. Dans la pénombre, Suddhodana ne voyait rien ; l'air était chargé de résidus de résine et d'encens qui lui brûlaient les yeux.

« Canki ! »

Le prêtre interrompit son offrande et se tourna dans la direction de cette voix tonitruante. Ses yeux s'étant ajustés à l'obscurité, Suddhodana reconnut le grand brahmane lui-même qui officiait devant l'autel. Quelque riche dévot, qui prenait une troisième ou une quatrième épouse, payait sans doute généreusement pour la cérémonie.

Après un coup d'œil au roi, Canki retourna à ses occupations. « Je n'ai pas terminé », dit-il.

Le roi s'approcha et lui enleva des mains la grande cuiller dont il se servait. « Maintenant, oui », dit-il.

Canki s'inclina. Pieds nus et marchant silencieusement, il entraîna le roi à sa suite vers le cloître où les moines vivaient. C'était un homme solide et imposant, malgré les bourrelets de graisse qu'on pouvait voir cascader sur son torse nu tandis que les deux hommes traversaient la cour pavée de pierres plates. Protégé par son privilège de brahmane, il ne craignait pas de défier la royauté. Une fois à l'intérieur de sa cellule, le brahmane posa sa lourde charpente sur un tabouret de cuir, sans attendre que le roi s'assoie le premier. Suddhodana laissa passer l'insulte. « Si tu parles avec Dieu, tu sais déjà pourquoi je suis ici », dit-il.

« Je sais que Dieu cherche à vous plaire en toutes choses, Votre Altesse. » Canki se fendit d'un sourire obséquieux propre à amadouer un roi en colère.

Suddhodana énonça d'un trait ce qui l'amenait.

« Je veux que mon fils gouverne le monde. La chose sera-t-elle possible ? »

« Tous les pères voudraient que leur fils… »

Suddhodana s'approcha de lui, accentuant la menace qu'il représentait. « Non ! Ou bien c'est la volonté de Dieu ou bien ce ne l'est pas. C'est à toi de me le dire. Beaucoup de choses reposent là-dessus. Ta vie, entre autres, mais beaucoup plus. »

L'équilibre entre les castes n'était pas toujours facile. Si les rois avaient de bonnes raisons politiques pour apporter leur soutien à la religion, ils le faisaient ; si les prêtres, de leur côté, avaient besoin de ramener le peuple sous leur joug, ils exerçaient une influence sur les rois en leur promettant la faveur divine. Canki connaissait le système et, même s'il appartenait à une caste supérieure, il savait aussi quelle main tenait l'épée.

« Vous trouverez beaucoup d'obstacles sur votre chemin, Majesté, mais la chose n'est pas impossible. »

« Que faut-il faire ? »

« Il faut que vous preniez le contrôle de l'esprit du jeune prince. Il faut lui enseigner à penser comme vous. À croire ce que vous croyez. Et à être aussi cupide que vous l'êtes. »

Cette dernière remarque était une pique, mais Suddhodana la laissa passer, trouvant beaucoup de vérité dans les paroles du brahmane. Si quelqu'un savait manipuler l'esprit des gens, c'était bien lui, Canki.

« Faites-en un guerrier complet. Arrangez-vous pour qu'il n'accorde de valeur qu'à la bataille, et à vous. » Canki fit une pause. « Cela vous aide-t-il ? »

Suddhodana comprit alors pourquoi les *jyotishis* étaient si nerveux. Bien sûr, ils avaient consulté le grand brahmane aussitôt qu'ils avaient connu l'horoscope de Siddhartha. Et, bien sûr, ils avaient prévu la mauvaise humeur du roi.

« Est-ce bien là tout ce que j'aurai à faire ? »

Suddhodana parlait d'un ton tranchant ; Canki savait très bien ce qu'il pensait des prêtres et Suddhodana savait qu'il le savait.

« Non, ce n'est pas tout. Le plus difficile reste à faire. » Canki s'approcha de la fenêtre et tendit la main vers une grande statue de pierre représentant Shiva. « Cela me rappelle l'histoire du seigneur Shiva. Vous la connaissez, bien sûr. » C'était une autre pointe à l'endroit du roi et le brahmane continua sans attendre sa réplique.

« De vénérables sages s'étaient réunis dans la forêt pour prier et le seigneur Shiva était désireux de connaître leur enseignement. Mais Shiva est un dieu malicieux et quand il alla rencontrer les vieux sages dans leur retraite il amena une femme avec lui. C'était une façon de les mettre à l'épreuve ; en réalité, cette femme n'était autre que le seigneur Vishnou déguisé pour la circonstance. Mais, aveuglés par leur colère, les sages ne s'aperçurent de rien. Ils formulèrent le souhait de tuer cet intrus sacrilège et à l'instant même la flamme sacrée qui brûlait dans leur sanctuaire se transforma et donna naissance à un tigre monstrueux. La bête se jeta sur Shiva, mais avec un seul de ses ongles, le dieu dépouilla le tigre de sa peau. Puis il l'enroula autour de ses épaules en remerciant les sages de lui avoir si aimablement fourni cette cape de méditation.

« Face à tant d'insolence, la fureur des sages redoubla. Cette fois encore, la flamme absorba leur rage et un second monstre en jaillit, un énorme serpent. Mais Shiva l'étouffa de ses mains nues et enroula la bête autour de son cou, remerciant les sages pour ce joli collier.

Ces derniers devinrent alors si furieux qu'un troisième monstre jaillit du feu. »

« Cela suffit. » La patience de Suddhodana avait atteint ses limites. « Si tu penses que ce que je dois faire est trop difficile, épargne-moi tes paraboles et dis-le-moi clairement. »

« Faites de votre fils votre prisonnier absolu. »

La dureté de ces paroles frappa Suddhodana comme s'il avait reçu une roche en pleine poitrine. Canki vit son désarroi et s'empressa de continuer.

« Voilà une âme dont le penchant pour la spiritualité sera presque incontrôlable ; votre seule chance d'y parvenir est d'intervenir tandis que le garçon est encore jeune. Pour faire de Siddhartha un grand roi, ne le laissez jamais sortir de l'enceinte du palais. Il doit croire que la terre est un paradis. S'il découvre un jour la souffrance, votre fils ne vous obéira plus. Vous le perdrez pour toujours. »

Suddhodana était effaré. « Et pendant combien de temps devrais-je agir ainsi ? »

« Trente-deux ans. »

« Il n'y a pas d'autre solution ? » Le roi était devenu extrêmement songeur, comme s'il était sur le point de rendre une sentence de mort. Il était outré de savoir qu'il devrait désormais compter sur l'appui d'un conspirateur, quelqu'un qui détiendrait un pouvoir sur lui, quoi qu'il arrive, à partir de maintenant. Il étouffait de colère et d'impuissance.

Sans qu'il n'y puisse rien, le bras qui tenait son épée bougea et l'instant d'après le brahmane se retrouva cloué au sol par le fil de sa lame. « Tu crois peut-être que tu as atteint un de tes objectifs aujourd'hui ? dit le roi. Alors rappelle-toi la suite de l'histoire de Shiva. De la flamme sacrée, un troisième monstre jaillit – un nain répugnant. Shiva bondit sur lui et l'écrasa au sol en lui mettant son talon en travers de la gorge. Qui était ce nain ? »

Canki, toujours rivé au sol, à moitié étranglé par la lame, parvint à bredouiller : « L'ignorance. »

« Alors n'essaye pas de profiter de mon ignorance. J'en sais plus que tu ne le penses. » Le roi relâcha la pression qu'il exerçait sur le prêtre. Son tempérament brutal échappait à tout contrôle. Seul venait l'adoucir un peu le désir enivrant d'être le père de celui qui régnerait sur la terre entière, désir né le jour même mais qui le détournait déjà de son amertume.

Il partit avec un dernier mot à l'adresse de Canki : « Assure-toi de vivre assez longtemps pour voir ce que je ferai de toi si ton plan échoue. »

Dans l'heure qui suivit, Suddhodana donna des ordres, dispersant son propre peuple et bannissant ses gens de la cité. Son fils ne verrait jamais la souffrance sous aucune de ses formes – ni la maladie, ni la vieillesse, ni la mort. Debout sur les remparts du château, le roi observait le convoi de chars et de charrettes qui s'étirait sur la route tandis que la ville se vidait de ses habitants. La pluie tombait déjà à torrents, emportant les récoltes et inondant les maisons. Ceux qui avaient le moins de chance étaient les vieillards et les malades. Les lépreux se recroquevillaient pour se protéger de la pluie, drapés dans leurs guenilles sales, se cachant la figure. Les infirmes, incapables de marcher sur les routes, étaient entassés dans les chariots à provision de l'armée et conduits vers des villages reculés par des soldats qui avaient reçu l'ordre de les y abandonner. Les plus âgés, qui n'avaient pas de famille, étaient placés dans d'autres chariots. On leur disait que de meilleures places les attendaient dans de nouvelles maisons, façon bien cruelle de leur cacher la vérité – on les abandonnerait quelque part très loin dans la forêt.

Seuls les nobles échappèrent à ce sort, à des conditions très strictes. Des personnages aussi vénérables que les astrologues durent jurer qu'ils ne se montreraient jamais devant Siddhartha, sous peine d'être bannis. Certains habitants, qui n'étaient pas encore vieux, furent autorisés à rester mais prévenus qu'ils n'auraient plus le droit de sortir de chez eux s'ils tombaient malades ou lorsque, inexorablement, ils vieilliraient. Les enterrements et les funérailles avaient désormais lieu la nuit et sans cérémonies publiques. On déménagea les bûchers funéraires trois kilomètres plus loin, le long de la rivière. Suddhodana était maître dans l'art d'organiser une campagne militaire et en connaissait la règle de base : la victoire est plus importante que toutes les dépenses qu'elle peut entraîner. Cette campagne-ci ne ferait pas exception.

Ton royaume s'étendra aux confins des quatre horizons. Il avait retenu ces mots. Quel sentiment pouvait-on éprouver quand on régnait sur la terre entière, c'était la question qu'il ne cessait de se poser. Trois jours plus tard, les lourdes portes de bois de Kapilavastu se refermèrent ; les pleurs de ceux qui devaient partir et les pleurs de ceux qui devaient s'en séparer se turent. Les préparatifs étaient terminés.

Trois femmes poursuivaient en courant un petit garçon à travers le parc, sur les pelouses impeccablement entretenues par des esclaves qui les tondaient à genoux avec des ciseaux et dans les allées des jardins remplis de jasmin en fleur dont les pétales tombés au cours de la nuit étaient balayés chaque matin. Cette poursuite était un jeu mais Siddhartha, le petit garçon, prenait la chose très au sérieux. Chaque fois qu'il accélérait ou faisait de brusques zigzags, ses poursuivantes l'imitaient. Mais, si vous n'aviez pas sept ans, vous remarquiez rapidement que les trois femmes ne l'attrapaient jamais.

Non seulement elles ne l'attrapaient jamais, mais elles le poursuivaient toujours de la même façon. En tête venait Prajapati, dans son sari bleu canard, ou parfois vermillon, ou émeraude, rehaussé de broderies d'or. Prajapati était la tante du prince, la sœur de sa mère décédée. Suddhodana lui avait officiellement donné le statut d'épouse mais sans entretenir avec elle de relations conjugales. C'était une façon de l'honorer et de reconnaître son rôle comme marâtre du prince.

Tandis qu'elle courait, de lourds anneaux d'or suspendus à ses oreilles tintaient doucement. Derrière elle venaient deux petites paysannes beaucoup plus jeunes et plus minces que la tante de Siddhartha. Elles portaient des saris de gros coton, sans broderies, il n'y avait que de petits anneaux d'argent à leurs oreilles et elles ralentissaient suffisamment leur course pour que Prajapati soit toujours devant.

« Channa ! Channa ! » Siddhartha appelait son ami.

Par de belles journées comme celle-ci, quand il faisait grand soleil et que l'air du matin était frais, le monde que son père avait construit pour lui suffisait à ses jeux et il ne se demandait pas ce qu'il y avait derrière les hauts murs qui entouraient les terrains du palais.

« Prince, arrêtez ! » cria une des jeunes tantes.

« Prince, revenez ! » supplia l'autre.

Siddhartha tourna en direction des écuries. Il ne se sauvait pas. Il avait fait une découverte importante qu'il voulait montrer à son ami Channa. Tant que quelqu'un était là pour le surveiller de loin, il avait la permission d'y aller. Les écuries étaient un endroit beaucoup plus intéressant qu'un palais pour un jeune garçon et une fois qu'il en avait franchi le seuil, ses gardiennes s'arrêtaient toujours. Prajapati n'avait jamais mis les pieds dans une écurie et les petites paysannes, même si elles l'avaient sûrement déjà fait, ne pouvaient dans leur nouveau rôle de servantes royales pénétrer dans un endroit que seuls les hommes fréquentaient.

Entendant son nom, Channa apparut à la porte de l'écurie. Sautant et agitant les bras, il encouragea Siddhartha à courir plus vite. S'il avait été, lui, à la poursuite du prince, il l'aurait rattrapé facilement : il était plus grand et plus fort que Siddhartha, même si tous deux étaient nés la même semaine.

À toute vitesse, Siddhartha s'engouffra à l'intérieur des écuries. « Cache-toi », cria-t-il.

Ils n'avaient pas besoin de se cacher, la règle voulant que la poursuite s'arrête à la porte des écuries, mais Channa agrippa malgré tout Siddhartha par le bras et le tira à l'intérieur, comme s'il sauvait de justesse un compagnon d'arme en l'entraînant en lieu sûr. Les deux garçons coururent par-delà les boxes où l'on gardait les juments utilisées à la guerre quand elles étaient en chaleur ou quand elles mettaient bas leurs rejetons au printemps. Les sabots des animaux soulevaient des nuages de crottin sec que le soleil transfigurait en auréoles lumineuses autour d'eux.

« Par ici ! » Channa l'entraînait vers une mangeoire. Elle sentait le bon foin frais, avec derrière une petite odeur aigre de foin moisi. C'était une de leurs retraites favorites car ils pouvaient se cacher dans le foin et s'y enfoncer profondément pour échapper aux recherches. Siddhartha grimpa au sommet d'une petite meule de foin et fouilla dans la poche de son pantalon. Il en tira une toute petite créature.

Channa parut déçu. « C'est juste une fourmi », dit-il désappointé.

« Non, ce n'est pas une fourmi. Regarde comme il faut. »

L'endroit était mal éclairé, mais Channa voyait maintenant que la fourmi, une grosse fourmi soldat noire, très commune autour des écuries, tenait une proie entre ses pinces : un termite mort. Le termite, aux ailes rigides et fines comme du papier, venait sans doute d'éclore, mais il était deux fois plus gros que la fourmi.

« Où l'as-tu trouvé ? » demanda Channa. Il n'était toujours pas impressionné, mais il voyait que Siddhartha était tout excité.

« Près du fortin d'eau. » Le fortin était un des pavillons flottants aménagés sur le bord d'un étang à lotus, à l'intérieur du parc. « J'ai vu toute la bataille. »

L'événement avait eu lieu le matin même. Prajapati avait retrouvé Siddhartha loin du palais. Assis par terre près du pavillon flottant, il regardait par terre et semblait fasciné. Une colonne de fourmis soldats noires se bagarraient avec des termites sentinelles à l'entrée d'une petite colonie.

Prajapati s'arrêta à quelques pas de lui. « Qui gagne ? » demanda-t-elle.

« Ça n'a pas d'importance. C'est autre chose. »

L'attention de Siddhartha était concentrée sur une des fourmis, qui transportait dans ses mâchoires un termite mort. La fourmi s'était heurtée à un obstacle, un gros caillou qui lui bloquait le chemin. Le caillou devait être cinq fois plus gros que la fourmi, qui transportait déjà un poids deux fois plus lourd qu'elle. Pendant une demi-seconde, elle s'arrêta, puis elle entreprit d'escalader l'obstacle. La pente était trop abrupte et elle retomba, mais elle ne se laissa pas décourager pour autant. Elle recommença à grimper, tomba de nouveau, essaya une troisième fois.

« Fourmi stupide ! Elle n'a qu'à faire le tour », dit Prajapati.

Siddhartha hocha la tête. « Ceux qui sont forts ne contournent pas les obstacles. »

« Une fourmi est-elle vraiment forte ? »

Le garçon ignora son ton moqueur. « *Elle* pense qu'elle l'est. C'est tout ce qui compte. »

« Je pourrais marcher dessus. Est-ce qu'elle serait encore forte ? »

Le garçon fit alors une réponse plutôt surprenante. « Dieu pourrait écraser mon père et pourtant mon père croit quand même qu'il est fort. »

Prajapati demeura perplexe. « Ce n'est pas la même chose », finit-elle par dire.

« Pourquoi pas ? »

Siddhartha la regarda de ses grands yeux bruns, des yeux qui, lorsqu'il était petit, paraissaient presque deux fois trop gros pour son visage. Mais avant que Prajapati puisse répliquer quoi que ce soit, il revint à la fourmi, qu'il ramassa et déposa dans sa main. Toute son attention était fixée sur elle. « Si tu penses que tu es fort, c'est tout ce qui compte. Personne n'est réellement fort. »

Quel drôle de petit garçon, pensa Prajapati ; mais elle n'en laissa rien voir et reprit : « Je n'avais jamais vu les choses de cette façon. »

« Et toi, qu'en penses-tu ? » demandait maintenant Siddhartha à Channa, après lui avoir raconté toute l'histoire.

Sans rien dire, son ami avança la main et serra la fourmi noire entre deux doigts, la coupant en deux. « Je pense que nous devrions trouver un meilleur jeu. Celui-là m'ennuie. »

Il poussa Siddhartha dans le foin et quand le prince en ressortit, de la paille jusque dans la bouche, il s'empressa de le bousculer à nouveau. Mais leur bagarre amicale fut bientôt interrompue. « Channa ! » Les garçons levèrent la tête comme s'ils avaient entendu la voix du dieu des écuries.

Bikram apparut dans l'ouverture du box, sa masse imposante la masquant presque complètement. Il portait un tablier de cuir épais et des jambières parées de métal, comme il le faisait toujours durant la saison du rut, quand un étalon pouvait vous lancer une ruade sans avertissement.

Se baissant, Bikram ramassa une motte de crottin de cheval et la lança en direction des deux petites paysannes qui faisaient le guet près de la porte de l'écurie. Prajapati les avait postées là pour attendre la sortie de Siddhartha. Les filles crièrent quand la motte de crottin les rata de peu ; elles avaient déjà commencé à retraiter. Siddhartha et Channa triomphaient.

Mais Bikram ne souriait pas. « J'ai besoin de toi, garçon. »

Channa courut derrière son père, qui était en charge des écuries du roi quand les chevaux n'étaient pas à la guerre. Des guerres, il n'y en avait pas eu beaucoup depuis la naissance du prince. À l'est, les royaumes de Kosala et de Magadha avaient fait la paix avec Suddhodana et le roi avait renoncé à son habitude de faire des raids sur les villages frontaliers pour agrandir son royaume.

Même s'il ne faisait encore que la moitié de la taille de son père, un colosse, Channa promettait déjà de devenir lui aussi grand et fort comme lui. Ils s'étaient tous deux mis en route quand un violent tumulte leur parvint d'un box situé loin de ceux des chevaux en rut. C'est seulement alors que Bikram remarqua la présence de Siddhartha. « Pas vous, jeune prince, dit-il. Seulement mon garçon. »

Siddhartha s'arrêta net, déconcerté. « Pourquoi pas ? »

« Parce que votre père me tuerait. Ce spectacle n'est pas fait pour vous. Demeurez ici en attendant que nous revenions. » Bikram ne parlait jamais durement au jeune prince, qu'il ne tutoyait pas non plus. Il ne faisait qu'énoncer clairement ce qu'il y avait à faire et Siddhartha obéissait automatiquement.

Siddhartha attendit que Channa et son père aient tourné l'angle du mur puis entra dans un box dont la porte était ouverte. Il la referma derrière lui et s'assit dans la poussière de paille. Il laissa son regard glisser sur la rangée de selles et de brides suspendues au mur ; au loin, on entendait tinter les marteaux du forgeron. Écoutant attentivement, Siddhartha crut reconnaître la voix étouffée de Bikram, puis celle de Channa qui lui répondait.

Le garçon n'aimait pas être laissé seul, car l'inquiétude s'emparait alors de lui. Il avait un secret. Un secret qui le tracassait, non parce qu'il était gênant à révéler, mais parce qu'il était difficile à comprendre. Pour éviter d'y penser, il se mit à regarder le plafond de l'écurie. C'était un vieux toit et ses poutres s'étaient déformées au cours des hivers, laissant passer la pluie ou les rayons puissants du soleil quand il faisait beau comme aujourd'hui.

Les yeux de Siddhartha s'attardèrent sur un des rayons et il regarda les grains de poussière danser dans la lumière.

Regarde plus près.

Siddhartha frissonna et essaya de ne pas écouter. Les mots dans sa tête semblaient ne pas être les siens. Ils n'arrivaient pas comme les pensées ordinaires. Cette voix, il l'entendait depuis la semaine précédente – c'était ça, son secret – et elle disait presque toujours la même chose. *Regarde plus près.*

Sur son visage, les rayons du soleil étaient bons et chauds et il se laissa entraîner dans ses rêveries. La danse des particules de poussière l'hypnotisait, elles semblaient devenir de plus en plus grosses.

Et si nous étions faits de poussière ? Tout ce qui vient de la terre n'est jamais rien que de la poussière.

Il aperçut sur sa manche une tache de crottin séché. Il la frotta et un peu plus de poussière s'envola dans la lumière du soleil.

Je ne suis que de la poussière, pensa-t-il.

Il sauta sur ses pieds et se mit à courir.

Que de la poussière.

La voix était là de nouveau. Soudain elle était devenue dure et sarcastique. Siddhartha ne voulait plus l'entendre et courir était tout ce qu'il pouvait faire pour ne pas pleurer. Il courut vers le box où Channa avait disparu. Il s'arrêta devant la porte, ne voulant pas être vu dans l'état où il se trouvait, faible et désemparé. Au-dessus de lui, assis dans l'ombre sur les chevrons du toit, un personnage invisible l'observait. Deux yeux le surveillaient attentivement tandis qu'il essayait de retrouver son calme et un esprit astucieux planifiait son prochain mouvement.

Siddhartha poussa la porte, mais elle était fermée de l'intérieur.

De l'autre côté, la voix de Bikram était nette. « Tiens-la bien, j'ai dit. »

Siddhartha entendit le hennissement de douleur d'un cheval et le bruit de ses sabots qui martelaient furieusement le sol. À travers une fente dans la porte du box, il jeta un coup d'œil à l'intérieur. Une vieille jument malade était couchée sur le flanc, respirant lourdement et tremblant de tous ses membres. Accroupi à une extrémité, Channa faisait de son mieux pour immobiliser sa tête. À l'autre bout, Bikram attachait ses pattes ensemble avec une corde ; les pattes de devant de la jument étaient déjà entravées et donnaient inutilement des coups contre le sol. Bikram se leva. Siddhartha vit la gravité sur son visage et la peur sur celui de Channa.

« Tout va bien aller », murmura le garçon à l'oreille de la jument, secouée de spasmes comme si elle avait senti la présence d'un prédateur. Les yeux grands ouverts et blancs de terreur, elle devinait ce qui allait lui arriver.

« Je veux que tu sois fort, dit Bikram. Tu sais pourquoi le prince ne peut pas être ici avec nous ? »

« Non. »

Son père haussa les épaules. « De toute façon, tu n'as pas besoin de le savoir. Rappelle-toi seulement cela, le prince ne peut pas être ici, tu as compris ? » Channa fit signe que oui. « Cette nuit, quand tout le monde dormira, nous amènerons la jument à l'extérieur des murs et nous l'enterrerons. Le prince ne doit jamais savoir qu'elle est morte. » Channa approuva à nouveau de la tête.

Perché au-dessus de Siddhartha, le personnage invisible – le démon Mara lui-même – regardait ce qui se passait en bas, tout en réfléchissant à ce qu'il allait faire. Il avait attendu très longtemps le moment où il pourrait rejoindre le garçon et l'approcher de plus près. Assez près pour devenir une voix à l'intérieur de sa tête. Le démon tapa dans ses mains, curieux de voir si le garçon regarderait dans sa direction, mais les yeux de Siddhartha étaient fixés sur la scène qui se déroulait dans le box. Bikram avait saisi une grosse hache et, tournant le tranchant vers l'extérieur, s'apprêtait à s'en servir comme d'une masse. Il marcha lentement jusqu'à la tête de la jument.

« Ne regarde pas. »

Channa fit comme son père lui disait, tandis que celui-ci soulevait la hache haut dans les airs, au bout de ses bras nus où saillaient des muscles noueux. Du coin de l'œil, Channa le vit rabattre la lourde masse d'un seul coup. Il y eut un bruit sourd et le craquement des os, mais une seconde avant, comme si elle avait senti son destin de manière surnaturelle, la vieille jument poussa un terrible hennissement.

Siddhartha entendit le cri tandis qu'il courait encore, un cri perçant et lugubre qui fit frissonner les autres chevaux dans leur box. Il était affolé, mais heureusement il n'avait pas vu le coup. Quelque chose l'en avait empêché à la dernière seconde – faiblesse ou inspiration soudaine ? – lui évitant la vue de ce spectacle horrible. Paniqué, il courut à l'extérieur, pressé de mettre autant de distance qu'il le pouvait entre les écuries et lui. Les deux jeunes servantes de Prajapati l'aperçurent et se lancèrent à sa poursuite.

Mara savait que le fruit était mûr. Il était là, tout à coup, juste à côté de Siddhartha, courant, imitant chacun de ses gestes, activant les bras et les genoux.

« Ouais, hurla le démon. Au galop ! Voyons à quelle vitesse tu peux courir ! »

Siddhartha tourna la tête dans sa direction et ses yeux s'agrandirent. Un regard de pure panique, qui ne dura qu'un bref instant, mais Mara était certain que Siddhartha l'avait vu. C'était la première fois, une étape à marquer d'une pierre blanche.

Détournant les yeux de cette affreuse vision, Siddhartha porta son attention sur le palais devant lui. C'était un bel et vaste édifice, décoré avec soin, une œuvre d'art, aux dires de tous les visiteurs que le petit prince avait eu l'occasion de rencontrer. Il traversa l'arche d'un portique sans ralentir sa course et arriva bientôt devant les portes closes de la chambre de son père. Personne ne l'avait suivi. Ses poumons brûlaient dans sa poitrine et il s'arrêta pour reprendre son souffle. Prudemment, entendant à nouveau la voix qui murmurait dans sa tête, Siddhartha testa la serrure. La porte était ouverte. Se déplaçant sans faire de bruit comme savent le faire les enfants, il ouvrit la porte et glissa un œil à l'intérieur de la pièce.

Les appartements privés de son père étaient richement décorés. Les tissus les plus fins habillaient les murs et l'or le plus pur ornait le mobilier. Les planchers polis luisaient sous les chandeliers. Et un petit groupe d'hommes se tenaient debout autour du lit de son père.

Suddhodana y était assis, appuyé sur des oreillers. Les hommes autour de lui, médecins de la cour, le tâtaient et le tripotaient, lui enfonçant les doigts ici et là, examinant avec autant de délicatesse que possible leur royal patient.

« Finissons-en, grommela le roi. Si votre but est de hâter ma mort, ne vous donnez pas cette peine. Le temps s'en charge assez bien. »

Siddhartha fit un pas en arrière. Il n'avait jamais entendu dire que son père était malade et c'est tout juste s'il avait reconnu que les hommes qui l'entouraient étaient des médecins. Ils n'étaient venus ici que rarement durant sa courte vie et toujours avant l'aube. Le roi ne voulait pas que son fils soit éveillé lorsqu'il avait besoin de soins. Mais Siddhartha se rappelait vaguement avoir vu, comme à travers un brouillard de fièvre, les mêmes gestes et manipulations que ceux qu'il observait maintenant.

Un des médecins fit un signe en direction d'un autre, lequel tenait un grand seau de bois muni d'un couvercle. Soulevant ce couvercle, le premier médecin plongea la main à l'intérieur et en retira une sangsue énorme et visqueuse.

« Détendez-vous, votre Majesté. C'est la dernière, je vous le promets. » Le médecin en chef était un homme trapu mais qui avait les mains douces. Siddhartha se rappela son nom : Gandhik. Prenant la sangsue, Gandhik l'appliqua sur la poitrine dénudée de son père. Siddhartha réussit au prix d'un grand effort à ne pas crier quand il vit que six autres sangsues suçaient déjà son sang. Gonflées et sombres, on aurait dit qu'elles essayaient de pénétrer en lui.

« C'est répugnant, dit le roi. Vous et votre soi-disant science. » Il poussa un soupir de résignation. « Répugnant. »

« Ne bougez pas, votre Majesté », disait Gandhik d'une voix posée et calme.

« Je veux retrouver ma force d'antan », dit Suddhodana. Puis il secoua la tête. « Qu'est-ce que j'essaye de me faire croire ? Ma force d'antan ? Folie ! Je veux retrouver toute ma jeunesse. »

Étendu sur les oreillers, ses cheveux grisonnants étalés autour de sa tête, le roi s'abandonnait aux infamies de la médecine comme à une distraction – cela l'empêchait de trop réfléchir au passage du temps. Chaque nouvelle journée lui paraissait un poids de plus suspendu à son cou, le privant d'un peu de ses forces qui allaient s'amenuisant.

« Vous serez fort après ce traitement », promit Gandhik, tenant la sangsue qui se tortillait entre son pouce et son index. Quelque chose dans son ton rassurant sonnait faux, même à ses propres oreilles.

« Idiots ! explosa le roi. Flatteurs ! Je pourrais aussi bien sucer mon propre sang ! » Il regarda la sangsue avec colère et lutta un instant avec l'idée de plaquer là toute cette stupide idée de médecine, mais il finit par se recoucher, les yeux fermés, ne voulant plus rien voir. « Allez-y, qu'on en finisse ! » Précautionneusement, Gandhik appliqua la dernière sangsue sur la poitrine royale.

Les yeux de Siddhartha regardaient, mais son esprit était occupé ailleurs, par une chose qu'il ne parvenait pas à comprendre : son père avait peur. C'était comme un vertige, comme s'il s'était tenu sur la crête d'une montagne et que celle-ci se soit mise tout à coup à lui glisser sous les pieds. Siddhartha recula et ferma la porte sans bruit.

Quand il se retourna, il entra presque en collision avec un autre garçon dans le corridor.

« Qui es-tu, un espion ? » dit l'étranger.

Il avait une voix désagréable et des yeux pleins de mépris qui regardaient Siddhartha de haut, une quinzaine de centimètres plus haut que ses propres yeux.

Au mot *espion*, Siddhartha bondit. « Je ne suis pas un espion », dit-il en bafouillant.

Le plus vieux des garçons fronça les sourcils, soupçonneux. Siddhartha rougit de honte, et tout à coup il sut, sans que personne ne lui ait rien dit, que quelqu'un d'important venait de faire son entrée dans sa vie.

Chapitre 5

Il fallut un moment avant que Siddhartha recouvre suffisamment ses esprits pour demander : « Qui es-tu ? Pourquoi te cachais-tu comme ça ? »

L'autre garçon le regarda sans répondre. Il portait des habits richement brodés, signe qu'il était le favori de la cour d'un roi. Sous ses vêtements, on voyait déjà les muscles se développer sur sa charpente grêle. Il devait avoir au moins douze ans.

« Je ne me cachais pas. C'est toi qui es aveugle. »

« Désolé. »

La docilité de Siddhartha emmena l'autre garçon à se grandir de toute sa hauteur en croisant les bras. « Je suis venu pour te voir. On ne te l'a pas dit ? » Siddhartha hocha la tête en signe de négation, ce qui lui valut un regard plein de dédain. « Tu ne parles pas beaucoup. Passes-tu tes journées caché sous une roche ? Pâle comme tu l'es, on pourrait le croire. »

Les railleries avaient de moins en moins d'effet. Siddhartha savait qu'il n'était pas pâle et même si, au début, il avait été intimidé, il n'avait pas peur de cet étranger. « Tu dois être mon cousin, dit-il. On m'a dit que tu viendrais. »

« Tu vois ? Même toi, tu peux finir par comprendre quand tu fais un effort. »

Siddhartha ne répondit rien. L'arrivée intempestive de ce visiteur s'ajoutait aux autres agressions désagréables qu'il avait subies aujourd'hui. Son père ne permettait qu'à un nombre limité de personnes de le voir et à un nombre encore plus limité de converser avec lui.

« Penses-tu être capable de te souvenir d'un nom ? Le mien est Devadatta et je vaux autant que toi. Essaye de te souvenir de cela aussi. »

Normalement Siddhartha se serait incliné pour saluer son visiteur et même après cette charge agressive il se sentait tenté de le faire. Il se rappelait ce que son père lui avait dit: « Tu es trop solitaire. Il va falloir que nous fassions quelque chose. » Le jour suivant, il avait émis une ordonnance pour découvrir un compagnon approprié et n'avait eu qu'à se féliciter de son initiative. Le garçon choisi, Devadatta, appartenait à une branche de la lignée royale des Sakyan et il était assez vieux pour tenir en selle sur les pistes abruptes qui conduisaient de son royaume, où il possédait le rang de prince, jusqu'au palais de Suddhodana.

Devadatta en avait assez de ce bavardage; il attrapa la casquette de Siddhartha et, la tenant au bout de son bras, s'amusa à l'agiter pour voir le petit sauter et essayer de la reprendre.

« Il va falloir que nous nous mettions bien d'accord, tous les deux, dit-il. Juste toi et moi. Je suis parti de chez moi contre mon gré. Je ne suis pas assez vieux pour faire ce que je veux. Pour faire tout ce que je veux, je veux dire. » Devadatta sourit, sa bouche se réduisant à un mince trait. « Je ne voulais pas venir dans ce trou perdu. Ni te rencontrer. » Il enfonça la casquette sur la tête de Siddhartha.

Siddhartha recula d'un pas, de façon à pouvoir foncer vers le couloir si la chose s'avérait nécessaire.

« Tu as vraiment eu peur des sangsues, n'est-ce pas ? » lança Devadatta pour le railler.

« Non », dit Siddhartha, humilié que quelqu'un l'ait vu mais refusant de passer pour un peureux.

Devadatta releva sa chemise pour bien montrer la douzaine de cicatrices toutes fraîches qui couvraient sa poitrine. Elles faisaient des marques en demi-lune, presque roses sur sa peau foncée.

« J'ai eu une grosse fièvre le mois dernier; ils m'ont mis des sangsues pour ne pas que je meure. C'est pour ça qu'ils sont avec ton papa. Il va probablement mourir. » Devadatta regarda le garçon de toute sa hauteur. « Mais moi je ne suis pas un bébé. Pas comme toi. Allez, touche-les, si tu n'as pas peur. »

Refusant d'en entendre plus, Siddhartha tourna les talons et s'enfuit en courant le long du corridor. Il ne désirait qu'une chose: se retrouver loin de tout cela, de son cousin, des médecins et de leur seau de sangsues et par-dessus tout oublier cette sensation d'impuissance, d'être pris au piège dans un cauchemar sans issue. Tandis qu'il courait, un rire railleur carillonnait à ses oreilles.

Suddhodana exultait en présence de Devadatta. « Voici un prince de sang. Qu'il soit traité comme mon propre fils », proclama-t-il devant toute la cour. Après quoi il ordonna en privé à ses espions habituels de surveiller l'étranger, qui se préparait probablement lui-même à l'espionner. De son point de vue, le roi avait atteint deux objectifs du même coup. D'abord, il avait trouvé pour son fils, qui montrait déjà les signes d'une passivité inquiétante, un modèle à suivre, un garçon à peine plus vieux mais beaucoup plus endurci. Et ensuite, il avait vu un roi voisin craindre à ce point sa colère advenant un refus qu'il n'avait pas hésité à remettre entre ses mains l'héritier présumé de son royaume. Ayant ainsi coincé Devadatta dans son piège, Suddhodana prodiguait au garçon des sourires à profusion et comblait ses moindres caprices, lesquels promettaient d'être nombreux et précoces.

Cette année-là, pour marquer l'arrivée du printemps, le roi fit donner une grande fête. Au jour prévu, Siddhartha était debout avant l'aube, se réjouissant d'avance à la perspective de tout ce qui l'attendait. Il savait que des gens vivaient à l'extérieur de l'enceinte du palais, mais il ne pouvait qu'imaginer à quoi ce genre de vie ressemblait. La chose la plus banale – traverser un petit village en marchant sur une route poussiéreuse – lui paraissait fabuleuse (même s'il n'avait jamais vu de ville ou de village et ne connaissait l'existence de routes menant vers des endroits éloignés que par ses lectures). Tout ce qu'il aurait à faire serait de demander aux gens de leur parler d'eux-mêmes et il était certain d'entendre des histoires extraordinaires.

Pourtant, dès que les festivités commencèrent, l'afflux de sensations nouvelles dépassa tout ce qu'il avait pu imaginer. Des oriflammes colorées, ornées de portraits des différents dieux, des lanternes brillantes et des décorations rehaussées d'or transformaient le palais en un monde fabuleux. Il courut voir une foule de jongleurs et d'acrobates ; il écouta bouche bée les conteurs ambulants aux masques menaçants qui avaient mis des années à apprendre comment garder leurs auditeurs en haleine en leur racontant l'histoire d'Hanuman, le roi des singes, qui volait en transportant une montagne entre ses bras parce qu'une plante très rare qui ne poussait qu'à cet endroit pouvait seule guérir les blessures de Lakshman, frère du divin seigneur Rama. Ne parvenant pas à trouver cette plante précieuse, le dieu singe avait déraciné la montagne tout entière afin d'être de retour à temps auprès du blessé. Y parviendrait-il ? L'auditoire retenait son souffle, chacun oubliant qu'il avait déjà entendu cette histoire des dizaines de fois.

Mais rien ne valait le moment de folie furieuse où tous les invités se poursuivaient à travers les jardins du palais en se lançant de pleines poignées de poudre colorée. Des nuages de rouge, de vert et de jaune enluminaient l'atmosphère. Les dames poussaient de petits cris en s'enfuyant, pourchassées par des amoureux essoufflés, puis se laissaient timidement rattraper et éclataient de rire en leur jetant des poudres bariolées à la figure. En quelques minutes, tout le monde ressemblait à un arc-en-ciel.

Deux jeunes filles qui se tenaient un peu à l'écart retinrent l'attention de Siddhartha. Debout près d'une table couverte des mets les plus variés, elles bavardaient ensemble en faisant semblant de ne pas regarder dans sa direction.

Elles savent que je suis un prince, pensa Siddhartha avec un sourire. Cela lui donna du courage et il s'approcha d'elles, cachant derrière son dos des sachets de poudre rouge, tout en s'efforçant de conserver un air innocent. Quand il fut tout près d'elles, il déclencha son attaque. Une brume rouge flotta dans l'air un long moment avant que le vent ne l'emporte. Les deux filles poussèrent de petits cris entrecoupés de rires, appréciant visiblement l'attention imprévue dont elles étaient l'objet plus que la blague elle-même. Quand le nuage de poudre retomba, il y eut un moment de silence gênant.

« Salut », dit Siddhartha.

Les deux filles échangèrent un regard, comme si elles essayaient de décoder son message. La plus courageuse prit une grande respiration.

« Salut », dit-elle à son tour.

Pas de gardes apparaissant brusquement, pas d'explosion. Alors l'autre jeune fille se risqua elle aussi.

« Est-ce que tu es le prince ? » demanda-t-elle, non comme si elle en doutait mais comme si elle n'était pas sûre d'avoir le droit de le demander.

Siddhartha fit signe que oui. « Mon père est le roi. »

Les filles devinrent silencieuses. Siddhartha ne savait pas trop si les choses allaient bien. Il aurait préféré ne pas être seul.

« Ohé, mon cousin ! »

Il se retourna et aperçut Devadatta à quelques pas de lui. Il tenait le poing levé et l'instant d'après il le balançait de toutes ses forces. Un nuage vert tournoya dans l'air. Siddhartha s'apprêtait à tirer ses propres munitions de sa poche, heureux de participer au jeu, lorsqu'il sentit au front une douleur cuisante. Il tituba et porta la main à sa tête. Une substance rouge, chaude et collante tacha ses doigts. Devadatta avait caché une roche dans la poignée de poudre avant de la lancer.

Après la douleur, une autre surprise retint l'attention de Siddhartha. Il n'avait jamais vu encore son propre sang. Son cousin riait et regardait du côté des filles, s'attendant à ce qu'elles apprécient sa plaisanterie. Mais les deux filles s'étaient enfuies, effarouchées. Devadatta haussa les épaules et reporta son attention sur Siddhartha. « Recommençons, dit-il, mais cette fois-ci essaye d'être plus éveillé, d'accord. » Il se pencha pour trouver une autre roche pointue.

Siddhartha n'était jamais laissé bien longtemps sans surveillance et il ne fallut que quelques instants pour que Suddhodana apparaisse, juste au moment où Devadatta lançait son second projectile, sans même prendre la peine de le dissimuler en y ajoutant une poignée de poudre. Il atteignit Siddhartha en pleine poitrine. Le garçon poussa un cri et grimaça de douleur. Devadatta considéra cela comme un heureux résultat et se préparait à lancer une autre pierre lorsqu'il aperçut le roi et hésita. Une petite foule les entourait à présent. Suddhodana fit un signe en direction de Devadatta : « Continue », dit-il.

Le garçon n'en demandait pas plus. Il lança l'autre pierre et atteignit Siddhartha à l'épaule, le faisant saigner à nouveau. Personne parmi la foule ne venait à son secours ; même Prajapati, arrivée un peu en retard, jeta un coup d'œil au roi et comprit qu'il valait mieux ne pas intervenir. Siddhartha regarda à la ronde. Il était rouge de honte et voulait se sauver en courant, mais la voix de son père l'arrêta.

« Non ! Reste et bats-toi ! »

Les courtisans échangeaient des regards nerveux ; les dames les plus sensibles se tordaient les mains. Suddhodana ne quittait pas son fils des yeux, attendant sa réaction, imperturbable. Voyant que le garçon ne bougeait pas, le regard perdu au loin, le roi émit une sorte de petit grognement indéchiffrable, que Devadatta considéra comme le signe qu'il avait gagné. Il se détendit et laissa tomber la roche qu'il tenait à la main, avec un dernier regard méprisant à sa victime. Puis il fendit la foule des spectateurs et disparut.

Suddhodana fit un pas en avant et s'agenouilla près de son fils. « Écoute-moi bien. Tu ne peux pas le laisser s'en tirer comme ça. Dans notre famille, nous nous battons. » Siddhartha baissa la tête, se mordant les lèvres. « Tu es mon seul fils, tu le sais. »

« Oui, papa. »

«À partir de maintenant, il n'y a plus de papa, comprends-tu? À partir de maintenant tu m'appelleras Sire.»

Siddhartha sentit qu'on glissait une pierre dans sa paume et qu'une grande main refermait la sienne pour en faire un poing.

«Vas-y.»

Le roi se releva et les courtisans s'écartèrent de telle sorte que la voie qu'ils ouvrirent dans leurs rangs s'orienta dans la direction empruntée par Devadatta pour disparaître. Siddhartha sentait les aspérités et les angles aigus de la pierre dure dans sa paume. Il se préparait à prendre sa course mais il n'avait pas fait un pas que la voix de son père l'arrêta.

«Attends, laisse-moi d'abord nettoyer cela.» Suddhodana se pencha vers lui et essuya le sang sur son front. «Tu dois voir ton adversaire pour le battre. Le sang pourrait couler dans tes yeux.» La voix de son père était toujours dure, pourtant Siddhartha sut instinctivement que durant ces quelques secondes son père avait été différent, qu'il avait ressenti une pointe de remords ou de tendresse. Mais l'instant d'après il recevait une bonne poussée et se retrouvait en train de courir vers le pavillon près de l'étang où Devadatta avait disparu.

Siddhartha contourna l'angle du pavillon près du lac aux lotus. Hors de la vue de son père, il s'engagea dans une galerie qui menait à l'intérieur de l'édifice, puis en ressortit tout près de l'étang. Ce qu'il advenait de son cousin lui importait peu. Il laissa tomber la roche qu'il serrait encore dans son poing; les angles pointus et durs avaient laissé de petites marques rouges sur sa paume. Ses autres blessures lui faisaient mal, mais Siddhartha endurait la douleur. Il s'avança au milieu des grands roseaux qui bordaient l'étang. C'était à peu près la seule vraie bonne cachette qu'il connaissait. Le temps se déforme sous l'effet de la panique, aussi n'eut-il aucune idée du temps qui s'écoula avant qu'il ne retrouve son calme. Quoi qu'il en soit, son cœur finit par ralentir et, ressentant le contrecoup de son affolement, il commençait à se sentir vidé et somnolent.

Siddhartha était le fils de son père tout en ne l'étant pas. La chose était difficile à expliquer avec des mots mais pourtant vraie. Les énormes attentes qui pesaient sur ses épaules le troublaient. Les pierres qu'on lui avait lancées, l'humiliation qui avait suivi – tout cela lui faisait mal. Mais le pire était de savoir que Devadatta, cet étranger cruel, répondait mieux que lui aux attentes de son père. Siddhartha observa un faucon qui traçait des cercles dans le ciel, ses grandes ailes immobiles. Il ne pouvait peut-être pas voir par-delà les murs du palais, mais il pouvait quand même regarder le ciel au-dessus d'eux. Juste à ce moment, le faucon ferma ses ailes comme une paire de ciseaux et se laissa tomber comme une pierre vers le sol. En moins d'une seconde, l'emblème de la liberté s'était transformé en un missile mortel dégringolant à toute vitesse sur une proie innocente.

À ce moment, même s'il ne s'en doutait pas, c'est Devadatta, et non Siddhartha, qui était devenu une proie. Devadatta avait quitté les lieux de sa victoire de très bonne humeur, sa gaieté à peine assombrie par le fait de savoir qu'il était toujours prisonnier du roi. Il en avait assez des enfantillages de ce festival. Il ralentit le pas et c'est alors qu'il s'aperçut qu'un homme était là, un étranger, apparemment sorti de nulle part. Il était grand et enveloppé dans une grosse cape de voyageur faite de chanvre épais. Malgré l'apparition soudaine de l'homme et le fait qu'il était plus grand que lui, Devadatta n'avait pas peur ; son arrogance lui servait de bouclier. Il tâta de la main la dague qu'il portait à la ceinture.

Le voyant faire, l'étranger leva un sourcil admiratif comme s'il se disait : *après tout, voilà bien un homme*. Il dégaina son propre poignard.

« Allons, dit-il. Tu mérites de mourir. »

Devadatta recula d'un pas, surpris. « Pourquoi ? », demanda-t-il. Il n'y avait toujours pas trace de peur dans sa voix et il dégaina son arme à son tour, prêt à se battre.

« Ce n'est pas à cause de ce que tu as fait, mais à cause de ce que je vais t'amener à faire. » D'un mouvement plus rapide que l'œil, il attrapa la dague de Devadatta par la lame et la lui arracha des mains. Puis il éclata de rire en voyant l'air étonné du garçon. L'étranger tenait fermement dans sa main la lame aiguisée comme un rasoir et pourtant pas une goutte de sang ne coulait.

« Ce n'était pas gentil de me menacer, dit l'étranger calmement, mais Mara est suffisamment gentil pour deux. » Il rendit son couteau à Devadatta. La lame était brûlante comme un charbon ardent et le garçon l'échappa avec un cri de douleur.

« Maudit sois-tu, démon ! »

Mara salua ironiquement, appréciant qu'on l'ait si rapidement reconnu. « Peu de gens sont assez courageux pour me maudire. Surtout lors d'une première rencontre. Généralement, ils sont plutôt épouvantés. »

Devadatta le défia d'un regard furieux. « Que fais-tu ici ? Je ne vais pas mourir. » Il prononça ces mots avec une conviction impressionnante.

Mara ne répondit rien. Il leva le bras, soulevant en même temps le bord de sa cape. La cape était doublée de noir. Devadatta eut le temps d'y jeter un coup d'œil avant que la noirceur ne semble se répandre. L'instant d'avant, la cape formait un petit cercle autour de la tête de Mara; et maintenant elle s'étendait pour englober aussi le garçon, avant que le pavillon lui-même ne disparaisse tout entier et Devadatta se retrouva dans une noirceur totale, chaude et suffocante.

Poussant un cri il plongea dans un vide menaçant. Impossible de dire combien de temps dura sa chute mais, chose certaine, s'il atterrissait quelque part ce serait en se rompant tous les os. Pendant un moment, Devadatta se contorsionna en tous sens, le souffle coupé, avant de se rendre compte qu'il était couché sur une pierre dure et froide.

« Où suis-je ? Parle ! » cria-t-il.

« Oh, je vais parler, ne crains rien. »

La voix de Mara était juste à côté de lui. Devadatta tendit le bras et frappa, aussi enragé qu'apeuré. Ou, pour être plus précis, il réagit à sa peur en la transformant en colère. Son poing frappa le vide. Mara regardait le garçon avec admiration. Il était rare de voir quelqu'un d'aussi jeune se montrer sans peur devant le danger, quelle qu'ait été la part de pure bravade dans ce comportement. Mara cherchait quelqu'un qui possédait certaines qualités : casse-cou, téméraire, excessif, inconscient du danger, intelligent mais suffisamment stupide pour se laisser prendre au piège de l'orgueil. Ce garçon-ci convenait parfaitement.

« Que veux-tu ? » cria Devadatta dans le noir. Peu à peu, cependant, il se rendait compte que cette noirceur n'était pas totale; il apercevait au loin une faible lueur. Ces deux éléments, le sol de pierre et la clarté diffuse, l'amenèrent à conclure qu'il était dans une grotte et, parce que l'air était glacial, dans une grotte de montagne.

Mara aurait pu tout expliquer, mais il préférait observer et attendre. L'arrogance et la bravade ont leurs limites; aussi attendit-il le moment d'agir – une heure, puis deux, puis six – jusqu'à ce qu'il entende claquer les dents de Devadatta et qu'il sente le désespoir monter dans sa poitrine.

« Tu es ici pour apprendre », dit Mara.

Brisant le silence, la voix fit sursauter Devadatta. Cette fois il contrôla sa colère; il avait eu le temps de réfléchir et de comprendre qu'il était tombé entre les mains d'un démon. Qui exactement, et pourquoi, voilà qui n'était pas encore clair, mais il devait se méfier et ne pas se laisser prendre à d'autres pièges. Deux suffisaient.

« Je suis un prince ; je peux négocier avec toi », dit-il, ses yeux fouillant l'obscurité au cas où le démon se montrerait. Ce que Mara fit bientôt, apparaissant sous la forme qu'il avait lors de leur rencontre près du pavillon, celle d'un étranger de haute taille vêtu d'une cape.

« Tu n'écoutes pas. J'ai dit que tu étais ici pour apprendre. »

« Apprendre quoi ? » Un silence. « J'écoute. »

Mara perçut la note de défaite dans la voix du garçon ; celui-ci ne pouvait plus se faire croire qu'il avait le meilleur jeu. « Apprendre à être roi », dit Mara.

« Ne sois pas ridicule, s'emporta le garçon. Je serai roi, de toute façon. Je n'ai pas besoin de toi pour ça, qui que tu sois. »

« Ridicule ? Pauvre fou, tu as gaspillé tes chances dès l'instant où tu as mis le pied hors de la maison. Il n'y a pas de trône pour toi là-bas, ni maintenant ni plus tard. »

« Menteur ! »

Cette soudaine explosion de colère convainquit Mara qu'il valait mieux attendre encore un peu ; aussi laissa-t-il s'écouler quelques heures avant d'intervenir à nouveau, tandis que Devadatta, transis et solitaire, sentait les paroles du démon s'imprégner en lui. Puis, sachant que la reconnaissance pouvait être aussi efficace que la peur, Mara tapa dans ses mains et un petit feu de camp apparut sur le plancher de la caverne à quelques mètres du garçon. Devadatta s'empressa de s'en approcher pour se réchauffer ; il tremblait de froid. « Le seul trône dont tu pourrais t'emparer est celui de Siddhartha », dit Mara. Les flammes du feu luisaient dans les yeux de Devadatta. Comme il le faisait toujours, le démon avait utilisé à son profit une idée qui trottait déjà dans l'esprit de sa victime. « Son père est trop puissant, continua Mara. Tu ne pourras pas le renverser. Mais c'est par son intermédiaire que tu détrôneras son fils. »

Chaque mot enflammait l'esprit de Devadatta, qui en oubliait ses malheurs et les dangers qui le menaçaient. Jusqu'à présent, il n'avait jamais vraiment détesté son jeune cousin, le sentiment qu'il entretenait à son endroit étant plutôt formé d'un mélange de mépris et d'envie. « Ce ne sera pas difficile de s'en débarrasser », dit-il.

L'étranger l'arrêta, levant un doigt. « Plus que tu ne le crois, dit-il. Beaucoup plus. »

Le garçon crut qu'on remettait en question sa force physique, cet avantage qu'il savait posséder sur son cousin. « Tu crois que je ne suis pas capable ? Tout ce qu'il me faut, c'est un couteau ou une flèche et l'occasion d'une partie de chasse. »

« Réfléchis un peu, dit Mara. Le roi te ferait tuer immédiatement. Il ne voudrait même pas savoir si tu es coupable ou non. Il saurait que c'est toi. »

Devadatta marqua un temps d'arrêt. Lui et Suddhodana se ressemblaient suffisamment pour qu'il puisse apprécier le bien-fondé de ce que Mara venait de dire. À supposer qu'il soit, lui, ce père dont le fils meurt dans des circonstances nébuleuses, ne ferait-il pas tuer tous ceux qui l'entouraient ? Après un moment de réflexion, Devadatta demanda : « Si je te laisse m'instruire, quel en sera le prix ? »

Mara rit. « Tu n'auras rien à donner. Un prince sans trône est aussi un prince sans fortune. Tu ne dois pas être très vif d'esprit si tu n'y as pas pensé. Pas assez vif pour négocier, sauf avec ta vie. Bon, je m'en vais. »

« Attends, tu ne peux pas me laisser ici ! »

Le garçon parut à Mara avoir atteint un état de terreur tout à fait réjouissant. Il tapa dans ses mains de nouveau et le feu cessa de crépiter. Il était content de l'ouverture qu'il avait créée. Laissons le garçon passer la nuit dans la caverne, pensa-t-il. Il sera certain de mourir de froid, mais Mara s'arrangerait pour le garder en vie. Après tout, c'est lui qui contrôlait la mort dans ses moindres détails.

« Attends ! »

Le garçon cria plus fort, mais du fond de son désespoir il savait que maintenant il était seul. Il n'y avait rien ni personne autour de lui, que la noirceur installée partout et la petite lueur provenant de l'entrée de la grotte. Devadatta s'avança prudemment dans cette direction, s'appuyant d'une main sur le mur de pierre pour assurer son équilibre. Il dut franchir des déblais d'éboulis et il sentit quelque chose – un rat ? – grimper sur son pied. Quand il atteignit l'endroit d'où la lumière provenait, il vit que la caverne débouchait sur une large ouverture. Devadatta la franchit et fit quelques pas sur la neige durcie qui s'étendait dans toutes les directions. Il était tout près d'un des sommets de l'Himalaya, le genre de lieu désertique et solitaire que les yogis les plus courageux recherchaient. Mais Devadatta ne sentait la présence de rien de sacré dans ce paysage hostile. Aucun signe qu'un être humain y avait déjà mis les pieds, pas la moindre trace d'une piste descendant vers la vallée. Tout ce que Devadatta pouvait apercevoir était les dernières lueurs du soleil couchant avant qu'il ne disparaisse derrière les montagnes. Il chercha des mots dans sa tête, en vain. Entre lui et la noirceur qui tombait rapidement, il n'y avait rien.

Chapitre 6

Devadatta passa une bonne partie de la nuit à chercher un moyen pour s'échapper de la caverne. Tant qu'il y eut encore une lueur dans le ciel, il combattit le désespoir en fouillant les fissures et les anfractuosités pour trouver du bois à brûler et des brins d'herbe ou des plantes à mâchouiller. Mais il ne savait pas allumer un feu de ses mains nues. Il finit par mettre fin à ses efforts inutiles et s'occupa à détester Mara. Il imaginait la revanche terrible qu'il prendrait, s'il survivait. La nuit était si noire qu'il perdit la notion du temps. Finalement il n'y avait rien à faire sinon se rouler en boule sur le sol de pierre de la caverne, grelottant et révolté, et attendre la mort.

Il lui fallut encore quelque temps pour abandonner définitivement tout espoir. C'est seulement au moment où il constata qu'il n'y avait aucune issue possible que son esprit cessa de s'affoler et que Devadatta se posa une question fort simple : les démons pouvaient-ils transporter physiquement une personne en n'importe quel lieu ? Et si cette caverne n'était qu'une illusion ? Aussitôt qu'il envisagea cette hypothèse, deux choses se produisirent. Il entendit le lointain écho du rire de Mara se moquant de lui et il sombra dans un profond sommeil. Lorsqu'il se réveilla, il était étendu par terre près du pavillon à l'endroit même où le démon lui était apparu. Devadatta se releva, frottant ses membres engourdis et douloureux. Le soleil se couchait et il avait dû rester étendu là, inconscient, pendant des heures.

Il marcha jusqu'à la véranda qui encerclait le pavillon. Les reflets des lampes torchères dansaient sur les eaux de l'étang aux lotus. Au loin il entendit des invités ivres qui riaient. Les réjouissances royales se poursuivaient dans la nuit. Devadatta s'avança vers l'endroit d'où provenaient ces bruits. Pour des raisons mystérieuses, l'épreuve qu'il venait de traverser dans la caverne ne l'avait pas épuisé. En fait, il se sentait plus fort. Il avait de plus en plus envie de faire exactement les deux choses qu'il s'était préparé à faire ce matin-là : entraîner une des servantes dans un coin et tourmenter Siddhartha. Ces deux désirs revinrent ensemble à son esprit et l'excitèrent au point où il se mit à courir. Devadatta ne se souciait pas de savoir s'il rencontrerait d'abord une fille ou Siddhartha. Ni l'un ni l'autre n'oublierait cette rencontre.

Pourquoi les démons peuvent-ils ainsi se faufiler dans les esprits et abuser des gens innocents ? Ce qui faisait de Devadatta un candidat idéal pour les terreurs de la caverne était un tout petit détail : il était claustrophobe. Lorsqu'il était bébé, il avait failli mourir étouffé dans ses vêtements chauds et trop lourds parce qu'une nurse négligente l'avait laissé ainsi emmitouflé en plein soleil. Mara connaissait cette faiblesse et tout ce qu'il avait eu à faire avait été de lancer sa cape pour en envelopper le garçon. C'est l'esprit de Devadatta qui avait fait le reste. Il avait fait ressurgir le souvenir de cet étouffement et il avait commencé à s'affoler. Il ne fut pas difficile pour le démon de transformer cette panique sans objet en un cauchemar, cauchemar dont le garçon ne pouvait plus s'éveiller ; qui le tiendrait dans ses griffes aussi longtemps que Mara le voudrait. Un moment d'épouvante pouvait ainsi se transformer en une semaine complète au fond d'une caverne terrifiante. Et Mara pouvait faire la même chose avec n'importe qui.

Solitaire et inconsolable, Siddhartha errait dans les jardins. Il avait pris l'habitude d'être seul aussi souvent qu'il le pouvait. Il sentait qu'il n'avait pas vraiment le choix. « Les gens semblent avoir peur de moi. Ils me regardent à peine ou bien ils s'enfuient quand ils me voient. Pourquoi ? » avait-il demandé à Channa peu auparavant.

« Tu penses que j'ai peur de toi ? » répliqua Channa.

« Pas toi. Mais tous les autres, oui. »

Ce n'était pas absolument exact. Si vous tenez un œuf fragile dans votre main et que vous avez peur de l'échapper, vous n'avez pas peur de l'œuf mais des conséquences de votre geste. La même vérité s'appliquait aux courtisans qui entouraient Siddhartha. Mais tant de portes se fermaient devant lui, tant de visages s'inclinaient vers le sol à son approche, tant de regards l'évitaient qu'il se sentait perplexe et prenait par erreur leur attitude pour de la peur. Même Bikram s'agenouillait et se prosternait devant Siddhartha quand il venait faire un tour aux écuries, sauf lorsque Channa était présent ;

le roi avait expliqué à Bikram qu'il pouvait alors rester debout parce qu'un père ne devait pas être humilié devant son propre fils.

« Ils ont seulement peur de ne pas être parfaits, dit Channa voyant que Siddhartha n'abandonnait pas la partie. Le roi le saurait. »

« Et alors ? »

Channa montra du doigt les murs du palais. « Il les jette hors du palais. C'est ce que j'ai entendu dire. » Puis Channa pensa aux chevaux que lui et son père enterraient à l'extérieur des murs et il ajouta : « Mais eux ne sont pas morts. »

Siddhartha savait bien au plus profond de son cœur que les chevaux qui disparaissaient des écuries ne s'en allaient pas vivants et il s'inquiétait que quelque chose de grave ne soit survenu à un seigneur ou à une dame qui disparaissait soudainement de la cérémonie du lever du roi, lorsque la cour s'assemblait autour du souverain pour échanger les salutations matinales et le regarder en silence déguster son petit-déjeuner. Mais heureusement aucun des favoris de Siddhartha n'était disparu jusqu'à ce jour.

« Quand je serai roi, personne ne sera jeté hors du palais », dit-il. Il faisait rarement des remarques de ce genre et Channa ne se rappelait pas une seule autre occasion où Siddhartha aurait fait allusion à sa présence sur le trône, ni dans un avenir rapproché, ni plus tard, ni jamais.

Debout au bord de son étang préféré, celui qui était encerclé par de grands roseaux, Siddhartha tournait et retournait ces pensées moroses dans son esprit. Puis il s'agenouilla et plongea les mains dans l'eau fraîche. L'étang n'était pas très profond de ce côté et, dans l'ombre d'un lotus qui flottait sur l'eau, il aperçut quelque chose – une nymphe de libellule qui rampait lentement pour sortir de la boue. Siddhartha l'observa. Le monstre miniature s'avançait avec constance, sans peur, à l'affût. Un minuscule poisson argenté passa à côté d'elle et d'un bond surprenant la nymphe l'attrapa entre ses mâchoires. Le poisson fut parcouru d'un frisson puis demeura immobile, les yeux ouverts et brillants, même dans la mort. Siddhartha frissonna lui aussi. Pourquoi ressentait-il la souffrance d'une créature aussi minuscule, aussi insignifiante ?

« Une très bonne question. Peut-être est-ce le don que tu as reçu ? »

Étonné, Siddhartha leva les yeux et aperçut un vieil homme qui se tenait devant lui, un ermite. Sa peau était brune et tannée par le soleil, la pluie et le vent. Il portait un léger châle de soie enroulé autour de son torse et une grossière jupe de chanvre. Il était appuyé sur son bâton de marche au bord de l'étang et regardait le garçon avec des yeux d'une profondeur insondable.

Puis il dit : « Tu m'as trouvé. Et très rapidement. »

« Je n'ai trouvé personne. J'étais ici, c'est tout », protesta Siddhartha.

L'ermite sourit, ce qui fit apparaître de fines rides plissées comme du papier au coin de ses yeux, une chose que Siddhartha n'avait encore jamais vue. Tout ce qui entourait l'étranger faisait penser à une apparition. « Ces choses-là ne se déroulent pas tout à fait comme tu l'imagines. Je m'appelle Asita. »

Un garçon plus vieux, ou un garçon très différent de Siddharta, aurait voulu savoir comment une voix autre que la sienne avait pu pénétrer dans sa tête, mais Siddhartha accepta qu'une chose inexplicable puisse malgré tout être vraie. « Pourquoi es-tu ici ? Mon père le sait-il ? »

« Autre très bonne question. À laquelle je peux fournir une réponse très simple, alors que ta première question est plus compliquée. Ton père serait très mécontent de me savoir ici. Est-ce important ? » Et avant que Siddhartha puisse répondre quoi que ce soit, Asita ajouta : « Bien sûr que c'est important. C'est la personne que tu admires le plus. »

Siddhartha perçut la chose comme une critique. « Tout le monde l'admire. C'est lui, le roi. »

« Ne nous occupons pas de cela pour le moment. As-tu entendu d'autres voix dans ta tête ? Dis-moi la vérité. » Siddhartha baissa la tête. « C'est ce que je pensais. Tu as une nature sensible, une nature extrêmement sensible. Tu sentiras des choses que les autres ne sentent pas. Malheureusement, toutes ces choses ne seront pas à ton avantage. Je ne peux rien faire à ce sujet, est-ce que tu comprends ? »

« Je ne veux pas être différent et tu dis que je dois l'être. Non, je ne comprends pas. »

Asita fit un pas vers lui et posa sa grosse main rude sur son épaule. « Pas de mère et un père à qui tu fais totalement confiance. Nous devrons tenir compte de cela. »

Siddhartha commençait à être nerveux. « J'entends des gardes qui viennent. Va-t'en. Tu as dit toi-même que tu ne devrais pas être ici. » De l'autre côté de l'étang des soldats s'appelaient les uns les autres et leurs cris s'approchaient de plus en plus.

L'étranger hocha la tête et dit : « Je peux m'occuper d'eux. »

La signification de cette phrase demeura un mystère pour Siddhartha, car Asita ne fit rien qu'il put voir. Mais quand les trois gardes passèrent en fouillant les roseaux, ils ne les aperçurent pas, même s'ils se tenaient tous les deux plantés là, bien visibles, devant eux. Le garçon hésitait.

« À toi de choisir, dit calmement Asita. Ou bien tu les appelles, ou bien tu écoutes ce que j'ai à te dire. »

Sans un mot, le garçon attendit que les gardes se soient suffisamment éloignés.

« Bien, dit Asita. Je ne suis venu ici que pour t'enseigner deux ou trois choses. Si je continue à te protéger, tu ne pourras pas trouver ta propre voie et c'est pourtant ce qu'il faut que tu fasses. »

« Comment m'as-tu protégé ? Est-ce que c'est toi qui me retiens ici, à l'intérieur des murs ? »

« Non. Je t'ai protégé de bien des façons, mais pas contre des dangers physiques. »

Asita se pencha et regarda le garçon dans les yeux. « Ton père veut continuer à vivre à travers toi. Mais il n'en a pas le droit. Crois-moi. » Siddhartha détourna le regard, se mordant la lèvre. « Tu es si jeune. Je souhaite seulement... » La voix d'Asita faiblit et il se releva. « Ce n'est pas en parlant qu'on fait sa destinée. Viens. J'ai quelque chose à te montrer et le moment de le faire est arrivé. »

Penché au-dessus de l'étang, une sorte de pommier, un jambosier rose inclinait ses branches chargées de fleurs crème. « Je t'ai dit que tu avais un don, mais ce n'est pas un don simple. Tu as déjà commencé à l'expérimenter, mais chaque fois que tu l'as fait, tu as eu envie de te sauver. Cet arbre te rappelle-t-il quelque chose ? » De la tête, Siddhartha fit signe que non.

« Tu avais à peine quatre ans. C'était au printemps et, pour marquer le début des labours, ton père avait donné une grande fête comme celle-ci. À cette occasion, le roi se rendait dans les champs et mettait la main à la charrue avec les fermiers, comme un simple laboureur, un spectacle rare. Tout le monde voulait le voir, y compris tes nurses. Alors elles te déposèrent sous un jambosier en fleur, pareil à celui-ci et elles t'oublièrent. Tu ne te souviens de rien ? »

Siddhartha ne savait pas quoi dire. Une étrange sensation prenait forme en lui, l'impression d'un brouillard qui tout à coup se dissipe et cela le faisait hésiter. Asita continua : « Personne ne s'en rendait compte mais tu observais toi aussi attentivement ce qui se passait et quand le soc de la charrue s'enfonça dans la terre meuble et la retourna, tu vis quelque chose de très petit mais qui te troubla beaucoup. La charrue avait ramené à la surface les corps d'insectes, de vers et de larves que sa lame avait découpés en petits morceaux. Qu'as-tu ressenti alors ? »

« Je ne peux pas me souvenir de ce qu'un petit enfant ressent. »

Le regard d'Asita demeurait fixé sur lui et Siddhartha baissa la tête. Au bout d'un long moment, il murmura : « J'avais envie de pleurer. Pourquoi est-ce que j'avais envie de pleurer pour des moitiés de vers ? »

« Tu t'es senti comme si on avait fait mal à quelqu'un de ta propre famille et cela t'a fait peur, n'est-ce pas ? Tu n'as pas besoin de répondre. Nous le savons tous les deux. Ce sentiment était trop violent pour toi. Mais quelque chose d'autre s'est produit par la suite... »

À cet instant, Siddhartha cessa d'entendre la voix d'Asita ; le brouillard à l'intérieur de lui se dissipa et il aperçut toute la scène que l'ermite était en train de décrire. Il se vit assis sous le pommier. Il se vit regarder les fleurs suspendues au-dessus de lui et tout à coup il revécut toute la scène. Mais ce qu'il ressentait n'était plus de la désolation pour les petites créatures taillées en pièces par la charrue. Un sentiment totalement nouveau s'était emparé de lui. L'arbre magnifique, le ciel bleu et immense, l'enthousiasme et la fièvre du printemps, tout cela l'émut à nouveau, mais cette fois c'était la joie pure qui faisait battre son cœur. Et pourtant, d'une façon mystérieuse, les deux sentiments semblaient liés. La vue de la violence, qui lui avait fait si mal, s'était transformée en une joie qui semblait vouloir faire éclater sa poitrine.

Siddhartha revint à lui-même et aperçut Asita qui semblait lire dans ses pensés. « C'était ton don. Tu ne dois pas t'y dérober. »

« C'est ce que j'ai fait cette fois-là ? »

« Non, tu n'étais pas encore conscient à cette époque, dit Asita. Tu n'en savais pas assez pour te sentir honteux ou différent des autres. Tu t'es plutôt laissé bercer pendant des heures dans ce sentiment merveilleux et quand on s'est à nouveau occupé de toi, on a été surpris de voir que tu n'avais pas bougé de l'endroit où on t'avait laissé. Tellement surpris, en fait, que personne ne remarqua quelque chose de beaucoup plus intéressant. »

Siddhartha l'arrêta d'un geste. « Ne dis rien. »

« Ah. Quelqu'un s'était donc aperçu de quelque chose. »

Même s'il était demeuré assis sous le pommier en fleur toute la journée, l'ombre de l'arbre n'avait pas bougé. Elle était demeurée au même endroit, juste au-dessus de sa tête. Et c'est ainsi que l'enfant avait été protégé des rayons ardents du soleil jusqu'au retour de ses nurses.

« Est-ce un exemple de ce que tu appelles me protéger ? » demanda Siddharta, ne sachant trop s'il devait considérer cela comme un miracle ou simplement comme une de ces choses qui faisaient de lui un enfant différent des autres.

« Tu es troublé et tu ne devrais pas l'être. Viens. »

Asita alla s'asseoir sous l'arbre. Siddhartha l'observa tandis qu'il croisait les jambes et redressait son torse jusqu'à ce que son épine dorsale soit parfaitement droite. La longue pratique qu'il avait de cet exercice faisait paraître la chose facile.

« À toi d'essayer », dit Asita.

Le garçon imita sa posture, qui lui sembla étonnamment confortable compte tenu du fait qu'il ne l'avait jamais pratiquée auparavant.

« Les mains comme ceci. » Asita avait posé une main sur chacun de ses genoux et faisait un cercle avec le pouce et l'index. Siddhartha l'imita et ferma les yeux quand il vit l'ermite fermer les siens. Ils demeuraient tous deux silencieux. Au début, le garçon n'était conscient que de ce qui l'entourait. Il faisait plus frais à l'ombre de l'arbre ; le soleil de midi filtrait paresseusement à travers la voûte de feuillage et de fleurs. Siddhartha se sentait étourdi et pendant un instant il fut sur le point de s'endormir. Mais il était bien réveillé quand la voix dans sa tête lui dit : *Peux-tu rester tranquille, sans penser ? Ne te parle pas à toi-même. Contente-toi de respirer, simplement.*

Ces mots apparurent dans sa tête comme apparaissaient ses propres pensées, mais il se doutait que c'étaient ceux d'Asita. Ils semblaient tous les deux connectés, reliés. Siddhartha accepta ce fait sans poser de question. Le vieil ermite ne ressemblait à personne qu'il ait déjà rencontré. Il ne ressemblait certainement pas à Canki en tout cas, que le garçon redoutait vaguement. Siddhartha venait de se prendre lui-même en défaut. Il n'était pas censé penser. Au bout d'un moment, son esprit se calma. Cela se fit naturellement, comme le vent qui fait frissonner la surface d'un lac tombe tout à coup. Il devint conscient de sa respiration, qui allait et venait à un rythme régulier. Tout cela était agréable, apaisant. Il avait le sentiment presque physique qu'il s'enfonçait à l'intérieur de la terre ou qu'il descendait au fond d'un puits. Mais cette descente n'était pas menaçante et ce qui l'attendait tout au fond n'était pas pure noirceur. Cela ressemblait plutôt à un sommeil paisible, à cette différence près qu'il demeurait éveillé.

Siddhartha perdit la notion du temps. Lorsqu'il ouvrit les yeux à nouveau, Asita le regardait, appuyé sur son bâton.

« Ils viennent te chercher », dit-il d'un ton posé. Siddhartha savait qu'il parlait des gardes envoyés par son père. « Te souviendras-tu de ce que je t'ai enseigné ? »

Siddhartha fit signe que oui, même s'il n'était pas du tout certain que l'ermite lui avait montré quelque chose. Asita devina son état d'esprit.

« Ici tu seras en sécurité. Ce sera ta place à toi, ton espace à toi. Quand tu te sentiras inquiet, tourmenté, indécis, ou quand quelqu'un essaiera de faire de toi ce que tu n'es pas, reviens à cet arbre. Assieds-toi et ferme les yeux. Attends que le silence se fasse. Ne fais rien pour hâter sa venue. Il viendra de son plein gré. »

Ils pouvaient maintenant entendre les soldats qui étaient de retour et criaient près de l'étang. « Seras-tu toujours ici ? » demanda Siddhartha.

Asita hocha la tête. « Avant de décider de venir aujourd'hui, j'ai dû bien réfléchir et soupeser les choses longuement. Tu es encore en danger. »

« En danger de quoi ? » Siddhartha était si calme, son esprit si apaisé, qu'il fut à peine troublé par la menace voilée que contenait la mise en garde d'Asita.

« Tu es menacé par tous ceux qui pensent savoir ce que ton avenir doit être. Tu n'es pas seul. Ils te surveillent toujours. »

« Je sais. » Le ton de Siddhartha était aussi posé que celui de l'ermite.

« Eh bien, qu'il en soit ainsi. Je te retire ma protection à partir de maintenant. Je ne veux pas agir comme eux. »

La voix d'Asita s'était faite plus douce et un peu étrange. Siddhartha ne comprenait pas pourquoi le regard du vieil homme paraissait si triste, ni pourquoi il s'inclina un instant devant lui pour toucher ses pieds. Mais au moment où il le fit, le garçon ferma les yeux à nouveau et se sentit encore une fois descendre dans un puits de silence, plus profondément cette fois, si profondément qu'il n'entendit pas Asita partir.

« Hé, là-bas ! »

La voix n'était pas loin et Siddhartha entendit des bruits de pas et de course. Il ouvrit lentement les yeux et aperçut un groupe de gardes qui l'entouraient. Certains semblaient tout excités, d'autres paraissaient soulagés. Celui qui semblait être leur chef donna un ordre: « Qu'on aille prévenir le roi ! » Puis il s'agenouilla à côté de Siddhartha. « Où étiez-vous ? Quelqu'un vous a-t-il enlevé ? »

Siddhartha fit non de la tête. Il aurait voulu les voir partir, tous. Ce serait bien mieux ainsi, s'il n'avait pas à revenir avec eux.

Il voulut fermer les yeux à nouveau mais s'entendit répondre : « Je suis resté assis ici, tout seul. »

Le chef des gardes paraissait sceptique. « Nous avons fouillé cet endroit au moins une demi-douzaine de fois. »

Si cette phrase était une question, Siddhartha n'y répondit pas. Il était trop occupé à regarder son corps qui se remettait sur ses pieds comme si une autre personne était en charge de ses muscles. Lui-même était toujours plongé dans le silence. D'autres personnes s'approchaient maintenant, des courtisans costumés pour la fête, certains assez ivres pour avoir peine à garder leur équilibre. Quelle heure était-il ? Il fut surpris de voir le soleil si bas à l'horizon.

Les soldats ouvrirent la voie et Siddhartha se sentit revenir dans le monde. Tout reprenait sa place. Son père l'accueillit à bras ouverts et ne chercha pas à savoir s'il s'était battu avec Devadatta. La tension une fois retombée, les réjouissances reprirent avec un enthousiasme redoublé et se prolongèrent bien après minuit. Siddhartha obtint la permission de rester éveillé. Il passa toute une heure, bien entouré de gardes, à regarder les danseurs et les jongleurs, puis regagna sa chambre et se jeta sur son lit, épuisé mais la tête pleine d'images qui l'empêchèrent de s'endormir avant un long moment.

Effacer un souvenir n'est pas aussi simple que d'effacer quelques mots gribouillés sur un tableau noir. Ce sont les yeux qui possèdent la mémoire la plus vivace, suivis du nez. Qui ne se souvient des neiges aveuglantes de son enfance, du parfum délicat d'une rose, de l'éclat de la queue déployée d'un paon qui fait la roue ? Mais essayez d'imiter le chant d'un merle, que vous avez pourtant entendu des milliers de fois. Peu de gens y parviennent. Et nous parvenons encore moins à nous souvenir des paroles les plus sages que nous avons entendues. Siddhartha se jura de ne jamais oublier les paroles d'Asita, mais les années passèrent et le message de l'ermite devint de plus en plus vague. Et puis, que valent quelques phrases pleines de profondeur perdues parmi les milliers de journées qui les suivent ? Pour le prince, chacune de ces journées était bien remplie – et lorsqu'il atteignit l'adolescence, Siddhartha ne se souvenait déjà plus qu'il avait jadis été sous la protection d'Asita, ni que cette protection lui avait été retirée.

Le roi tint parole et confia l'éducation de son fils à la seule autorité du grand brahmane. Le visage de Canki était le premier que le prince voyait lorsqu'il sortait de sa chambre le matin et le dernier lorsqu'il y retournait le soir. Naturellement, ce contact quotidien l'amena à accorder toute sa confiance à son professeur. Ce géant massif, ce pachyderme à forme humaine, le traitait bien et lui enseignait beaucoup de choses utiles. C'était un peu comme s'il était toujours suivi par un énorme bœuf savant. Mais, naturellement, Siddhartha faisait l'école buissonnière dès qu'il en avait la chance. À six ans, il avait déjà tracé un sentier à force de se rendre aux écuries et le sentier devenait plus large chaque année. Là, il pouvait passer des heures avec Channa, étendu dans le foin, à parler d'avenir ; ou bien à seller un cheval pour partir en promenade, tous les deux montés sur le même animal, l'un devant pour tenir les rênes, l'autre derrière pour l'éperonner ; ou ils aimaient encore étriller une monture écumante et tremblante après une longue course d'entraînement. Mais la plupart du temps ils s'exerçaient au combat, l'activité préférée de Channa, dont il ne se lassait jamais.

Si Bikram était là pour les observer, les deux garçons s'en tenaient à des règles précises. « Il peut arriver que nous ayons à tuer quelqu'un, mais nous ne sommes pas des bouchers. Nous nous battons avec style, insistait Bikram. Le style est ce qui rend le combat humain. » Il ne croyait qu'à moitié cette belle devise, mais elle lui redonnait une sorte de dignité et quand les carnages des batailles passées revenaient malgré lui à son esprit, cette dignité était son seul refuge – il avait tué trop d'ennemis de façon déloyale.

Avant qu'on lui remette son épée, chacun des garçons était emmailloté dans un épais rembourrage de paille qu'on recouvrait d'une grosse toile de jute. Leurs épées, plus courtes et plus légères que celles des soldats, avaient été modifiées : leur lame était moins tranchante et une boule de plomb en recouvrait la pointe. De cette façon, ni l'un ni l'autre des garçons ne pouvait se blesser sérieusement. « Ne les aiguise pas trop, mais assez pour qu'ils les sentent », avait ordonné Bikram à l'armurier. « Des blessures oui, mais pas de sang. »

En tant qu'arbitre, il criait « Touché ! » pour les séparer chaque fois qu'un coup portait. Mais il ne pouvait contrôler totalement le tempérament violent de Channa. Le garçon continuait à frapper, même après que son ennemi ait été touché et Bikram l'engueulait alors avec un juron de circonstance et une taloche sur l'oreille. Mais tous d'eux savaient qu'en secret il était fier de son garçon.

Souvent Siddhartha se sentait mal quand il avait le meilleur sur son ami. Mais Channa le provoquait. Il se vantait pendant des jours de chacune de ses petites victoires. Les garçons portaient tous deux les ecchymoses colorées laissées par les lames émoussées de leurs épées.

Un jour, alors qu'ils venaient tous deux d'avoir quatorze ans, une de leurs bagarres typiques éclata. Channa frappait et cognait sans arrêt, selon son style habituel. Siddhartha le surveillait attentivement et esquivait les coups quand il le pouvait, opposant la souplesse de la panthère à la gaucherie du bœuf qui caractérisait Channa.

« Touché ! » Channa avait crié trop vite. Son coup en diagonale n'avait atteint que la tunique de jute de Siddhartha. Emporté par son mouvement (il avait frappé de toutes ses forces), il glissa devant Siddhartha qui en profita pour lui frapper les fesses avec le plat de son épée.

« J'ai dit "Touché !", tu n'as pas entendu ? » grommela Channa. Siddhartha haussa les épaules. Channa détestait le sourire moqueur sur le visage de son ami et, plutôt que de discuter, il s'élança une deuxième fois et rata encore son coup. Siddhartha attrapa la chemise de Channa de sa main libre, plaça la pointe de son épée sur la gorge de son ami et le poussa contre le mur de l'étable. Leurs haleines se mêlaient tandis qu'ils se regardaient, furieux.

Est-ce donc cela qui rend mon père si heureux ? se demanda Siddhartha. Il l'avait entendu parler de la guerre et de l'émotion de participer au combat et il savait le plaisir qu'il ressentait à se battre pour sauver sa peau contre des ennemis sanguinaires.

Aujourd'hui il n'y avait pas d'arbitre, car Bikram avait été réquisitionné par le forgeron pour l'aider à maîtriser un cheval rétif qu'il se préparait à ferrer. Les garçons en profitaient pour se battre plus durement et tester leurs limites respectives.

Siddharta se mit en position, les pieds écartés et son poids bien réparti sur les deux jambes, comme on le lui avait enseigné, puis il attaqua. Il savait que sa taille et sa portée plus longue l'avantageaient. En vieillissant, il était devenu plus grand et plus mince que Channa. Il frappa rapidement, mettant autant de force qu'il le pouvait dans son coup. Channa souleva son épée et la bloqua, fer contre fer. Le bruit sonore fit sursauter quelques-uns des chevaux qui renâclèrent et piaffèrent nerveusement dans leur box.

« Dis-moi quand tu en auras assez de me voir m'amuser avec toi », railla Siddharta. Ils se battaient depuis une heure déjà et ils étaient tous deux en nage. Les muscles qui saillaient sur leurs bras et leurs jambes montraient bien qu'ils n'étaient plus des enfants, mais des hommes.

« T'amuser avec moi ? dit Channa. C'est moi qui me retiens pour que tu puisses demeurer dans la lutte. »

Même si les forces commençaient à lui manquer et si l'air lui brûlait les poumons à chaque respiration, Siddharta se lança à la poursuite de Channa, repoussant son ennemi devant lui.

« Touché ! »

Cette fois c'était Channa qui avait crié, touché à la poitrine par la pointe de l'épée de Siddharta. Le prince sourit en hochant la tête, l'air de dire : *Réglons donc cette question une bonne foi*s. Voyant Channa hors d'équilibre, il fit sauter son épée d'un mouvement rapide du poignet et, la rattrapant par la garde, s'en servit comme d'un poignard qu'il appuya contre le cœur de Channa. Il ressentit l'exultation d'être le plus fort et un instant plus tard il était accroupi sur le corps de Channa, le tranchant de la lame appuyé contre la gorge de son ami.

Il laissa Channa se relever, évitant de le regarder dans les yeux. Si leurs regards s'étaient rencontrés, il savait qu'il aurait vu dans celui de son ami une étincelle de haine, le regard plein de mépris de celui qui a perdu. Et puis il y avait autre chose. Il lui semblait avoir entendu quelqu'un qui s'approchait presque silencieusement. Mais avant qu'il ne puisse découvrir de qui il s'agissait, Siddharta sentit ses jambes lui manquer. Comme il se retournait pour s'éloigner, Channa avait tendu la jambe et l'avait fait tomber. Siddhartha se retrouva face contre terre sur le plancher de l'écurie, crachant des miettes de crottin. L'instant d'après, Channa était sur lui, le retournant brutalement et posant à son tour la pointe de son épée sur sa gorge. Même protégée par une mouche de plomb, la pointe s'enfonçait douloureusement dans sa chair.

« Tu as oublié de m'achever », dit Channa. Il arborait un sourire vainqueur, comme chaque fois qu'il retournait en sa faveur une situation où il avait été mis en danger. Mais ses yeux étaient noirs et reflétaient un sentiment qui glaça le cœur de Siddharta.

« Tu vois ? dit Channa, penché sur lui, leurs deux visages à quelques centimètres l'un de l'autre. C'est ça, la différence entre toi et moi,

Siddharta. » Il eut un sourire plein de morgue. « Je ne pense même pas à ne pas te tuer. »

« Hé, les filles ! Est-ce que j'ai entendu parler de tuer quelqu'un ? » Les deux garçons sursautèrent. Sans un bruit, Devadatta venait d'apparaître. « Ça ne vous arrivera jamais, je vous le garantis. » Il s'approcha plus près, leur jetant un regard méprisant.

« Tu permets que j'essaie ? » répliqua vivement Channa. Il leva son épée et en plaça la pointe sous le menton de Devadatta.

Siddhartha se raidit. Les trois garçons se connaissaient bien, ils étaient toujours ensemble, selon le conseil que Canki avait donné à Suddhodana. « Élevez-les tous les trois ensemble. Si nous isolons le prince, il croira que nous avons des vues sur lui. » C'était une autre de ces petites choses qui irritaient Suddhodana dans sa relation avec le brahmane : celui-ci ne pouvait s'empêcher de parler comme un conspirateur. « Pourquoi lui enseigner à haïr les ennemis du royaume, quand il suffit de le mettre dans la même pièce qu'un ennemi bien à lui ? » La jalousie que Devadatta entretenait envers son jeune cousin n'était un secret pour personne.

« Le garçon et son cousin, je veux bien, avait dit le roi. Ils sont tous deux de sang royal. Mais pourquoi Channa ?

« Il faut donner au prince quelqu'un en qui il puisse avoir confiance et à qui il puisse se confier. Un jour viendra où vous ne pourrez plus deviner ses pensées et où il cessera de vous dire ce qu'il pense vraiment. Ce jour-là nous pourrons nous tourner vers Channa et savoir tout ce que nous voulons savoir. »

En secret, le roi doutait de ce plan, mais il avait ses propres raisons d'accepter la suggestion du brahmane. Devadatta pourrait lui rendre compte de l'enseignement donné par le prêtre, ce qui lui permettrait de s'assurer que ce dernier ne faisait pas trop l'éloge de la vie des brahmanes au détriment de celle des guerriers. Et Channa pourrait servir d'informateur en ce qui concernait la vie privée de Siddharta – Canki avait raison à ce sujet.

Dès le début, Devadatta avait eu beaucoup de difficulté à accepter cet arrangement. Lui, membre de la caste de Kshatriya, n'avait jamais partagé un repas avec quelqu'un comme Channa, ni touché un méprisable demi-caste. Demi-caste était le terme qu'on réservait à quelqu'un dont la lignée ou les origines étaient inconnues et il est vrai que Channa n'avait jamais connu sa mère. Personne ne mentionnait jamais le nom de celle-ci et son père ne lui avait rien dit des raisons pour lesquelles elle les avait abandonnés. Bikram lui-même était né dans les écuries dont il était maintenant le chef. Lorsque Canki réunissait ses trois élèves, Devadatta se plaçait toujours dos à Channa ; jamais il ne lui adressait la parole directement. Que ce demi-caste ose maintenant se battre contre lui constituait un véritable outrage.

Devadatta réfléchit à ce qu'il devait faire. Les deux possibilités les plus évidentes étaient soit d'ignorer la remarque avec un silence hautain, soit d'attaquer sans avertissement. Lui infliger une coupure d'un rapide coup de dague ferait l'affaire. Mais Devadatta avait dix-huit ans maintenant, il était un homme. Les vrais hommes ne s'occupent pas des menaces des jeunes garçons. La subtilité de la question l'agaçait et il décida que, chose certaine, il ne pouvait laisser passer cette insulte sans réagir.

« Quelle sorte d'essai avais-tu à l'esprit ? » demanda-t-il. Il parlait lentement et, tout en parlant, il tenait le bout de l'épée de Channa et dévissait la boule de plomb qui en protégeait la pointe. « Nous avons suffisamment fait semblant. »

Channa était courageux, mais il n'avait malgré tout que quatorze ans. Il regarda nerveusement la pointe nue de son épée tandis que Devadatta tirait sa lame de son fourreau.

« À toi de jouer, garçon », dit Devadatta. Il regardait la pomme d'Adam de Channa qui montait et descendait le long de son cou. Ils savaient tous les deux que Devadatta pouvait se débarrasser de lui sans craindre de représailles.

Mais il y avait autre chose que personne ne savait, à part Devadatta. La peur qu'il inspirait ne résultait pas seulement de la menace qu'il représentait. Siddharta avait peut-être oublié Asita, mais son cousin n'avait pas oublié Mara. Le démon ne le lui permettait pas. Il soufflait sur chaque braise de ressentiment qu'il pouvait trouver en lui jusqu'à ce qu'elle devienne incandescente. L'aspect démoniaque du caractère de Devadatta ne faisait aucun doute. Lorsqu'il se battait, il pouvait voir intuitivement les points faibles de l'adversaire et il ne faisait pas de quartier une fois le combat engagé. Mara en avait aussi fait un irrésistible séducteur. Habité par une assurance inébranlable, il était capable d'utiliser les flatteries les plus mielleuses comme les suggestions les plus grossières et il n'abandonnait jamais la partie avant de l'avoir remportée. Ses passions l'avaient entraîné dans les bas-fonds les plus sordides – des ruelles et des tavernes où les castes n'avaient plus de privilèges. Pourtant ce n'est pas cela qui faisait de lui un homme hors du commun en matière de luxure. C'était plutôt la totale férocité dont il faisait preuve envers ses rivaux, maris inclus, quand ceux-ci osaient se mettre en travers de son chemin. Devadatta ne craignait pas de tirer l'épée pour convaincre un homme que sa femme était bonne à prendre par qui le voulait. Des rumeurs d'assassinats déguisés circulaient à propos de certains époux qui auraient opposé trop de résistance. Que ces rumeurs aient été vraies ou non, il n'en restait pas moins que plus d'un habitant du voisinage portait des cicatrices bien visibles sur la poitrine ou le visage.

« Je ne veux pas me battre avec toi, marmonna Channa. Nous ne faisions que nous exercer. »

« Mauvaise raison. Tu m'as défié. Maintenant tu as le choix : ou bien tu me fais tes excuses à genoux ou bien tu te prépares à te réveiller mort demain matin. » Devadatta sourit, mais il ne fit rien pour hâter l'issue de la discussion, car il s'amusait bien. Il voulait mettre les choses au clair concernant certaines frontières qu'il valait mieux ne pas franchir. Mais si Channa avait pu voir par-delà les menaces de Devadatta, il se serait rendu compte que son ennemi n'avait pas assez de poids à la cour pour tuer vraiment le meilleur ami de Siddharta.

« Arrêtez ! » Siddharta s'interposa entre les deux belligérants. Il avait hésité un instant, sachant que quoi qu'il fasse, les choses se retourneraient contre lui. Channa nierait de toutes ses forces qu'il se préparait à se soumettre ; Devadatta le maudirait de lui avoir volé sa proie. Pourtant, rien de cela ne se produisit. Au lieu de s'en prendre à lui, les deux adversaires le repoussèrent presque brutalement en lui lançant des regards furieux.

« Non, ça suffit ! Vous allez trop loin. » Siddharta s'interposa de nouveau et cette fois c'est Devadatta qui lui cria après, par pure malice. « Enlève-toi du chemin, dégage ! » Mais la main qui le frappa par-derrière d'un coup bref et sec était celle de Channa. Le regard dans les yeux de son ami disait : *N'essaie pas de me protéger. Je ne te le pardonnerai jamais.*

Siddharta était étonné. Il ne pouvait pas voir Mara à l'œuvre dans l'âme de son cousin, mais il voyait que Devadatta n'était pas un aristocrate arrogant, pas du tout. Il était l'esclave de ses passions. Et Channa aussi. De ce point de vue, il n'y avait aucune différence entre les deux.

Ce ne sont même plus des êtres humains. Qu'est-ce qui leur est arrivé ?

Siddharta se posa cette question et sa vision sembla transpercer les deux belligérants. Leurs corps devinrent transparents, comme la membrane presque transparente des nageoires d'un poisson, mais au lieu de voir le sang courir à travers cette membrane, Siddharta voyait leurs vies. Chaque personne ressemblait à une enveloppe contenant plusieurs vies, toutes entassées dans le petit espace d'un corps. Une vague d'hostilité surgissait de la partie la plus sombre des deux adversaires. Devadatta n'était que le porteur de cette vague, son instrument, comme un malade infecté porte le germe de la typhoïde. Mais Channa ? Comment pouvait-il en être porteur lui aussi ?

Siddharta ne se fit aucun de ces raisonnements. Il se contentait de sentir, d'éprouver. Ni Devadatta ni Channa ne regardaient de son côté. Il dégaina son épée et la plaça entre eux à l'horizontale. « Allez-y, battez-vous, dit-il, les regardant tous les deux de haut. Mais vous devrez vous battre avec mon sabre entre vous et si vous le touchez, cela équivaudra à me défier, moi. Et me défier moi, c'est défier le trône. Est-ce bien ce que vous voulez ? »

Personne ne savait trop s'il s'agissait d'un stratagème ridicule ou d'une ruse diplomatique astucieuse, mais les deux ennemis reculèrent, poursuivant leur combat en échangeant quelques regards assassins. Puis Devadatta rengaina son arme, salua de manière arrogante et partit sans dire un mot. Channa disparut de son côté avec un regard de mépris à peine caché. Le vent souffla par les fenêtres de l'écurie et l'air s'éclaircit peu à peu. Il restait à Siddharta à savoir si c'était son don qui s'était manifesté à nouveau. Si c'était le cas, pourquoi devrait-il se charger d'une souffrance que les autres niaient eux-mêmes éprouver ?

C'est moi qu'ils vont blâmer. Je les ai empêchés de se tuer l'un l'autre.

Mais la blessure la plus profonde, celle qui mettrait des années à guérir, c'était celle causée par le mépris qu'il avait lu dans les yeux de Channa. Si Channa était porteur de haine autant que Devadatta, alors il n'y avait aucune différence entre eux et la distinction entre ami et ennemi n'avait aucun sens. Quelque chose dans le lien qui unissait Siddharta et Channa, cet engagement muet entre deux garçons qui dit que rien ne s'interposera jamais entre eux, commença à ce moment à se défaire. Il n'y avait pas moyen d'y échapper. Pourtant, si Siddharta avait pu trouver la façon d'effacer un seul souvenir, c'est celui-ci qu'il aurait voulu faire disparaître.

Chapitre 7

« Ça ira. À la rigueur. »

« À la rigueur ? Merci beaucoup. »

Se regardant dans la glace, le jeune garçon accepta la taquinerie avec un sourire. Au moins Kumbira le considérait encore comme un enfant, ce que personne d'autre ne faisait.

« De ma part, c'est un grand compliment », répliqua-t-elle.

Kumbira regardait Siddhartha d'un œil approbateur. Il se tenait debout devant son reflet, entouré d'une nuée de dames d'honneur. Sa tenue de cérémonie était parfaitement ajustée. Aujourd'hui, jour de son dix-huitième anniversaire, il serait reconnu officiellement comme successeur du vieux Suddhodana. Il s'était livré au rituel de l'habillage, torse découvert et jambes nues, et on l'avait recouvert de multiples couches d'huile, de parfums et de vêtements. Chacune des femmes qui étaient là, se disait Kumbira, l'aurait regardé avec des yeux remplis de désir – si seulement elles en avaient eu l'audace.

Et pourquoi pas ? pensa-t-elle. Il existait sans doute des princes plus riches et plus puissants dans le vaste monde, mais pas dans leur petit royaume. Tout de même, elle voyait encore le petit garçon en lui. Siddhartha avait conservé l'innocence de sa jeunesse. C'est ce que Kumbira aimait tant, sans parvenir à l'expliquer à personne. Ce que son père avait essayé de lui insuffler, c'était le contraire de l'innocence.

« Laisse-moi te poser une question, Kumbira. Dis-moi, est-ce que je devrais éprouver un grand bonheur en ce moment ? Si quelqu'un le sait, ce doit bien être toi. »

« Ne dis pas de bêtises », répondit Kumbira. Elle s'approcha, l'œil sévère et huma son odeur. « Qu'est-ce que tu sens ? Ça ne va pas du tout. Qu'on apporte du bois de santal. » Aussitôt, l'une des jeunes femmes se précipita vers l'officine royale où l'on entreposait toutes sortes d'onguents, de baumes, de pommades et d'aromates.

« Peu importe ce que je sens, Kumbira. Ce n'est pas moi qu'on va manger au dessert. »

« N'en sois pas si certain ! »

Les dames d'honneur ricanèrent et dans la glace elle vit le sourire de Siddhartha s'effacer. Le grand jour arrivé ne semblait plus provoquer chez lui la joie qu'il promettait autrefois. Kumbira l'avait souvent surpris dans des moments de tristesse, le regard noir et les lèvres serrées. Cela lui brisait le cœur de le voir aussi replié sur lui-même.

Elle s'approcha de lui par-derrière et enroula une riche écharpe de soie autour de sa poitrine. « Qu'est-ce qui se passe ? Dis-le-moi à l'oreille. Je confierai tous tes problèmes aux dieux et ils n'oseront jamais revenir. » Siddhartha secoua la tête. Kumbira soupira. « Es-tu vraiment décidé à tout gâcher ? Tous les gens du palais et toute la population du pays attendent ce jour depuis longtemps. » Siddhartha ne répondit pas.

« Les jeunes hommes, voilà comment ils sont. » Son élan arrêté par l'humeur du prince, Kumbira claqua des doigts vers la jeune fille assise à la table où se trouvaient les articles de toilette. « De l'eau de rose, pour adoucir le caractère. » La fille saisit le flacon et se précipita pour en oindre la longue chevelure noire de Siddhartha dont les boucles retombaient jusque sur sa nuque. Kumbira voyait à tout. Chaque détail devait être préparé avec soin. Le roi allait présenter son successeur au monde. Si Kumbira craignait la colère royale, elle désirait surtout pour le prince que cette fête soit une réussite, avec autant d'ardeur que s'il se fut agi de son propre fils.

Siddhartha enfila le manteau orné de pierres précieuses qu'on lui tendait. Sous le poids, il grogna et faillit perdre l'équilibre. « Quelqu'un s'est sûrement trompé. Ce manteau est fait pour un des éléphants. »

Une des jeunes filles ne put s'empêcher de rire et Kumbira la fusilla du regard. Même s'il était entouré de femmes depuis deux heures, quelque chose poussa cette fois Siddhartha à tourner la tête. Il aperçut une des plus jeunes assistantes qui essayait de déguiser ses rires en toussant et en agitant la main devant sa bouche comme si elle s'était étouffée. Kumbira se préparait à faire sortir la jeune fille de la pièce quand elle remarqua quelque chose de plus troublant que cet accroc au décorum. De toute évidence, Siddhartha avait choisi ce moment pour découvrir la beauté de la jeune fille. Ses yeux s'agrandirent et inconsciemment il se redressa, comme un paon faisant la roue devant une femelle.

Kumbira s'y connaissait un peu en la matière. Pendant toutes ces années, elle avait eu le loisir d'observer le comportement des hommes et cette réaction était sans équivoque. Mais elle retint sa langue et attendit de voir ce qui allait se passer. Même si elle avait vieilli, Kumbira avait toujours son protégé à l'œil et tout le monde avait remarqué, sans nécessairement être d'accord, que Siddhartha était demeuré chaste jusque-là. Pendant ce temps, Siddhartha n'arrivait plus à détacher les yeux de la jeune fille qui s'était moquée de lui. Sujata était jeune et douce, bien en chair là où il le fallait, avec une chevelure souple et une peau satinée. Son embarras la rendait encore plus attirante : elle rougissait maintenant, devant l'intérêt que le prince lui portait. C'était là un défi, Kumbira le savait par expérience, auquel aucun guerrier ne pouvait résister.

Mais au lieu de se comporter face à cette jeune fille avec l'arrogance dont les hommes de haute naissance faisaient souvent preuve devant une possible conquête, Siddhartha rougissait lui aussi. Pendant quelques instants, la salle d'habillage se tint coite devant le silence embarrassé des deux jeunes gens. À la hâte, Kumbira s'interposa entre eux, mettant un terme à leur échange de regards. Puis, elle se mit à entourer la tête de Siddhartha d'un turban rouge.

« Attends, dit-il, lui prenant le tissu des mains. Laisse-moi faire quelque chose moi-même. » De façon experte, il enroula le turban, sans quitter Sujata des yeux.

D'où vient-elle ? Kumbira n'arrivait pas à se le rappeler. On amenait régulièrement à la cour des filles de la campagne qui venaient s'engager comme servantes et celle-ci était justement nouvelle. Kumbira en avait l'habitude. Le roi renouvelait constamment les visages qui entouraient le prince, comme quelqu'un réensemencerait régulièrement un lac à truites.

« Tu n'es pas ici pour t'amuser, jeune fille », la prévint Kumbira en lui jetant un regard désapprobateur.

La fille baissa les yeux : « Je ne m'amusais pas, noble dame. »

« Ne répond pas ! Il te reste encore beaucoup de choses à apprendre. Peut-être devrais-tu aller commencer ailleurs. » D'un geste de la main, Kumbira la chassa. « Allez, va, va ! » Déconcertée, Sujata s'inclina et quitta la pièce.

« Elle aurait pu rester », murmura Siddhartha. Kumbira ne dit rien. Elle n'était pas fâchée contre la fille ; elle ne l'avait renvoyée que pour éviter au prince de se laisser aller à des gestes irréfléchis devant toutes ces langues bien pendues qui s'empresseraient de répandre des rumeurs dans tout le palais. S'il était vraiment intéressé par Sujata, ou même s'il n'éprouvait pour elle qu'une inclinaison passagère, il pouvait la faire venir dans ses appartements privés.

Siddhartha s'enfonça dans un silence morose tandis qu'on apportait la touche finale à son costume : une plume de paon plantée avec panache dans son turban et de fines babouches de satin pour ses pieds. Après avoir jeté un dernier regard sévère à son reflet dans le miroir, il se dirigea vers la porte, puis se retourna.

« Comment s'appelle-t-elle ? » Sa voix était presque inaudible.

« Sujata », dit Kumbira. Il répéta le nom tout bas. « Eh bien, tu as tout de même fini par en remarquer une », dit Kumbira. Malgré l'appréhension qui la tracassait, elle ne pouvait s'empêcher de le taquiner. Siddhartha fronça les sourcils, mais il était trop peu sûr de lui dans ce domaine pour y mettre beaucoup de conviction. Il fouilla dans la poche de son costume et en tira quelque chose qu'il posa dans la paume de Kumbira, une lourde pièce de monnaie.

« Le silence est d'or », dit-il avec une expression à la fois timide et sérieuse.

Kumbira approuva de la tête et Siddhartha quitta discrètement la pièce. Ils partageaient un petit secret maintenant et Kumbira devinait, sans pouvoir expliquer pourquoi, qu'il s'éloignait d'elle pour toujours. Il n'y avait aucune raison pour qu'il en soit ainsi, mais elle serra la pièce de monnaie dans sa main comme si elle tenait là le souvenir d'une occasion perdue. Si seulement elle pouvait comprendre ce garçon.

Un tigre tapi à l'affût dans la savane ou un aigle dans son aire trouvent peut-être facile d'être seuls, mais les humains, non. Il y a plusieurs façons d'être seul et chacune d'elles entraîne son lot de complications particulières. En ce jour où l'on célébrait le dix-huitième anniversaire de Siddhartha, trois personnes au palais se sentaient complètement seules. Siddhartha se sentait seul parce qu'il ne savait pas qui il était et parce qu'il ne pouvait le demander à personne. Le roi se sentait seul parce qu'il craignait que son projet ne soit sur le point de lui glisser entre les mains. Devadatta se sentait seul parce qu'il avait été entraîné dans des tourments secrets, sans espoir d'en sortir. Chacun expérimentait une forme bien différente de solitude et pourtant ils avaient tous trois une chose en commun : ils mettaient tous leurs efforts à ce que personne ne s'en aperçoive.

Grimpé sur les remparts, Suddhodana observait la longue filée de palanquins, de chaises à porteurs, de charrettes et de chariots qui amenaient les invités et leur suite vers la capitale. D'en bas, certains l'apercevaient et lui envoyaient la main, ou bien s'extrayaient de leur moyen de transport pour lui faire la révérence. Il restait immobile, ne leur rendant pas leurs saluts. Le temps était superbe et les routes menant à Kapilavastu parfaitement sûres. Il avait envoyé des troupes patrouiller les cols de montagnes où les bandits tendaient leurs embuscades. Pour lui, cette journée n'était pas tant un banquet d'anniversaire qu'un événement politique. On mangerait des paons cuits au four et servis dans leur plumage comme s'ils étaient encore vivants, du riz au safran cuit à l'étuvée avec une égale quantité de graines de sésame, des chevreaux entiers rôtis dans le beurre, des feuilles de bétel enveloppées dans des feuilles d'argent, des confitures de rose dont la seule odeur suffisait à vous faire tomber en pâmoison; à boire, il y aurait de l'hydromel, de la cervoise à pleins barils jusqu'à très tard dans la nuit et, pour dessert, il y aurait la chair des femmes dans des alcôves sombres à l'abri des regards. Mais tout cet étalage de richesse constituait en réalité une démonstration de force. Ses invités le savaient. La plupart étaient là parce qu'on les y avait obligés, pas parce qu'on les avait invités. Suddhodana avait maintenant pour tâche délicate de leur faire reporter sur son fils la peur et le respect que des années de carnage lui avaient valus. Et cette perspective le remplissait d'amertume.

Il porta son regard vers la tour à l'intérieur de laquelle Siddhartha attendait de faire son apparition officielle. « Je ne veux pas que tu te mêles aux autres. Ne salue personne, ne te montre à personne. Il faut qu'ils soient tous saisis de crainte et de respect quand ils te verront. C'est ton théâtre et tu dois en avoir le parfait contrôle. »

« Je ferai tout ce que vous me demandez », répondit Siddhartha.

« Suffit! Pas de belles paroles. Les mots ne m'ont jamais rien apporté de bon. Aujourd'hui marque le premier jour de la vie qui sera la tienne à l'avenir. À moins que tu ne leur inspires une peur totale, tous ces gens deviendront un jour tes ennemis, je peux te le garantir. »

« De la peur? » Siddhartha semblait examiner le mot comme s'il venait d'une langue étrangère. « Je ne suis pas une menace. Pourquoi les choses ne resteraient-elles pas comme elles sont? »

« Parce que la peur est une assurance. Une protection. Ou bien les gens se prosternent à tes pieds, ou bien ils te sautent à la gorge.

C'est à toi de choisir. » Suddhodana avait énoncé cette maxime avec une totale conviction.

« Tu me protèges et je n'ai pas peur de toi », lui rappela Siddhartha. C'était vrai. Au cours des ans, la relation entre le père et le fils avait été plus ou moins étroite et parfois il y avait eu entre eux une incompréhension totale. Mais Siddhartha n'avait jamais eu peur de son père ou des conséquences qu'une désobéissance aurait pu entraîner. En grandissant, le prince avait acquis un mélange de qualités qui mystifiaient le roi : la douceur côtoyait le courage, la patience soutenait la volonté et une confiance naïve se combinait à la perspicacité. Suddhodana ne pouvait jamais prévoir lequel de ces traits prendrait le dessus. Chaque jour, quelque chose venait lui rappeler que deux personnes différentes semblaient vivre dans ce corps.

« Le brahmane ne t'a-t-il donc rien appris ? dit le roi tout à coup impatient. Ce que je te dis est vrai, c'est la réalité. Sans susciter la peur, tu ne peux obtenir le respect. Sans respect, impossible de maintenir la paix entre les ennemis en puissance. Quand il s'agit de répandre le sang, personne n'a jamais assez peur. Les passions poussent les hommes à se battre jusqu'à la mort et dans la bataille on oublie la peur ou on la méprise. La peur n'est plus utile une fois que les sabres sont tirés de leur fourreau. Mais elle empêchera les hommes d'en venir à cette extrémité, si tu sais comment t'y prendre. »

Ce n'était pas un discours préparé, mais ce n'était pas non plus une simple bouffée de mauvaise humeur. Suddhodana avait prévu confronter son fils avec les réalités de l'existence d'un roi. Il n'attendait que le moment propice ; le garçon devait être assez vieux pour comprendre la leçon, mais pas trop, afin qu'il ne s'imagine pas en savoir plus long que son père. Suddhodana ne pouvait qu'espérer avoir choisi le bon moment. Il guetta sur son visage la réaction de Siddhartha.

« Comment utilise-t-on la peur ? » demanda Siddhartha.

Son ton hésitant n'était pas très encourageant, mais au moins il avait posé la bonne question.

« Il faut utiliser la peur comme un médicament, répondit son père. Il faut en employer une quantité suffisante, mais sans exagérer pour que le remède ne devienne pas un poison. Prendre un médicament n'est jamais agréable. Mais ce petit désagrément sert à guérir d'un plus grand mal. » Suddhodana avait mis cette analogie au point et l'avait répétée jusqu'à ce qu'il soit sûr qu'elle était facile à comprendre et assez forte pour se graver dans l'esprit du garçon.

« Le destin nous a distribué d'excellentes cartes, continua Suddhodana. Nous sommes protégés au nord et à l'ouest par des montagnes. J'ai combattu sur ce front à l'occasion, mais mes yeux continuent de se tourner vers l'est. À l'est, il y a deux rois puissants, ceux des royaumes de Magadha et de Kosala. Ensemble, ils pourraient facilement nous renverser par la seule force du nombre. À la limite, chacun d'eux est presque assez fort pour nous menacer sans s'allier à l'autre. Mais ils ne nous attaquent pas parce que j'ai su leur faire peur le premier. Je les ai mordus à la gorge, comme un petit chien qui peut en faire reculer un plus gros parce qu'il est plus féroce. Le gros chien se souviendra de la morsure et oubliera que son ennemi est plus petit que lui. »

« Tu les as ensorcelés », dit Siddhartha. C'était une remarque étrange et elle arrêta net l'élan de son père.

« C'était plus que de la sorcellerie. J'ai tué des hommes pour vrai. Et un jour, c'est ce que tu feras aussi. »

Voilà, c'est dit. Il venait de placer son fils devant une réalité incontournable et non une simple possibilité. « Il n'y a jamais eu de roi qui n'ait pas dû se battre et tuer des ennemis », ajouta-t-il avec emphase.

« Alors je devrai choisir », dit Siddhartha. Son ton rêveur exaspéra le roi.

« Non, il n'y a rien à choisir. Si tu ne peux pas te mettre cela dans la cervelle… » Suddhodana s'arrêta. Il se souvint que les dieux étaient favorables à son projet. Le prince était peut-être un peu confus, mais il était encore jeune et l'horoscope de sa naissance lui promettait explicitement un brillant avenir. Il n'était pas nécessaire de l'intimider ou de l'aiguillonner. Suddhodana changea de tactique. « Je n'aurais pas dû dire cela. Ce que je voulais dire, c'est que si tu n'es pas capable de faire cela pour moi, tu n'es pas le fils que je connais. »

Siddhartha accepta calmement ce reproche adouci. Il se sépara respectueusement de son père, chacun d'eux satisfait d'avoir réussi à cacher à l'autre à quel point il se sentait seul et abandonné. Maintenant, le roi regardait tristement en direction de la tour où Siddhartha attendait, mais de la tour personne ne le regardait. Son fils s'était jeté sur le sol, après s'être débarrassé de son costume étouffant et de cet absurde turban à plume. Il avait enfoncé sa tête dans une pile de coussins, essayant de ne penser à rien. Son malheur aurait été plus facile à porter s'il avait détesté son père ou s'il avait voulu s'opposer à sa volonté.

Mais il avait suivi à la lettre les recommandations de ses professeurs, il avait maîtrisé les arts martiaux et excellait dans les simulacres de batailles. Il avait ressenti l'exultation de jeter son adversaire au sol. Alors pourquoi se sentait-il si lâche, comme quelqu'un qui aurait marché avec assurance jusqu'au bord d'une falaise et qui se rendrait compte qu'il n'est pas capable de franchir le dernier pas ? Le dernier pas était inévitable. Chaque jour de sa vie menait à cela. Siddhartha sentait une angoisse sourde dans le creux de son estomac.

La fête battait son plein depuis plus de deux heures, les services se succédant les uns aux autres, les invités s'empiffrant de nourriture et d'alcool. Seul Suddhodana ne buvait pas et lorsqu'il sentit que le moment était venu, il leva sa coupe : « En l'honneur de mon fils, j'ai dépensé la moitié de ma fortune pour cette fête. » Il marqua un temps d'arrêt. « J'ai vu à ce que votre confort et votre plaisir soient sans faille. J'ai examiné personnellement chacune des dames de la cour et j'ai banni les plus laides au royaume de mon ami Bimbisara... » Les éclats de rire fusèrent. Suddhodana attendit qu'ils s'éteignent et ajouta : « ... où on les considère comme les plus belles femmes du pays. »

À nouveau les rires retentirent, des rires gras, mêlés d'applaudissements. Même Bimbisara, le puissant roi de Magadha, sourit et applaudit, d'un sourire forcé et peu convaincant. Il était l'un des rares invités venu de son propre chef, sans aucun doute parce qu'il avait ses propres raisons secrètes d'être là.

Quand il fut certain que ceux qui avaient trop bu se tiendraient tranquilles et que les autres écouteraient attentivement ce qu'il dirait, Suddhodana reprit : « Je suis ici pour vous confier un secret inouï, un secret que j'ai gardé pour moi pendant la moitié de mon règne. » Sa voix prit un ton dramatique. « Écoutez-moi bien, tous ! » Il lança sa coupe par terre avec fracas, mettant fin aux quelques conversations éparpillées qui avaient continué ici et là.

« Après la mort de sa chère mère, j'ai fait venir des astrologues au chevet de Siddhartha. Et ils m'ont annoncé les plus incroyables nouvelles. Ils ont parlé de quelqu'un dont le destin est de régner sur le monde. » Suddhodana marqua un nouveau temps d'arrêt et attendit que le silence revint. « Quelqu'un qui n'avait pas pour destin de gouverner un petit royaume. Quelqu'un à qui on allait donner le monde entier ! Avez-vous une idée de ce que cela veut dire ? »

Suddhodana quitta son trône et descendit au niveau de son auditoire. Les deux léopards enchaînés près de lui le suivirent, un de chaque côté, jusqu'à ce qu'ils atteignent le bout de leur chaîne qui les arrêta net. Avec un grognement, ils se mirent à faire ondoyer lentement leur queue.

« Cela veut dire qu'il ne sera plus important que vous possédiez plus de territoire que moi », dit Suddhodana, pointant le doigt en direction d'un de ses pairs, « ou que votre armée ait deux fois la taille de la mienne », il en désigna un autre, « ou que votre père ait été un foutu meurtrier et un intrigant qui a essayé de s'emparer du trône de mon père. »

Le dernier homme qu'il venait de désigner recula. Sa main se porta vers l'épée attachée à sa ceinture. Pendant un moment, il hésita sur la conduite à suivre. Finalement il détourna les yeux et laissa retomber son arme. Suddhodana s'éloigna, avec un sourire vainqueur. « Haïssez-moi autant que vous le voulez, lança-t-il. Complotez autant que vous l'oserez. » Il se tourna vers le trône. « Mon fils avalera tous vos royaumes pour son repas du soir. Il pourra acheter et vendre des océans, des continents tout entiers ! »

Les murmures pleins de perplexité et d'inquiétude qui avaient accompagné les propos de Suddhodana cédèrent la place au silence quand le roi se mit à menacer ses invités. Tout le monde craignait les dieux avec la même superstition que Suddhodana.

« Vous ne me croyez pas ? les défia-t-il. Je l'ai vu ! J'ai vu tout ce qui allait arriver. »

À ce moment, une légère agitation attira son attention. Siddhartha était là, debout à l'entrée de la salle, éblouissant dans son nouveau manteau rehaussé de pierres précieuses.

« Ah, s'écria Suddhodana, faisant un geste en direction de son fils. Le voici. » En même temps, il pensa : *J'ai fait tout ce que je pouvais. Prends la scène ou payes-en le prix.*

Siddhartha regarda autour de lui. Au cours de toutes ces années, il n'avait vu que quelques-uns de ces visages. Il fit un pas en direction de l'assemblée. Personne n'essaya de lui toucher la main et un grand silence se fit. Siddhartha regarda son père, attendant un signe ; Suddhodana hocha la tête, de façon presque imperceptible. Siddhartha se força à avancer, même s'il ne désirait qu'une chose, se retirer dans sa chambre. Dans sa tête, les idées tournaient à toute vitesse ; elles affluaient à son esprit, si fortes dans le silence de la tente où avait lieu le banquet qu'il lui semblait que tout le monde pouvait les entendre.

« Viens ! »

Voyant que son fils cette fois ne le décevrait pas, Suddhodana l'invita à s'approcher. Alors seulement Siddhartha commença à s'intéresser à ceux qui l'entouraient. Certains visages semblaient méfiants mais d'autres paraissaient sans expression ; on pouvait y deviner un mélange d'étonnement et de peur.

Qu'a-t-il bien pu leur dire ?

Siddhartha savait que tout était possible. Quand il le voulait, son père était un orateur convaincant. Suddhodana lui tendit la main. « Viens, grand roi, viens ! »

Siddhartha se voyait avancer avec l'étrange impression qu'il s'agissait de quelqu'un d'autre. Il sentait ses genoux trembler et il crut que ses jambes n'allaient pas le supporter plus longtemps. Il fit un pas, puis un autre. Tandis qu'il s'avançait vers son père, celui-ci se mit à applaudir, lentement d'abord puis de plus en plus vite. Un ou deux invités se joignirent à lui avec hésitation, mais Suddhodana n'arrêtait pas et peu à peu les autres leur emboîtèrent le pas, mettant plus d'enthousiasme dans leurs applaudissements. La clameur s'amplifia et finalement un bruit de tonnerre emporta toute la fête, écrasant tout le reste.

Quand Siddhartha parvint aux côtés de son père, celui-ci l'accueillit avec une étreinte chaleureuse et le serra dans ses bras. Il rayonnait.

« Tu as gagné ton avenir, murmura-t-il. Personne d'autre ne pouvait le faire que toi. » Il essuya quelques larmes sur les joues de son fils.

Père, pensa Siddhartha, qu'est-ce que tu as fait ?

Dans le tumulte des applaudissements et des cris qui accueillaient Siddhartha, un homme ressentait autant de haine que Suddhodana ressentait de joie et de fierté. Devadatta sortit en vitesse de la tente, tremblant de rage, se retenant pour ne pas sauter sur son cousin. Pour la première fois de sa vie, il réalisa combien il était seul et combien sa situation était désespérée.

Cette injustice le révoltait. Ne l'avait-on pas retenu à la cour durant dix longues années et n'avait-il pas offert au roi mille occasions de comparer son gringalet de fils à quelqu'un qui avait vraiment de l'ambition ? Incapable de se contenir, Devadatta cria : « Idiots ! Bâtards ! » Mais ses imprécations furent noyées dans les clameurs de la fête.

Il entra en collision avec deux servantes qui apportaient des plateaux chargés d'hydromel, de figues et de pommes grenade, les projetant sur le sol avec tout leur attirail. Elles poussèrent de petits cris tandis que Devadatta glissait sur une figue écrasée. Il reprit son équilibre, remarquant à peine l'émoi qu'il avait créé.

Deux idiots, voilà ce qu'ils étaient. Le roi et son soi-disant prince guerrier qui allait hériter du monde. Il y avait là de quoi vous rendre malade, si la chose n'avait pas été si absurde.

Quelqu'un d'autre avait des intérêts en jeu dans cette fête. Mara avait depuis longtemps envahi l'esprit de Devadatta, teinté sa mauvaise humeur et alimenté son ressentiment. Il ne manquait qu'une chose : Devadatta ne l'avait jamais invité, il ne s'était jamais allié consciemment avec les ténèbres. Mais il avait maintenant l'occasion de changer cela. Comme tous les démons, Mara possédait l'avantage de savoir à quel point la réalité était une chose fragile, construite par les mains invisibles de l'imagination et des croyances.

Tant que Mara n'était qu'une illusion, Siddhartha pouvait le tenir à l'écart, avec les autres créations les plus sombres de son imagination. Car ces images, même si elles empoisonnent l'esprit, ne sont pas mortelles. Mara ne pouvait acculer le garçon à la folie ; Siddhartha ne portait pas en lui les nécessaires semences de la désillusion. Pour le détruire, le démon avait besoin d'un allié qui lui serait entièrement acquis, un véhicule pour le mal qui ne s'occupait pas de sa propre âme. Un tel allié commettrait le mal avec impudence, mais en cela il ne serait pas unique. Ce qui le rendrait unique serait sa capacité à ne pas se laisser toucher par la compassion de Siddhartha ; il la détesterait et voudrait la détruire. Devadatta lui offrirait-il cette précieuse ouverture ?

Voyant que Devadatta continuait d'avancer, la rage au cœur, vers les appartements royaux, Mara décida d'accélérer le cours des choses. Il ne pouvait utiliser la force brute, mais un incident imprévu et excitant lui ouvrit une autre porte. Par hasard, Devadatta passa devant la pièce où une certaine jeune fille attendait. Elle était innocente et vulnérable. Pour faire apparaître un démon en chair et en os, rien ne vaut la chair d'une femme bien en chair.

Ce ne fut pas bien difficile de transformer la colère de Devadatta en concupiscence. Mara souffla un parfum délicat dans ses narines, y installa l'image excitante de seins gonflés, souffla à l'oreille de Devadatta qu'il ne pourrait trouver le sommeil s'il n'imposait d'abord sa volonté à quelqu'un dont la souffrance lui procurerait du plaisir. Mara tira les quelques ficelles nécessaires. Devadatta ne se doutait pas qu'il était manipulé. Il ne savait qu'une chose : il devait posséder cette femme maintenant. Le mécanisme insidieux, si subtil dans sa création, si violent dans ses effets, était en marche.

Sujata observait la fête avec nostalgie à travers une haute fenêtre ouverte, située assez près de la tente où avait lieu le banquet pour qu'elle puisse entendre la musique aller et venir dans la brise du soir. À la lumière des flambeaux, elle aperçut Siddhartha qui s'approchait dans son costume éblouissant et, bouleversée par ses émotions, elle crut le voir trembler en entrant dans la tente. En réalité, c'est elle qui avait éprouvé un frisson en le voyant. Elle ne pouvait comprendre complètement ce que cela voulait dire, elle n'avait que quinze ans ; mais à cet âge on comprend déjà bien des choses. C'est ainsi qu'elle avait compris, par exemple, qu'elle ne devait jamais raconter sa véritable histoire à personne.

Kumbira avait rassemblé quelques jeunes femmes qui n'étaient pas encore mariées pour assister de loin à la fête et Sujata faisait partie du groupe. Ce serait leur seule participation jusqu'à l'heure où en secret on permettrait aux hommes de les approcher.

« Voici une crème pour faire disparaître les points noirs et du jus de limette pour atténuer les rides », dit Kumbira, réunissant les femmes autour de la table comme une maquerelle inquiète dont les filles doivent plaire si elle veut être payée. Elle n'avait jamais séduit d'homme elle-même, mais elle était obsédée par les ruses de la séduction. Des seaux de neige enveloppés dans de la paille avaient été ramenés par des coureurs du sommet des montagnes pour que les filles puissent tremper leur poitrine dans l'eau glacée et raffermir leurs seins. « Celles d'entre vous qui ont un peu de tête sur les épaules ne mangeront pas ce soir, mais si vous mourez de faim, surtout pas d'oignon ; prenez des graines de fenouil doux à la place. »

Seule Sujata s'était abstenue de manger. Elle s'ennuyait et tous ces préparatifs et cette excitation la laissaient froide. Elle avait même songé à payer un serviteur d'une caste inférieure pour qu'il lui apporte en cachette des radis et des oignons dans sa chambre, car elle ne voulait pas séduire d'homme ce soir. Sauf un. Leur toilette terminée, les autres jeunes filles s'assirent sur des coussins près du balcon, entretenant rêveusement leurs fantaisies. Elles portaient des chemises de nuit diaphanes. Des bols de nourriture couvraient les tables basses au centre de la pièce. Quelques femmes grignotaient en échangeant paresseusement des potins.

Ai-je déjà connu cette insouciance ? se demandait Kumbira. Elle les regardait avec envie et antipathie à la fois. Des lambeaux de conversations portées par le vent flottaient au-dessus d'elle comme du duvet de canard. « Avez-vous vu ce qu'elle portait ? Ça aurait pu lui faire il y a dix ans. » « Penses-tu qu'elle le sait ? » « Elle, savoir ? Son amoureux la bat et ne lui donne jamais d'argent. » Kumbira ne se souvenait pas avoir été comme ça, jamais, mais elle l'avait sans doute été. Aujourd'hui elle connaissait tout ce qui concernait le royaume aussi bien que le roi, même si elle ne pouvait en parler à personne sans risquer de se faire trancher la tête.

Kumbira observait la jeune fille, assise à l'écart du groupe. Elle mangeait une grappe de raisins, les savourant un à un. Quand elle était arrivée à la cour, en pleine nuit, dans un chariot branlant flanqué de flambeaux de chaque côté, on l'avait amenée rapidement dans les quartiers des femmes sans la présenter à quiconque et depuis Sujata n'avait pas dit un mot. Kumbira espérait que la jeune fille, qui qu'elle soit, possède un bon instinct de conservation. Elle devait se rendre compte du danger qu'il y avait à s'attirer les égards d'un prince comme Siddhartha.

Le rideau qui fermait la porte vola tout à coup dans les airs en grandes vagues pourpres et Devadatta fit irruption dans la pièce. Il était encore trop tôt et Kumbira constata au premier coup d'œil qu'il n'était pas dans son état normal.

« Silence ! » ordonna-t-elle aux filles, qui se serraient les unes contre les autres en poussant de petits cris de souris. Devadatta représentait le danger, pas la séduction. Kumbira fit un pas en avant, s'interposant entre l'intrus et ses protégées. « Tu n'as rien à faire ici », dit-elle d'un ton tranchant.

Devadatta grimaça de manière insolente. « Je ne suis pas venu pour toi, vieille sorcière. Je veux une de celles-là. En fait, je veux celle-là. » Il pointait Sujata du doigt.

Le premier réflexe de Kumbira fut de le laisser la prendre. Elle ne pouvait le renvoyer dans cet état, à la fois excité sexuellement et en colère. Si elle appelait les gardes, à supposer qu'ils ne soient pas trop ivres pour se battre, ils n'oseraient porter la main sur un favori du roi. Peut-être le mieux était-il que Devadatta la prenne et que Siddhartha le découvre ensuite. Cette façon de faire étoufferait dans l'œuf l'intérêt du prince pour la jeune fille. Le roi n'appréciait pas les complications.

Mais Sujata recula, portant la main à sa bouche et les yeux agrandis par la peur. Son pouls battait rapidement dans le creux de sa gorge. Les yeux de Kumbira n'étaient pas si vieux qu'elle ne puisse le voir. Elle se sentit poussée à protéger la fille. Et peut-être le prince en même temps.

Devadatta traversa la pièce. Les autres filles se séparèrent comme le sillage laissé par sa rage. Il referma la main sur le bras de Sujata. Terrifiée, elle tenta de le retirer. Elle n'osait pas trop se débattre, frapper un membre de la famille royale aurait mis sa vie en danger. Sa peur fit briller les yeux de Devadatta, et le petit effort qu'elle fit pour lui résister amena sur ses lèvres un sourire, le sourire du prédateur devant sa proie.

« Jeune prince, dit Kumbira d'une voix calme qui, espérait-elle, ne le provoquerait pas, je suis sensible à ton désir. Mais pas celle-là. »

Devadatta la fixa avec colère : « Et pourquoi pas ? »

S'approchant de lui, Kumbira lui glissa à l'oreille : « Elle a ses règles. »

« Tu mens. » Devadatta examinait le visage de Kumbira d'un air suspicieux. Il n'était pas dans sa nature de se laisser arrêter ; il aurait une femme ce soir et au diable tout le reste. « Si elle est intouchable, pourquoi est-elle ici avec les autres ? »

Mais Kumbira avait appris à mentir depuis plus longtemps que lui. Le regardant dans les yeux, elle répondit d'une voix calme, évitant de se montrer sur la défensive. « Elle devrait être isolée, c'est vrai. Mais je suis vieille et j'ai le cœur tendre, et comme aujourd'hui c'est la fête du roi… »

Devadatta lui coupa la parole. « Le cœur tendre comme celui d'un serpent, espèce de vieille pute. »

Kumbira soutint son regard, sans lui laisser voir ce qu'elle pensait de la façon dont il l'avait traitée. Elle savait comment donner suite à un mensonge. Devadatta tourna les talons et attrapa une autre fille. Celle-ci l'accompagna de son plein gré, même s'il la tira d'un coup si violent qu'il faillit lui arracher le bras.

Sujata se tourna vers Kumbira, en état de choc. Sans avertissement, elle se réfugia sur la poitrine de la vieille, la serrant si fort qu'elle lui faisait mal. « Merci, murmura-t-elle, éperdue. Merci mille fois. »

Cette sincérité émut Kumbira. Dans sa longue et dure vie, faite de résistance et d'intrigues, seul Siddhartha avait eu cet effet sur elle. Elle faillit prendre dans ses bras la fille qui avait fondu en larmes.

Puis elle se ressaisit et se rendit compte de ce qu'elle était sur le point de faire, devant toutes les autres femmes qui les regardaient, des femmes qui n'avaient aucune pitié pour Sujata et qui la ridiculiseraient dès qu'elles en auraient l'occasion. Prenant Sujata par les épaules, Kumbira la repoussa : « Tu t'imagines que j'ai fait ça pour toi ? »

Sujata parut déconcertée. Du revers de ses mains, elle essuya ses larmes.

« Quel genre de petites sottes envoient-ils à la cour ? » demanda Kumbira. Elle fouilla dans son sari et en sortit la pièce de monnaie en or que Siddhartha lui avait donnée. « Tu as déjà été réservée, dit brutalement Kumbira. Par le prince. »

« Oh », fit Sujata d'une petite voix triste.

« Il ne me le pardonnerait jamais si je ne respectais pas notre entente, ajouta Kumbira. Du moins si je ne le consulte pas avant. »

La pièce était silencieuse. Les filles se réjouissaient de cette humiliation publique qui fournirait de l'excellente matière à commérage. Reprenant peu à peu le contrôle d'elle-même, Sujata se releva. « En l'espace de deux secondes, vous avez été gentille et cruelle avec moi. Que suis-je censé penser ? »

« Pense-toi chanceuse, c'est déjà ça », répliqua vivement Kumbira. Puis elle reporta son attention sur les autres filles. « Maintenant, retournez à votre repas, vous autres. Et attention à la mauvaise haleine », prévint-elle.

Sujata resta là, debout, incapable de détacher son regard de celui de Kumbira.

Jeune insolente, pensa Kumbira. Mais elle avait fait preuve de caractère et la vieille femme ne voulait pas que cela soit totalement détruit. « Tu as les seins comme une truie qui allaite. Va à ta chambre et trempe-les dans l'eau glacée pour les raffermir. La nuit sera longue. »

Les filles ricanèrent et Sujata poussa un soupir, blessée et intimidée à la fois. Elle se retourna et quitta la pièce. Kumbira ne la regarda pas partir. Elle venait de rendre secrètement service à Sujata et les autres ne s'en étaient pas aperçues. Le rôle de Kumbira n'était pas de réunir le prince et la jeune fille, mais au moins elle pouvait s'arranger pour la tenir à l'abri des mains trop avides des autres hommes.

Kumbira alla à la fenêtre et regretta de ne pas assister au triomphe de Siddharta. En bas, des cris et des applaudissements fusèrent une fois de plus. Il devait être passé minuit. Elle sourit et se dit que le vieux roi devait être extrêmement fier. Et extrêmement ivre.

La grande fête était terminée. La plupart des invités avaient déjà regagné leur chambre ou avaient sombré dans l'abrutissement. Il ne restait que quelques heures avant l'aube. Siddharta enjamba les corps étendus par terre et sortit de la tente sans que son père ne s'en aperçoive.

Le roi était assis, somnolent, la tête penchée sur la poitrine. À chaque toast proposé par des voix criardes et avinées, Siddharta, lui, avait seulement fait semblant de boire, mais en réalité il ne prenait chaque fois que quelques gorgées. Il avait besoin d'avoir la tête claire pour réussir sa fuite.

Ce soir, après toutes ces années où il avait été emprisonné comme un rossignol dans une cage dorée, il serait enfin libre. L'excitation le gagnait. Il s'empressa de revenir à ses appartements sans même prendre la peine d'allumer une chandelle. Il avait vécu toute sa vie dans ces pièces et il pouvait s'y retrouver, même en pleine nuit. Avec des gestes rapides, il plia quelques vêtements et les fourra dans un sac de voyage. Il ne savait trop quoi apporter. Il ne voulait pas qu'on reconnaisse qu'il était fils de roi, aussi empaqueta-t-il les chausses et les chemises qu'il portait quand il allait dans les écuries.

Il glissa son sabre dans son ceinturon et le fixa à sa hanche. Tous les voyageurs à qui il avait parlé étaient d'accord pour dire que les routes étaient dangereuses. Comme le commun des mortels, il risquerait de se faire attaquer et voler, mais si jamais on découvrait son identité véritable, il risquerait en plus d'être enlevé et mis à rançon. Il ajouta à son bagage du pain, des fruits séchés et les quelques pièces de monnaie qu'il possédait. À l'intérieur de l'enceinte du palais, il n'avait jamais eu besoin d'argent; à l'extérieur de cette enceinte, il serait pauvre pour vrai. Les pièces, il les avait gagnées en jouant à des jeux de hasard avec Channa et d'autres jeunes nobles ou en leur vendant des babioles dont son père ne remarquait même pas l'absence.

Juste au moment où il terminait ses préparatifs, le bruit des lourdes portes principales qu'on refermait se répercuta jusque dans sa chambre. Il courut à la fenêtre et regarda à l'extérieur. La lune éclaira sa peau nue d'une lumière froide. En bas, dans la cour centrale, les gardes titubaient jusqu'à leur poste, preuve que le vin et l'alcool s'étaient rendus jusqu'aux baraquements. Ils refermèrent les verrous des portes à grand bruit; on aurait dit une hache fendant du bois. Ces portes avaient tenu bon face aux armées qui avaient combattu son père, comme en témoignaient les nombreuses marques semblables à des cicatrices qui entaillaient leur face extérieure.

Siddharta jeta son sac sur son épaule et se mit en route, descendant silencieusement les escaliers. Dans ses oreilles, le sang semblait jouer du tambour. Au bout de quelques pas, il s'arrêta et entendit des voix étouffées à travers les murs. On aurait dit des hommes qui se disputaient. Siddharta changea son sac d'épaule et se hâta. Il gardait une main sur le pommeau de son épée pour éviter qu'elle n'accroche quelque chose. Le corridor était plongé dans l'obscurité ; les flambeaux suspendus aux murs étaient depuis longtemps éteints.

Tout à coup quelque chose bougea dans le noir, le forçant à se cacher. Il s'aplatit contre le mur et cessa de respirer. La froideur de la pierre pénétra son corps. Pendant un moment, il resta aux aguets, toute son attention concentrée, avant de se détendre assez pour recommencer à respirer. Mais comme il se remettait en marche, la forme mouvante reparut, comme une ombre chinoise sur un écran noir. Cette fois, il vit que c'était une femme. Elle avait les hanches étroites et avançait rapidement, sans faire de bruit. L'espace d'un instant, un rayon de lune éclaira son visage et ses yeux brillants.

Sujata ?

Elle s'arrêta comme si elle l'avait entendu penser son nom. Que faisait-elle ici ? Siddharta se préparait à l'appeler doucement, mais avant qu'il n'ait pu le faire, elle se retourna et se mit à courir le long du corridor comme prise de panique. Siddharta en oublia ses plans d'évasion. Il laissa son sac glisser au sol et se lança à sa poursuite.

Parvenu à l'angle du corridor, il vit la silhouette – il était maintenant certain que c'était Sujata – disparaître dans l'embrasure d'une porte. Il la suivit dans les jardins royaux, n'osant pas appeler, sachant que des amoureux dissimulaient leurs ébats dans des recoins cachés parmi les camélias et les roses. Les jardins avaient été dessinés par sa mère, Maya. Elle les avait conçus pour qu'ils soient un lieu d'éternelle fascination et la pièce maîtresse en était un labyrinthe compliqué, formé de haies taillées en forme de dragons et d'éléphants, de fabuleux monstres marins comme le magan, ou de cet oiseau mythique, le karaweik, dont le chant mélodieux pouvait provoquer l'hypnose. La suave odeur des arbres en fleur embaumait l'air de la nuit. Sujata s'arrêta à l'entrée du labyrinthe et jeta un regard par-dessus son épaule. L'expression de son visage était impénétrable.

« Attends ! » Siddharta avait élevé la voix, plus intéressé par la fille qui fuyait que par le désir de préserver son anonymat. Il essaya d'utiliser le ton de commandement que son père maîtrisait si bien. Mais au lieu de lui obéir, Sujata disparut dans le labyrinthe.

Siddharta se sentait irrésistiblement attiré ; à son tour, il courut vers l'entrée du labyrinthe et s'y enfonça. Les hauts murs de haies se refermèrent sur lui et l'obscurité devint plus profonde. Il courut, écoutant le bruit de ses pas : elle se déplaçait à travers le dédale des corridors, faisant des détours, des virages, des zigzags. Puis les bruits s'arrêtèrent. Si elle était aussi près qu'il le croyait, Siddharta devrait avoir buté contre elle à l'heure qu'il était. De nouveaux bruits se firent entendre à sa gauche, de l'autre côté d'une haie. Il essaya de se glisser à travers, mais la végétation était trop enchevêtrée.

« Sujata, c'est moi. Ne bouge pas. Tu es en sécurité. »

Siddharta posa la main sur le mur gauche du labyrinthe. Se guidant ainsi, il revint sur ses pas jusqu'à son dernier virage et s'engagea cette fois dans le couloir devant lequel il était passé tout droit juste avant. À ce moment, la lune disparut derrière un nuage et dans la noirceur totale il se frappa contre quelqu'un qui lui bloquait le chemin.

« Sujata ? » murmura-t-il.

La voix lui répondit, elle était tout près. « Voilà qui est tout à fait approprié. Tu étais perdu dans le labyrinthe de tes pensées et maintenant te voilà perdu dans ce labyrinthe. »

Siddharta était surpris du ton arrogant de Sujata, mais c'était bien sa voix. « Je t'ai vue courir. As-tu des problèmes ? »

« Je n'ai jamais de problème. J'apporte des problèmes. »

La voix de Sujata était plus profonde et, malgré son attirance, Siddharta recula instinctivement d'un pas. Ses yeux s'étaient ajustés à la noirceur et il se rendit compte que la silhouette devant lui n'était pas la fille aux courbes généreuses et aux hanches étroites.

« Qui es-tu ? » La main de Siddharta se porta sur le pommeau de son épée, même s'il se demandait un peu à quoi elle pourrait lui servir contre un magicien, si c'était ce genre de personnage à qui il avait affaire. Canki lui avait dit que de tels êtres existaient et qu'on pouvait les contrer en observant certains rituels qui immunisaient la personne contre les sorts et les maléfices.

« Je peux être elle, si cela te met plus à l'aise. Je peux être qui tu veux. » L'ombre s'approcha et sa voix était maintenant, sans aucun doute possible, celle d'un homme.

« Que lui avez-vous fait ? Où est-elle ? »

L'étranger se redressa ; il lissa les pans de son costume avec ses mains aux longs ongles. « Comment sais-tu que je ne suis pas elle ? Comment savons-nous vraiment qui est qui ? »

« Très bien, je m'en vais. » Siddharta fit un mouvement pour s'éloigner, mais l'étranger parla encore, cette fois-ci d'une voix différente et presque ensorceleuse.

« Tu crois que si je prends sa forme, cela veut dire qu'elle est en danger ? Tu as peut-être raison. Mais le plus grand danger qui la menace actuellement, c'est toi. »

Siddharta s'emporta : « Menteur ! Qui que tu sois, bats-toi avec moi ou laisse-moi tranquille. »

La voix de l'étranger changea encore, elle montra de l'irritation. « Tu te trompes sur mon compte, jeune homme. Je suis venu pour t'apporter la paix, seulement la paix. Comment pourrais-je t'en convaincre ? »

La lune était réapparue et Siddharta vit qu'il avait affaire à un homme jeune et grand, un peu plus vieux que lui, qui aurait pu être son cousin Devadatta. Pendant un court instant, il faillit même prononcer son nom, mais il se rendit compte que cette rencontre ne pouvait être que surnaturelle.

« Ne me reconnais-tu pas ? dit le grand jeune homme. Je suis le fils que ton père a toujours voulu avoir, celui que tu pourrais devenir. »

La noirceur de la nuit ne pouvait cacher la vérité de ce que l'étranger venait de dire. Siddharta se voyait lui-même comme il serait dans quelques années d'ici. « Que fais-tu ici ? Je suis déjà le fils que mon père désire. » Même si Siddharta avait essayé de se montrer sûr de lui, l'étranger éclata de rire.

« Ton père désire avoir un fils qui disparaît pendant la nuit sans dire un mot ? Tu m'étonnes. Il a travaillé tellement fort pour te garder ici. Mais je peux comprendre. Les pères ne savent pas tout. Et c'est très bien comme ça. » La voix de l'étranger avait une redoutable capacité à passer de l'arrogance à la familiarité et à la flatterie. Elle piquait et apaisait la douleur en même temps. Siddharta se sentait indécis et même si l'étranger ne se montrait pas menaçant, sa simple vue semblait le vider de son énergie ; il se sentait mou et faible.

« Tu ne réussiras pas, tu sais, dit l'étranger. À t'évader, je veux dire. Ta vraie place est ici. Nous devons seulement décider de quelle façon tu l'occuperas. »

L'étranger le narguait et ne faisait aucun effort pour le cacher.

« Dis-moi ton nom », demanda Siddharta.

« Siddharta. »

« Alors tu n'es qu'un démon malicieux et je me suis mépris en croyant que tu avais du pouvoir. »

Les doigts de l'étranger se rétractèrent comme les griffes qu'un chat hésite à rentrer ou à sortir. « Ne sois pas idiot. Je suis ici parce que je te connais. Ne fais pas semblant d'être surpris non plus. C'est le moment d'être franc, n'est-ce pas ? Un prince qui fuit le trône qui lui est promis doit avoir l'esprit très confus, ne penses-tu pas ? »

Mara regardait Siddharta hésiter avant de répondre. Cet échange de propos badins avec le jeune homme n'était pas un jeu innocent. C'était plus profond que cela. Les formes qu'il prenait, les mots qu'il disait, tout cela faisait partie d'un test. Il cherchait la meilleure façon de pénétrer l'esprit de Siddharta et il le faisait en décrivant des cercles, comme un chirurgien qui cherche l'endroit exact où il fera la première incision.

« Je ne t'ai pas dit mon nom parce que j'étais un peu offusqué, dit Mara. Tu me connais très bien et pourtant tu ne m'as pas salué. Est-ce là une façon de se conduire ? »

Siddharta frissonna légèrement. Il n'avait jamais vu cette forme auparavant, mais la voix dans le noir éveillait le faible et nébuleux souvenir d'une voix qu'il avait déjà entendue dans sa tête. Des images du corps sans vie de sa mère traversèrent son esprit comme un cri.

« Voyez, siffla Mara. Il commence à se laisser convaincre. »

Alors le corps du démon fut secoué par des soubresauts et se mit à se tordre et à se plier en tous sens, même là où il n'y avait pas la moindre articulation. Le grand jeune homme se transforma en une poupée molle qui s'écrasa sur le sol. Maintenant ses membres se repliaient les uns sur les autres pour former une sorte de nain accroupi. Siddharta se figea sur place, sidéré, et le petit monticule devant lui ne fut plus qu'une masse informe qui palpitait, attendant de prendre les contours que sa peur lui dicterait. Face à cette horreur, et à cause d'elle, ou grâce à une réserve d'énergie qu'il ignorait posséder, le silence se fit dans son esprit.

« Rien à me dire ? Vraiment ? le piqua Mara. Après tout ce que nous avons vécu ensemble. » Maintenant Siddhartha voyait un bûcher funéraire, avec un crâne qui se réduisait en cendres. L'odeur pestilentielle de la mort emplissait ses narines.

Mara était certain que ces souvenirs créeraient une fissure et qu'en profitant de la terreur qu'il avait installée, il pourrait s'immiscer dans l'esprit de Siddhartha. Pour Mara, cette façon d'agir importait beaucoup, car se débarrasser du jeune prince au moyen de sa propre peur valait beaucoup mieux que d'utiliser un instrument, même si cet instrument était aussi doué que Devadatta.

« Je ne sais pas de quoi tu parles », dit calmement Siddhartha. C'était un calme trompeur parce qu'à l'intérieur il sentait qu'une bataille avait lieu aux limites de la conscience. Ce n'était pas une bataille de mots ou d'images ; tout se faisait silencieusement, comme une épidémie se répand ou comme un gaz puant et nocif s'infiltre par une fente à travers une fenêtre brisée.

Cet homme n'était pas un étranger. Siddhartha savait depuis le début de qui il s'agissait et qu'il s'appelait Mara. Il se sentait piégé et impuissant. Toute sa vie durant il avait été l'objet des attentions de ce démon dont il sentait la présence à la périphérie de son esprit.

« Que veux-tu de moi ? »

Mara tendit la main. « Je veux t'apprendre. Je veux t'aider. » Il sourit, mais ses efforts n'arrivaient pas à cacher la noirceur de ses intentions. Siddhartha ne saisit pas la main qu'il lui offrait. Il se jeta sur le sol, cachant sa tête entre ses genoux. S'il était la cible particulière des intentions de Mara, il devait bien y avoir une raison – un grand péché ou une grande faiblesse de sa part – mais Siddhartha savait que ce n'était pas le cas. Ce n'était rien de ce qu'il avait fait qui avait attiré le démon. Alors, ce devait être quelque chose qu'il *pourrait* faire. Le fait que Siddharta n'ait pas vaincu Mara en cette nuit ne signifiait pas qu'il n'en viendrait jamais à bout.

Mara se renfrogna en voyant le jeune homme accroupi immobile à ses pieds. Il pouvait sentir travailler le cerveau de Siddhartha ; graduellement, la fissure que Mara avait découverte commença à se refermer de nouveau. Siddhartha se sentait plus calme. Son esprit avait créé une suite de raisonnements auxquels il pouvait croire. Il vaincrait le démon non en lui résistant mais en découvrant un lieu où sa sécurité était assurée. Siddhartha ne savait pas encore où cet endroit se trouvait, mais il avait l'étrange certitude que ce lieu existait. Il leva les yeux et, apercevant la pleine lune au-dessus de sa tête, il se rendit compte que plus personne ne se penchait au-dessus de lui et qu'il n'y avait trace d'aucune ombre, sinon celles projetées par les haies du labyrinthe.

Mara, ayant abandonné sa forme de mortel, observa le départ du prince sans se lancer à sa poursuite. Le démon sentait qu'un grand secret lui avait été arraché, et par quelqu'un qui n'avait pour lui que sa jeunesse et sa sincérité. Siddhartha avait compris que les démons ne peuvent entrer dans notre esprit que lorsque nous leur résistons. Plus grands sont nos efforts pour résister à la tentation, plus grande est l'emprise de la tentation sur nous. Mara soupira. Mais sa confiance n'était pas ébranlée. Il pouvait toujours compter sur ses alliés. La bataille à venir serait intéressante, ce qui n'était pas souvent le cas. Il était irrité, mais il ne serait pas vaincu. De cela, Mara il était absolument certain.

Chapitre 8

Le lendemain du banquet, toute l'attention se porta sur les divertissements que le roi allait offrir et sur le rôle que son fils, désormais officiellement héritier du trône, allait y jouer. Pourtant, personne ne vit le prince ce jour-là. Le matin suivant, Canki, convoqué d'urgence aux appartements de Suddhodana, trouva le père et le fils recroquevillés chacun dans son coin. Siddhartha regardait au loin, perdu dans son propre univers. De toute évidence, son père s'était acharné sur lui et ses efforts n'avaient pas eu de succès.

« Parle-lui, ordonna Suddhodana à Canki dès l'instant où il pénétra dans la pièce. Essaye de lui faire entendre raison. Il faut qu'il comprenne que tout ceci est sérieux. »

« Le prince connaît parfaitement ses devoirs, votre Majesté », commença Canki.

Suddhodana bondit sur ses pieds et explosa : « Suffit ! Je n'ai pas besoin d'un politicien. Ce garçon ne comprend absolument rien. »

« Et quel est le problème exactement ? » demanda Canki de son ton le plus conciliant.

Suddhodana le regarda d'un œil mauvais. « J'ai organisé pour demain des combats simulés. L'armée est prête. Je veux qu'il y participe – il pointait le doigt en direction de son fils – et qu'il se batte comme il est censé le faire. »

Canki se tourna vers Siddhartha. « Et tu refuses ? Cela m'étonne. »

Siddhartha demeura silencieux. Canki connaissait bien ces simulacres de combats et il savait aussi l'enthousiasme qu'ils suscitaient chez Suddhodana. Le roi tenait à entretenir le respect et la crainte chez ses invités. Il voulait que chacun puisse voir de ses propres yeux ce qui arriverait à quiconque entretenait de secrets espoirs de détrôner le fils une fois que le père ne serait plus là.

C'était comme un retour au bon vieux temps. L'armée avait été tirée de sa longue inactivité. « Dites à vos hommes de se battre pour vrai, avait ordonné Suddhodana. Trois pièces d'or à la fin de la journée aux guerriers les plus sanguinaires. Rien n'impressionne autant que le sang. » Au lieu d'émousser leurs épées et de se protéger avec du rembourrage de paille, les soldats s'étaient préparés à porter de vrais coups et à risquer de vraies blessures. Une seule restriction : aucun des coups portés ne devait être délibérément mortel. « Si vous frappez quelqu'un et qu'il ne se relève pas, considérez-le comme mort. » Ce sont les instructions que les généraux avaient données. « Pour aujourd'hui seulement. »

Du temple de Shiva perché sur la colline, Canki avait observé la plaine qui s'étendait autour du palais et où jour après jour s'étaient déroulés des exercices militaires. Suddhodana chevauchait parmi ses troupes, visiblement ravi à mesure que le jeu devenait plus sanglant. Siddhartha le suivait, l'air pensif, mais ne faisant rien pour s'opposer à lui. Pourtant, il semblait bien que, le moment venu de prendre part au combat, il s'était rebellé.

Canki ne voulait pas se retrouver coincé entre le père et le fils, mais il n'osait pas désobéir au roi. « As-tu peur de te battre ? » demanda-t-il à Siddhartha. Le prince secoua la tête mais ne dit rien pour se défendre.

« Je l'ai vu se battre avec Channa. Ils se donnaient tous deux à fond. Non, c'est quelque chose d'autre, quelque chose qu'il ne veut pas me dire », grommela Suddhodana.

Ignorant la présence du prêtre, Siddhartha s'étendit de tout son long sur le sol et prit les pieds de son père dans ses mains. Suddhodana détourna la tête, embarrassé par cette démonstration d'humilité qui pour lui ressemblait à de la faiblesse. « Pour l'amour de Dieu, relève-toi ! »

« Non, à moins que je puisse parler librement. »

Embarrassé, Suddhodana regardait tout autour de lui. « Tout ce que tu voudras, mais relève-toi. »

Siddhartha ne bougea pas. Le visage appuyé sur la pierre froide, il dit : « Je n'ai jamais été le fils que tu voulais et plus tu exiges de moi, moins je parviens à l'être. »

« Si tu n'es pas celui que je veux, alors qui es-tu ? » demanda le roi, plus perplexe que fâché.

« Je ne sais pas. »

« Ridicule ! Je sais qui tu es. *Il* sait qui tu es. » Suddhodana regarda en direction de Canki, réclamant silencieusement son aide. Le prêtre ne savait pas quoi dire. Même s'il était au service d'un roi guerrier, Canki au fond de son cœur détestait la violence et n'éprouvait que dégoût envers ceux qui l'utilisaient pour parvenir à leurs fins. Les rois ne valaient pas mieux que les meurtriers, la seule différence étant que les premiers possédaient une sorte de monopole légal du meurtre. La voie du brahmane était plutôt celle de la finesse, de la patience, de la persuasion. Là se trouvaient pour lui les marques d'une véritable supériorité.

Au bout d'un moment, Canki s'agenouilla à côté de Siddhartha et plaça une main sur son épaule. « Fais ce qu'on te demande. Si tu prends les choses une à une, tout deviendra plus facile. Ce n'est qu'un jeu, une parodie de la guerre. Comment te connaîtras-tu toi-même si tu n'essaies pas ? »

Canki se croyait bien habile, mais ses paroles n'eurent aucun effet sur le prince qui l'ignora et garda les yeux fixés sur ceux de son père. « Je veux partir d'ici », dit-il.

Un frisson parcourut le corps de Suddhodana, comme la prémonition glaciale d'un échec imminent. « Non, c'est impossible, dit-il d'une voix morne et sans vie. Tu peux me demander n'importe quoi, mais pas ça. »

La soudaine faiblesse dans la voix de son père émut Siddhartha et il se remit lentement debout. « Qu'ai-je dit qui te trouble tant ? Si tu m'aimes, laisse-moi voir ce qu'il y a au-delà de ces murs. »

« Tu ne sais rien de l'amour que j'ai pour toi », répliqua vivement Suddhodana. Il regarda son fils dans les yeux et la question qu'il y lut lui parut sans réponse. Se retournant brusquement, le roi quitta la pièce, s'arrêtant au moment de franchir la porte pour ajouter à l'intention du grand brahmane : « Assez de mots. Laisse-le tranquille. »

Canki était assis dans son bureau encombré, un plat de riz au sésame auquel il n'avait pas touché posé devant lui. Il ne pouvait s'empêcher de songer aux problèmes qui allaient surgir quand la population découvrirait, ce qui ne saurait tarder, le conflit qui opposait le père et le fils. Un coup léger frappé à la porte vint interrompre le cours de ses pensées. Il parvint difficilement à dissimuler sa surprise quand Siddhartha entra, seul et sans avoir été annoncé.

« Parle-moi des dieux », dit-il.

Canki sourit d'aise. Il repoussa le plat de riz, se demandant en même temps s'il ne devait pas plutôt s'inquiéter. Prendre parti pour le prince, ou même simplement sembler être de son côté, pourrait bientôt être considéré comme un acte de trahison.

« Je m'occupe des dieux, dit Canki. Tu n'as pas à t'en faire avec eux. »

« Mais que veulent les dieux ? demanda Siddhartha. Pourquoi maudiraient-ils quelqu'un ? Une personne peut-elle avoir commis une faute et ne pas le savoir ? »

Canki s'éclaircit la gorge pour masquer son embarras. Siddhartha ne s'était jamais confié à lui ni n'avait manifesté ouvertement ses inquiétudes. Le jeune homme était réservé, comme il sied à un prince. Le prêtre décida de ne pas lui demander d'où lui venait cet intérêt soudain pour les malédictions.

« Tu veux savoir comment mériter la faveur des dieux ? dit-il. Tu fais bien. La chose est fort louable. » Siddhartha, pour la première fois, se plaça au pied du prêtre, dans la pose classique du disciple demandant à son maître de lui transmettre sa sagesse.

« Les dieux permettent beaucoup de souffrance – des guerres, des famines, des crimes et des gestes immoraux de toutes sortes – parce que les gens ont oublié comment leur plaire, dit Canki. Puisque personne ne peut être parfait, il y a beaucoup de péchés dans le monde. Les rituels et les sacrifices servent à honorer les dieux et à effacer ces péchés. »

« Mais tout le monde honore les dieux et tout le monde n'est pas heureux pour autant, fit remarquer Siddhartha. Pourquoi le malheur nous tourmente-t-il ? »

Canki fit un signe en direction des centaines de rouleaux de textes écrits sur des feuilles de palmiers séchées ou sur du vélin, alignés sur les tablettes dans l'atmosphère étouffante de son petit bureau encombré. « Chaque péché donne naissance à un karma et à chaque karma correspond un remède précis. Il faut des années pour comprendre tout cela. Il faut étudier et essayer de comprendre chaque détail. Le monde invisible est complexe. Les dieux sont changeants. Même alors tu peux te tromper. »

« Et tu ne t'es jamais trompé ? »

Canki était déconcerté. « Les brahmanes ne peuvent se tromper. Chacun des mots des Écritures a été révélé à un brahmane. »

« Et à personne d'autre ? Les dieux doivent trouver un prêtre, sans quoi ils ne parlent pas ? »

Canki avait une réponse toute prête. C'était son métier de connaître toutes les réponses, mais il hésitait à la donner, son esprit cherchait une autre solution. Malgré tous les efforts du roi, son fils ne tournait pas comme il aurait voulu. Sa nature la plus profonde n'avait pas été pervertie. Canki ne s'alarmait pas pour autant. Il avait maintenant la chance d'influencer Siddhartha et c'était peut-être la dernière fois. Il regarda le jeune homme assis à ses pieds et décida que pour une fois la solution la plus habile consistait à dire la vérité. « Tu fais partie des rares personnes qui peuvent comprendre ce que je vais te dire, commença-t-il. Je l'ai toujours senti, depuis que tu es un petit enfant. »

Il s'approcha plus près et posa la main sur l'épaule de Siddhartha. Il n'éprouvait aucune affection véritable pour son élève, mais l'expérience lui avait appris que le contact physique créait un lien bien plus étroit que les mots. « Je voudrais te parler de l'Âge d'Or. » Il ignora le regard étonné de Siddhartha, enfonçant ses doigts dans la peau du jeune homme. « Ne dis rien, écoute. Il y a eu une époque, il y a très, très longtemps de cela, où le monde était parfait. Les Écritures nous disent que personne alors n'avait à lutter ou à se battre. Il n'y avait ni mal ni méfaits. L'abondance était le seul mode de vie que les gens connaissaient. Mais peu à peu la ruine s'est installée. Ce monde parfait n'était possible que parce que les dieux tenaient les démons à distance, les empêchant d'entrer en contact avec les humains et de provoquer leurs ravages. Aimerais-tu ramener sur terre une telle époque ? »

Siddhartha sursauta. « Moi ? »

« Quand tu es né, les augures ont prédit que tu pourrais être le roi d'un nouvel Âge d'Or. Ton père le sait. Sinon, pourquoi te protégerait-il autant, plaçant ta sécurité par-dessus tout le reste ? »

Maintenant, Siddhartha était suspendu aux lèvres du brahmane et Canki se sourit à lui-même. Il comprenait parfaitement ce qui se passait. Si le prince écoutait aussi attentivement, c'est parce qu'il se sentait coupable. Il pensait avoir commis quelque faute mystérieuse et que pour le punir on le retenait prisonnier à l'intérieur du palais.

« Ton père t'aime, mais il est aussi plein de respect envers toi. S'il rate la chance de ramener l'Âge d'Or, pendant combien de centaines de vies aura-t-il à en porter la culpabilité ? »

Siddhartha considéra sérieusement la chose. « Alors il n'est pas déçu de moi ? »

« Au contraire, l'échec qu'il craint est le sien. Tu dois lui prouver qu'il t'a élevé comme les dieux et les astres l'avaient prophétisé. Si tu peux faire cela, vous serez tous les deux favorisés pour le reste de vos jours. Sinon... » Canki retint son souffle dans l'attente d'une réaction. Il lui arrivait de douter de la destinée qui attendait Siddhartha. Il y avait eu jusqu'ici bien peu d'évidence du grand guerrier ou du grand saint qu'il était censé devenir.

« Parle-moi des démons », demanda brusquement Siddhartha.

Ce fut au tour de Canki d'être étonné. *Les démons ?* Le brahmane faillit lui demander : « En as-tu rencontré un ? » Puis il se ressaisit et se rendit compte que parler franchement ne fonctionnerait pas, pas avec un jeune homme aussi renfermé, qui commençait à peine à sortir de sa coquille.

« Ne t'inquiète pas des démons ; ils sont indestructibles et il est au-delà de ton pouvoir de les vaincre. Inquiète-toi plutôt des hommes qui portent le mal dans leur cœur. Il n'y aura pas d'Âge d'Or possible tant qu'ils ne seront pas vaincus, dit Canki. Peut-être te paraîtra-t-il impensable que tout cela dépende de toi, mais je prends la chance que tu puisses le comprendre et l'accepter. »

Siddhartha se leva, son maintien dénotant déjà plus de gravité. Canki voyait que les mots s'étaient imprégnés en lui. Il avait fait danser un mystère devant les yeux du jeune homme et peu de gens savent résister au mystère, particulièrement s'ils en sont eux-mêmes le centre.

Suddhodana s'était retiré dans sa chambre et ne voulait voir personne ; au début, il était furieux contre son fils, puis il plongea peu à peu dans la morosité. Être confronté à la rébellion du prince juste au moment où il touchait au but était plus qu'il ne pouvait supporter. Sa morosité se changea en désolation. Suddhodana était certain d'avoir perdu son fils.

Cette nuit-là, il se réveilla en sursaut. Silencieusement, une ombre se déplaçait dans sa chambre. D'une main malhabile, Suddhodana chercha sur sa table de nuit la cloche qui servait à appeler les gardes.

« Ne crains rien, père. » La voix de Siddhartha était douce dans la nuit. « Je me battrai. »

Canki était assis dans les estrades avec les dignitaires, rafraîchis par des esclaves qui agitaient des feuilles de palmier au-dessus de leurs têtes et enjôlés par des jeunes filles voilées qui distribuaient des bonbons. Il était convaincu que c'était sa conversation avec Siddhartha qui avait fait changer le cours des choses. Mais il restait encore un danger. Le prince était là, mais pour combien de temps ? Il était déroutant, imprévisible.

Le brahmane se souvenait de la menace que le roi lui avait faite il y a plusieurs années. *Assure-toi de vivre assez longtemps pour voir ce que je ferai de toi si ton plan échoue.*

En tant que démonstration de force, les combats simulés obtinrent un franc succès. Par le nombre de ses soldats autant que par leur férocité, l'armée de Suddhodana impressionna les chefs des pays voisins et déprima leurs généraux. Il y eut bien un moment de frayeur dans la foule quand un archer à cheval fut tué, mais Canki était déjà parti et ne vit rien de la scène, même pas les dames d'honneur qui s'évanouirent et que l'on dut transporter à l'écart.

En partant tôt, Canki rata la partie des combats qui, au bout du compte, eut réellement de l'importance.

La soumission de Siddhartha à la volonté du roi n'était pas feinte. Tôt ce matin-là il revêtit son armure, renvoyant les valets de son père, parce qu'il avait honte de porter autant de rembourrages et de protection ; de tous les combattants, il était le seul qui ne pouvait risquer de répandre son sang.

« Mais personne n'osera s'approcher de toi, encore moins t'attaquer. »

Siddhartha se retourna. Devadatta venait d'entrer dans la pièce, sans se donner la peine de frapper. Il sourit malicieusement. « Te voilà joliment emballé. Pourquoi t'inquiètes-tu ? Tu pourrais y aller tout nu et personne n'oserait te faire ne serait-ce qu'une égratignure. À moins d'avoir envie de se lever demain matin moins long d'une tête. »

Siddhartha serra les mâchoires. « Ils seront bien obligés de se battre avec moi si c'est moi qui les provoque. Je ne vais pas là en simple spectateur. »

« Bien sûr que non. » Depuis quelque temps, Devadatta ne se gênait pas pour laisser voir son mépris. Siddhartha se pencha et s'occupa à lacer les lanières compliquées qui retenaient ses jambières.

« Tu peux me défier si tu veux », dit calmement Siddhartha.

Devadatta éclata de rire. « Tu n'es pas sérieux. »

« Pourquoi pas ? » Siddhartha se leva et se mit face à son cousin. Ils étaient maintenant tous deux presque de la même taille et de la même force malgré les quatre années qui les séparaient. Mais Siddhartha savait qu'il disposait d'un important avantage : Devadatta était si arrogant qu'il ne s'entraînait presque jamais. Sans s'en rendre compte ou sans vouloir se l'avouer, il avait peut-être perdu ce qui faisait sa force.

« Avec quelle arme ? » Intrigué, Devadatta le regarda.

« L'épée et la dague. » Ayant fini de s'équiper, Siddhartha tenait son casque dans le creux de son bras. « On m'attend. »

« Bien sûr. Le carnaval continue. »

Les deux cousins échangèrent des saluts faussement courtois et Siddhartha partit de son côté. En arrivant aux écuries, il trouva Chana tenant les rênes de son étalon blanc favori. C'était un cheval sauvage qui était arrivé un jour au palais et que personne n'était parvenu à dompter. Mais Siddhartha découvrit de quoi l'animal avait peur et s'en servit pour l'apprivoiser. Chaque fois qu'il venait, il apportait un bâton de canne à sucre, s'assoyait et attendait le temps qu'il fallait pour que l'étalon s'approche de lui. Il n'approchait jamais le cheval lui-même, même s'il lui fallait attendre une heure pour que le cheval se calme.

Quand la tentation était trop forte, le cheval essayait d'arracher la friandise et de se sauver au galop, mais Siddhartha s'assurait toujours de toucher le cheval de sa main avant de la lui laisser prendre. Peu à peu l'étalon blanc commença à croire que cette caresse faisait partie de la récompense et un jour Siddhartha put l'approcher en public et lui passer une bride, exploit que personne n'avait réussi jusque-là. Ensuite ce fut simplement une question de temps avant que la rumeur ne se répande que le prince avait dompté un étalon sauvage. Le jour où le cheval lui permit de le monter, Siddhartha le baptisa Kanthaka.

Chana avait l'air impatient et maussade. « J'espère que tu ne seras pas trop embarrassé par tout cet attirail. Tu dois pouvoir manier ton cheval convenablement, n'oublie pas », grommela-t-il.

« Ne t'inquiète pas. » Siddhartha savait que la mauvaise humeur de Chana ne le concernait pas personnellement. Malgré toutes les heures qu'il avait passées à s'entraîner à la guerre aux côtés de Siddhartha, Chana n'était toujours officiellement qu'un garçon d'écurie, et non un soldat.

Channa dit : « J'ai présumé que tu voulais celui-là. Le roi ne risque pas ses meilleurs chevaux dans ce genre de bataille, mais il n'a pas dit clairement que toi tu ne pouvais pas le faire. Il va te donner un avantage sur tous les autres. » Channa posa un œil expert sur l'étalon, haut de taille et large de poitrail. Siddhartha approuva, caressant les flancs de Kanthaka. L'animal aimait être touché par lui et alors qu'il avait frissonné nerveusement à chacun des hennissements et des bruits de galop qu'on entendait depuis le matin autour l'écurie, il finit par se calmer et attendit.

Chana se força à sourire. « Je présume aussi que tu sais que quelqu'un te regarde. C'est une erreur, j'en suis certain. Elle te prend pour moi. »

Une jeune fille avait suivi Siddhartha jusqu'aux écuries sans se faire remarquer. Channa ne savait pas qui elle était, mais aussitôt qu'il tourna la tête dans sa direction, Siddhartha reconnut Sujata. Elle se tenait timidement à l'ombre d'un grand arbre, mais au moment où leurs regards se croisèrent elle laissa retomber le voile de soie bleue qui lui couvrait le visage à demi. Siddhartha ne savait quoi penser. « Que fait-elle ici ? » marmonna-t-il.

« Je ne sais pas. Je pense qu'elle n'a pas pu s'en empêcher. » Chana rit et donna un coup de poing sur l'épaule de Siddhartha. « Tu as encore un peu de temps. Vas-y. »

« Ce n'est pas ce que tu penses. »

« Peu importe ce que je pense. Vas-y. » Channa souriait en coin maintenant et, comme il arrive entre deux jeunes hommes qui parlent de tout excepté de cela, son regard disait : *Tu ne sais rien au sujet des femmes ? Imagine-toi que moi je sais tout.* Ils étaient tous les deux plutôt sûrs que l'autre était encore vierge, mais Siddhartha pensait que Chana avait plus d'occasions que lui, sous les escaliers, dans la cuisine et l'arrière-cuisine, tandis que Chana se disait que Siddhartha avait plus de chances avec le pavillon des plaisirs près de l'étang à lotus. Ce soupçon non exprimé créait une sorte de secret entre eux, alors qu'il n'y avait pas de secret à se faire. Mais aucun des deux n'osait avouer à l'autre qu'il ne savait pas grand-chose.

« Qu'elle vienne me voir, si elle le veut », déclara Siddhartha. Il espérait pouvoir sauver la face et en même temps ne pas être obligé d'approcher Sujata – pas maintenant, alors que quelqu'un les observait. Heureusement, il n'eut pas à le faire. Sujata prit une grande respiration et s'avança dans sa direction. Mettant de côté le raffinement des dames de la cour, qui agissaient comme si une écurie était un lieu impie, elle vint vers eux, les yeux fixés sur Siddhartha.

« Je suis venue te souhaiter bonne chance. S'il te plaît, sois prudent aujourd'hui », dit-elle, parlant un peu trop vite et un peu trop fort, comme c'est le cas lorsqu'on a bien répété ce que l'on voulait dire.

Siddhartha se maudit intérieurement, sachant que Chana le verrait rougir. Tout ce qu'il avait à faire était de la remercier, mais la confusion lui fit bredouiller: « Pourquoi crois-tu que je sois en danger ? » Il avait parlé d'un ton sec et Sujata devint aussi rouge qu'une tomate. L'humiliation lui coupait le souffle et Siddhartha s'en voulut à mort de savoir qu'il en était la cause. « Je veux dire... », dit-il, et il s'arrêta. Personne ne saurait ce qu'il avait voulu dire, pas même lui.

Il n'est pas certain si Channa choisit ce moment pour son premier élan de chevalerie, mais il toussa et murmura: « Je dois trouver une nouvelle sangle; celle-ci est trop lâche. » Puis, il partit et les deux jeunes gens se retrouvèrent seuls. L'embarras et la gêne troublèrent momentanément Siddhartha, mais quand il retrouva ses esprits la première chose qui le frappa fut la beauté de Sujata. Cette beauté avait suffi pour qu'il la remarque, puis pour qu'il la poursuive dans le labyrinthe. Ce dernier souvenir l'assombrit. Il recula d'un pas.

Sujata guettait le moindre signe de sa part et ce mouvement de recul sonna le glas de tous ses espoirs. « Je n'aurais pas dû venir. Pardonne-moi si tu le peux. »

« Il n'y a rien à pardonner. Il ne pourra jamais rien y avoir à pardonner. » Siddhartha ne savait pas vraiment pourquoi il avait laissé échapper ces derniers mots. Mais maintenant qu'il les avait dits, il plongea: « Il y a longtemps que je veux te voir. Je ne savais pas si c'était bien ou non. Mais je suis heureux que tu sois venue aujourd'hui, très heureux. »

Même si Sujata conservait sa pose timide, la tête baissée et les épaules tombantes, elle était surexcitée. Quelque chose l'avait tenue éveillée toute la nuit. Elle avait décidé de faire confiance à ce quelque chose et maintenant Siddhartha lui souriait. Elle devint douloureusement consciente de son corps mince et musclé, même dissimulé sous son armure. Il y a des barrages qui se fissurent et des barrages qui cèdent tout d'un coup, sans avertissement. Le barrage de Sujata était du second type. « Je pense à toi tout le temps. Je suis venue à ta chambre la nuit, puis je me suis sauvée en courant. Que puis-je faire ? Tout cela est trop impossible. Nous ne pouvons être ensemble et pourtant je pense à toi tout le temps. Oh, je te l'ai déjà dit. Tu dois penser que je suis stupide. »

« Non pas du tout. » En fait Siddhartha était enchanté de chacune des paroles que Sujata laissait s'échapper. Quand le babillage ressemble à de la musique, l'amour ne peut être bien loin. Il aurait voulu se débarrasser de son armure et la prendre dans ses bras, aussi troublé par ses seins pâles et la chute de ses reins qu'elle l'était par son corps à lui. Siddhartha n'avait jamais entendu parler de l'appétit de la chair, mais il le sentait maintenant aussi fortement que tout ce qu'il avait déjà senti. Instinctivement, sa main chercha les lacets de cuir qui retenaient sa cuirasse. « Pourquoi ne pouvons-nous être ensemble ? Mon père n'a pas besoin de le savoir. »

« Oh... » Une ombre passa sur le visage de Sujata. Siddhartha semblait tellement la désirer et pourtant il pensait à son père et à la désapprobation qui tomberait sur eux si quelqu'un savait qu'elle était amoureuse d'un prince. Ce qui voulait dire que Siddhartha était conscient, même en ce moment, de l'énorme différence qui les séparait. « Je ne peux pas rester », murmura-t-elle. Elle devinait déjà le mépris que toute la Cour aurait à son endroit. Et puis, il y avait son secret, la chose que personne ne soupçonnait.

Siddhartha retint Sujata par le bras avant qu'elle ne puisse s'en aller. « Qu'y a-t-il ? On dirait que tu vas t'évanouir. Qu'est-ce que j'ai dit ? »

« Le roi », dit Sujata. Puis elle éclata en sanglots et s'enfuit en courant. Siddhartha était perplexe et blessé, mais à ce moment Channa revint avec une nouvelle bride. « Est-ce que celle-ci te convient ? » demanda-t-il.

« Bien sûr que non. Tu le sais aussi bien que moi. » Au lieu de remercier Channa pour sa discrétion, Siddhartha avait un ton fâché. Malgré lui, il avait commis ce qui semblait être une terrible gaffe, mais il n'avait pas le temps de se lancer à la poursuite de Sujata. « Aide-moi à monter », dit-il brusquement.

Sans un mot, Channa se pencha et fit une marche avec ses deux mains pour que Siddhartha puisse grimper sur son cheval avec tout le poids de son armure. Les rembourrages de cuir de bœuf craquèrent quand il s'installa sur sa selle. Puis il partit au galop vers le champ du tournoi, sans attendre les écuyers qui devaient parader avec lui. Il revoyait en esprit l'expression blessée de Sujata et se désolait d'en avoir été la cause. Il demeura un long moment absorbé dans ses pensées, puis redevint tout à coup conscient de ce qui l'entourait. La foule était rassemblée de chaque côté du terrain réservé au tournoi, les nobles assis dans une estrade d'un côté, les gens du commun de l'autre, debout ou assis par terre sous le soleil brûlant. Une clameur s'éleva dans la foule quand le prince apparut ; celui-ci refit machinalement les gestes qu'il avait longuement répétés.

Le roi attendait avec impatience l'arrivée de son fils. Il faisait chaud, le soleil brûlait dans le ciel comme un disque de feu. Quand Siddhartha s'approcha, le roi se leva et il dut reconnaître que le prince avait fière allure sur son étalon blanc. Si seulement il pouvait demeurer calme et faire ce qu'on attendait de lui.

Siddhartha le salua. « Je dédie mes victoires à Votre Majesté et lui jure allégeance; que la gloire remportée dans tous les combats auxquels j'aurai le privilège de participer retombe sur vous et sur votre royaume. »

Suddhodana lui sourit courtoisement et lui fit signe de gagner le champ du tournoi. Il avait lui-même préparé le discours de son fils mais, pensa-t-il, Siddhartha aurait pu le dire d'une voix plus forte et il avait oublié de se lever d'abord sur ses étriers et de regarder lentement tout autour de lui pour attirer l'attention de tous les nobles présents. *Tant pis*, se dit Suddhodana, chassant de son esprit la crainte que Siddhartha ne tienne pas sa promesse.

À son grand soulagement, tout se déroula comme prévu. Les combats au corps à corps firent bientôt couler le sang; juste assez pour aiguiser l'appétit des spectateurs. Il avait donné l'ordre qu'on utilise des armes dangereuses, dont on se servait rarement dans ces simulacres de combats. Il y avait entre autres un disque aiguisé comme un couteau qui pouvait décapiter un ennemi quand il était lancé avec assez de force, un fouet dont les lanières se terminaient par de multiples piques qui déchiraient la peau, une lourde hache à deux tranchants capable de percer n'importe quelle armure, même en bronze, une massue cloutée et une dague à lame ondulée qui déchirait les muscles aussi bien lorsqu'elle s'enfonçait que lorsqu'on la retirait. Ses soldats n'auraient pas d'eux-mêmes choisi ces armes terrifiantes, mais Suddhodana les avait appâtés avec de grosses récompenses et, de plus, il avait considérablement réduit l'approvisionnement en nourriture, de sorte que ce matin-là tous les entrepôts de riz et de viande étaient vides, histoire de leur rappeler qui pourvoyait à leur entretien.

Ainsi motivés, les hommes se battaient furieusement et ce fut une chance que personne ne soit tué, malgré de nombreuses blessures graves. Personne, du moins jusqu'à ce que les archers à cheval fassent leur entrée. C'était le plus spectaculaire de tous les combats du tournoi. Siddhartha avait participé avec énergie aux combats à l'épée mais pour le reste il s'était plutôt tenu à l'écart. Maintenant, c'était à son tour de faire ses preuves. D'un côté du champ de tournoi, neuf archers se tenaient sur une ligne, montés sur leurs chevaux. Un à un, les archers devaient se détacher du groupe et charger Siddhartha, en tirant leurs flèches aussi vite qu'ils le pouvaient. Le but de Siddhartha était de désarçonner chacun de ses attaquants tout en évitant les flèches.

La foule devint silencieuse. C'était là un test d'habileté qu'un fils de roi, élevé dans la soie, ne pouvait passer à moins d'être un guerrier né et même si les pointes des flèches avaient été émoussées de façon à ce qu'elles ne puissent transpercer l'armure du prince, il était impossible qu'il soit totalement protégé. Les spectateurs retinrent leur souffle quand Siddhartha, dans un geste de bravade, enleva le heaume de son armure et le jeta par terre. La foule applaudit, mais Siddhartha ne s'arrêta pas là ; il détacha ensuite son plastron et le laissa aussi glisser par terre. Tout le monde était stupéfait, y compris le roi, qui bondit sur ses pieds, prêt à mettre fin aux jeux, même s'il savait que c'était impossible. L'humiliation qui s'ensuivrait viendrait effacer tout ce qu'il avait essayé d'accomplir cette semaine-là. Siddhartha était-il désespéré au point de vouloir démontrer ainsi sa valeur ? Quels que soient ses motifs, Suddhodana devait reconnaître que son fils avait bien fait : à moins qu'il n'y ait réellement danger de mort, ces simulacres de combats pouvaient faire peur jusqu'à un certain point, mais pas plus.

Le premier archer se détacha du groupe et chargea au galop vers Siddhartha, qui éperonna les flancs de Kanthaka et fonça à sa rencontre. Les deux hommes tirèrent leur première flèche en même temps. La flèche tirée vers Siddhartha frôla sa jambière, tandis que celle qu'il avait décochée alla droit au but, atteignant le cavalier au milieu de la poitrine et le faisant tomber de sa selle. Aussitôt, le second archer se détacha du groupe, bandant son arc. Passant la main par-dessus son épaule, Siddhartha tira rapidement une nouvelle flèche de son carquois et se prépara à tirer de nouveau.

Le prince savait très bien pourquoi il avait enlevé son casque et son armure. C'est seulement en s'exposant à un vrai danger qu'il n'aurait pas la sensation de participer à une mascarade. S'il devait jamais être un vrai guerrier, c'est aujourd'hui que tout commençait. Il tira et encore une fois sa flèche atteignit son but ; le second archer tomba au sol, frappé en pleine poitrine. Siddhartha fit pivoter Kanthaka sur lui-même. L'étalon n'était pas encore fatigué, mais il restait sept attaquants à repousser.

« Allez-y plus fort ! » cria Siddhartha pour être entendu par tous. « Quiconque fera couler mon sang recevra le pardon du roi, s'il combat loyalement. » C'était un mensonge, mais Siddhartha avait vu les regards inquiets des archers quand il avait enlevé son armure. Ainsi encouragé, chacun de ses adversaires voudrait prouver au roi qu'il était le meilleur. Les deux hommes suivants chargèrent plus vivement et tirèrent avec plus de précision. Mais Siddhartha avait pris son entraînement au sérieux et il était un excellent cavalier. Avec le deuxième, quand sa flèche rata son but, il demeura calme et tira à nouveau, désarçonnant son adversaire alors qu'ils n'étaient plus qu'à quelques mètres l'un de l'autre. L'enthousiasme de la foule grandit et, lorsqu'il ne resta plus que deux archers à combattre, tous étaient debout sur leurs pieds et applaudissaient à tout rompre.

Kanthaka haletait, ses flancs se soulevant rapidement, et Siddhartha lui-même se sentait un peu étourdi. Il n'avait rien mangé ce matin-là et à force de tournoyer et de virevolter, il avait l'impression que tout tournait autour de lui. Il se raidit sur sa selle, car la dernière partie du combat était la plus difficile. Les deux derniers archers chargeaient ensemble. Siddhartha avait une flèche prête, mais ses nerfs le trahirent et la flèche passa bien à droite de sa cible. Il chercha une autre flèche dans son carquois.

Le plus agressif des deux archers avait déjà eu le temps de tirer deux fois et son second coup fut chanceux: la flèche trouva une faille dans les couvertures molletonnées qui protégeaient le poitrail de Kanthaka, perçant le cuir de l'animal. Siddhartha sentit le cheval reculer et faillit tomber de sa selle. Il tira fortement les rênes et serra ses cuisses sur l'animal, pour le calmer et lui faire oublier sa peur. Kanthaka tint bon, galopant droit vers les deux ennemis qui s'approchaient rapidement, un de chaque côté. Ils étaient trop près pour que Siddhartha puisse tirer. Il entendit un vacarme de sabots frappant la terre battue et sa vue se brouilla. Secouant la tête, il aperçut Mara en selle derrière un des archers, s'accrochant à sa taille avec ses bras. Le démon passa en riant, puis disparut d'un coup. Siddhartha n'eut pas beaucoup de temps pour recouvrer ses esprits. Il se coucha rapidement sur sa selle juste au moment où ses deux adversaires passaient à toute vitesse de chaque côté de lui. Ils tirèrent et Siddhartha eut de la chance. Les flèches passèrent au-dessus de lui en sifflant, le ratant de justesse.

Il pivota et, reprenant possession de ses esprits, il tira à son tour rapidement, d'abord dans le dos d'un des cavaliers, puis dans celui de l'autre. Son exécution était parfaite. Ils se débattaient encore pour faire tourner leurs montures quand les flèches les frappèrent et les deux hommes tombèrent au sol. Siddhartha avait tiré si rapidement qu'ils parurent tomber en même temps. La foule cria. Pour la première fois de sa vie, Siddhartha se sentit transporté par la bataille; il se leva sur ses étriers pour recevoir les applaudissements. C'était la première fois qu'il accomplissait quelque chose par lui-même.

Mais malgré sa victoire, le rire de Mara résonnait encore à ses oreilles. Un peu désorienté, Siddhartha balaya du regard le terrain du tournoi. Un seul des archers s'était relevé. L'autre demeurait étendu sur le sol, se tordant de douleur. Siddhartha mit pied à terre et courut vers lui. Il découvrit avec horreur que l'homme avait été atteint à la gorge, la pointe de la flèche ressortant par l'arrière de son cou.

Des bras placèrent l'homme blessé en position assise, des mains essayèrent de retirer la flèche. Il gémit et faillit perdre conscience. Siddhartha n'y comprenait rien. Quelqu'un cassa la pointe de la flèche pour pouvoir retirer la tige empennée du cou de l'homme ; mais ce geste fit jaillir le sang de la blessure comme un geyser, avec tant de force qu'il atteignit Siddhartha en pleine poitrine.

« Faites quelque chose », implora-t-il au milieu de tout cet énervement, conscient que sa voix le trahissait, avec son ton pointu et plein de panique, la voix d'un jeune garçon plutôt que celle d'un homme. Il leva les yeux et vit que le roi approchait. Les soldats s'écartèrent pour le laisser passer. Son père donna l'ordre qu'on aille chercher un médecin, mais le blessé avait déjà perdu conscience, sa tête pendant d'un côté comme une poupée brisée. À voir le sang qui en jaillissait toujours, quoique de plus en plus faiblement, il était évident qu'il était perdu. Suddhodana sortit un mouchoir de soie et l'appliqua sur la blessure de l'homme.

« Le connaissais-tu ? » demanda Siddhartha, même s'il ne voyait pas en quoi cela pouvait avoir de l'importance. Son père hocha la tête d'un air grave. La présence de la mort avait calmé les spectateurs mais une nouvelle voix vint briser le silence.

« Étonnant. Quelqu'un a vraiment été blessé. Congédiez le metteur en scène. »

Devadatta se tailla un chemin à travers la foule massée autour du corps. Il le regarda froidement. « C'est sa faute, il a raté son entrée en scène, c'est ça ? » Il se tourna vers Siddhartha, qui tremblait de tous ses membres. « Tu n'aurais pas pu te battre pour vrai, c'est bien évident. »

Les spectateurs étaient scandalisés ; ils s'attendaient à une explosion de colère de la part du roi, mais Suddhodana demeurait silencieux. Il savait bien que Devadatta avait raison – personne ne devait être blessé quand le prince participait à un combat – et il se sentait plein de remords. Il jeta un coup d'œil à son fils et il vit que Siddhartha avait tout compris.

Le prince eut besoin de toute sa volonté pour cesser de trembler et se remettre sur ses pieds. Il tira son sabre, regardant Devadatta d'un air menaçant. « Tu as dit que tu voulais te battre avec moi aujourd'hui. J'accepte ton défi. »

« Non ! »

Pendant un instant, on aurait pu croire que c'était le roi qui avait crié, mais Channa s'avançait à travers la foule. « Non, laisse-moi me battre avec ce bâtard. Il est à peu près temps. » Channa s'élança, le poing levé, pour frapper Devadatta. Mais dans son emportement il perdit l'équilibre et le coup ne fit qu'effleurer le menton de Devadatta.

Devadatta cracha dans sa main et essuya sa joue avec un regard dégoûté, comme si elle avait été couverte d'excréments.

« Je demande réparation, Votre Majesté. » Devadatta avait mis un genou à terre devant Suddhodana. « Ce vaurien de basse caste m'a touché. Vous l'avez tous vu. J'exige réparation. » Le roi demeura immobile et silencieux pendant un long moment tandis que la foule, troublée, commençait à s'agiter.

« Le roi reconnaît les droits de Devadatta », dit finalement Suddhodana, d'une voix moins assurée qu'à l'habitude. « Il peut décider du sort de tout individu de basse caste qui l'a souillé. »

Devadatta sourit. « Je demande la mort », dit-il.

Suddhodana grimaça. « Réfléchis bien. Il n'a fait que t'effleurer, jeune prince. Laisse-moi te rappeler que ceci est une question de justice. »

« Je ne cherche que la justice. Cette ordure avait l'intention de me prendre par surprise, de me jeter à terre et de me poignarder. Regardez, voici son arme. »

Deux gardes avaient eu le temps d'empoigner Channa et de lui arracher la dague. Forcé de se mettre à genoux, Channa cria : « Si, c'est bien ce que j'allais faire, laissez-moi terminer mon travail ! »

Devadatta haussa les épaules et dit au roi : « Ma preuve est faite. Laissez-moi réparer le préjudice que j'ai subi, comme vous me l'avez promis. »

« Non, c'est moi qui demande réparation. »

Sans avertissement, Siddhartha s'était agenouillé à son tour au pied du roi, à côté de son cousin ; il contenait sa rage à grand-peine. « J'ai le droit de me battre à la place de mon frère et Channa est mon frère en tout, excepté par le nom qu'il porte. Tout le monde le sait, alors pourquoi prétendre le contraire ? Si quelque noble que ce soit ose accuser faussement Channa, je le combattrai, peu importe qui il est. »

C'est le moment que Canki n'aurait pas dû rater en partant trop tôt. En tant que Grand Brahmane, il détenait l'autorité suprême pour trancher les disputes de castes; en ces matières, il était même au-dessus du roi. Ces litiges étaient nombreux et complexes. Les Écritures disaient, par exemple, que si l'ombre d'un intouchable croisait le chemin d'un brahmane, il y avait eu contact impur et le brahmane devait rentrer chez lui pour se laver. La nourriture touchée par quelqu'un d'une caste inférieure ne pouvait être consommée par quelqu'un d'une caste supérieure. Jusque-là, les choses étaient assez claires, mais quoi faire si la personne de caste supérieure mourait de faim et avait besoin de cette nourriture pour survivre ? Canki était chargé de résoudre ces questions difficiles. Mais il avait déjà quitté les lieux.

« Levez-vous, tous les deux », ordonna Suddhodana. Il savait, même si cela le révoltait, que la balance de la justice penchait du côté de Devadatta. Souvent, dans l'excitation de la bataille, il arrivait qu'un homme de basse caste blesse accidentellement un camarade de caste supérieure, ne faisant couler que quelques gouttes de son sang. Mais cela suffisait pour qu'il soit condamné à mort si le soldat de la caste la plus haute l'exigeait. Channa avait clairement eu l'intention de répandre le sang; tout cela était clair jusqu'à l'intervention stupide de Siddhartha. Maintenant, Suddhodana n'avait plus le choix.

« Les deux princes ont le droit de leur côté, déclara-t-il. Je trahirais la justice en favorisant l'un ou l'autre, alors laissons la Nature être juge. Que les deux princes se battent. »

Personne ne s'attendait à ce jugement, mais dans la consternation générale le premier à recouvrer ses esprits fut Devadatta, qui sourit de son sourire vorace. Face à la situation, il avait le choix entre l'arrogance et le désespoir, sachant qu'il n'y avait pas d'avenir pour lui, aucun rôle qui conviendrait à sa valeur et à ses capacités. Sa série de malchance ne pourrait que continuer s'il tuait ce cousin qu'il détestait et qui l'avait entraîné dans cette prison, ou s'il se faisait tuer en essayant. « L'épée et la dague », dit-il.

Siddhartha approuva d'un air grave. Déjà débarrassé de son casque et de son plastron, il commença à retirer le reste de son armure pour être plus mobile. Mais il cherchait surtout à ce que l'issue du combat soit décisive. La vérité était que chacun d'entre eux – Siddhartha, son père et Devadatta – était piégé par les autres. De façon étonnante, les trois avaient constaté la chose exactement au même moment, un moment à partir duquel il n'y avait plus de retour en arrière possible.

Chapitre 9

Sous un ciel incertain que les nuages disputaient au soleil, les deux adversaires, face à face, s'étudiaient. Pieds et torse nus, ils n'avaient gardé que leurs pantalons de coton. Siddhartha avait les yeux rivés sur ceux de Devadatta, car, même s'il était tenté d'observer ses mains, il savait que le regard de Devadatta lui permettrait de connaître ses intentions.

Il avait l'impression de vivre un rêve. Une partie de son esprit planait au-dessus du champ, regardant sans trop y croire les préparatifs de ce combat mortel. Mais Siddhartha avait un instinct de vie puissant. Il sortit de sa rêverie et porta la première attaque, la main tenant l'épée tendue en avant et celle tenant la dague derrière, dans l'espoir qu'en voulant parer le premier coup, Devadatta lui présente une ouverture pour le second. Devadatta était agile et il était sur ses gardes – il sauta de côté en poussant un grand « Han ! » et frappa à son tour de son épée. Mais Siddhartha passa devant lui trop rapidement et le coup le rata.

Devadatta se lança alors dans une série acharnée d'attaques et d'esquives, forçant Siddhartha à contrer coup après coup avec son épée. Chaque fois que le métal cognait en résonnant contre le métal, un courant électrique remontait le long de son bras. Ses muscles lui faisaient mal et il savait que Devadatta possédait sur lui un avantage. C'était son premier combat de la journée, tandis que Siddhartha se battait depuis des heures. Il devait gagner rapidement, sinon il risquait de voir ses forces l'abandonner. Sachant que Devadatta observait lui aussi ses yeux, il fit une feinte, regardant à droite et avançant d'un demi-pas dans cette direction. Quand Devadatta le suivit de sa dague, son geste découvrit le haut de son corps et Siddhartha y poussa son épée au niveau du sternum. Une chance incroyable. Si le coup avait atteint la cible, il aurait été fatal.

Mais au moment d'enfoncer sa lame dans le corps de Devadatta, Siddhartha entendit battre le sang dans ses oreilles, avec de longs silences entre chaque coup. Il sentit le vent qui soufflait doucement sur les poils de ses avant-bras, les agitant délicatement, allant et venant et chaque battement de paupière faisait comme une porte qui se ferme, plongeant toute chose dans le noir absolu, avant de s'ouvrir à nouveau et que le monde réapparaisse.

Il se sentait tout à coup très différent – calme, sans colère. Du coin de l'œil, il pouvait voir que l'humeur du roi avait changé. Suddhodana revenait lentement à la raison et l'idée de perdre son unique fils lui devint intolérable. Il fut à un cheveu d'arrêter le combat. Il lui restait encore à enregistrer que Siddhartha était sur le point de gagner. La dernière image qu'aperçut Siddhartha fut celle de son épée s'avançant centimètre par centimètre vers sa cible parfaite.

« Reculez, un des adversaires est au sol ! » cria Suddhodana. Il aurait voulu courir et prendre son fils dans ses bras. Le prince, haletant, se tenait par-dessus le corps de Devadatta, renversé sur le sol.

« Debout », dit-il. Devadatta secoua la tête. Au lieu de l'atteindre mortellement, la pointe de l'épée de Siddhartha avait dévié, ne faisant qu'une égratignure à la hauteur du cœur. Devadatta cracha la poussière qu'il avait avalée en tombant, visant délibérément le pied de Siddhartha. Siddhartha fixa la petite tâche gluante que cela faisait.

Il tendit la main à Devadatta. « Tu as gagné, si ça peut te faire plaisir. »

Devadatta refusa sa main avec mépris. « Tu ne t'en tireras pas si facilement, petit », siffla-t-il. Siddhartha ignora le sarcasme et se retourna.

« J'abandonne ce combat, dit-il d'une voix forte, sans regarder le roi dans les yeux. Je ne peux gagner contre un adversaire meilleur que moi. Que cet honneur revienne à mon cousin. »

Suddhodana secoua la tête. « Tu as gagné. Le combat est terminé », dit-il, mais peu nombreux furent les spectateurs qui l'entendirent. Au même moment, des cris éclatèrent : aussitôt que Siddhartha se retourna, Devadatta, toujours au sol, leva son couteau et laboura de sa lame ondulée le dos de son adversaire. Siddhartha tituba. Devadatta se prépara à frapper une nouvelle fois, visant cette fois l'estomac de son adversaire qui s'était retourné.

Siddhartha ne lui en laissa pas le temps. Il tendit le bras et d'une main attrapa Devadatta par les cheveux, frappant le poignard de l'autre pour le désarmer. L'entaille que fit la lame à travers sa paume n'était pas importante ; la rage oblitérait la douleur. Il frappa le crâne de Devadatta contre la terre battue. Le premier coup suffit à mettre son adversaire hors de combat, mais Siddhartha frappa encore deux fois. Les yeux de Devadatta trahirent sa panique quand il réalisa qu'il était seul et sans défense. La deuxième fois que sa tête heurta le sol, son regard devint vitreux ; au troisième coup, ses yeux roulèrent dans sa tête, laissant des orbites blanches.

Siddhartha n'y fit pas attention. Il souleva par-derrière le corps tout mou de Devadatta en le tenant comme un lutteur, ses bras encerclant sa poitrine et l'écrasant jusqu'à lui couper le souffle. La chose lui parut remarquablement facile, comme s'il secouait une poupée de chiffon. Il bloqua ses bras dans une prise en étau et s'inclina vers l'arrière, le visage tourné vers le ciel. À l'intérieur de lui, une voix disait, « *Voilà* la liberté. Voilà ce que ressentent les dieux lorsqu'ils appliquent leur sentence de mort. » Siddhartha crut ce que disait la voix et attendit le moment où il laisserait retomber le corps de Devadatta.

Le visage tourné vers le ciel, que se partageaient toujours les nuages et le soleil, il sentit le corps de son cousin devenir de plus en plus rigide entre ses bras.

Abandonne-toi et tu seras libre.

Pour la première fois, d'aussi loin qu'il pouvait se souvenir, une voix venait à lui d'un autre lieu. Il relâcha imperceptiblement son étreinte.

Abandonne-toi et tu seras libre.

Quand la voix parla de nouveau, Siddhartha se retint à grand-peine de répondre : *N'ai-je pas déjà abandonné ?* Il avait concédé la victoire à l'ennemi et pourtant, au lieu de le rendre libre, cela l'avait exposé à la traîtrise. Quel était ce nouvel abandon ? Où cela le mènerait-il ? Siddhartha sentit la peur l'envahir. S'il laissait Devadatta s'en tirer, leur vieille hostilité deviendrait deux fois plus forte ; son père serait déçu et sa victoire serait transformée en défaite humiliante. Rien de tout cela n'avait plus d'importance maintenant. Au fond de lui, il savait ce qu'il avait à abandonner. La voix voulait qu'il saute dans l'abîme, un lieu situé très loin à l'intérieur de lui et dont il ne savait rien. C'était la seule façon d'en sortir.

Devadatta frissonna et gémit doucement. Siddhartha le laissa tomber sans avoir conscience de ce qu'il faisait. Il marcha jusqu'au bord d'une falaise – l'image dans sa tête était aussi réelle que tout ce qu'il avait pu voir auparavant – et il sauta. Il vit ses bras s'élever audessus de sa tête et le gouffre béant, comme une bouche monstrueuse, en dessous de lui. Son premier réflexe fut de crier, tellement la sensation de flotter dans le vide était troublante. Ce doit être comme mourir, pensa-t-il. Il ne pouvait plus sentir son corps; les lumières et les sons venant du monde extérieur ne l'atteignaient plus. Mais ses pires craintes n'étaient pas fondées. Le vide n'était pas un lieu de destruction et de chaos. Non, c'était bien différent.

Il vit sa mère tenant un bébé dans ses bras et dont le visage était le soleil. Il vit Mara assis sur son trône, entouré d'entités grouillantes et bourdonnantes et son visage était la nuit. Il vit son père, petit enfant emprisonné dans une armure, étouffant, pleurant pour qu'on l'en débarrasse. Il vit Sujata, il vit les étoiles, il vit Channa monté sur Kanthaka, son étalon blanc. Le spectacle tournait et s'effaçait de ses yeux comme s'il était peint sur une gaze légère et Siddhartha éclata de rire, se sentant tout à coup euphorique. Toutes ces choses qui avaient eu tant d'importance pour lui étaient aussi légères et fragiles qu'un bout de tissu.

Il continuait sa chute. Les images évanescentes s'envolèrent. C'était comme regarder le vent souffler les feuilles mortes, et ces feuilles étaient toute sa vie. Et tandis que cette vie se dispersait sous ses yeux, Siddhartha sentit un frisson, comme si quelqu'un lui avait arraché son manteau et l'avait laissé nu dans le froid. Mais il n'était pas nu et il était loin d'être mort. Au lieu de la mascarade des images et des souvenirs, quelque chose de vrai et de pur l'entourait de toute part: la vie elle-même. Il ne se rappelait plus qui il était. Il ne restait rien de ses peurs et de ses rêves, il ne restait rien à faire, rien à désirer. Il était simplement vivant, le souffle du souffle, l'œil de l'œil.

La sensation de chute prit fin. Siddhartha se retrouva en suspension dans l'air, comme une araignée invisible se balançant au bout d'un fil invisible. En demeurer là aurait été merveilleux. Aurait été tout. Puis un battement sourd se fit entendre, comme un tonnerre lointain qui roulait vers lui, une vague de tonnerre qui grondait dans la nuit jusqu'à ce que le grondement sourd se transforme en un mot.

« Fils ? »

Siddhartha ouvrit les yeux. La figure affligée de son père cachait le ciel. *Tout va bien*, essaya-t-il de dire en voyant le roi malade d'inquiétude. Aucun mot ne sortit de sa bouche. L'émotion l'étouffait. Il fouilla sa mémoire, essayant de se rappeler où il avait été après avoir sauté dans l'abîme. Il ne trouva rien.

Il sentit que son père soulevait sa tête ; d'autres bras supportaient son torse et ses jambes. On le déposa sur une litière, puis il fut secoué dans tous les sens tandis que les porteurs couraient vers le palais. Il retrouvait ses esprits maintenant, plein d'images et de souvenirs revenaient. Qu'avait-il fait à Devadatta ? Qu'arriverait-il à Channa ? Tout son corps lui paraissait plus lourd ; de nouveau il était rattaché à la terre par des milliers de liens. Il se débattit, essayant désespérément de se libérer. Puis la voix douce d'un médecin murmura : « Essayez de vous calmer. Cessez de vous débattre. » Quelqu'un pressa une chose froide et gluante sur son front et la dernière chose que Siddhartha vit avant de perdre conscience fut le plafond de la chambre de son père où l'on avait peint l'image du ciel.

« Un coup de chaleur, c'est tout. Vous avez vu son visage ? Il suait comme une bête, puis il est devenu blanc comme un linge au moment où on l'emportait. Il aurait pu mourir. »

« Il est devenu fou. Ça devait arriver. Tu imagines la pression qu'il subit ? Toi aussi, tu craquerais. »

« Le pauvre garçon est maudit. Mon épouse a une domestique qui peut voir les démons. Celui qu'elle a vu rôder autour de lui est épouvantable. »

Le moulin à rumeurs de la cour bourdonnait de spéculations et d'hypothèses fiévreuses. Aucune théorie ne semblait résister aux faits. Ils étaient tous trop déconcertés par le soudain accès de violence de Siddhartha. Redeviendrait-il jamais lui-même ? Les dieux des potins n'en étaient pas certains. Après trois jours de saignées, les médecins du roi, étudiant la texture du sang coagulé en le pressant entre leurs doigts, déclarèrent que les pires poisons en avaient été extraits. Les astrologues paraissaient relativement optimistes quant à la fin du transit de Mercure après sa conjonction avec le Soleil. Selon eux, des forces maléfiques s'étaient emparées de Siddhartha. Suddhodana ne croyait pas un mot de tout cela. Mais personne n'était mort et si ses invités partaient avec l'impression qu'il avait élevé un dément en puissance, cela valait mieux que s'ils avaient pensé qu'il était trop doux.

Même si la dague de Devadatta avait fait couler beaucoup de sang, au point qu'en perdre plus aurait été dangereux, Siddhartha n'avait pas éprouvé d'angoisse face aux sangsues – rien à comparer au voile de tristesse qui ne quitterait plus son cœur. Son père interdisait qu'on le laisse seul, mais une nuit, très tard, une fois la nurse endormie, la tête penchée sur sa poitrine – Siddhartha s'était assuré qu'on lui donne double ration d'alcool au repas du soir – il se glissa hors du lit et marcha lentement sur le parquet. Dans son esprit, il s'approchait encore une fois du bord de la falaise, mais quand il sauta, rien ne se produisit. Tout cela était le fruit de son imagination.

Siddhartha obtint la permission, malgré les réticences, que Channa soit admis dans sa chambre. L'apercevant, il poussa un soupir de soulagement. Il était toujours vivant. Siddhartha était trop heureux pour pouvoir le cacher. Channa était embarrassé ; il haussa le ton et parla de toute l'affaire avec bravade. « Personne ne peut me tuer. J'ai des amis partout. Je suis protégé. » Mais Siddhartha remarqua des marques sur les épaules de Channa et quand il pressa son ami de lui en fournir l'explication, la vérité sortit du sac.

La consternation régnait sur le champ de bataille où avait eu lieu le tournoi quand Siddhartha et Devadatta furent emportés. Le roi avait ordonné à tous ses soldats de demeurer sur place et cette menace s'était ajoutée à la confusion ambiante, mais il voulait être sûr que tous ses invités soient bien conscients que son armée était toujours prête à intervenir. Personne n'eut le temps de s'occuper de Channa, qui courut aux écuries et sella son meilleur cheval pour prendre la fuite. Tandis qu'il fourrait de la nourriture et des couvertures dans de gros sacs en cuir, il sentit la présence de quelqu'un près du box.

« Père ? » Il se retourna, s'attendant à devoir faire face à Bikram, qui ne lui aurait jamais pardonné d'avoir porté la main sur un membre d'une caste plus élevée. Mais ce n'était pas Bikram, c'était le roi lui-même, qui seul n'avait pas oublié Channa pendant tout ce temps. Dans sa main, il brandissait un fouet.

« Je m'attends à ce que tu reçoives ton dû sans dire un mot. »

Sans attendre sa réponse, Suddhodana frappa le jeune homme en pleine poitrine avec les lanières à bouts cloutés – il n'y en avait que trois, une version adoucie du mortel fouet à sept lanières utilisé dans les batailles. La douleur était insupportable ; Channa tomba sur le sol et roula sur lui-même, heureusement, car le roi, aveuglé par la rage, le frappait sans relâche, atteignant son dos et ses épaules plutôt que son visage.

Tout ce que Channa trouva pour ne pas s'évanouir fut de se forcer à ne pas compter les coups. *C'est le dernier*, se disait-il chaque fois que les crampons de fer lui griffaient la peau. Ce n'était jamais le dernier pourtant.... Puis il se rendit compte que la douleur intense qu'il éprouvait n'était pas causée par de nouveaux coups de fouet mais par les blessures qu'il avait déjà subies. Il se risqua à lever les yeux et il aperçut le roi, le dos voûté, haletant, qui avait laissé tomber le fouet sur le plancher de l'écurie.

« Montre-toi, assure-toi que tous voient tes blessures. Ne porte pas de chemise durant les deux prochains jours. » Suddhodana le fixait avec attention, mais sans rage ni haine ni froideur implacable. Channa pouvait presque y sentir de la sympathie, comme si le roi avait eu à punir son propre fils. « Ensuite, demande à Bikram de te cacher pendant un mois, quelque part loin d'ici. Quelque part où un tueur à gages n'ira pas te chercher. Ils sont paresseux ; ils n'iront pas très loin pour te trouver. Et ne t'approche plus jamais de Devadatta, compris ? »

L'un et l'autre savaient que Channa s'en tirait à bon compte. Suivant la loi, on aurait dû le remettre entre les mains des prêtres, qui lui auraient infligé la peine la plus sévère, simplement pour montrer leur puissance face au roi. Au moment où Suddhodana se retournait pour partir, Channa murmura : « Merci. »

Le roi se retourna pour le regarder et ses yeux étaient redevenus froids comme la pierre. « Ton père était un voleur de chevaux quand je l'ai connu. C'est une offense punissable par la pendaison et si jamais il me vient le caprice de le tuer, pourquoi ne tuerais-je pas son fils aussi ? Juste pour être sûr. »

Channa ne raconta que l'essentiel de cet incident à Siddhartha. Le prince était suffisamment troublé par les marques de fouet qu'il pouvait voir ; les pires étaient cachées sous la tunique de Channa. Plusieurs jours passèrent avant que Siddhartha ne fît lui-même part à Channa de sa mystérieuse expérience.

Channa était tout impressionné. « Tu t'es changé en dieu. Sinon, qu'est-ce que ça peut être ? »

Siddhartha ne savait si Channa était sérieux ou s'il se moquait de lui. Mais quand il vit qu'il était sérieux, il dit : « Je n'aurais pas dû te le dire. Je devrais seulement aller voir le vieux Canki et lui demander de me purifier. »

« Moi, je ne le ferais pas. Pas avant que quelqu'un l'ait purifié, lui. » Channa méprisait ouvertement le brahmane, malgré le risque qu'il courait si le prêtre le découvrait. « Combien de temps m'a-t-il enseigné ? Aussi longtemps que nous pouvons nous en souvenir, toi et moi. Et tu crois que cela compte ? S'il me voit, il voudra aussitôt me faire supplicier. Il croit que je suis un animal et il a les Écritures pour le prouver. »

Siddhartha avait l'air sombre. « Et je ne suis pas si différent. »

Channa était étonné; le sang lui monta au visage. Siddhartha fonça. « Je veux dire, ma caste rend ma vie parfaite. C'est le mot que tu as utilisé, n'est-ce pas ? Il importe peu que tu sois plus fort que moi ou plus intelligent ou plus courageux. Le fait que je t'aie pris dans mes bras quand tu es entré tout à l'heure pourrait signifier une sentence de mort si mon père le décrétait. »

Channa se redressa. « Je suis plus fort que toi, ça, c'est vrai. »

« Le reste est vrai aussi. » Siddhartha ne pouvait s'empêcher de sourire.

Channa dit : « Tu peux transformer le monde quand on te le donne comme jouet. Mais tous les autres doivent se contenter de vivre dedans. »

« Tu crois que je vais posséder le monde ? »

« En tout cas, c'est ce qu'on dit ».

Siddhartha savait qu'il valait mieux abandonner ce sujet. Il savait depuis longtemps que même son meilleur ami, à un quelconque niveau que la raison ne pouvait pas atteindre, le regardait avec une crainte superstitieuse. Peu importe que Channa ait vu Siddhartha dans ses pires moments, qu'il l'ait vu pleurer, se sauver en courant, se plaindre amèrement de son père. Peu importe que le prince soit une créature de chair et de sang ou que, dans l'emportement des exercices à l'épée, Channa ait souvent fait couler son sang. Être l'ami d'un futur roi donnait à Channa un statut particulier et une protection qu'il appréciait. Mais il y avait une limite à la protection royale quand on avait un ennemi aussi rusé que Devadatta.

Siddhartha se rendit compte qu'il avait toujours regardé son cousin avec crainte. Devadatta avait été comme une épée appuyée sur sa gorge. C'est cela qui lui manquait maintenant. La peur. Siddhartha ne pouvait retrouver ce vieux sentiment de se sentir menacé.

S'il n'avait plus peur de Devadatta, de quoi d'autre aussi n'avait-il plus peur ? Siddhartha se tourna vers l'intérieur et ouvrit les coffres fermés de la mémoire, s'attendant à ce que les fantômes de la peur s'en échappent en volant. Il avait été un enfant hanté par la peur depuis sa naissance, un enfant sans mère et rempli de peur.

Des pleurs roulaient maintenant sur ses joues. C'était la première fois de sa vie que la vérité faisait pleurer Siddhartha. C'est cela qui avait changé quand il avait plongé dans l'abîme. Il avait troqué ses illusions contre la vérité. Il se sentait purifié et pourtant une partie de lui-même ne pouvait s'en réjouir. Comment serait-ce que d'être le seul homme sans peur ? Son père avait peur, malgré les batailles remportées ; Canki avait peur malgré la faveur des dieux ; Channa avait peur malgré ses crâneries. Aucun d'entre eux ne pourrait comprendre ce changement chez Siddhartha. On pourrait même le détester pour cela.

❋ ❋ ❋

Avec les rideaux tirés et l'unique chandelle sur le point de s'éteindre dans son bougeoir, la chambre était presque noire. Sujata était couchée dans son lit, les yeux fixés au plafond. Dans son esprit elle ne cessait de repasser encore et encore ce qu'elle aurait dû dire à Siddhartha. Tout avait été de travers. Même quand elle avait obtenu ce que son cœur voulait et qu'il lui avait laissé voir qu'il la désirait, elle s'était enfuie en courant. Parfois, quand elle s'éveillait au milieu de la nuit, tout ce à quoi elle pouvait penser était le fait que Siddhartha l'avait regardée avec désir. Elle fixa ce regard dans son esprit et jura de ne jamais l'oublier.

La vérité toute simple était qu'elle attendait que ce soit Siddhartha qui décide de venir la voir. Aussi, quand la porte craqua, Sujata, qui était à moitié endormie, fut-elle aussitôt tout à fait réveillée. Elle frissonna sous les couvertures et écarquilla les yeux dans le noir pour le voir, pour s'assurer qu'il n'était pas un produit de son imagination.

Elle aperçut la silhouette d'un jeune homme fort qui s'approchait rapidement. La peur et le bonheur se débattaient sauvagement dans la poitrine de Sujata. Si seulement son lit avait été préparé convenablement pour l'amour, avec des pétales de fleurs éparpillés ici et là, un peu d'eau de rose et quelques nuages de ces épices reconnues pour exciter les hommes.

Pendant un court instant, Sujata songea à sa mère et se demanda si elle avait déjà vécu une situation semblable. Elle chassa aussitôt cette pensée. Elle ne voulait penser à rien lorsque la main de Siddhartha viendrait prendre les siennes ; déjà il se penchait au-dessus d'elle, approchant son visage pour embrasser ses lèvres.

« Ne bouge pas. Si tu cries, je te tue. »

Crier, c'était la seule chose qu'elle aurait voulu faire dès qu'elle se rendit compte que ce n'était pas Siddhartha et que l'horreur venait de pénétrer chez elle. La main de l'homme vint se plaquer sur son visage, couvrant sa bouche et son nez, la faisant suffoquer, l'empêchant de crier et même de penser. Mais la panique de toute façon l'en aurait empêchée.

« Tu m'as attendu pendant longtemps. J'ai vu la lumière à ta fenêtre. Je voulais que le moment soit parfait, ma chérie. »

C'était bien Devadatta. Il déchira rapidement son corsage et commença à lui pétrir les seins, rudement et sans considération pour le mal qu'il lui faisait.

S'il te plaît, arrête, je ferai tout ce que tu veux.

Cherchant son souffle, Sujata ne savait plus si elle avait vraiment articulé ces mots ou s'ils n'avaient été qu'une prière intérieure et désespérée. Devadatta avait défait sa robe malgré sa résistance et elle sentit ses mains qui ouvraient ses cuisses. À moitié suffoquée, elle ne pouvait même pas pleurer. Devadatta la prenait et ses coups violents étaient le signe à la fois de sa sauvagerie et de son mépris. Elle se laissa faire, espérant que le violeur lui épargnerait plus de violence. Devadatta arrêta soudainement ce qu'il était en train de lui faire. « Je sais qui tu veux ! », dit-il et le ton menaçant de sa voix aurait dû la prévenir. Mais Sujata, sachant qu'elle allait mourir, ressentit un flot de soulagement.

Son seul espoir était que Devadatta agisse rapidement dans le noir. Elle ne se rendit pas compte qu'il tirait sa dague à lame ondulée. « Souviens-toi que la dernière chose que tu as jamais vue est mon visage », grogna-t-il à l'instant où il lui tailladait la figure en passant sa lame sur ses yeux. Sujata entendit un cri qui devait être le sien, puis la douleur devint trop violente et elle cessa de respirer. Cela lui épargna le spectacle de Devadatta se détachant d'elle et roulant hors de son corps avec un gémissement. Il essayait de se contrôler, mais ses mains tremblaient.

Devadatta réalisa sa situation : quelqu'un viendrait tôt ou tard et il n'y avait pas de temps à perdre. Il reprit contrôle de lui-même et se mit au travail. Il enveloppa Sujata dans les draps du lit et l'attacha ensuite avec les cordons du rideau. Il se glissa facilement entre les gardes et trouva le cheval d'une sentinelle attaché près des portes. Il chargea le corps en travers de la croupe et chemina lentement jusqu'à la rivière. Mara y était déjà. Il attendit pendant que Devadatta, toujours sans dire un mot, transportant sans effort le corps sur son épaule, s'approchait de la rive.

« Mets des pierres pour l'alourdir », ordonna Mara. Devadatta lui jeta un regard haineux et jeta le paquet dans la rivière. Les draps n'étaient pas bien attachés et ils firent des volutes à la surface de l'eau, d'un blanc spectral, comme des voiles dans le clair de lune. Ils retinrent suffisamment d'air dans leurs plis et replis pour que Sujata ne coule pas immédiatement et le courant rapide l'emporta. Devadatta n'attendit pas de la voir disparaître. Il voulait oublier que Mara était à côté de lui.

« Pas à côté, très cher. À l'intérieur », dit Mara avec satisfaction.

Devadatta tremblait de désespoir. Il n'avait jamais cru à l'existence des dieux. Mais à ce moment-là, quand la vie se révéla finalement à lui dans toute son horreur, il comprit pourquoi il avait fallu les inventer.

Chapitre 10

On ne découvrit pas tout de suite la disparition de Sujata. Le premier jour, une jeune domestique courut voir Kumbira pour lui rapporter que la jeune fille n'avait pas touché au plateau de nourriture placé devant sa porte.

« Elle boude encore. Attendons qu'elle se meure de faim. » Enfermée dans sa chambre, Sujata n'avait pas réussi pour autant à cacher ses pensées à Kumbira, qui avait vite compris que la belle se languissait d'amour. Mais quand elle vit qu'elle n'avait pas mangé le deuxième jour non plus, Kumbira alla frapper à sa porte. Ce qu'elle découvrit quand elle entra provoqua chez elle une réaction immédiate.

« Dehors ! Allez, vite ! »

Elle repoussa à l'extérieur de la chambre la petite bonne qui l'avait suivie, en espérant que l'obscurité qui régnait dans la pièce, dont les rideaux étaient tirés, l'avait empêchée de voir le sang et le désordre. Mais la fille, effrayée, avait sûrement vu quelque chose, ce qui laissait peu de temps à Kumbira pour agir avant que les rumeurs du palais ne se répandent comme une traînée de poudre. Elle alla immédiatement trouver le roi et lui fit part de ce qui s'était passé entre Sujata et le prince.

Suddhodana accueillit la nouvelle plus calmement qu'elle ne l'aurait cru. Et si le roi se faisait du souci pour le sort de Sujata, il n'en laissa certainement rien paraître. « Elle avait trop honte pour rester. Envoyez quelques hommes à sa recherche. Mais quelques-uns seulement. » Moins d'une demi-heure plus tard, Channa transmettait la nouvelle au prince, lequel courut immédiatement à la chambre de Sujata. Kumbira avait fait enlever les traces du drame en vitesse, ce qui n'empêcha pas Siddhartha de s'inquiéter de la disparition soudaine de Sujata.

« J'ai envoyé mes hommes à sa recherche, lui dit Suddhodana. Que puis-je faire de plus ? Elle voulait rentrer chez elle. Quelqu'un aurait dû s'occuper d'elle pour qu'elle se sente moins seule. »

Siddhartha fut piqué par ce que les paroles de son père laissaient sous-entendre. Il avait accès au pavillon des plaisirs depuis qu'il avait seize ans, mais au cours de ces deux années, il n'en avait jamais profité. Cet étalage de chasteté avait le don de faire rager Suddhodana. « Je n'ai pas amené toutes ces filles ici pour que tu ailles faire tes prières avec elles », l'avait-il raillé un jour.

Contrarié par l'indifférence que manifestait son père à l'endroit de Sujata, Siddhartha courut trouver Channa. « Il faut la retrouver ! »

« Tu en es sûr ? dit Chana. Réfléchis un instant. Il y a de bonnes chances pour que ton père ait lui-même arrangé la chose. Il voulait qu'elle s'en aille. »

« Tu penses qu'on l'a traitée comme les vieilles juments ? » dit Siddhartha froidement. Il savait très bien que son père faisait disparaître les gens qui avaient atteint un certain âge, comme on faisait avec les vieux chevaux dans les écuries.

Channa ne discuta pas. Il installa une selle sur le dos de son cheval favori et le guida vers l'extérieur. « Ne dis à personne que je suis parti, dit-il. Toi, reste ici. » Siddhartha devint écarlate. « Vas-y, dis que c'est ma faute, ajouta Channa. Mais tu ne peux pas prendre le risque de partir. »

Siddhartha savait très bien que s'il franchissait les portes du palais pour partir à la recherche de Sujata, son père risquait de très mal réagir. Tout le monde à la cour était de connivence et participait à la conspiration qui faisait de lui un prisonnier. Mais cela n'allait pas l'arrêter. Il marcha à grandes enjambées vers le support où les selles étaient suspendues, en choisit une et entreprit de seller Kanthaka. L'étalon demeurait habituellement calme lorsque c'était Siddhartha qui l'approchait, mais cette fois-ci il fit un écart et lança presque une ruade.

« Doucement », murmura Siddhartha.

Une fois en selle, Siddhartha rejoignit Channa puis, prenant les devants, il galopa en direction de la forêt. Un jour qu'ils chassaient ensemble, Channa lui avait montré un torrent qui coulait au pied d'une pente escarpée et plus d'une fois le prince s'était demandé si, malgré les patrouilles des soldats du roi, ce n'était pas une bonne route pour s'enfuir. Channa avait dit : « Il y a une ravine asséchée au bout. Si jamais je voulais partir sans que personne sache où je suis allé, je commencerais par faire traverser le torrent à mes chevaux, pour camoufler leur odeur. Ensuite, le chemin est encore plus escarpé qu'ici. Personne ne se donne la peine de patrouiller dans ce coin. »

Ils se dirigeaient de ce côté, sachant que si le prince disparaissait ne fût-ce qu'une heure, on enverrait une patrouille à sa recherche. C'était la seule chose dont on pouvait être sûr. Le torrent n'était pas difficile à trouver ; mais la pente était suffisamment escarpée et rocheuse pour que les deux cavaliers demeurent silencieux, toute leur attention concentrée sur la progression de leur cheval. La ravine asséchée, comme l'avait annoncé Channa, était encore plus escarpée. Ils décidèrent de marcher à côté des chevaux. Dans la pénombre obscure de la jungle où le feuillage des arbres se mêlait à celui des vignes, le soleil de midi, fractionné en mille éclats, tachetait leur peau de points lumineux et brûlants. Ce n'était pas ainsi que Siddhartha avait imaginé sa fuite vers la liberté. La réalité en avait décidé autrement.

Channa se remit à parler, par petites phrases brèves, tout en descendant prudemment la pente parsemée d'éboulis. « Mon père m'a fait jurer de garder le secret sur ce qui s'est passé quand toi et moi étions encore nourris au sein. Le roi a fait renvoyer tout le monde. Tous les vieux, tous les malades. Ce fut une époque difficile. »

Siddhartha en était déjà venu par lui-même à cette conclusion. Hormis la mort de sa mère, c'était le souvenir le plus noir rattaché à sa naissance. Channa se tut, occupé à calmer son cheval qui glissait sur le sol instable. La ravine conduisait finalement à un petit bois de bambous géants, dont les tiges rapprochées ne permettaient pas à un cheval de passer.

« Il y a une ancienne route juste derrière. Ils en ont emmené quelques-uns par là. »

« Quelques-uns ? Qui ? »

« Des femmes. Celles dont le roi ne voulait plus. »

Channa racontait tout cela d'une voix neutre, sans emphase, comme un médecin enregistrant la cause d'un décès. « Il a dit à Bikram de les amener par une route secrète, celle que nous suivons maintenant. Il voulait être sûr que personne ne les voie. »

Tout à coup, Siddhartha eut une sorte de révélation. « Tu le détestes, n'est-ce pas ? »

« Tu veux vraiment savoir ? » Sans se retourner, Channa souleva sa chemise, montrant toutes les blessures que les coups de fouet lui avaient infligées. « Un roi ne vaut pas mieux qu'un criminel. » Le silence s'installa entre eux, jusqu'à ce qu'ils atteignent l'extrémité de la plantation de bambou. Channa arrêta alors son cheval et fit face à Siddhartha. « Tu peux t'en retourner, tu sais. Comme ça, personne ne serait plus intelligent que l'autre. »

« Pourquoi m'en retourner ? »

Siddhartha n'avait jamais vu Channa aussi concentré. « Ton père est peut-être un salaud, mais peut-être aussi avait-il raison de faire ce qu'il a fait. Il t'a protégé de la souffrance. N'est-ce pas une bonne chose ? C'est ce que j'essaye de comprendre. »

« Il avait tort. »

Channa fut frappé par la soudaine détermination dans la voix de Siddhartha. Il reprit le cours de son histoire.

« Trois années passèrent. Une des femmes eut un bébé. La vie était trop difficile et elle mourut. Le bébé survécut. Alors ton père s'est mis à envoyer de l'argent et de la nourriture, chaque année, pour se déculpabiliser. »

« Jusqu'à ce qu'elle soit assez vieille pour qu'on l'emmène à la cour », compléta Siddhartha.

« Considère-toi chanceux qu'elle ne soit pas ta demi-sœur. » Channa avait repris son ton indifférent. Il s'était débarrassé du poids qu'il portait sur les épaules. « Le village est devant nous. C'est là que nous avons le plus de chance de retrouver Sujata si elle s'est enfuie. Même si ce n'est pas ce que je crois. »

Siddhartha ne demanda pas à Channa ce qu'il croyait. Il avait ses propres pressentiments. Il ne pouvait oublier le fait qu'il n'avait pas vu Devadatta au cours des derniers jours. Ç'aurait été tout à fait son genre d'enlever Sujata pour se venger. Il aurait mieux valu que le roi l'ait fait partir pendant la nuit.

Siddhartha regarda le village tout en bas ; vu de loin, il avait l'air d'un village tout à fait ordinaire, avec son unique rue poussiéreuse qui serpentait à travers de modestes huttes de bambou. La seule chose étrange était ces terrains vagues brûlés par le soleil et les champs mal entretenus qui l'entouraient. *Pourquoi les fermiers ne s'occupent-ils pas de leurs champs ?*

« Allons, viens. On ne peut pas voir grand-chose d'ici », dit Channa. Il les guida vers une piste étroite et défoncée. La mauvaise herbe montait jusqu'au ventre des chevaux. La montrant du doigt,

Channa dit: « Personne ne passe ici. Ils n'ont probablement pas reçu de visiteurs depuis six mois. »

« Pourquoi donc ? » Il n'y avait pas de lèpre dans le pays et l'abondante végétation du sous-bois indiquait qu'il n'y avait pas eu de sécheresse récemment.

« Parce que c'est "la cité oubliée". C'est comme ça que tout le monde l'appelle. Mais moi je préfère dire "la cité du roi". Ne m'en demande pas plus », dit Channa.

Au bout d'un demi-kilomètre environ, la piste finit par s'aplanir et bientôt ils passèrent devant les premières cabanes du village. Leurs toits étaient gris, salis par la pluie, et leurs portes déglinguées tenaient à peine à des murs en ruine. Personne ne semblait y vivre, ou alors les habitants avaient pris l'habitude de se cacher lorsqu'ils voyaient des étrangers. Le groupe de cabanes suivant était en aussi mauvais état. Siddhartha aperçut un instant des visages à une fenêtre, mais ils disparurent aussitôt.

« C'est ici », dit Channa un peu plus loin. Il descendit de cheval devant une cabane en plus mauvais état encore que les autres. La porte était arrachée, de même que les sculptures de dieux et de démons qui avaient orné le rebord du toit. « C'était la sienne, celle de sa mère. »

Sujata n'a pas pu vivre ici, pas de cette façon, pensa Siddhartha. Il mit pied à terre lui aussi et suivit Channa à l'intérieur de la sombre carcasse de la maison. La présence de vermine et les trous béants dans les murs le convainquirent que personne n'y était entré depuis des mois. Un bout de soie rouge déchirée voilant la fenêtre arrière et une théière craquelée près du trou à charbon utilisé pour faire la cuisine étaient les seuls signes qu'une femme ait pu vivre ici un jour.

« Retournons au palais. Je demanderai à mon père de me dire où elle est », déclara Siddhartha, le cœur serré. Il se sentait face à une vérité qu'il n'était pas prêt à affronter. Quand ils ressortirent, les choses avaient changé. Des gens étaient sortis de nulle part, comme des lièvres de leur terrier. Un groupe d'hommes entourait les chevaux.

« Arrêtez ! Hé, arrêtez ! » cria Channa. Quelques-uns d'entre eux essayaient de défaire les sangles qui retenaient les selles. Channa était armé et eux ne l'étaient pas, mais quand il tira son épée, Siddhartha retint son bras.

« Qui sont ces gens ? » demanda-t-il, l'air grave.

Ils étaient une douzaine peut-être, crevant visiblement de faim, leurs vêtements en loques pendant sur leurs corps décharnés. Tous avaient les cheveux gris et certains n'avaient plus que quelques poils sur leur crâne dénudé.

« Ce sont les oubliés, dit Channa. Nous sommes dans leur village. »

« Et c'est mon père qui les a envoyés ici ? »

Channa approuva de la tête. Les pauvres hères qui essayaient de voler leurs selles se jetèrent sur le sol, se prosternant devant eux. Les femmes s'approchèrent à leur tour et, sans dire un mot, tendirent leurs mains en coupe pour quêter un peu de nourriture. « Donne-leur ce que nous avons », dit Siddhartha. Il restait quelques provisions dans leurs sacs de selle. Quand Channa commença à leur distribuer ce qui restait de pain et de viande, Siddhartha détourna les yeux; il ne pouvait supporter la vue de ces mendiants se battant pour quelques miettes. La bousculade finit par attirer l'attention et Siddhartha vit bientôt les autres habitants du village qui s'avançaient vers eux. « Partons ! » le pressa Channa.

« Pourquoi ? Ils ne sont pas dangereux. » Les nouveaux venus, en effet, n'étaient pas moins âgés que les premiers habitants qu'ils avaient rencontrés.

Malgré tout, Channa n'était pas tranquille. « Je sais bien que je pourrais les chasser tous d'un seul coup d'épée, dit-il. Mais quand même, nous ne sommes pas en sécurité. »

« Mais pourquoi ? Où est le problème ? »

Channa ne savait pas exactement dans quelle mesure Siddhartha était conscient de la situation, aussi lui expliqua-t-il comme à un enfant : « Ces gens vivaient au palais lorsque tu es né et déjà ils étaient trop vieux pour qu'on leur permette de rester. Ceux qui marchent avec des béquilles, là-bas, sont infirmes. Ils étaient malades, mais personne ne s'est occupé d'eux. Ceux qui toussent et qui se couvrent la bouche d'un tissu, ne t'en approche pas. Ils sont malades ; ils transportent une maladie que nous pourrions attraper aussi. Je suis encore jeune et en bonne santé, alors merci bien. »

« Nous deviendrons comme eux ? » demanda Siddhartha réellement intrigué.

« Un jour. »

« Tous ? »

« Tous », dit Channa. Sans s'occuper de ce qu'en penserait Siddhartha, il repoussa du pied une vieille femme qui avait rampé sur le sol pour toucher ses sandales.

Siddhartha se répétait tout bas des mots qu'il n'entendait jamais prononcer autour de lui. *Vieux. Infirme. Malade.* Comment avait-il pu s'imaginer qu'il avait souffert ? Sa souffrance n'était rien comparée à la leur.

« Comment supportent-ils cela ? » murmura-t-il. Mais entretemps l'humeur de la foule réunie autour d'eux avait changé. Les visages creux s'assombrirent et il y eut des murmures de colère. « Ils se sont rendu compte que nous venons du palais », dit Channa. Lui et Siddhartha portaient des habits de coton communs, mais les harnachements de leurs montures étaient marqués du sceau royal. « Remonte sur ton cheval. Nous partons. »

Siddhartha se remit en selle, mais au lieu de prendre la direction du palais, il guida Kanthaka vers le centre de la cité oubliée. Des spectres décharnés erraient le long des rues et le regardaient de leurs yeux exorbités par la faim. Siddhartha pria pour que ses *tantes* n'aient pas été bannies ici lorsqu'elles avaient disparu de la cour.

Il y avait un édifice en meilleur état que les autres et devant lequel il n'y avait personne. Siddhartha s'y arrêta, son attention attirée par les fenêtres voilées et par une statue de Shiva installée près de la porte, devant laquelle achevaient de se faner quelques fleurs sauvages. « Je veux voir l'intérieur », dit-il.

« Pas question ! » dit Channa.

L'odeur provenant de l'édifice ne pouvait être confondue avec aucune autre. Siddhartha avait déjà senti cette odeur dans les bois, où pourrissait parfois une carcasse de chevreuil. Il descendit de sa monture et ouvrit la porte. Il pénétra dans une pièce mal éclairée, humide et nauséabonde. Dans les rayons de lumière aqueuse qui filtraient à travers les volets, il aperçut quelqu'un qui dormait sur une table, nu, à l'exception d'un drap léger jeté en travers de son torse. Non, il ne dormait pas, mais il reposait sans mouvement. Le visage de l'homme était presque gris. Ses yeux fermés et sa bouche pendante lui donnaient un air à la fois triste et fâché.

« Où sommes-nous ? » demanda Siddhartha. Il s'en doutait, mais le simple fait de parler l'aidait à ne pas être malade.

« C'est la maison des morts. Ne t'approche pas. Ils ne sont pas bénis. »

Ses yeux s'ajustant à la lumière, Siddhartha aperçut d'autres corps sur le plancher, déposés côte à côte et couverts d'une toile grossière ; les pires odeurs venaient de là. L'homme sur la table devait être mort plus récemment.

Sans s'en rendre compte, Siddhartha s'était approché de lui. Il tendit la main et toucha le cadavre, étrangement certain que le vieil homme se réveillerait en sursaut. La froideur de la peau le surprit; elle semblait plus froide que l'air ambiant. Malgré le fait que le vieil homme fut mort, Siddhartha tint à s'excuser. Il n'avait pas demandé la permission de le toucher alors qu'ils étaient deux étrangers l'un pour l'autre.

« Est-ce la fin pour eux ? demanda-t-il. Est-ce que les morts vivent dans cette maison ? »

« Non, ils vont pourrir s'ils restent ici. Les corps seront brûlés », expliqua Channa.

Siddhartha grimaça. « Alors, toi aussi tu pourrais me brûler un jour », murmura-t-il. Channa attendait près de la porte et la curiosité de Siddhartha commençait à l'impatienter.

« Où est le problème ? Je serai content qu'on m'incinère. Mes cendres iront dans la rivière. Quand il ne restera plus rien d'intéressant pour les démons, j'irai au paradis. Mais tu devras d'abord briser mon crâne avec une hache pour laisser sortir mon esprit. »

Si Channa pensait choquer Siddhartha, il se trompait. Perplexe, Siddhartha marmonna : « C'est comme ça qu'on fait ? Alors pourquoi sont-ils encore ici ? Ils n'ont pas de haches ? »

Channa haussa les épaules. « Il n'y a pas de bois et personne n'a assez de force pour aller en couper. Ils attendent probablement que des moines errants passent par ici. »

La patience de Channa avait atteint ses limites et il n'était pas question de rester là plus longtemps. Siddhartha prit la main du mort, qui était retombée mollement à côté de lui, et la replaça sur sa poitrine. Quand il ressortit, la foule à l'extérieur avait l'air plus en colère qu'auparavant.

« Prince ? appela quelqu'un. Êtes-vous bien le fils du roi ? Comment aimez-vous ce que vous avez fait de nous ? » Il n'avait pas prévu qu'on le reconnaîtrait. Un sentiment de honte le retint de répondre.

Je vais essayer de vous aider, j'en fais la promesse, pensa-t-il. Des murmures menaçants l'entouraient tandis qu'il rejoignait son cheval. Une vieille femme cracha par terre et une voix cria : « Il aurait mieux valu que ta mère meure plus tôt, m'entends-tu ? Pourquoi es-tu venu au monde ? »

« Arrêtez ! » Un des vieillards s'avança, levant les mains pour faire taire les autres. Son corps maigre et décharné était enveloppé dans un vêtement de chanvre malpropre, mais Siddhartha aperçut en dessous un bout de tissu safran, la couleur des robes de Canki.

« Ce sont les dieux, pas ce noble jeune homme, qui nous ont apporté tout ce malheur. Donnons-lui plutôt de l'argent pour qu'il fasse des offrandes en notre nom. » Des huées accueillirent la suggestion du vieux prêtre ; il se fraya néanmoins un chemin à travers la foule. « Bénédictions, bénédictions », marmonnait-il en s'approchant de Siddhartha.

Le vieux moine sentait presque aussi mauvais que les cadavres. Un sourire révéla sa bouche édentée et Siddhartha eut un mouvement de recul dont il eut honte. « Penche-toi, jeune prince, et laisse-moi te souffler à l'oreille une bénédiction très spéciale. »

Siddhartha se força à se pencher, essayant de ne pas sentir l'haleine fétide du vieil homme. « J'accepte ta bénédiction », dit-il poliment.

« Et toi, sois maudit dans les flammes de l'enfer si tu ne me ramènes pas avec toi ! » La véhémence et la violence dans la voix du vieux moine faisaient penser au venin d'un cobra. Siddhartha recula d'un bond. Sans un mot, il sauta sur son cheval. Il sentit la main osseuse du prêtre qui lui agrippait fermement sa cheville, mais il se libéra d'un coup de talon et partit au galop. Derrière lui, la population de la cité oubliée salua sa fuite par des huées et des quolibets. Certains poussaient des cris déchirants et c'est seulement quand il n'entendit plus rien que Siddhartha s'arrêta. Kanthaka était pantelant ; Siddhartha aussi. Il se pencha et murmura « Excuse-moi » à l'oreille de sa monture, même s'il ne l'avait pas poussée autant qu'il aurait pu. Channa les rejoignit à l'endroit où la route commençait à grimper de nouveau et redevenait une piste de montagne. Siddhartha l'attendait. « Combien de fois es-tu venu ici ? » demanda-t-il.

« Une ou deux fois. Mais pas question que tu reviennes. Pour quoi faire ? Ton père ne te laissera pas les secourir et, d'ici à ce que tu sois roi, ils seront morts. Regarde les choses en face. Il suffirait d'un seul hiver rigoureux pour qu'ils crèvent tous. »

Siddhartha détestait entendre cela mais il ne discuta pas. Le soleil était de nouveau brûlant, et ils avaient donné leurs gourdes d'eau aux vieillards.

Channa a raison. On devrait l'appeler la cité du roi. Il se demandait ce qu'il devait faire. Devait-il revenir et cultiver les champs lui-même, avec quelques esclaves du palais, contre la volonté de son père ? Cela ferait-il le moindre bien d'envoyer ces gens à la cité oubliée ? Et derrière tout cela, il y avait Sujata, dont le souvenir le hantait plus encore maintenant qu'au moment où il avait appris sa disparition. Pendant un bref instant, il crut la voir étendue sur la table dans la maison des morts.

C'est à ce moment qu'il aperçut brièvement quelqu'un. Un ermite nu, accroupi sur les talons, se cachait dans les sous-bois épais. Au milieu des fourrés, sa peau brunie par le soleil le rendait presque invisible ; seule sa barbe presque blanche faisait une tache. Si Siddhartha ne s'était retourné à ce moment précis pour jeter un dernier regard derrière lui, il ne l'aurait pas aperçu.

« Asita ! » Siddhartha cria son nom tout en sautant en bas de son cheval. Ce mouvement soudain fit sans doute peur à l'ermite, qui se sauva et disparut dans les buissons. « Attends, tu ne me reconnais pas ? » Siddhartha était perplexe mais il plongea dans le sous-bois, sans se soucier des ronces ou des serpents. L'ermite, en s'enfuyant, ne faisait pas plus de bruit qu'un chevreuil. Siddhartha s'arrêta, tendant l'oreille pour capter le moindre bruit qui aurait pu lui servir d'indice. Channa apparut derrière lui. « Qu'est-ce qui se passe ? »

« Tu n'as pas vu ? C'était Asita. »

« Si c'était lui, il doit avoir au moins mille ans. Je pense que j'ai vu un vieil homme, c'est tout. Il nous suivait probablement depuis le village », dit Chana.

Mais ils savaient tous les deux qu'un vieil homme n'aurait pu marcher aussi vite que les chevaux. Trop excité, Siddhartha n'avait pas le temps d'en convaincre Channa. « Asita ! » cria-t-il.

Siddhartha entreprit de remonter la pente qui lui faisait face, criant à Channa de l'attendre en bas. Il n'y avait plus de piste et au bout d'un moment il dut s'enfoncer dans la jungle. Des perroquets écarlates passaient en l'engueulant au-dessus de sa tête ; un singe solitaire qui cherchait des fruits tombés sur le sol poussa un cri de surprise et grimpa en rouspétant dans un arbre. Siddhartha avança avec encore plus d'énergie, même s'il savait qu'il courait sans but, entraîné par ce qu'il voulait trouver plutôt que par ce qu'il trouverait. Puis, juste au moment où il devenait évident que la jungle avait effacé toute trace de l'ermite, il découvrit quelque chose.

Cachée au milieu de la végétation abondante se trouvait une petite clairière, si ombragée qu'elle ressemblait à une grotte verte. Essoufflé, Siddhartha s'arrêta et regarda tout autour. Il ne faisait aucun doute que quelqu'un vivait ici. Quelques volutes de fumée s'élevaient encore d'un feu presque éteint. Dans un coin, un appentis appuyé sur quelques bambous protégeait un matelas de mousse et de branches. Quelques pierres entassées en forme d'autel retinrent son attention. Posé dessus, le seul signe qui permettait de supposer que la personne qui vivait ici n'était pas un sauvage était une petite image de Shiva, aux couleurs brillantes et vives, la même qu'il avait vue, mais en plus pauvre, à la maison des morts.

Ici, le dieu était mieux traité et des orchidées des bois, roses et fraîches, avaient été déposées devant lui. Shiva était assis dans la position du lotus, une peau de tigre jetée autour de ses épaules. Il avait les yeux fermés ; un sourire mystérieux jouait sur son visage. En le regardant, Siddhartha se sentit tout à coup vidé de toute énergie. Il n'avait aucune idée du lieu où il se trouvait et pourtant il n'avait aucune envie d'être ailleurs. Peut-être le lointain souvenir d'un jambosier, quand il était petit garçon, lui revint-il à l'esprit. Il sentit ses jambes l'abandonner et il s'assit par terre face à Shiva. Il replia les jambes dans la même position que le dieu et ferma les yeux.

La grotte verte était fraîche et apaisante. Siddhartha sentait que sa place était ici, mais ce n'était pas le moment de penser. Une sorte de silence séduisant l'attirait. Il l'enveloppait doucement et Siddhartha s'y abandonna. Il pouvait sentir son souffle aller et venir dans sa poitrine, de plus en plus faiblement. Une mouche se posa sur son bras et il avait l'impression de sentir chacun des pas qu'elle faisait avant de reprendre son envol.

Pendant quelque temps, rien ne changea – combien de temps, il n'aurait su le dire – puis Siddhartha ouvrit les yeux. Assis sur ses talons, le vieil ermite se tenait devant lui. Ce n'était pas Asita, mais les deux semblaient faits à partir du même moule. L'ermite avait des yeux bruns au regard profond dont le calme contredisait la peau burinée par les intempéries. Aucun des deux ne bougea. Puis l'ermite mit un doigt sur ses lèvres et Siddhartha approuva d'un léger signe de la tête, laissant ses paupières se refermer à nouveau, s'enfonçant dans le silence. Maintenant, il voyait clairement l'image d'un petit garçon assis sous un jambosier tandis que le monde anxieux tournait autour de lui. Comment avait-il pu oublier ce qu'Asita lui avait dit alors, qu'il y aurait toujours une place où il lui serait possible d'aller quand les choses iraient mal ?

Poussant un grand soupir de soulagement, Siddhartha sut qu'il était de retour. Il ne s'était pas souvenu du silence, mais le silence s'était souvenu de lui. Et l'avait attendu. Il lui semblait si facile de rester assis là pour toujours. Un courant apaisant coulait à travers son corps, et quand une pensée avait l'audace de surgir, elle disparaissait comme une fleur de pissenlit soufflée par le vent.

Avant que le temps et l'espace ne disparaissent comme des voleurs dans la nuit, il eut une vision fugace. Quelque chose qu'il ne pouvait identifier – un nuage de gouttelettes dorées ? un esprit souriant ? un dieu ? – flottait juste au-dessus de sa tête, là où le courant s'échappait. Le nuage ou le dieu vibra un instant. Siddhartha sentait clairement que ce nuage ou ce dieu l'observait.

Puis, sans avertissement, *Il* se mit à descendre.

Deuxième partie

Gautama, le moine

Chapitre 11

Le ciel n'avait pourtant pas ménagé ses avertissements. Toute la journée, de gros nuages gris aux ventres gonflés avaient frôlé la cime des arbres. Puis la nuit était tombée rapidement, trop rapidement pour qu'il trouve un abri. Le jeune moine s'était endormi, recroquevillé au pied d'un arbre *sal*, quand il se mit à pleuvoir, pas seulement quelques gouttes chaudes s'écrasant ici et là mais à plein ciel, d'un seul coup, comme si une bande de singes mal élevés grimpés dans les branches au-dessus de lui avaient renversé un baril d'eau sur sa tête. Le jeune moine s'éveilla en crachotant. Il pataugea dans la boue, grelottant, trempé jusqu'aux os. Pendant vingt-neuf ans, il avait été le prince Siddharta ; il n'était moine et sans le sou que depuis un mois à peine.

Quelque chose, pas très loin, attira son attention. Un petit groupe d'hommes avait allumé un feu de camp dont on apercevait les étincelles à travers quelques trouées dans le feuillage de la jungle. Le moine s'approcha et vit qu'ils s'étaient mis à couvert à l'entrée d'une grotte. S'avancer davantage était risqué. Ces hommes étaient peut-être des *dacoits*, des bandits sans scrupule qui n'hésiteraient pas à tuer un saint homme simplement pour lui voler ses sandales. Et puis, demander de l'aide était contraire aux règles. Si un moine errant frappait à une porte, les propriétaires de la maison devaient lui offrir gîte et nourriture ; c'était un devoir sacré. Mais le moine devait demeurer silencieux. Sa présence était la seule parole à laquelle il avait droit, peu importe qu'il fût affamé ou à bout de force.

Demeurer assis en méditation tandis que le fumet d'un agneau cuisant lentement sur le feu vous chatouillait les narines constituait un véritable supplice. La discipline du guerrier, en comparaison, était un jeu d'enfant. Le jeune moine finissait toujours par perdre sa concentration : il salivait ; son estomac gargouillait. Mais cette nuit-là il n'eut pas besoin de demander. Un des hommes assis autour du feu l'aperçut et eut pitié de lui. Siddharta fut d'abord inquiet de le voir s'approcher avec une hache, mais il se rendit bientôt compte que tous ces hommes étaient des bûcherons.

« *Namaste* », murmura-t-il en inclinant la tête. Le bûcheron, un homme lourd et trapu, ne répondit rien. *Namaste* était la façon la plus simple de dire bonjour, mais pour un moine c'était aussi une bénédiction : *je salue ce qu'il y a de sacré en toi.* Siddharta se rendit compte que, sans y penser, il avait pris un ton pacifique. Ainsi donc, avec un simple mot, il avait exprimé ce qui suit : « Bonjour, je m'incline devant ton caractère sacré. S'il te plaît, ne me fais pas de mal. »

« Qu'est-ce que tu fais par ici ? » dit l'homme d'une voix bourrue.

« J'ai vu votre feu, dit Siddharta. Je voulais me rendre jusqu'au prochain village, mais j'ai été surpris par la nuit. »

« Tu ne me sembles pas parti pour aller bien loin, dit l'homme en se renfrognant. Comment t'appelles-tu ? »

« Gautama. » Siddharta retint son souffle. Son nom de moine était le nom de sa famille, que tout le pays connaissait. Mais depuis des siècles c'était aussi le nom d'un clan et bien des gens ordinaires le portaient.

« Eh bien, tu n'as pas l'air d'avoir mangé grand-chose aujourd'hui, Gautama, ça, c'est clair. »

Le jeune moine s'était exercé à répéter le nom dans sa tête – *Gautama, Gautama* – mais c'était la première fois qu'il l'entendait dans la bouche d'un autre. Se défaire de son ancien nom constituait la première étape pour qui voulait se défaire de son vieux moi. Il eut l'impression d'avoir à la fois gagné et perdu quelque chose.

« Tu ferais mieux de gagner ta vie honnêtement plutôt que de dépendre de la sueur des autres », dit encore le bûcheron.

Gautama baissa la tête. Si c'était une attaque, il valait mieux ne pas le regarder dans les yeux. Épuisé ou non, Gautama savait encore se défendre comme un guerrier. (Quand des personnages à l'allure inquiétante s'étaient arrêtés un long moment au bord la route pour le regarder passer, sa main avait instinctivement cherché le pommeau de son épée avant qu'il se souvienne qu'il ne l'avait plus.) Il se contraignit à entretenir des pensées pleines d'humilité. *Tu es un saint homme. Laisse Dieu prendre soin de toi.*

L'étranger lui tendait maintenant quelque chose. « Prends ça. Je ne peux pas te donner de nourriture sans la mettre dans un bol, non ? » Il poussa vers lui une calebasse coupée en deux et creusée, remplie de riz et de patates bouillies. « Je te dirais bien de venir près du feu, mais il y en a quelques-uns qui… » Il fit un signe en direction du groupe assis à l'entrée de la grotte. Personne n'avait tourné la tête pour regarder le jeune moine accroupi dans la boue. « Ils ont déjà eu de mauvaises expériences avec tes semblables. »

Gautama hocha la tête. Depuis un mois qu'il errait sur les routes, il avait entendu toutes sortes d'histoires de criminels et de fous qui se travestissaient en moines pour pouvoir parcourir le pays sans ennuis.

« Sois béni, mon frère. » Gautama prononça ses mots avec une totale sincérité et il continua à regarder son bienfaiteur dans les yeux plutôt que de se jeter sur la nourriture. Il savait que sa façon de parler trahissait le fait qu'il venait d'une caste supérieure. Il toucha le bras de l'homme en signe de gratitude et le bûcheron fut surpris. Il arrivait parfois, très rarement, qu'un guerrier ou un noble d'une caste supérieure prenne la bure du moine et le bâton du pèlerin mais, même devenus mendiants, ils n'auraient jamais touché quelqu'un d'une caste inférieure.

« Béni sois-tu aussi », dit le bûcheron. Il se leva et retourna près du feu.

En tant que *sannyasi*, celui qui a complètement renoncé au monde, Gautama n'avait droit de posséder rien d'autre que sa robe safran, un bâton de marche, un chapelet de perles de pierre qu'il portait autour du cou et un bol pour mendier. Un moine mangeait dans son bol et quand il avait terminé, il le lavait et le portait ensuite sur sa tête comme un chapeau pour se protéger du soleil ou de la pluie. Il buvait dans son bol et, quand il se lavait dans la rivière, il s'en servait aussi pour se rincer. Gautama tourna et retourna la calebasse dans ses mains, admirant sa simplicité.

Après avoir mangé ce que le bûcheron lui avait donné, Gautama se releva, retenant un gémissement tant ses pieds pleins de cloques et d'ampoules lui faisaient mal. Il jeta un dernier regard d'envie vers le feu – autour duquel les hommes buvaient et riaient bruyamment – et il commença à descendre en direction de la route, glissant et patinant dans la boue. Dormir trop près de la route était dangereux à cause des bandits. Tout en marchant, il s'enveloppa dans ses bras pour se réchauffer et s'efforça d'accepter sa situation. *Ce n'est que de la pluie. Ce n'est pas important. Je l'accepte. Je suis en paix.* Mais la résignation était une paix vide, qui ne lui apportait pas de satisfaction réelle. Que pouvait-il essayer d'autre ? La dévotion.

Dieux très saints, protégez votre serviteur dans les moments difficiles.

Répéter une prière lui fit du bien mais son cerveau ne se laissa pas duper par la dévotion non plus. En aparté, il ajouta un petit commentaire ironique: *Si les dieux voulaient te protéger, pourquoi t'ont-ils abandonné là sous la pluie ?* Gautama découvrait avec étonnement les multiples façons dont son esprit s'y prenait pour le harceler. Il le rendait responsable de tout – les ampoules douloureuses à ses pieds, le fait de s'être perdu dans la forêt, le lit fait avec des branches infestées de poux. L'esprit du prince Siddhartha n'était-il pas plus calme avant qu'il ne quitte son foyer ? Fatigué d'argumenter avec lui-même, Gautama se mit à compter ses pas.

Un, deux, trois.

C'était un truc plus ou moins efficace pour repousser les questions qu'il se posait. Mais il avait trop de souvenirs, le genre de souvenirs auquel on ne peut échapper, même si on marche très, très longtemps.

Quatre, cinq, six.

Le pire des souvenirs était d'avoir quitté Yashodhara, sa femme. Elle n'avait pas voulu assister à son départ. « Pars la nuit. Ne me dis pas quand. Ce serait comme si tu me brisais le cœur deux fois », lui avait-elle dit. Son visage était usé, fatigué par toutes les larmes qu'elle avait versées. Ils étaient mariés depuis presque dix ans tous les deux. Et ils s'aimaient d'un amour tel que pas une seule nuit ils n'avaient dormi séparés l'un de l'autre. Quand Siddharta lui avait fait part de ses intentions, Yashodhara n'avait rien dit, ni sur le coup, ni durant les jours qui suivirent; mais ils partageaient le même lit et une nuit elle glissa doucement à son oreille: « Mon amour ne te suffit plus, tu n'es plus bien avec moi ? »

Siddharta l'enveloppa dans ses bras. Il savait que poser cette question lui avait demandé beaucoup d'effort. S'il répondait que non, qu'elle ne lui suffisait pas, après son départ Yashodhara aurait l'impression qu'il était mort, qu'elle était veuve. S'il répondait oui, il n'avait plus aucune raison de partir. Au bout d'un moment, il dit: « Tu me suffis pour cette vie. »

« Est-ce que tu te prépares pour la prochaine ? » demanda-t-elle.

« Non, ce n'est pas ça. Cette vie n'est qu'une partie de ce que je suis. J'ai besoin de tout savoir et c'est impossible si je reste ici. » Si elle avait pu voir son visage dans le noir, elle aurait su à quel point il était sérieux. « Comment puis-je savoir si j'ai une âme ? Depuis que je suis tout petit j'ai assumé que j'en avais une, parce que c'est ce que tout le monde dit. Comment saurai-je si les dieux existent ? Ou si je viens d'eux ? »

« Tout savoir est impossible », dit Yashodhara. Siddharta soupira et la serra contre lui. « Ce ne le sera pas toujours », promit-il. Yashodhara essayait de lui faire confiance malgré ce qu'elle savait. Tout le monde connaissait des histoires de maris qui disparaissaient dans la forêt et ne revenaient plus. Devenir *sannyasi* était un acte sacré, mais les hommes respectables gardaient généralement cela pour leurs vieux jours.

Plusieurs attendaient d'être septuagénaires, surtout s'ils avaient un peu d'argent, et les plus riches se faisaient construire de somptueuses résidences d'été qui étaient la caricature d'une retraite spirituelle. Mais toutes sortes de bons à rien se sauvaient bien avant, quand ils étaient encore jeunes. C'était une chose que l'on faisait si la vie devenait trop dure ou s'il y avait trop de bouches à nourrir.

Yashodhara savait bien que certains moines répondaient à un véritable appel. Un jour, malgré son chagrin, elle dit à son mari : « Je sais que tu dois partir. Je suis ta femme. Je ressens ce que tu ressens. » Mais elle appréhendait le scandale : un prince de sang désertant son royaume, c'était pire, infiniment pire qu'un quelconque fermier désertant ses champs de riz brûlés par le soleil.

Sept, huit, neuf.

L'esprit de Gautama ne se laissait pas prendre à son truc. *Tu l'as presque fait mourir,* dit-il sur un ton accusateur.

Dix, onze, douze.

Les gens peuvent mourir de chagrin. Comment te sentirais-tu maintenant ?

Gautama grimaça, se rappelant combien Yashodhara avait souffert à l'approche de son départ. Chaque nuit, en se couchant, elle craignait de se réveiller seule au petit matin. Elle ne pouvait rien faire pour lui, même pas empaqueter les petites choses dont il aurait besoin dans sa nouvelle vie. De l'autre côté des murs du palais, c'est une existence de mendiant qui l'attendait.

Suddhodana, même affaibli par l'arthrite, s'était mis en colère comme il le faisait autrefois, de façon aussi violente que brève. « Tu n'es pas capable de me donner une seule bonne raison », cria-t-il. Mais sa colère s'éteignit, et par la suite, il ne revint jamais sur le sujet.

Quand arriva finalement le jour du départ, au moment de faire ses adieux, le prince se livra à deux rituels. D'abord, il se rendit dans la chambre de sa femme qui dormait dans un rayon de lune et, sans l'éveiller, l'embrassa sur les lèvres. Ce baiser était devenu un rituel familier depuis l'époque où il avait pris l'habitude de partir à cheval avant l'aube pour aller visiter les pauvres gens des villages éloignés. La cité oubliée n'existait plus, le prince ayant pris sous sa protection les derniers laissés-pour-compte. Il s'était agenouillé tour à tour au chevet de tous ces gens qui l'avaient maudit la première fois qu'il était venu dans leur village.

Parmi ceux qui vivaient encore, il y avait une espèce de vieil épouvantail, qui s'appelait Gutta et qui devait bien être aussi vieille que Kumbira. C'était une ancienne domestique pour les dames de la cour et elle avait été tout heureuse de revenir au palais, même si elle savait que c'était pour y mourir. Siddharta s'imaginait parfois que Gutta avait été une de ses jeunes tantes, il y a bien longtemps. Les derniers jours, il la veilla, et une nuit il se sentit suffisamment en confiance pour lui demander: « Est-ce douloureux de mourir ? »

Gutta hocha la tête: « Pas autant que de vivre comme tu le fais. »

« Et pourquoi suis-je si malheureux ? »

« Comment veux-tu que je le sache ? » La vieille domestique avait toujours été reconnue pour son caractère acariâtre, il le savait, et le fait qu'elle soit mourante ne l'avait pas adoucie. Au bout d'un moment elle ajouta: « Je suis plus chanceuse que toi. Je laisse tomber mon fardeau, tandis que toi tu continues d'en amasser de nouveaux. »

« C'est ce que tu vois ? » Il avait entendu dire que les mourants disaient la vérité et pouvaient même voir l'avenir.

Elle renifla bruyamment. « C'est ce que tout le monde fait. Regarde-toi. Tu es bon, mais tu penses que ce n'est pas assez. Tu aides les pauvres et les malades, mais cela ne te rend pas heureux. » Sa voix devint plus douce. « Tu pleures une jeune fille morte qu'il n'y avait aucun espoir de retrouver. »

Le prince avait détourné le regard, son cœur se serrant à chaque mot. Tout avait commencé quand il s'était mis à la recherche de Sujata; c'est alors qu'il s'était donné pour mission d'aider les pauvres gens. Par la suite, il avait pris l'habitude de parcourir le pays monté sur son magnifique étalon blanc derrière lequel était attachée une mule chargée de nourriture, de graines et de vêtements, si bien que le trio devint un spectacle familier dans toute la région. Pour assurer sa sécurité, un garde armé le suivait, mais Siddharta s'assurait qu'il reste loin derrière, hors de vue.

« Qu'est ce que les gens vont penser si j'entre dans un village entouré de soldats ? » avait-il demandé à son père.

« Ils vont penser qu'il est préférable de ne pas porter la main sur toi », avait répondu le vieux roi qui était prêt à envoyer la moitié de sa garnison pour l'accompagner.

Mais Siddharta ne pouvait supporter l'idée d'apporter de l'aide d'une main tandis que l'autre tenait une épée. C'est sa générosité qui le protégea. Les voleurs locaux et les bandits de grands chemins appartenaient tous à leur propre caste de *dacoits*. Plusieurs d'entre eux profitaient de la nourriture que Siddharta apportait dans les villages où l'on mourait de faim, puisque leur famille et leurs proches y vivaient. Têtus, les plus jeunes voleurs argumentaient qu'ils avaient quand même le droit de voler au moins l'or que transportait un voyageur, mais les plus vieux savaient que le prince n'en avait jamais sur lui.

« Il est du genre qui ne sait pas s'arrêter. S'il voyait un bébé qui souffre de coliques, il jetterait toute sa fortune sur son lit », disaient les plus vieux pour calmer les têtes chaudes.

Le deuxième rituel auquel se livra Siddharta avant de partir fut d'embrasser son petit garçon. Rahula avait quatre ans maintenant et il était assez vieux pour dormir dans sa propre chambre. Le prince avait apporté une bougie et il entra sur la pointe des pieds. Rahula dormait, non pas roulé en boule comme le font la plupart des enfants, mais couché sur le ventre, les bras et les jambes étendus, comme s'il se préparait à s'envoler. C'est dans cette position que son père le trouva et il le regarda un long moment avant de repartir sans l'embrasser. Aussi décidé était-il à partir, il craignait que les regrets n'affaiblissent sa résolution. *S'il se réveille et me voit, je ne partirai jamais.*

La nuit du départ, Channa prit les rênes d'un chariot de guerre pour protéger Siddharta, mais au lieu de se tenir debout derrière lui comme il l'aurait fait durant une bataille, le prince monta en selle sur le vieux mais toujours solide Kanthaka.

Les portes de Kapilavastu se refermèrent derrière eux et ils s'engagèrent sur la route poussiéreuse où le bruit des sabots de Kanthaka résonnait comme le son étouffé des tambours lors des funérailles. Ils approchèrent lentement de la rivière. Channa était tout entier raidi par la colère; il s'entêtait à ne pas dire un mot. Au lever du soleil, le prince se lava dans la rivière aux eaux vertes et au cours tranquille. Il sortit de l'eau et enroula autour de sa taille une jupe couleur safran.

« Qu'est-ce que je fais avec ça ? » demanda Channa. Il montrait les lourds habits brodés et la chemise de soie qui pendaient à la branche d'un arbre. Channa n'avait pas besoin d'instructions – on brûlait toujours les vêtements et les ornements royaux quand ils ne servaient plus. Il cherchait simplement une occasion de se quereller.

« C'est du gaspillage de les jeter si tu as vraiment l'intention de revenir, dit-il. Ou est-ce que tu lui as dit ça seulement pour lui faire plaisir ? »

Siddharta ignora le sarcasme. « Fais comme tu voudras. Ils appartiennent à quelqu'un qui n'est plus moi maintenant. » Il tira d'un sac un rasoir à lame courte et entreprit de couper ses longs cheveux aussi près du crâne que possible.

« Quelqu'un qui n'est plus toi ? » Channa secouait la tête, incrédule. Il ne savait pas pourquoi Siddharta était devenu fou, il constatait simplement qu'il l'était.

Siddharta continuait tranquillement à se couper les cheveux. Il n'avait pas prévu tout le chagrin qu'il causerait autour de lui en prenant la décision de partir. Son père fulminait et maltraitait les domestiques. Channa fouettait les chevaux beaucoup trop rudement. Les dames de la cour, habituellement souriantes, paraissaient confuses, comme si leur amant les avait abandonnées. Ce que tous ressentaient réellement, au fond d'eux-mêmes, c'est que Siddharta était mort.

Siddharta tendit le rasoir à Channa. « Tu veux ? » dit-il. Channa hésitait. « Tu as fait tant de choses pour moi, mon ami. C'est la dernière que je te demande. » Siddharta montra l'arrière de sa tête, maladroitement rasée. Channa prit l'instrument à contrecœur. Il s'accroupit sur ses talons à côté de Siddharta et commença à réparer les dégâts. Ce n'était pas la première fois. Les femmes ne s'occupaient pas des soins capillaires, qui étaient laissés aux hommes et, sur les champs de bataille, les soldats se coupaient eux-mêmes les cheveux lorsqu'ils étaient trop longs pour entrer sous leur heaume.

Au début, Channa eut un geste brusque et Siddharta, sans rien dire, lui jeta un regard interrogateur. « Désolé », marmonna Channa. Mais au bout d'un moment il commença à se calmer. Ce contact intime le distrayait de sa peine. Channa savait, comme tout le monde à la cour, qu'il était le seul à avoir le droit de toucher le prince – lui taper sur l'épaule pour faire ressortir un argument dans une discussion, frotter la poussière de son habit de chasse, l'embrasser quand Siddharta partait faire sa tournée des villages – mais personne ne parlait ouvertement de cette entorse aux règles des castes.

« Ça suffit. » Siddharta reprit le rasoir des mains de Channa. « Je ne veux pas que les gens pensent que mon barbier est un professionnel. »

« Ne t'en fais pas, tu n'as l'air de rien d'autre que d'un pauvre moine avec la tête nue comme un ver », dit Channa.

C'est là qu'ils se séparèrent, au bord de la rivière, au moment où le soleil se hissait par-dessus la cime des arbres. Channa refusa de lui dire adieu ; il garda les bras serrés de chaque côté de son corps pour repousser la tentative que fit Siddharta pour l'embrasser. En s'en allant, Siddharta s'entraîna à regarder droit devant lui durant toute la première heure. Le feuillage de la jungle était plutôt dense, malgré le fait qu'on avait dû abattre beaucoup d'arbres pour faire passer la route. Au début, il n'aurait pas vraiment su dire ce qu'il ressentait, sinon de la manière la plus physique, la plus terre à terre. Son corps lui semblait plus léger ; la petite brise qui faisait onduler le mince tissu de soie dont il était vêtu lui rafraîchissait la peau. N'avoir ni cheveux longs ni lourdes robes était à la fois grisant et déroutant.

Ayant été chasseur, il savait comment trouver des fruits et des légumes sauvages ; au cours de ces dernières années, il avait passé de longues journées à marcher, sans apporter de provisions. Ce n'étaient pas les nécessités physiques qui l'inquiétaient. Pour vraiment être Gautama, il lui fallait trouver un maître. Il y avait des ermitages éparpillés ici et là dans la forêt, la plupart à proximité de villes ou de gros villages. Les mendiants en robe safran étaient devenus chose commune sur les grandes rues des villes situées au-delà du royaume de Sakya. Leur nombre toujours croissant ennuyait les gens et les prêtres marmonnaient à leur propos qu'ils étaient des imposteurs et des fainéants. Mais en même temps une sorte de ferment spirituel prenait forme. Avant de quitter le palais, Siddharta avait été intrigué par ce nouveau mouvement, qui n'avait pas encore de nom.

« Ce sont de jeunes vauriens, ces soi-disant saints hommes, s'était plaint un marchand de soie. Ils fuient le travail comme la peste. Ils abandonnent leurs fermes et leurs parents. Rien ne semble les retenir, ils n'ont aucune dignité. »

Ce marchand s'assurait pour sa part de garder son fils à ses côtés en l'accablant de demandes incessantes et en ne lui donnant que très peu d'argent, pas assez pour qu'il puisse partir ou se marier avant que le père n'arrange une rencontre à son goût.

« De quoi vivent-ils ? » demanda Siddharta.

« Ils font comme tous les autres paresseux. Quant à moi, je ne laisserais pas une pièce de viande suspendue devant la maison, dit le marchand. On ne sait jamais quand leurs dieux pourraient la réclamer. »

Siddharta ignora son cynisme. « Mais qui leur enseigne ? »

« Tu appelles cela un enseignement ? Pour l'enseignement, il y a les temples. Non que les prêtres valent tellement mieux, si tu veux mon avis. » Siddharta insista et le marchand finit par se rendre compte qu'il n'était pas là simplement pour confirmer ses préjugés en faveur de sa propre caste. « Je suis étonné que cela vous intéresse, votre Majesté. D'après ce que j'en sais, les plus jeunes recherchent la compagnie des plus vieux. Ils se déplacent en forêt, de campement en campement, et le jour où ils arrivent à une quelconque école improvisée, ils s'inclinent devant le professeur et l'interrogent au sujet du *Dharma*, sans se soucier de savoir quelle est son approche. Le Dharma ? Les prêtres nous ont suffisamment bourré le crâne avec ça. » Le *Dharma* pouvait signifier bien des choses : ce à quoi un homme occupait sa vie, les règles de conduites appropriées, les devoirs sacrés d'une personne tels que définis par les Écritures. Dans ce dernier cas, il s'agissait d'une philosophie, d'un enseignement particulier que les disciples s'engageaient à suivre.

« Et quel Dharma attire le plus de gens ? »

Le marchand haussa les épaules. « Comment savoir ? Les jeunes n'arrêtent pas de se promener sur les routes. Ils sont agités et ne restent jamais bien longtemps au même endroit. »

D'autres voyageurs que Siddharta avait rencontrés s'étaient montrés tout aussi hostiles à l'endroit des moines errants, ou sannyasis. Ils auraient sans doute été choqués s'ils avaient pu deviner les intentions de Siddharta et voir ce qui se cachait derrière son sourire aimable. Il faisait partie de cette jeunesse turbulente et agitée, de ces jeunes qui disparaissaient dans la forêt pendant des années. À mesure que les jours passaient, il devenait de plus en plus conscient de sa vocation. Mais le temps pressait. S'il restait au palais ne serait-ce que quelques années de plus, le roi serait assez vieux pour se retirer et lui léguer le trône. Il ne pouvait attendre que cela se produise. Ni l'amour, ni la famille, ni sa propre conscience ne pourraient le forcer à se trahir lui-même.

Et c'est ce que tu appelles être vrai avec toi-même ?

L'esprit de Gautama n'était pas convaincu. La pluie continuait de tomber et la route était si noire que plus d'une fois il glissa dans le fossé qui la bordait. Il était inutile de discuter avec son esprit, qui semblait indomptable de toute façon. Gautama se demanda s'il était le seul parmi tous les humains à vouloir abandonner tout ce qui était agréable pour souffrir tous les tourments et toute l'incertitude du monde. Il avait ajouté cette question à la longue liste de celles qu'il voulait poser à son maître une fois qu'il l'aurait trouvé. Si jamais il le trouvait !

Chapitre 12

Gautama croisa sur sa route plusieurs voyageurs qui auraient pu le diriger vers l'un ou l'autre des ashrams de la forêt où il aurait peut-être trouvé un maître. Il les saluait toujours humblement, leur laissant le soin de décider s'ils voulaient ou non de sa compagnie pour quelques kilomètres. Quelques-uns mirent un peu de nourriture dans son bol. Mais Gautama était réticent à l'idée de se retrouver au milieu d'une bande de disciples. Il voulait apprendre, mais il ne voulait pas renoncer à son identité. Jusqu'ici, le seul modèle de maître spirituel qu'il connaissait était Canki, qui avait toujours un motif caché pour dire ce qu'il disait.

Au bout de quelque temps, il rencontra un moine mendiant, un homme frêle, brûlé par le soleil, qui semblait assez vieux pour avoir eu une famille dont les enfants seraient aujourd'hui adultes. Gautama s'attendait à ce que les sannyasis qu'il rencontrerait un jour soient très sérieux ou très excentriques. Mais ce moine, qui se présenta sous le nom de Ganaka, se révéla enjoué et sociable.

« Je suis parti depuis douze ans maintenant, mon jeune ami, dit-il tandis qu'ils marchaient sur la route. J'ai rencontré toutes sortes de gens. Mais maintenant les gens de la région me connaissent et on me traite plutôt bien. La première attaque de brigands est un choc, malgré tout. Les dacoits aiment bien te faire sentir qui est le maître. »

« Appartiens-tu à un ashram ? » demanda Gautama.

Ganaka haussa les épaules. « J'y suis allé parfois. Quand j'avais trop faim. »

« Quel Dharma suis-tu ? »

Son aîné le regarda. « Est-ce ce que tu cherches ? Je ne pensais pas que tu étais un de ceux-là. » Il n'ajouta rien pendant un moment et

Gautama se demanda, perplexe, si le mot Dharma l'avait offensé. Comment pouvait-on être moine et ne suivre aucun enseignement ? Quand il se décida à parler à nouveau, le vieux moine dit : « Ne te laisse pas embobiner. »

« Par qui ? »

« Par ces maîtres qui te promettent l'illumination. Écoute la voix de l'expérience. Je ne suis pas illuminé et tu ne le seras pas non plus. Ils vont te remplir de tout un tas d'idées ronflantes, tu travailleras pour eux année après année et ensuite, quand ils t'auront usé à la corde, tu t'en iras avec un goût de cendres dans la bouche. »

L'amertume dans la voix de Ganaka en disait long. D'un ton plein de sympathie, Gautama demanda : « Raconte-moi ton expérience. Je veux savoir. »

Ganaka soupira. « Dans ce cas, il vaut mieux que tu prennes un peu de pain. J'espérais pouvoir le garder jusqu'à ce que tu sois parti. » Il fouilla dans sa chemise et en tira un *rôti*, un grand pain plat et rond, plié en quatre. Il le rompit en deux et en donna la moitié à Gautama, après l'avoir béni. « Je me reconnais en toi, commença ensuite le vieux moine. Je suis parti de chez moi quand ma femme est morte. Avant, je vendais du beurre clarifié et des épices dans mon village, je n'étais pas assez riche pour posséder mon propre commerce mais je n'étais pas pauvre non plus. »

« Et tu étais dévot ? »

« Oh oui. J'ai été élevé par un père très strict, qui nous envoyait suivre les enseignements au temple aussitôt que nous étions assez vieux pour marcher. Enfant, j'étais croyant. Même quand ma chère Bhadda est morte de façon si atroce, en implorant Dieu pour qu'il mette fin à ses souffrances, j'ai continué de croire. J'ai donné tout ce que je possédais et avec la bénédiction des prêtres je me suis mis en route. »

« Je pense que tu es toujours dévot, dit Gautama. Tu bénis ta nourriture. Même quand personne ne te regarde, j'imagine. »

« L'habitude, dit le vieux moine sèchement. Quoi qu'il en soit, la vie est dure sur la route. Je suis allé visiter les ashrams de la forêt, aussi plein d'ardeur qu'un jeune marié lors de sa nuit de noces. Je me suis assis au pied du gourou et j'ai attendu, la bouche ouverte comme un poisson. Voilà pourquoi je me reconnais en toi. Tu voudrais qu'ils te versent leur sagesse dans la bouche. Tu es probablement un philosophe. Sans vouloir t'offenser, je peux dire par ton accent que tu n'as jamais vendu de camelote dans une échoppe de bazar en plein air. »

« Je ne peux pas dire le contraire », admit diplomatiquement Gautama, tout en se demandant s'il devait sourire au vieux moine, qui semblait mourir d'envie de parler à quelqu'un, ou se méfier de l'histoire de sa désillusion qu'il s'apprêtait à lui raconter.

De ses dents jaunies, Ganaka arracha une bouchée de pain. « Ces gourous sont des prétentieux. Les bêtises qu'ils peuvent raconter ! Nous prennent-ils pour des imbéciles ? Probablement, comme je l'ai appris à mes dépens. J'avais amené quelques-uns des plus jeunes disciples à l'écart et je blaguais avec eux. Rien de bien grave. Je me demandais si ce gourou était payé pour nous tenir en haleine le plus longtemps possible, comme un conteur ambulant ? Ou encore s'il pensait qu'on pouvait nourrir les vaches avec des rayons de lune ? Je n'ai pas eu le temps de protester qu'on me jetait dehors de force, comme si j'étais venu voler leurs souliers. Quelle hypocrisie ! » Sa voix traînait tristement comme s'il manquait d'idées noires. « Rayons de lune et hypocrisie. »

« Et qu'est-ce que tu as fait ensuite ? »

« Je ne pouvais pas retourner chez moi. J'avais donné presque tout ce que je possédais aux prêtres et ils ne vous remettent rien. Mais tu as une tête sur les épaules, tu peux voir que je suis toujours croyant. Je prie, et j'ai un circuit de propriétaires qui me nourrissent et me laissent me reposer sous leur toit. »

« Pardonne-moi, mais on dirait que tu attends simplement la mort. »

Ganaka haussa les épaules. « C'est une façon de vivre. »

Avant que Gautama n'ait eu le temps de poser une autre question, ils entendirent tout un vacarme sur la route devant eux. Un homme jurait, une femme pleurait et se lamentait. Gautama accéléra le pas et, au détour de la courbe suivante, il découvrit la cause de ce tumulte. Une charrette à bœuf chargée de marchandises, en route pour le marché, avait versé dans le fossé. Plusieurs sacs de grain s'étaient répandus sur le sol. Une femme accroupie essayait de ramasser les grains éparpillés avec ses mains, tandis que son mari furieux se tenait au-dessus d'elle.

« Es-tu folle ? Tu mets de la poussière dans les sacs. Arrête de pleurer ! » cria-t-il. Il se mit à la frapper sur les épaules avec le bâton dont il se servait pour aiguillonner son bœuf.

Gautama s'approcha d'eux. Apercevant un moine, l'homme se renfrogna et rangea son bâton. « Votre animal est-il blessé ? » demanda Gautama, voyant que le bœuf, qui était vieux et aveugle d'un œil, était tombé sur les genoux.

Sans répondre, l'homme commença à le frapper et à le piquer solidement avec son bâton ; le bœuf beugla plaintivement en essayant de se remettre sur ses pattes. Paniqué, il tira du mauvais côté et la charrette se renversa encore un peu plus ; d'autres sacs tombèrent sur le sol et la femme se remit à pleurer bruyamment. Hors de lui, l'homme n'arrivait pas à décider qui il battrait en premier, du bœuf ou de son épouse.

« Attends, dit Gautama. Je peux t'aider. »

« Comment ? marmonna l'homme. S'il faut que je te donne un sac de riz, tu n'es qu'un voleur. »

« Ne pense pas à cela, essaye seulement de te calmer », dit Gautama d'un ton engageant.

Ayant réussi à apaiser la colère du mari, Gautama l'aida à libérer le bœuf de son joug et à décharger la charrette. Ensuite, ils mirent tous deux l'épaule à la roue pour pousser la charrette et, avec force grognements et gémissements, ils la tirèrent hors du fossé. Pendant qu'ils suaient sous le soleil brûlant, la femme s'était assise à l'ombre, tenant le bœuf par sa longe et s'éventant avec une feuille de palmier.

« Là. » Le dernier sac de grain remis en place, Gautama recula d'un pas.

Sans un mot, l'homme s'installa dans la charrette et prit les rênes en main. « Tu viens ou pas ? » dit-il à sa femme d'une voix rude.

Elle mit ses mains sur ses hanches. « Pourquoi ? Pourquoi je devrais rentrer à la maison avec un homme qui envoie son bœuf dans le fossé et qui est tellement stupide qu'il faut un moine pour lui montrer comment s'en sortir ? »

Gautama vit que l'homme avait encore envie de la frapper, mais qu'il n'osait pas le faire devant un saint homme. Il se mordit les lèvres pendant que sa femme remontait dans la charrette, puis fit un sourire narquois au jeune moine. La charrette se remit en route. En se retournant, l'homme cria par-dessus son épaule : « Tout le riz que tu peux ramasser sur la route est à toi. Namaste. »

Gautama se retourna et vit Ganaka, à une dizaine de mètres de là, qui se tordait de rire, et qui riait visiblement de lui. « Depuis quand es-tu là ? » demanda Gautama, sentant le rouge lui monter au visage.

« J'étais là tout le temps », dit le vieux moine nonchalamment. Il mâchonnait un brin d'herbe qu'il avait cueilli au bord de la route.

« Y a-t-il un ruisseau près d'ici ? J'aimerais bien me laver la figure », dit Gautama sèchement. Ce n'était pas à lui, se dit-il, de demander à

Ganaka pourquoi il n'était pas venu les aider ou s'il avait prononcé le vœu monastique de se mettre au service de tous les autres. Le moine le conduisit jusqu'à un petit ruisseau dans la forêt. Avec son bol, Gautama versa de l'eau sur sa tête et ses épaules tandis que Ganaka le regardait, assis sur ses talons.

« Ces gens ne t'ont pas aimé pour le service que tu leur as rendu », fit-il remarquer.

« Ce n'est pas ce que j'attendais », répliqua Gautama. Le ruisseau était assez peu profond et l'eau qu'il versait dans son dos semblait aussi chaude que celle d'un bain. Ses muscles tendus commencèrent à se relâcher.

Ganaka dit : « Si tu ne voulais pas qu'ils t'aiment, tu espérais au moins un peu de gratitude. Tu es simplement trop orgueilleux pour l'admettre. Et fâché que j'aie ri de toi. Imagine, tu te comportes comme un véritable saint et un individu quelconque, un moine en plus, se moque de toi à cause de cela même. »

Entendre la vérité le piqua, mais Gautama était trop épuisé pour en concevoir un grand ressentiment. Il demanda plutôt : « Est-ce que je t'ai paru ridicule ? »

« Quelle importance ? Un saint doit s'élever au-dessus du ridicule. C'est peut-être ce que j'essayais de t'enseigner. »

« Tu te prends pour mon maître à présent ? Je pensais que tu détestais les maîtres. » Gautama savait que son attaque était un peu enfantine, mais il laissa tomber.

Il s'attendait à ce que Ganaka continue de se moquer de lui, mais la voix du vieux moine devint soudain sérieuse. « Je fais partie du monde. Si tu veux un maître, tourne-toi vers le monde. »

Gautama sortit du ruisseau, se sentant rafraîchi mais encore blessé par le sentiment qu'on avait abusé de lui. « La sagesse du monde est contenue en toi ? Félicitations. »

« Pas toute la sagesse du monde, mais une parcelle. Celle dont tu as besoin », répondit calmement Ganaka.

« Et qu'est-ce que c'est ? »

« Es-tu assez libéré de ta colère pour écouter ? » demanda Ganaka. Son regard croisa celui de Gautama. « C'est bien ce que je pensais. » Il s'assit au pied d'un arbre et regarda Gautama avec la même indifférence qu'il avait affichée pour l'homme et la femme en difficulté tout à l'heure. Gautama aurait pu s'en aller, mais au bout d'un moment il se sentit suffisamment calmé pour venir s'asseoir à côté de son aîné.

« Tout ce que tu as dit est vrai », admit-il.

« Mais ne devrait pas l'être. C'est ce que tu penses, n'est-ce pas ? Que, lorsque tu agis comme un saint, tu devrais être aimé et que si quelqu'un te voit faire une bonne action, il devrait être tenté de se joindre à toi ? »

« Oui, d'accord, dit Gautama avec réticence. Et toi, qu'est-ce que tu penses ? Que tu peux être mon maître en restant là et en me laissant faire tout le travail ? »

« Il n'y avait pas de travail à faire. »

« Je pense que oui », protesta Gautama.

« Alors explique-moi où est mon erreur. L'homme aurait éventuellement fini par se calmer et par trouver le moyen de débarrasser le bœuf de son attelage pour pouvoir ensuite vider la charrette. Lui et sa femme étaient bien assez forts pour la tirer hors du fossé et s'ils ne l'étaient pas, ils n'avaient qu'à retourner au village chercher de l'aide. Donc, en les aidant, tu les as empêchés de s'aider eux-mêmes. »

« Continue. »

« Tu penses que tu as empêché un geste de violence parce que le mari a arrêté de battre sa femme, mais en réalité tout ce que tu as fait, c'est que tu lui as fait honte. Non seulement il va t'en vouloir pour ça, mais il va battre sa femme encore plus fort ce soir pour mettre les choses au clair. C'est lui le maître, et elle, c'est l'esclave. »

« Et personne ne devrait essayer de leur montrer une meilleure façon de faire ? »

« Peut-être, mais pourquoi toi ? Ils ont eu des parents et ils ont connu des prêtres qui leur ont enseigné à distinguer le bien du mal. Ils connaissent sans doute des familles où le mari ne bat pas sa femme chaque fois qu'il est de mauvaise humeur. Ou peut-être n'en connaissent-ils pas. Mais pourquoi serait-ce à toi de t'en occuper ? Tu es un mendiant et un vagabond », fit remarquer Ganaka.

Gautama était trop fatigué pour argumenter face à l'assurance démontrée par son aîné. « Je suis désolé que tu penses de cette façon », marmonna-t-il.

Ganaka rit avec une pointe de dérision. « Tu pourrais trouver mieux que ça. Je lis dans tes pensées. Tu es de noble naissance, donc tu as raison. Cela ne fait aucun doute. »

« Est-ce que tu provoques toujours les gens comme ça ? » demanda Gautama, bien décidé à ne pas devenir la cible de cet irritant cynique.

« Y a-t-il une autre façon d'apprendre ? répliqua Ganaka. Si tu ne veux pas qu'il y ait dans le monde plus de gens honteux, impuissants ou esclaves des autres, arrête de te conduire comme tu l'as fait aujourd'hui. Tout ce que tu as fait a été d'empirer les choses. » Il se releva, aussi impassible que s'ils venaient de discuter de la possibilité qu'il pleuve et regarda autour de lui pour trouver un chemin vers la route principale.

« Merci pour le pain et pour la compagnie », se força à dire Gautama.

Ganaka haussa les épaules. « Je ne suis sans doute pas suffisamment illuminé pour toi, mon jeune ami idéaliste. Mais je suis loin d'être fou. Ne prétends pas que tu es un saint. L'expérience me dit qu'il n'en existe peut-être même pas. »

Le jour où il vit son fils franchir les portes de Kapilavastu fut un jour de deuil pour le vieux roi, mais il n'envoya pas pour autant ses gardes forcer le temple de Shiva et arrêter le grand brahmane. La chose était entendue bien avant que leur plan n'échoue. Mais Canki, s'étant rendu compte que le destin s'était retourné contre lui, décida un matin de se présenter aux appartements du roi sans avoir été annoncé. Il s'inclina sans se prosterner sur le sol.

« J'espère que tu n'as pas l'audace de vouloir me consoler », grommela Suddhodana. Il avait pris l'habitude de se coucher tard et plus souvent qu'autrement il y avait une jeune courtisane sur l'oreiller voisin du sien, la seule consolation qu'il désirait ces jours-là.

« Je ne suis qu'un prêtre, intercédant auprès des dieux pour que se réalisent les désirs du roi », dit Canki.

« Je n'avais qu'un souhait et tu n'as pas réussi à le réaliser. Ta présence me dégoûte. Tu devrais rester chez toi. »

Leur conspiration avait commencé près de trente ans plus tôt et Suddhodana n'était pas du genre à regarder en arrière. Il accordait peu de foi à la promesse qu'avait faite Siddhartha de revenir un jour. « Revenir comme quoi ? disait-il. Il ne reviendra jamais comme roi. » La fin de cette phrase, il ne la disait jamais devant personne, comme il n'avait fait part à personne de son intention de nommer Devadatta pour lui succéder. Cette idée lui était venue en rêve. Il revoyait souvent ses anciennes batailles en rêve, mais il ne se voyait jamais combattre. Il était plutôt comme un promeneur vagabondant parmi les morts.

Nuit après nuit, il se revoyait endormi dans sa tente, encore revêtu de son armure. Il se réveillait oppressé en suffoquant. Il ouvrait la porte de la tente et, dans la clarté de la lune, éparpillés partout sur le sol autour de lui, il y avait des cadavres dans la posture où les avait laissés leur agonie. Il ne les pleurait pas ; il les détestait de venir troubler sa paix.

Mais cette fois, le rêve était différent. Il marchait au hasard dans le champ poussiéreux, tête basse, indifférent. Il parvint ainsi devant une tombe peu profonde. Un corps y était étendu, le visage découvert, les bras croisés sur la poitrine. La lune à ce moment sortit de derrière un nuage et il recula en reconnaissant le corps de Siddhartha. Un cri jaillit de sa poitrine et il sauta dans la tombe. Il prit le corps dans ses bras ; il était horriblement froid. Suddhodana éclata en sanglots, tellement fort qu'il était sûr de se réveiller. Mais c'est plutôt le corps qui bougea. Suddhodana le serra plus fort, priant que sa propre vie puisse passer dans le corps de son fils et le faire revivre.

La tête du mort était près de son oreille et il entendit une voix qui disait : « Le prince n'est pas le roi. » C'était la voix de Siddhartha et aussitôt que ces mots furent prononcés, Suddhodana s'éveilla couvert de sueur, après avoir aperçu une dernière image fugace du visage de Siddhaharta qui redevenait poussière.

Il se tourna vers Canki. « Tu as été délié de ton serment. C'est pourquoi je ne te tuerai pas », dit-il.

« Délié ? »

« Concernant notre complot. Je ne suis pas un sans-cœur. Je sais ce que j'ai fait à mon fils et tout ce que mes gens ont souffert. »

Canki n'avait jamais entendu le roi s'exprimer de cette façon ; les remords n'étaient pas dans sa nature. En fait, le grand brahmane avait fait intrusion dans la chambre royale pour rappeler à Suddhodana qu'une grande destinée attendait toujours son fils.

« Vous avez sans doute un autre plan. Je vous aiderai par tous les moyens à ma disposition. Je sens que vous avez retrouvé une lueur d'espoir. J'ai raison ? »

Suddhodana accueillit ses propos avec un grognement de dérision. « Ainsi tu n'es pas encore devenu sénile. Je croyais que les prêtres ramollissaient quand ils voyaient le paradis se rapprocher. » Il n'attendit pas la réponse. « Et si Devadatta devenait roi ? Pouvons-nous lui faire confiance ? »

« Est-ce vraiment nécessaire ? » dit calmement Canki. Après la disparition de Sujata, Devadatta avait fait l'objet de soupçons, mais parce qu'il pouvait encore lui être utile, le roi ne l'avait pas banni.

« Explique-toi », dit Suddhodana.

« Le garçon est venu ici en tant que prisonnier. Il est devenu un intrigant. Vous ne savez pas s'il vous aime réellement ou s'il a simplement peur de vous. Quant à moi, je pense que personne ne pourrait découvrir la vérité. Mais ce n'est pas important. L'important est l'ambition. Si vous promettez le trône à Devadatta, vous atteindrez deux objectifs. Vous éteindrez le feu de sa colère. Et vous donnerez le royaume à quelqu'un d'aussi brutal que vous. »

Le ciel devait être fermé à tous ce jour-là, y compris au brahmane, pour qu'il risque ces derniers mots. Suddhodana regarda Canki, qui avait perdu beaucoup de sa masse imposante. Son arrogance semblait avoir rapetissé en même temps que son corps.

« Tu appelles cela être brutal, j'appelle cela être fort », dit Suddhodana.

Canki et le roi se penchèrent ensemble sur leur nouveau plan, repensant chaque aspect, revoyant chaque détail, chaque point où les choses pourraient tourner mal. Conspirer était leur seul lien et maintenant que du sang nouveau s'y glissait, le roi se sentait vivant comme il ne s'était pas senti depuis longtemps.

Suddhodana ne saurait jamais s'il devait ce rêve prophétique à un démon ou à un dieu. Mais un démon, en tout cas, voulait que Devadatta soit roi. Là-dessus, il n'y avait aucun doute. Pendant dix ans, Mara s'était ennuyé parmi les mortels. Il avait observé Siddhartha et Devadatta comme une paire de chevaux essayant de briser l'attelage qui les liait. Il détestait la façon dont les humains demeuraient dans l'indécision.

Avec les années, Devadatta était devenu plus violent. Ses escapades nocturnes dans les quartiers pauvres de la ville se soldaient maintenant aussi souvent par des meurtres que par des viols. Parce qu'il était protégé par sa caste, personne n'osait l'assassiner, par crainte d'être damné dans une vie future. Alors les gens du commun montaient la garde et, quand quelqu'un voyait le cheval de Devadatta ou apercevait ce dernier dans une taverne, la nouvelle se répandait rapidement et chacun s'assurait que les portes de sa maison étaient bien fermées. Devadatta se retrouva à rôder seul dans des rues désertes et, avec le temps, son plus grand problème ne fut pas son besoin obsessif de faire le mal – mais sa solitude.

Sa seule distraction dans ces moments-là était de monter à cheval et de partir à la chasse au cerf ou de faire courir sa pauvre monture sur des kilomètres et des kilomètres, jusqu'à ce que le cavalier aussi bien que sa monture soient totalement épuisés. Ce sport de casse-cou avait blessé ou rendus invalides plusieurs superbes chevaux de race, mais c'était la seule façon qu'avait trouvée Devadatta pour tout oublier. Un jour, peu de temps après le départ de Siddhartha chez les sannyasis – une décision que Devadatta jugeait criminelle de la part d'un prince de sang mais qui le réjouissait en même temps, car elle lui offrait enfin l'occasion de s'emparer du trône –, Devadatta, pour ajouter un peu d'excitation à sa promenade, avait quitté la route principale et forcé son cheval à galoper dans une région boisée.

Tout à coup, il sentit dans l'air une odeur de fumée. Il stoppa sa monture et se leva sur ses étriers, essayant de voir par-dessus les arbres, jusqu'à ce que finalement il aperçoive les volutes de fumée d'un feu de camp. Normalement, la chose n'aurait pas retenu son attention. Les feux étaient allumés par des bûcherons ou par d'autres travailleurs de la forêt, jamais par des femmes. Mais cette fois-là Devadatta entendit une sorte de signal dans son oreille et, répondant à cette impulsion, il partit en direction de la fumée.

Assis près du feu, lui tournant le dos, il aperçut Siddhartha, qui ne s'était pas fait moine du tout. Il portait encore ses habits de soie et sa chemise brodée. Son cousin s'était donc simplement enfui pour quelque raison secrète. À cet instant, le cheval de Devadatta fit craquer bruyamment une branche morte. L'homme assis près du feu tourna la tête et Devadatta comprit son erreur. Le pauvre type souriait nerveusement; ses dents brisées et sa barbe mal entretenue montraient bien qu'il s'agissait d'un mendiant. Devadatta vit qu'il se faisait cuire un perroquet, qu'il avait sans doute récupéré mort par terre dans la forêt.

« Je peux t'aider, mon ami ? » L'homme se tenait debout, souriant, mais visiblement inquiet.

« Ne m'appelle pas ton ami, dit Devadatta froidement. Où as-tu volé ces vêtements ? As-tu tué quelqu'un pour les prendre ? Ou fais-tu partie d'une bande de dacoits ? »

« Tuer ? » L'homme avait l'air terrorisé. Devadatta s'avança lentement vers lui. « J'pourrais pas être un tueur, mon seigneur, ni un dacoit. Comme vot'Révérence peut le voir, j'suis tout fin seul. »

Les bandits de la forêt voyageaient toujours en groupe, l'homme avait raison sur ce point. « Et même si je te croyais ? Les vêtements que tu portes sont des vêtements royaux, c'est évident, aussi sales soient-ils », dit Devadatta, d'une voix aussi menaçante qu'il en était capable.

L'homme commença à retirer les vêtements de Siddhartha. « Vous pouvez les ravoir, mon seigneur. J'ai jamais été à la Cour. J'ai bien vu que c'était du beau linge, mais j'aurais jamais pensé qu'il était royal. Juré, craché. »

Le pauvre homme était trop effrayé pour se mettre à courir et, de toute façon, il n'aurait eu aucune chance de s'enfuir s'il avait essayé. Devadatta avait déjà imaginé de quelle façon les choses avaient dû se passer. Un malheureux mendiant étendu dans un fossé. Son fou de cousin le prenant en pitié – n'avait-il pas déjà gaspillé bien des années à s'occuper des pauvres, comme un véritable sacerdoce ? Il avait sans doute tiré le mendiant de là, avant de lui donner les habits princiers qu'il portait. Devadatta secoua la tête.

« Arrête de trembler, dit-il. Et remets tes vêtements. Tu penses que j'y toucherais ? »

« Merci, m'sieur. » Le mendiant marmonnait sa gratitude tout en essayant de jeter un coup d'œil sur le feu où cuisait le perroquet. Son repas était brûlé et il avait l'air malheureux.

« Immangeable », dit Devadatta, montrant le feu de la tête. « Oublie-le. Je vais m'assurer que tu n'aies plus jamais besoin de mendier. »

Le sourire du mendiant était sur le point de se transformer en un air interrogateur, mais il n'en eut pas le temps. Il ne fallut que quelques secondes à Devadatta pour tirer son sabre et encore moins, étant donné ses années de pratique au maniement de cette arme, pour trancher d'un seul coup la tête du mendiant.

Plus tard ce jour-là, Suddhodana entendit des femmes qui pleuraient à l'extérieur de sa chambre. Il y avait dans leurs lamentations quelque chose de déchirant. Ce n'était certainement pas des funérailles de pure formalité pour un vieux courtisan. Il ouvrit la porte et aperçut toutes les dames de la cour agenouillées tout au long du corridor principal.

« Hors de mon chemin ! »

Il traversa à grande enjambées cette masse de corps féminins prostrés sur le sol sans faire plus attention à eux qu'à des accidents de terrain. Dans la cour principale du palais, les courtisans s'étaient rassemblés, certains parlant d'une voix basse et lugubre, d'autres criant et vociférant des injures. La foule formait une masse compacte, comme une seule créature, ramassée et en colère. Déjà, le sang de Suddhodana s'était glacé dans ses veines. Il ne pouvait s'agir que d'une seule chose. Quand il apparut, la foule se fendit en deux et tous, sauf les plus vieux conseillers et les généraux, se prosternèrent sur les pavés qui, si peu de temps après le coucher du soleil, étaient encore brûlants comme des pierres à four.

« Où est-il ? Où est mon fils ? »

Suddhodana suivit le regard des hommes qui l'entouraient. Ces regards ouvraient un chemin à l'extrémité duquel se tenait Devadatta. Il était descendu de cheval. Couché en travers de sa monture encore tout essoufflée par la course, un corps était recouvert d'un drap. Il ne fallut qu'un instant avant que le roi reconnaisse, sur ce corps, les vêtements de son fils. Sa tête avait été coupée, ne laissant qu'une sinistre tige.

Suddhodana recula avec dégoût. Il n'avait aucune envie d'approcher plus près ni de regarder une seconde fois. Il se retourna et mit un pied devant l'autre jusqu'à ce qu'il ait atteint la sécurité de ses appartements obscurs. La chaleur des pavés filtrait à travers ses sandales. Le vieux roi la sentait et, sans trop qu'il sache pourquoi, le souvenir de cette chaleur, de ces sandales chaudes devint comme le premier souvenir sur la longue route de souffrance qui s'étendait maintenant devant lui pour toujours.

Chapitre 13

Dès que Gautama mit le pied dans la petite clairière, il sut qu'il avait trouvé ce qu'il cherchait. À l'ombre d'un vieil arbre, un grossier appentis protégé par un toit de chaume lui faisait face. L'ombre était épaisse, mais il pouvait quand même apercevoir un ermite qui était assis là en position du lotus. Ni traces de pas ni filet de fumée n'avaient guidé Gautama jusqu'à lui. Il était parti depuis trois mois maintenant et il habitait lui-même dans la forêt. Il ne se réveillait plus en sursaut au milieu de la nuit au moindre craquement de branche. Il pouvait laisser ses pas le mener où ils voulaient et maintenant il était ici.

Il traversa la petite clairière et s'approcha de l'ermite, qui aurait bien pu être Asita – mince, sec, avec la peau d'un brun noisette, les cheveux clairsemés et une longue barbe. Gautama se déplaçait aussi silencieusement qu'il le pouvait ; il ne salua pas le vieil ascète, qui ne fit lui-même aucun geste, pas même un clignement de paupière, pour accueillir son visiteur. Gautama s'assit à l'ombre d'un arbre et replia les jambes. Il y avait maintenant dix ans qu'il méditait et comme Asita l'avait annoncé, c'était devenu son refuge contre le monde extérieur.

Au début, il avait trouvé difficile de se concentrer. Comme le disaient les Écritures, l'esprit ressemble à un véhicule en fuite dont le conducteur n'arrête jamais de fouetter les chevaux. Mais à l'intérieur du véhicule, une voix murmure : « Arrête, s'il te plaît. » Au début, les chevaux et le conducteur ignorent la voix. Elle est très douce ; elle n'insiste jamais. Avec le temps, pourtant, la voix finit par gagner leur obéissance et le conducteur et les chevaux cessent de galoper comme des fous. Petit à petit, ils ralentissent, jusqu'à ce que l'esprit soit au repos. Ainsi Siddhartha apprit-il une leçon de base : tout ce qui peut courir peut aussi s'arrêter.

Peu à peu, l'ombre de l'arbre se déplaça et Gautama se mit à avoir très chaud. Ensuite, il aperçut une lueur orange à travers ses paupières et il comprit que, si le soleil se couchait déjà, de longues heures avaient dû s'écouler. Il jeta un coup d'œil vers l'ermite, mais celui-ci se tenait toujours immobile sous son appentis. Rien ne garantissait qu'il possédait une quelconque sagesse ou qu'il pouvait être un maître compétent. Mais Gautama s'était fait la promesse qu'il chercherait quelqu'un comme Asita. Car comment la liberté pouvait-elle être enseignée sinon par quelqu'un qui était libre ?

La noirceur descendait et l'ermite ne bougeait toujours pas. Gautama se leva et se dirigea vers un ruisseau qu'il avait traversé avant d'arriver à la clairière. Se penchant pour boire, il se rendit compte que l'attente pourrait être plus longue qu'il ne l'avait cru. Il cueillit quelques fruits dans les arbres et retourna à la clairière. Il se fit un lit avec des branches et s'endormit. L'ermite n'était plus qu'une silhouette noire sur le ciel presque noir de la nuit.

Trois jours passèrent de cette façon. La capacité de l'ermite à demeurer aussi immobile qu'une des statues de Shiva devant le temple de Canki impressionnait profondément Gautama. Son propre corps lui faisait mal d'avoir passé des heures assis à attendre qu'il se passe quelque chose. Quand il en ressentait le besoin, il bougeait, mangeait, buvait et se soulageait. Comme une force de la nature, le vieil homme demeurait immobile. Une fois ou deux, Gautama toussa faiblement pour signaler sa présence. Le deuxième jour, il s'aventura à dire « Namaste » d'une voix douce. Le soir du troisième jour, il marcha jusqu'à l'ascète, s'accroupit sur ses talons à côté de lui et dit « Monsieur ? ».

L'ermite ouvrit les yeux. « Tu parles trop », dit-il. Sa voix était claire et alerte ; la transe dont il s'éveillait ne semblait pas commune.

« Pouvez-vous m'instruire ? » demanda Gautama, voulant profiter de ce moment avant que l'ermite ne replonge à nouveau dans son profond samadhi. Mais il était déjà trop tard. L'ermite ferma les yeux et bientôt le soleil se coucha. Gautama s'étendit sur le sol pour la nuit, ne sachant pas s'il avait fait des progrès. Il lui semblait que oui. Quand il se réveilla le lendemain matin, l'ermite était penché au-dessus de lui.

« Peut-être », dit-il.

Gautama bondit sur ses pieds. « Par où dois-je commencer ? »

« Par rester calme. »

L'ermite retourna à sa place sous l'appentis et reprit sa méditation. Gautama se douta que, cette fois encore, il n'ouvrirait pas les yeux avant trois jours. Il en fallut quatre. Entre-temps, toutefois, le nouveau disciple ne s'ennuyait pas. Graduellement, il sentait que la présence de son maître le remplissait. La chose se produisait insensiblement. Gautama était obligé de méditer avec son maître. Pour un disciple, imiter le gourou était la voie par excellence : le disciple mangeait quand le gourou mangeait, dormait quand le gourou dormait, écoutait quand le gourou parlait. Mais les plus grands maîtres, c'est ce que Siddharta avait appris en interrogeant les visiteurs qui venaient à la cour, enseignaient dans le silence le plus complet.

Visiblement, c'était un de ces maîtres que Gautama avait rencontré : chaque fois qu'il fermait les yeux, il se produisait quelque chose de nouveau. Il trouvait le calme, comme avant, mais maintenant c'était un calme vibrant et vivant, comme si une averse de lumière blanche et scintillante coulait à l'intérieur de lui. Cette effervescence provoquait un léger picotement qui se répandait dans tout son corps, une sensation délicieuse qui rendait facile le fait de rester assis en méditation pendant des heures. Entre-temps, quand Gautama trouvait ses jambes trop engourdies ou son corps trop agité pour rester assis plus longtemps, il s'occupait autour de la clairière, balayant les débris, déposant une gourde d'eau près de son maître, ramassant des fruits et du bois sec pour faire un feu la nuit venue. Il brûlait de demander à l'ermite comment il s'y prenait pour pénétrer à l'intérieur de son disciple et le remplir de sa présence. Puis il se souvint du reproche que son maître lui avait fait de trop parler. Le soir du quatrième jour, l'ermite émergea de son samadhi.

Ses premiers mots furent : « Et puis ? »

Gautama se prosterna aux pieds de l'ermite. Il aurait pu dire « Je suis satisfait », mais son geste d'obéissance suffisait. Son maître lui avait donné un avant-goût de tout ce qui était à venir et, en lui demandant « Et puis ? », il disait en réalité : « M'acceptes-tu ? » Le lien entre un gourou et son *chela*, ou disciple, existe au plus profond du cœur. Gautama était devenu si sensible à ces choses que ces simples mots : « Et puis ? » disaient tout. Ils disaient : *Voilà comment les choses se passeront. Si tu cherches des louanges et des sourires, va trouver quelqu'un d'autre. Je ne suis pas ici pour te flatter.*

La routine du campement fut bientôt établie. Le disciple s'occupait des petites tâches nécessaires à leur survie. La plupart du temps, ils demeuraient tous les deux simplement assis, se faisant face de chaque côté de la clairière comme deux statues grandeur nature abandonnées par un sculpteur dans la forêt. Plus tard, le visage de Yashodhara se mit à apparaître dans l'esprit de Gautama. Elle souriait et il ne pouvait s'empêcher de contempler ce sourire. Les Écritures permettaient de méditer sur diverses images des dieux, alors pourquoi pas sur sa femme ? Si l'amour est divin, une femme ne peut-elle l'être aussi ? Pourtant dès le moment où Gautama concentra son imagination sur le visage de Yashodhara, son corps apparut aussi et il n'était pas vêtu. Le jeune moine se tortilla, embarrassé, priant pour que son maître n'ait pas vu la réaction physique que cela causait et qui n'était pas volontaire.

Il combattit sa réaction. Méditer sur l'excitation sexuelle n'était pas dans les Écritures. Le visage de Yashodhara changea ; elle se mit à se moquer de lui. Ses mains glissèrent le long de son corps. Il lutta plus fort. Peut-être qu'il devrait se concentrer sur la pureté de son amour pour elle. Gautama se souvint du jour où il l'avait choisie pour devenir son épouse. Elle avait seize ans, et lui, dix-neuf. Il avait perdu tout espoir de retrouver Sujata mais il ne l'avait pas oubliée, loin de là. Quand on annonça que le prince allait se fiancer, des pères impatients de lui présenter leur fille franchirent d'énormes distances pour rejoindre le lointain Kapilavastu. Les rois, les princes et les nobles des pays voisins traversèrent la frontière accompagnés de quantité d'esclaves et de chevaux. Siddharta, assis sur les remparts en compagnie de Channa, observait la scène qui se déroulait en bas.

« Si les entrevues sont une corvée pour toi, je peux toujours m'occuper de quelques-unes », dit Channa. Certaines filles avaient à peine douze ans ; avec celles-là, on ne s'attendait pas à ce que le prince entreprenne immédiatement une vie commune – des arrangements seraient pris. Mais le délai n'était que temporaire. Suddhodana n'accepterait pas que le projet soit remis.

« Choisis une fille qui joue encore à la poupée ou choisis une vieille de dix-neuf ans, dit le roi. Mais tu ne t'en tireras pas sans avoir choisi quelqu'un. » Ils savaient tous deux que l'avenir de la dynastie était en jeu.

Le jour de la cérémonie, lorsque toutes les prétendantes au titre d'épouse furent réunies à la cour, Siddharta entra dans le hall portant le même costume d'apparat et le même turban rouge à plume qu'il portait pour son dix-huitième anniversaire. Toutes les jeunes filles s'étaient agenouillées et, en marchant le long de cette haie de jolis visages, le prince apercevait des regards curieux ou timides, une lueur dans un œil qui promettait délices sensuels, dans un autre une gêne évidente qui parlait d'innocence ou même de crainte. Une seule des jeunes filles ne le regarda pas, gardant son visage voilé tourné vers le sol. Cela piqua la curiosité de Siddharta.

« C'est un grand jour ! » déclara Suddhodana d'une voix forte et joviale. Mais quand son fils s'approcha pour l'embrasser, il lui glissa à l'oreille : « Ne me joue pas un de tes tours. Elles ne sont pas ici pour prier avec toi. »

Siddharta s'inclina. « Je connais mon devoir, père. » Au moment où il se retournait, un chambellan s'approcha rapidement et lui remit une guirlande de colliers d'or. Siddharta en prit un et s'approcha de la première jeune fille.

« Vous êtes très belle. Pourquoi voulez-vous m'épouser ? » demanda-t-il en l'aidant à se relever. Son regard direct disait qu'elle n'était pas timide.

« Parce que vous êtes gentil et bon. Et beau. » Elle lui jeta un regard séducteur, qu'elle avait bien mis au point. Siddharta savait que dans les manuels d'amour qu'on donnait à lire aux jeunes filles nobles, on appelait ce type de regard le « regard de l'assassin ». Il salua et lui remit un collier d'or. Elle lui adressa un sourire charmant, mais Siddharta n'avait pas l'habitude de cacher ses sentiments et la jeune fille sut qu'elle n'avait aucune chance. Son père serait furieux.

À la deuxième jeune fille, il dit : « Si quelqu'un pouvait être la plus belle, ça serait toi. Pourquoi veux-tu m'épouser ? »

La deuxième jeune fille avait observé de près ce qui était arrivé à la première. Elle dit : « Pour vous donner des enfants aussi magnifiques que vous. » Sa voix avait un accent de sincérité, mais Siddharta soupçonna qu'elle avait simplement mieux répété. Les manuels d'amour enseignaient qu'un homme doit toujours avoir l'impression qu'il prend ses propres décisions alors même qu'il est habilement manipulé. Si une femme savait s'y prendre et faisait appel à l'énergie du désir à bon escient, il ne se rendrait compte de rien. Siddharta s'inclina et donna un collier à la seconde jeune fille. Elle le passa à son cou avec un mouvement hautain de la tête tandis qu'il se dirigeait vers la suivante.

Le roi commençait à s'inquiéter. « Il n'en aime aucune », soufflat-il à Canki.

Le grand brahmane demeurait imperturbable. Il savait que le discernement ne peut tenir tête au désir bien longtemps. « Patience, Sire.

C'est un jeune homme. Quand les pêches sont mûres, personne ne quitte le marché sans en avoir acheté une. » Mais rien dans la conduite de Siddharta ne semblait très prometteur lorsqu'il fut rendu à la dernière jeune fille. Elle le regarda, mais sans relever son voile.

Derrière elle, son père lui donna un coup de coude en chuchotant trop fort : « Vas-y. Lève-toi et regarde-le. » Elle attendit un moment avant d'obéir. Maintenant Siddharta se souvenait d'elle. La seule jeune fille qui avait piqué sa curiosité.

« Je ne peux pas dire si tu es belle, dit-il. Quel est ton nom ? »

« Yashodhara. »

« Puis-je voir ton visage ? »

Elle garda son voile. « Si mon apparence est la chose qui pour toi a le plus de valeur, ne me regarde pas. Mon visage pourrait cacher un cœur fourbe. »

Siddharta sourit. « Bonne réponse. Alors dis-moi : pourquoi veux-tu m'épouser ? »

« Je n'en suis pas certaine encore. Je ne te connais pas et tu ne m'as pas fait un joli compliment comme aux autres. »

Ces paroles intriguèrent Siddharta mais il voulait voir son visage. Il souleva le voile de Yashodhara. Elle n'était pas belle à la manière des autres filles, modelées sur les pages des manuels d'amour. Mais il sentit à l'instant que c'était elle.

« Tu es merveilleuse parce que tu as été faite pour être aimée. »

Jusque-là, Yashodhara avait eu l'avantage, mais maintenant elle rougissait. « C'était un joli compliment, mais trop court pour que je puisse prendre une décision. Mon père sera tellement déçu si je repars les mains vides. Puis-je avoir un collier ? »

Elle tendit la main et Siddharta fronça les sourcils. « Était-ce là une raison suffisante pour venir jusqu'ici ? »

Elle répliqua : « Sire, je vis dans la forêt profonde, à quatre longues journées de route de votre palais. Mon père aimerait beaucoup que je vous épouse. Mais un collier d'or peut nourrir une centaine de mes gens, que j'ai laissés derrière, et qui sont affamés. »

« Ma fille ! » lui reprocha son père.

Siddharta leva la main. « Laissez ! » Il s'inclina devant Yashodhara. « Tes premiers mots m'ont prouvé que tu étais honnête et maintenant je vois aussi que tu es bonne. Que puis-je souhaiter de plus ? » Il prit sa main et l'emmena s'agenouiller devant son père tandis que les applaudissements éclataient dans le grand hall. De longues fiançailles ne furent pas nécessaires. Comme Siddharta l'avait dit,

Yashodhara était une femme faite pour être aimée et leur union était aussi profonde que celle de Suddhodana et Maya. Pourtant tous les deux savaient ce que personne d'autre au monde ne savait : Yashodhara avait pleuré durant leur nuit de noces et elle était inconsolable.

Siddharta était devenu rouge. « Si j'ai été maladroit ou si j'ai fait quelque chose de mal... »

Elle posa un doigt sur ses lèvres. « Non, tu n'as rien fait. »

« Alors pourquoi es-tu si malheureuse ? Il y a une heure tu semblais amoureuse. »

« Il y a une heure je ne m'étais pas rendu compte que tu me quitterais un jour. »

Il la couvrit de baisers pour la rassurer et la réprimanda gentiment d'être aussi superstitieuse que les bonnes, qui couraient au temple chercher un grigri si elles avaient le malheur de renverser du lait.

Ils ne revinrent jamais sur les paroles que Yashodhara avait prononcées. Dix années, pourtant, n'avaient pas suffi à en effacer le souvenir et quand arriva le moment où son mari décida effectivement de la quitter, Yashodhara fut brisée de voir sa prédiction se réaliser.

Tous ces souvenirs dansaient dans la mémoire de Gautama en même temps que l'image de sa femme. Le souvenir de sa douleur était la seule chose qui lui permettait de combattre l'excitation. Son dos s'affaissa et il se demanda pour la première fois depuis qu'il avait rencontré son maître si le fait d'abandonner sa famille n'était pas une faute impardonnable.

Tout à coup, Gautama sentit une vive douleur à la joue. Il ouvrit les yeux et vit son maître qui se tenait devant lui, la main levée. Sans crier gare, la main s'abaissa à nouveau et vint le frapper sur l'autre joue.

« Pourquoi avez-vous fait cela ? Qu'ai-je fait pour vous offenser ? »

Le vieil ermite haussa les épaules. « Rien. Tu dégageais l'odeur d'un homme qui s'accouple avec une femme. J'ai chassé la puanteur. »

L'incident se grava dans l'esprit de Gautama pour deux raisons : d'abord parce que cela chassa à jamais toute image de Yashodhara de son esprit et ensuite parce que c'était la première fois que l'ermite prononçait autant de mots à la suite. Mais cette soudaine volubilité ne créa pas de précédent. Les semaines passèrent, la mousson vint et l'ermite n'ajouta pas un mot. Une grande paix s'installa dans l'esprit de Gautama. Un jour, alors qu'il était sorti chercher du bois, il ne put en trouver qui n'était pas trempé par la pluie. Il se souvint alors d'une grotte formée par de gros blocs de rochers, où il pourrait peut-être trouver quelques bûches sèches.

Marchant à travers les bois, il sentait la pluie tomber, mais les pluies de la mousson étaient chaudes et il était lui-même endurci par des mois d'exposition à tous les climats. Son corps ne tremblait pas, son esprit ne se plaignait pas. Pourtant, tandis qu'il continuait d'avancer, Gautama remarqua tout à coup qu'il commençait à avoir froid et une centaine de mètres plus loin il se mit à trembler fortement. Au moment où il atteignit la grotte, il se sentait plutôt mal et son esprit s'en prenait à lui sans merci. *Retourne à la maison. Ce maître fou va faire de toi son esclave et te rendre aussi fou que lui. Sauve-toi! Vite!* Il avait l'impression de revivre son premier jour sur la route.

Il trouva une brassée de bois de sec et, quand la pluie ralentit, il se remit en route vers le campement. Le même processus se déroula à l'envers. Plus il approchait de la petite clairière, mieux il se sentait. Son esprit se calma et ses membres cessèrent de trembler. Au moment où il remit le pied dans la clairière et revit son maître, une paix parfaite descendit comme un rideau sur tout son être. Gautama regarda le vieil ermite avec émerveillement.

«Mara.»

Gautama sursauta. «Quoi?»

«Mara s'intéresse à toi.» Gautama ouvrit la bouche, mais l'ermite agita brusquement la tête. «Tu sais que c'est vrai. Tu le savais avant de venir ici.»

Gautama frémit, sentant qu'un gouffre se creusait entre lui et son maître. Il était étonné de voir à quel point cela lui faisait peur. «Je n'ai pas pensé à Mara depuis des années», protesta-t-il.

«Et ainsi l'as-tu tenu éloigné. Pour un temps.»

L'ermite prit une grande respiration, comme s'il devait rappeler à son corps comment revenir au monde physique avant de pouvoir prononcer un mot de plus. Quelques instants insoutenables passèrent. Siddharta sentit son cœur sombrer. *S'il peut sentir la présence d'une femme, quelle peut bien être l'odeur d'un démon*? se demanda-t-il.

L'ermite dit: «Mara ne m'approchera pas. Il ne trouve rien pour satisfaire sa faim quand le bol est vide. Ton cas est différent.»

«Que peut-il trouver d'intéressant chez moi?» demanda Gautama.

«Tu ne le sais pas?» Le vieil ermite vit le regard de perplexité dans les yeux de son disciple. «Il y a quelque chose qu'il ne veut pas te laisser trouver. Tu dois aller au-delà de tout ce que je peux t'enseigner. C'est la seule façon de te débarrasser de ce démon», dit le maître.

Gautama paniqua. Il s'inclina vers le sol et saisit le pied noueux de l'ermite. « Au moins, dites-moi ce que je cherche ! »

Ne recevant pas de réponse, Gautama leva les yeux et s'aperçut que le vieil ermite avait refermé les siens et était rendu loin de là. Il put à peine trouver le sommeil cette nuit-là. Quand il se réveilla, avant l'aube, il ne vit aucune silhouette sombre se découpant sur le ciel bleu nuit. Son maître était parti.

La tristesse envahit Gautama et pourtant, au fond de lui, il n'était pas totalement étonné – son maître ne pouvait faire que ce qui était bon. C'était leur lien et il ne le trahirait jamais. Dans les circonstances, partir était, pour son maître, la chose à faire.

Gautama aurait pu s'attarder autour du campement quelques heures, ou peut-être même toute la journée, pour voir si son maître ne l'avait abandonné que de façon temporaire. Mais la tempête qui agitait son cœur et le retour de pensées désespérantes lui faisaient comprendre que ce départ était définitif. Son maître lui avait retiré sa protection ; conséquemment leur relation avait atteint son terme. Consciencieusement, le jeune moine fit le ménage du campement. Il balaya le sol et plaça une gourde d'eau fraîche à côté de l'endroit où l'ermite s'assoyait sous l'appentis. Puis il s'inclina devant le tapis d'herbe qui avait été le seul trône de son maître et il partit.

Comme il le découvrit peu après, une partie de leur relation demeurait vivace. Tandis qu'il reprenait sa route pour franchir les quelques kilomètres qui le séparaient du chemin principal, Gautama se mit à rêvasser. Il vit le visage de l'ermite et son regard plein de compassion. Il entendit son propre appel désespéré : « Au moins, dites-moi ce que je cherche ! » L'ermite fut implacable ; il ferma les yeux et refusa de parler. Mais cette fois une réponse parvint silencieusement à l'esprit de Gautama.

Il y a une chose que Mara ne voudra jamais te laisser découvrir : la vérité à propos de toi-même et de ta véritable nature.

Chapitre 14

Poursuivant sa route, Gautama tournait et retournait dans sa tête ce que l'ermite lui avait dit. Jusqu'au moment où il avait quitté le royaume de son père, il s'était opposé à Mara de la seule façon qu'il avait trouvée en essayant d'alléger la souffrance et de calmer les convoitises partout où il le pouvait. Les saints persévèrent même si les souffrances reviennent toujours, comme la vague revient toujours, malgré leur compassion. Mara avait survécu à un grand nombre de saints. Un de plus n'y changerait pas grand-chose.

Mais cette fois-ci un élément inusité s'ajoutait au tableau. L'ermite de la forêt avait laissé entendre que le démon avait peur de Gautama. Comment cela ? Les démons ne sont-ils pas immortels ? Ne sont-ils pas hors d'atteinte de tout mal, de toute violence physique ? Plus il s'interrogeait, plus le mystère lui paraissait insondable. Mara semblait avoir peur d'une *seule* personne : Gautama.

Ces pensées ne cessaient de tourner dans sa tête comme les roues d'un engrenage. Il n'en revenait pas de voir comment, en une seule journée, toute la paix qu'il avait trouvée dans la forêt auprès de son maître s'était envolée. Pourquoi alors chercher un autre maître, si c'était pour voir la même chose se produire à nouveau ? Gautama murmura les seules paroles de consolation qui lui vinrent à l'esprit.

« Abandonne-toi et tu seras libre. »

« Tu as dit quelque chose, mon frère ? »

« Quoi ? » Gautama leva les yeux et aperçut un autre moine, qui devait avoir à peu près son âge. « Depuis combien de temps es-tu là ? »

« Quelques minutes. Tu veux te joindre à nous ? Tu as l'air affamé. Il y a un riche fermier un peu plus loin sur le chemin et sa femme ne me déteste pas. » Le jeune moine parlait avec un demi-sourire et beaucoup d'assurance. Gautama se leva et le suivit le long de la route poussiéreuse où l'ombre et la lumière jouaient à faire des taches mouvantes. En approchant d'une courbe, il aperçut à travers les arbres une tache safran qui brilla le temps d'un éclair, puis un petit groupe de moines apparut dans le virage et celui qui accompagnait Gautama leur fit un signe de la main. « Dépêchez-vous ! » cria-t-il.

Gautama demeura silencieux, se fondant au groupe comme un poisson égaré rejoignant son banc de poissons. Le moine qui l'avait accosté était le plus grand et le plus âgé de la bande. « Où vas-tu ? » demanda-t-il.

« Vers l'est », répliqua Gautama. Il y avait de grandes villes à l'est et là où il y avait de grandes villes, il y avait plus de gens et plus d'ashrams ; et tous les célèbres maîtres dont il avait entendu parler seraient là. Il pourrait leur demander de l'aider à résoudre l'énigme qui le tourmentait.

« Comment t'appelles-tu ? » demanda le grand moine.

Gautama lui dit son nom et le moine se présenta : Pabbata.

« Nous t'accompagnerons aussi loin que nous le pourrons, dit Pabbata. Tu seras plus en sécurité si tu fais partie d'un groupe. Ces quatre têtes rasées sont mes cousins. »

« Vous vouliez tous devenir moine ? » demanda Gautama, étonné.

Pabbata rit, un peu penaud. « Nous avions tous envie de voir autre chose qu'un champ de cent mètres carrés que la jungle cherche à envahir chaque année. » Ses cousins approuvèrent de la tête. Ils se mirent à bavarder entre eux, ignorant le nouveau venu, et il ne fallut pas longtemps à Gautama pour comprendre à qui il avait affaire. C'était des jeunes gens typiques, tous adolescents, à part Pabbata, qui avaient besoin de sortir et de se dégourdir. Ils regardaient avidement les jolies fermières qui passaient sur la route, blaguaient avec tous ceux qui parlaient leur dialecte et s'informaient, tout excités, des nouvelles et des potins de leur coin de pays, s'ils avaient la chance de rencontrer un villageois venant de leur région. Gautama n'avait pas besoin de fermer les yeux pour voir disparaître la robe safran qui leur servait de déguisement.

« Avez-vous trouvé votre Dharma ? » demanda-t-il à Pabbata lorsqu'il y eut une accalmie dans les conversations et que le groupe se tint relativement tranquille. Il s'attendait à ce que le grand moine lui réponde avec désinvolture ou par une blague, mais le visage de celuici s'illumina.

« Je pense au Dharma jour et nuit », dit-il.

Ses cousins éclatèrent de rire et l'un d'eux précisa : « C'est notre philosophe. C'est lui qui pense pour nous. »

Pabbata se redressa. « Sans enseignement, nous ne serions qu'une bande de vagabonds et de fainéants. » Ce reproche, aussi léger fut-il, vexa ses cousins, qui accélérèrent le pas et laissèrent Gautama et Pabbata derrière. Gautama était content de les voir s'éloigner.

Pabbata demanda tout à coup : « Sais-tu pourquoi je me suis arrêté pour te parler ? »

« Parce que tu es bon, du moins en as-tu l'air. »

« Peut-être. Mais on ne rencontre pas beaucoup de bonté sur la route. Non, c'était quelque chose d'autre. Je traînais la patte en suivant mes cousins, maudissant la chaleur, pensant à quelqu'un que j'avais laissé derrière, si tu vois ce que je veux dire. Et tout à coup j'ai senti une brise fraîche et quand j'ai regardé dans la forêt sombre, tu étais là. Tu comprends ? »

« Non. »

Pabbata le regarda d'un air incrédule. « Tu me fais marcher ou quoi ? »

Gautama ne répondit pas et l'autre moine parut encore plus étonné. « Tu veux dire que tu ne sais pas ? C'était toi. J'ai senti ta présence. »

Gautama se sentit devenir écarlate. « C'est impossible. Je puis t'assurer que… »

« Tu *puis* m'assurer ? s'esclaffa Pabbata. J'avais bien l'impression que tu venais d'une caste supérieure. Regarde-toi, le simple fait que j'en parle te fait rougir. »

Gautama se sentait attiré par ce grand moine frustre et sans-façon. Il lui dit : « J'ai vécu avec un saint dans la forêt. J'ai senti sa présence. Chaque jour, chaque minute. Cela m'a rendu – je ne sais pas comment cela m'a rendu. »

« Ivre, probablement. Ce genre d'homme peut te faire perdre la tête, c'est certain. » Pabbata s'arrêta une seconde puis reprit : « Alors tu dois être un saint toi aussi. Le semblable attire le semblable, n'est-ce pas ainsi que cela fonctionne ? »

« Pas dans ce cas. »

Pabbata secoua la tête, fronçant les sourcils. « Tu ne devrais pas parler de toi de cette façon. Le Karma est farouche. C'est facile de faire fuir le bon. » Il accéléra pour rejoindre ses cousins. Gautama resta isolé derrière et au bout d'un moment il les entendit rire et plaisanter. Il avait envie de se laisser distancer tranquillement et de laisser

les autres moines poursuivre leur route, mais il ne le fit pas. Pabbata, se retournant, l'aperçut à quelques mètres derrière eux.

« Ne sois pas timide, princesse ! »

La plaisanterie, comme tout ce que disait Pabbata, partait d'un bon naturel. Gautama aurait pu trouver plus mauvaise compagnie pour poursuivre son voyage. Peut-être dans la prochaine ville ou auprès du prochain maître trouverait-il une réponse. Et c'est ainsi que les voyageurs vêtus de safran firent route ensemble durant plusieurs jours. Pour rendre le trajet plus agréable entre les maisons de fermes où ils s'arrêtaient, Gautama repérait dans la forêt les fruits et l'eau fraîche que les autres ne savaient comment trouver ; de leur côté, ils étaient bien plus persuasifs quand il s'agissait de mendier et flirtaient avec les fermières pour obtenir plus de riz ou de rôti. « Celle-ci fait de bonnes confitures de mangues. Ça vaut bien un baiser derrière la grange », dit un des cousins avec un clin d'œil.

Un matin, Gautama, levé avant l'aube comme il en avait pris l'habitude auprès de son maître, s'installa pour méditer dans la faible lumière bleu gris. Puis, il se lava au ruisseau et se rasa avec l'écaille tranchante d'un coquillage. Comme il s'en retournait au campement, une étrange sensation s'empara de lui. Au bout d'un moment, il se rendit compte qu'une brise fraîche lui chatouillait la nuque. Pourtant la matinée était déjà chaude et l'atmosphère pesante. Il s'arrêta, leva la main et sentit en effet un courant d'air frais autour de sa tête. Il avait déjà éprouvé cette sensation auprès de son maître sans parvenir à en comprendre l'origine.

Gautama changea ses plans et, plutôt que de revenir au campement, il se mit à marcher en direction de la route principale. Ces moines étaient les meilleures personnes qu'il ait rencontrées sur la route et pourtant il ne pouvait plus rester avec eux s'il ne voulait pas qu'on le transforme en une espèce de faux dieu.

Sortant du couvert de la jungle, Gautama s'aperçut que la grand-route était encombrée de voyageurs. Baissant la tête, il se fit le plus discret possible. Mais il ne put s'empêcher de faire lui aussi partie du défilé. Il y avait des charrettes de fermiers partout, qui cahotaient de la maison au marché et du marché à la maison. On voyait aussi parfois des caravanes de marchands, généralement entourées de gardes armés pour protéger les précieux ballots de soie et les sacs d'épices entassés dans un wagon tiré par un cheval.

Gautama regardait tout cela d'un œil étonné. Tous ces gens paraissaient être des fantômes et non des êtres faits de chair et d'os.

Ils ressemblaient aux images des rêves et il avait l'impression qu'il aurait pu passer sa main à travers eux s'ils avaient été assez près. Mais tandis que leurs corps semblaient s'effacer, il voyait quelque chose d'autre, beaucoup plus clairement. Chacun d'entre eux transportait un fardeau invisible. Gautama était étonné de ne pas s'en être aperçu plus tôt. Tout le monde marchait ou se déplaçait en portant sa vie sur ses épaules, tout un paquet de souvenirs pleins de douleur et de désillusions. Celui-ci ne s'était jamais remis du fait que sa femme soit morte en accouchant. Celui-là avait peur de mourir de faim. Cet autre pleurait un fils enfui qui était peut-être mort à la guerre. Et partout flottait l'épais nuage noir de la vieillesse et de la maladie, l'histoire sans fin des querelles d'argent, les doutes incessants au sujet de l'avenir.

« Regardez ! »

Un petit enfant, plus audacieux que les autres, montra Gautama du doigt, puis sauta en bas de la charrette où il se trouvait. Il courut jusqu'au jeune moine et attrapa un coin de sa robe safran en souriant. Le garçon ne demandait rien ; il ne faisait que tenir la robe de Gautama et marcher à côté de lui. Au lieu de le gronder ou de lui dire de revenir, ses parents l'approuvaient avec bienveillance.

« Il faut que je retrouve mes frères », grommela Gautama. Il se dégagea de la main du petit garçon et revint sur ses pas. En s'éloignant, il entendait les pleurs de l'enfant et il voyait les regards que les gens lui jetaient et tout cela l'attristait. Il avait entendu des enfants pleurer bien souvent, quand il n'y avait rien à manger et que le bon prince Siddhartha n'avait plus d'argent à leur donner. Mais Gautama n'avait rien donné à cet enfant et il ne lui avait rien enlevé. Sauf sa propre présence.

Gautama retrouva le sentier qui l'avait mené à la route principale et bientôt il fut enveloppé de nouveau par l'ombre protectrice de la jungle. Les cinq cousins seraient sans doute encore au campement. Ils n'étaient jamais pressés de se mettre en route dans la chaleur du jour. Lorsqu'il les eut retrouvés, il vit que Pabbata semblait intrigué par son absence prolongée, mais il ne posa pas de questions. La solitude était un des rares privilèges dont jouissaient les moines. Gautama avait pris la précaution de ramasser quelques mangues en cours de route pour calmer les autres cousins si jamais ils trouvaient quelque chose à redire. Il s'étendit sous un arbre, regardant la lumière tachetée qui filtrait entre les feuilles et faisait de petits cercles lumineux sur le sol de la forêt. Les autres s'assoupissaient, mais il ne parvenait pas à trouver le sommeil.

Ne rien posséder. Tout donner.

C'était tout ce à quoi il pouvait penser.

« Me reconnais-tu ? »

Gautama souleva la tête de l'homme malade et porta une gourde d'eau à ses lèvres. Il était inconscient quand les moines novices, les bikkhus, l'avaient trouvé. Gautama était seul à penser qu'il était encore vivant. Il ordonna aux bikkhus de transporter le corps dans sa tente et de le laisser seul. Ils obéirent sans poser de questions. D'abord parce que, où que Gautama allât, de campement en campement et d'ashram en ashram, il était profondément respecté. Il n'était sorti de sa retraite dans la forêt que depuis un an et pourtant plusieurs des novices murmuraient que c'est un homme comme lui, un homme de qualité et plein d'énergie qui devrait être leur maître et non un vieux yogi usé par le temps.

Il y avait une autre raison. Si l'homme qu'ils avaient trouvé dans la forêt était vraiment mort, Gautama pouvait peut-être le ressusciter. Les histoires de miracles à son sujet se multipliaient et Gautama avait beau essayer de les décourager, il n'arrivait pas à les faire taire.

« Me reconnais-tu ? » répéta Gautama quand il vit les paupières du vieil homme bouger puis ses yeux s'ouvrir.

« Je... je ne suis pas certain. »

La faim et la déshydratation avaient affaibli son esprit. Il regarda autour de la tente, perplexe, se demandant comment il était arrivé là. Puis son regard se tourna vers le visage de Gautama et s'y arrêta. « Ah, dit-il. Le saint. »

« C'est toi qui le dis, Ganaka. Mais ne t'en fais pas. Ne m'as-tu pas dit aussi que les saints n'existaient pas ? »

Malgré sa faiblesse, Ganaka eut un petit sourire cynique. « Tu as attendu tout ce temps-là pour me prouver que j'avais tort ? »

Sa tête retomba en arrière ; il combattait une autre crise de delirium. On l'avait retrouvé loin dans la forêt, des bikkhus qui pourchassaient un cerf avec un arc et des flèches l'avaient découvert par pur hasard. « Je ne t'ai pas demandé d'aide, murmura Ganaka. C'est ma vie. Qui es-tu pour la sauver ? »

« N'étais-tu pas sur le point de l'abandonner ? »

Gautama avait soupçonné cette possibilité. Quelqu'un d'aussi expérimenté que Ganaka ne s'aventurait pas seul aussi loin dans la forêt à moins que ce ne soit pour mourir. Le moine détourna la tête et refusa de répondre.

« Nous parlerons plus tard », dit Gautama. Il plaça de l'eau et des fruits à côté du lit et sortit. À l'extérieur de la tente, il aperçut les dizaines de cabanes dans la grande clairière. C'était le printemps et les plus jeunes bikkhus en ressentaient les effets – ils se livraient à toutes sortes d'exercices, discutaient, parlaient en secret des filles qu'ils avaient laissées derrière eux. Parfois la nostalgie était la plus forte et, chaque fois que la température était clémente, il en manquait quelques-uns de plus aux prières du matin. Le printemps avait sur eux plus d'emprise que Dieu.

Gautama marcha entre les feux de camp. Il avait jusqu'à maintenant visité toutes les villes du royaume ainsi que celles qui étaient situées loin à l'est, mais il avait évité la tentation de remettre les pieds à l'intérieur des murs de Kapilavastu. Cependant sa réputation se répandait et des groupes de villageois et de fermiers se mettaient en route pour venir le trouver et recevoir sa bénédiction. Certains d'entre eux venaient du royaume de Sakya et se souvenaient de lui. S'ils murmuraient « Prince » ou « Votre Altesse » en se prosternant devant lui, Gautama ne réagissait pas et ne donnait aucun signe qu'il les reconnaissait. Quatre années avaient transformé Gautama et fait de lui ce qu'il était.

Bien sûr il pouvait toujours se rappeler les anciens visages. Mais ces souvenirs ne venaient plus d'eux-mêmes désormais. Pour voir Channa ou Suddhodana, il devait d'abord décider qu'il voulait les voir. « Apprenez à utiliser vos souvenirs, disait-il aux bikkhus les plus jeunes. Ne les laissez pas vous utiliser. »

Ananda, un moine qui était dans la jeune trentaine comme lui, arriva en courant. Il avait l'air contrarié et agité. « Un autre miracle, frère. Que dois-je faire ? »

Gautama fronça les sourcils. « Quel prodige suis-je censé avoir accompli cette fois-ci ? »

« C'est un infirme qui vient d'arriver au campement. Il marchait péniblement avec ses béquilles, il s'est jeté à genoux en criant ton nom. Puis il s'est contorsionné dans tous les sens et maintenant il marche à nouveau. »

« N'es-tu pas impressionné Ananda ? Peux-tu croire qu'avec tous mes pouvoirs je n'arrive même pas à empêcher les ampoules de se former sous mes pieds quand nous marchons sur des routes rocailleuses ? »

Ananda en avait trop vu pour sourire. « C'est encore un de ces tricheurs qui veulent avoir à manger gratuitement. »

« Est-ce que nous ne donnons pas à manger à tout le monde ? Même aux tricheurs ? »

Ananda se mordit la langue. Personne n'avait été plus proche de Gautama que lui au cours de leurs voyages, car il était totalement sincère dans sa recherche de Dieu et dans sa dévotion totale à Gautama. Mais récemment, de plus en plus de responsabilités auprès des bikkhus retombant sur les épaules de Gautama, le court et trapu Ananda, qui incarnait l'entêtement autant que la loyauté, était devenu une sorte de sergent ou d'aide de camp.

« Je pense que je sais quoi faire », dit Gautama. Il s'assit près du feu de camp principal sur un banc de bois taillé à la main. Chaque fois que le groupe s'arrêtait quelque part, peu importe pour combien de temps, les bikkhus se mettaient au travail et construisaient des abris, des bancs et d'autres objets pratiques avec le bois qu'ils trouvaient dans la forêt. « Donne-lui à manger. Puis, dis-lui que j'ai besoin de ses béquilles pour aider un autre "mal en point". S'il hésite à te les donner, dis-lui de venir me voir et de m'expliquer personnellement pourquoi. Je pense qu'il sera parti demain matin, avec ses béquilles. »

Ananda sourit enfin. « Il ne voudra jamais me les remettre. Il en a besoin pour son prochain miracle. »

« C'est aussi ce que je pense. »

Même s'il n'était pas le moine le plus âgé, Gautama avait été dégagé des corvées quotidiennes. Il s'occupait plutôt des affaires les plus importantes du gourou. « Je ne voudrais pas t'imposer ce fardeau, dit le gourou, mais c'est la malédiction liée à ton talent. »

« Et quel est mon talent ? »

« Les bikkhus te considèrent comme un père. »

« N'est-ce pas vous qui devriez être leur père ? »

Le gourou haussa les épaules. « Je me suis déjà débarrassé de mes malédictions. »

Ce maître s'appelait Udaka et il était le second phare que Gautama avait trouvé au cours de ses voyages. Le précédent s'appelait Alara ; c'était un érudit, tranquille et solitaire, un brahmane, mais qui n'avait rien en commun avec Canki. Alara ne portait aucune attention aux castes. Il vivait plongé dans les Védas et ne s'arrêtait même pas pour manger à moins que quelqu'un ne place une assiette de nourriture à côté de lui sur sa table. Lorsqu'il entra chez lui la première fois, Gautama attira aussitôt l'attention d'Alara. Sa tête, penchée sur un texte sacré, se releva comme un fouet et ses yeux se plissèrent comme s'il regardait une lumière vive.

Au lieu de le saluer, Alara lui posa une question: «Étranger, si les Écritures disent d'éviter la violence, suffit-il pour cela que je passe à côté d'une bataille sans m'y impliquer?»

Gautama, qui était prêt à se prosterner aux pieds du maître pour lui demander conseil, fut décontenancé. Il ouvrit la bouche pour dire: «Donne-moi la réponse, homme sage», mais ce qui sortit de sa bouche fut plutôt: «Éviter simplement la violence est un signe de vertu, mais il est encore plus vertueux d'aider à mettre fin au combat et d'amener les combattants à un état de paix.»

«Ah.» Alara avait l'air satisfait. Il tapota le rude plancher de bois près de lui, invitant Gautama à venir s'asseoir à ses côtés. Il déplaça même le petit tapis de prière sur lequel il était assis pour que son nouveau disciple soit plus confortable. Les deux mois qui suivirent ne ressemblèrent en rien au silence que Gautama avait partagé avec l'ermite de la forêt. Alara était un *jnani*, un philosophe. Il réfléchissait et il parlait.

«À quoi sert l'esprit si ce n'est à trouver Dieu? disait-il. Les Écritures affirment que ce monde physique n'est qu'une apparence et pourtant cette apparence n'est pas physique. Elle est une illusion et l'illusion est créée par l'esprit. Comprenez-vous? Ce que l'esprit a fait, seul l'esprit peut le défaire.»

Gautama se lança dans l'étude des Védas, les Écritures anciennes, et tout ce qu'Alara avait dit s'y trouvait: chaque personne avait deux moi, un moi inférieur qui était né avec le corps et lié aux illusions du monde matériel, et un moi supérieur, éternel et sans naissance, qui n'était attaché rien. Le moi inférieur cherchait avidement le plaisir, le moi supérieur ne connaissait que la félicité. Le moi inférieur craignait la souffrance, le moi supérieur ne la ressentait jamais. Si tout cela était vrai, alors Gautama devait découvrir son moi supérieur ou se perdre dans les sables mouvants et sans fin des illusions de l'esprit.

«Tu m'as trouvé juste à temps, dit Alara. Peu importe que les gens ordinaires gaspillent leur vie avec le rêve futile d'y trouver un bonheur durable. Pour l'ignorant, le plaisir et la souffrance semblent deux choses différentes, mais la sagesse nous dit qu'ils sont la main droite et la main gauche du moi inférieur.»

Pendant des mois, Gautama ne s'intéressa à rien d'autre, priant, méditant et étudiant pour trouver la voie vers son moi supérieur. Il n'avait pas de difficulté à croire les enseignements sur l'illusion, ou *maya*, parce qu'il continuait à voir les gens comme des fantômes, alourdis par le poids de leurs inquiétudes et de leurs souffrances. Alara aussi avait l'air d'un fantôme, mais il n'y avait pas ce relent de souffrance autour de lui. De son côté, le vieux jnani n'avait jamais rencontré un élève comme celui-là et chaque jour il l'appréciait davantage.

Un jour pourtant, un jeune homme d'environ vingt ans vint s'asseoir juste à l'entrée de la hutte d'Alara. Il était mince, presque émacié, et son visage était un des plus tristes que Gautama ait jamais vu. Le destin voulut que Alara sorte de sa cabane juste au moment où Gautama s'apprêtait à donner un bol de riz au jeune étranger. D'un geste vif et violent, Alara envoya valser le bol et le riz se répandit sur le sol. Avant que Gautama ait pu dire un mot, son maître le prit par le bras et l'entraîna à l'écart.

« Ne regarde pas derrière », lui dit-il d'une voix tranchante.

Mais derrière lui Gautama entendit le jeune homme crier : « Père ! » Le cou d'Alara se raidit, mais il garda les yeux fixés droit devant lui. Quand la hutte fut hors de vue, Alara dit : « Oui, c'est mon fils. Je ne le salue pas et je ne l'encourage pas. Et tu ne devrais pas non plus. » Alara perçut le regard perplexe de Gautama. « Mon moi inférieur a déjà eu une famille. Mais cela ne me concerne plus, comme le monde entier ne me concerne plus. »

« Je comprends », dit Gautama en baissant les yeux.

« Non, Gautama, je vois que tu ne comprends pas. J'ai été sur le point de te dire qu'il n'y avait plus grand-chose que je pouvais t'enseigner. Mais un vrai jnani doit mettre en pratique ce qu'il a appris. Comment peux-tu espérer atteindre ton moi supérieur si tu demeures attaché, ne serait-ce que par un fil minuscule, à cette vallée d'illusion ? Maya pose des pièges partout. »

Gautama ne discuta pas. Mais il se demanda, *Comment le jeune homme triste à la porte d'Alara se sentirait-il s'il savait qu'il n'est qu'une illusion, un autre piège à éviter ?*

Deux jours plus tard, Gautama vint voir Alara dans sa chambre, mais il ne s'assit pas à sa place habituelle à côté de lui sur le sol. Le jnani continua à lire sans faire un geste. Il dit : « Je suis presque triste de te voir partir. C'est ce que tu es venu m'annoncer, n'est-ce pas ? »

« Oui. »

Les choses auraient pu se terminer là, simplement, sans rupture. Mais la main d'Alara trembla et il renversa par terre ses rouleaux de parchemins. « Mais qui donc crois-tu que tu es ? » demanda-t-il irrité.

« Un disciple. »

« Et depuis quand un disciple ose-t-il en remontrer à son maître ? » Alara n'avait pas encore regardé Gautama, qui pouvait voir les veines saillir sur le cou du vieil homme.

« Je ne voulais pas vous troubler », dit Gautama.

« Insolence ! Je ne peux pas être troublé. Tu n'as pas encore appris cela ? »

Gautama s'agenouilla sur le sol sans s'approcher.

Alara était maintenant incapable de déguiser la colère froide qui l'habitait. « Si j'ai besoin d'un démon pour venir éprouver ma foi, j'appellerai celui qui convient, pas un disciple qui ne fait que sourire et sourire encore et qui ne pense qu'à me trahir. »

Ce débordement de blâmes n'ébranla pas Gautama. Il était resté éveillé longtemps, se demandant comment son maître, malgré tout ce qu'il savait au sujet de l'illusion, avait pu lui-même tomber dans ce piège. Les Écritures étaient son illusion. Elles l'avaient amené à croire qu'il était libre simplement parce qu'il était capable de décrire la liberté à partir de ce qu'il avait lu dans les livres et d'y réfléchir avec un esprit très subtil.

« Je ne suis pas venu pour vous nuire, dit Gautama. Je ne crois plus au moi supérieur. J'aimerais en être capable. Mais il me semble n'être rien de plus qu'une belle phrase ou un idéal que personne n'atteint jamais. Vous êtes bon et sage, mais vous l'êtes devenu en étudiant – n'est-ce pas le moi inférieur qui lit les Védas ? »

Ces paroles, prononcées dans l'intention de l'apaiser, eurent l'effet contraire. Alara lança violemment un parchemin à la tête de Gautama, puis sauta sur ses pieds et se mit à chercher un bâton.

« Hors d'ici, insolent ! »

Gautama aurait voulu dire : « Qui est si fâché contre moi maintenant ? Votre moi supérieur ? » Mais Alara avaient déjà les yeux qui lui sortaient de la tête. Gautama s'éloigna rapidement.

À la suite de cet incident, il avait erré ici et là pendant des semaines jusqu'à ce qu'il fasse la rencontre d'Udaka, son maître actuel. Udaka n'était pas un philosophe mais un pur yogi, qui consacrait chaque instant de sa vie à chercher l'union divine. Parce qu'il restait assis en silence durant la plus grande partie de la journée, Udaka ressemblait un peu à l'ermite de la forêt, mais chaque soir il réunissait les bikkhus autour de lui comme un père et il leur parlait.

« Certains d'entre vous sont nouveaux ici, certains ont voyagé avec moi pendant des années. Lesquels parmi vous ont rencontré

Dieu ? » demanda-t-il. Quelques-uns des bikkhus les plus âgés, après avoir hésité, levèrent la main.

« Vous autres les nouveaux, observez attentivement et écoutez bien ce que je vous dis. Vous voyez ceux qui ont la main levée ? Ce sont les plus grands des idiots et vous ne devez jamais écouter ce qu'ils disent », dit Udaka. Quelqu'un rit bruyamment ; les bikkhus qui avaient levé la main se tortillèrent, embarrassés.

« Comment pouvez-vous rencontrer Dieu si Dieu est invisible et s'il est toujours présent ? demanda Udaka. S'il est partout, vous ne pouvez pas le rencontrer et vous ne pouvez pas le quitter non plus. Alors, dites-moi maintenant, combien d'entre vous cherchent Dieu en ce moment même avec tout leur cœur ? »

Cette fois, un grand nombre de mains se levèrent. « Maintenant, tournez votre regard vers vous-même, dit Udaka. Vous aussi vous êtes des idiots. Je viens juste de vous dire que Dieu est partout. Comment pouvez-vous chercher ce qui est déjà là ? Si quelqu'un venait vous voir et vous disait : "Mille fois pardon, monsieur, mais je cherche cette chose mystérieuse qu'on appelle de l'air. Pouvez-vous me dire où en trouver ?" vous le traiteriez de fou, n'est-ce pas ? Pourtant vous suivez vous-mêmes comme des moutons la parole de quelqu'un qui vous a dit que vous deviez chercher Dieu. »

Ce que Udaka proposait à la place était de délivrer l'âme, ou *atman*. « Votre âme est tout aussi invisible que Dieu, mais elle vous appartient. C'est votre étincelle divine, cachée et déguisée par vos désirs sans fin. Votre atman vous regarde toujours, mais vous n'y faites pas attention. Vous faites attention à votre prochain repas, à votre prochaine discussion, à votre prochaine peur. Votre atman vous entraîne toujours plus près du divin, mais vous ne l'écoutez pas. Vous vous occupez plutôt de vos mille et un désirs. Restez tranquille et apprenez à connaître votre âme. Cherchez-la, et quand vous la rencontrerez, attrapez-la et gardez-la précieusement, parce qu'elle vaut beaucoup plus que de l'or. »

Gautama, qui avait perdu ses illusions quant au moi supérieur, se sentit en sympathie avec ce nouvel enseignement. Il lui permettait entre autres des moments de solitude, dont il profitait pour méditer et s'asseoir dans le frais silence qu'il considérait comme sa véritable demeure. Udaka savait que les autres bikkhus tenaient le nouvel arrivant en haute estime ; ils rivalisaient pour s'asseoir à côté de Gautama parce que sa simple présence donnait plus de profondeur à leurs méditations. Il installa Gautama à sa droite lors de la rencontre suivante et ce geste sans parole suffit à l'élever au-dessus des moines les plus avancés qui n'étaient, hélas, pas encore assez saints pour apprécier d'être ainsi évincés.

« Qu'ils t'aiment, qu'ils te détestent, tout cela est une perte de temps », disait Udaka, indifférent. Gautama le croyait. Il avait grandi dans un monde déchiré par des drames bien pires que les petites jalousies mesquines qui tissaient la vie d'un ashram.

« Mais si un autre moine me déteste, demanda Gautama, comment ne voit-il pas qu'il se laisse distraire de son propre but ? »

« Il pourrait le voir. Son âme pourrait lui envoyer un message », dit Udaka.

« Mais pas toujours ? Il pourrait continuer à me détester longtemps, alors. »

« Oui. »

Gautama sentit une soudaine et sourde inquiétude. « Mais si l'âme est toujours aimante, pourquoi ne lui dit-elle pas tout de suite de ne pas me détester ? Quelle raison a-t-elle d'attendre ? »

« Tu me demandes d'être plus intelligent que l'âme, répondit Udaka avec une trace d'irritation. Ne sois pas si subtil. Je n'ai jamais vu personne trouver le chemin du ciel en réfléchissant. »

Gautama savait maintenant d'où lui venait cette inquiétude. Il avait quitté l'ermite de la forêt et Alara. S'il continuait de cette façon, Udaka serait le prochain qu'il abandonnerait. Les disciples sans maître sont comme des champs en jachère où aucune pluie ne tombe. Gautama ne pouvait continuer sans cette nourriture. Udaka le savait aussi : il jeta un regard sévère à Gautama. « Tu as quelque chose d'autre à ajouter ? Peut-être veux-tu me questionner à propos de l'humilité ? »

« Non. » Gautama garda son calme. « J'étais venu vous dire que j'avais eu une vision. Ma femme venait vers moi. Elle disait que je méritais sa compassion. Pouvez-vous me dire ce que cela signifie ? »

« Ignore-la. »

La réponse d'Udaka montrait bien qu'il n'avait pas le moindre intérêt pour ces choses. Gautama ne se laissa pas désarçonner pour autant.

« Maître, dit-il, plusieurs disciples ont laissé derrière eux des familles et des femmes qu'ils aimaient. Leurs enfants ont oublié le visage de leur père. Une femme dévote ne peut-elle avoir sa place dans mon âme ? »

« Personne n'a sa place dans ton âme que toi », dit Udaka.

« Alors peut-être son image est-elle un message ? Vous avez dit que l'âme envoyait des messages. »

« Mais elle n'envoie pas des rêves. Cette image de ta femme est l'invention d'une âme ignorante, dit Udaka d'un ton cassant. Que serait-il arrivé si tu avais attrapé un rhume ? Voudrais-tu que je t'explique ce que l'âme veut dire quand elle t'envoie un rhume ? Ignore cette image comme tu ignorerais un rhume. » Le maître de Gautama n'avait jamais été marié et comme bien des yogis il avait l'air hargneux chaque fois qu'il était question de femmes. Cette aversion ennuyait Gautama. *S'imagine-t-il que les femmes n'ont pas d'âme ?* Mais la discussion était terminée. Gautama s'inclina et partit sans ajouter un mot.

Cette nuit-là, il retourna à sa tente, où il trouva Ganaka assis et mangeant un bol de gruau de millet. « Pourquoi es-tu si préoccupé, saint homme ? » lui demanda-t-il en l'apercevant.

« Tu as l'air de te sentir mieux. »

« Beaucoup mieux. » Ganaka commença à avaler bruyamment les dernières gorgées de gruau dans son bol. « Je devrais même être assez en forme pour repartir demain matin. »

« Et où iras-tu ? » demanda Gautama.

« Plus loin dans la jungle. Je n'ai pas l'intention qu'on me retrouve une seconde fois. »

Gautama était choqué. « Tu vas essayer de te suicider une autre fois ? »

« Bien sûr. C'est mon Dharma. » Ganaka avait l'air parfaitement calme et sérieux et il parlait sans la moindre trace de cynisme. « Étrange, n'est-ce pas ? Je dois manger pour avoir la force de repartir et mourir de faim. »

« Je ne peux pas te laisser faire », lâcha Gautama. Il était si bouleversé qu'il avait envie de se lever et de marcher de long en large. Mais il se força à s'asseoir sur le sol, les mains posées sur les genoux. Son cœur cognait dans sa poitrine.

Ganaka dit : « Il y a deux choses que même un saint ne peut empêcher. L'une est le fait d'être né et l'autre celui de mourir. » Il attendit la protestation de Gautama. Il n'était pas difficile de voir lequel des deux était le plus calme et le plus serein.

« Se tuer soi-même est un péché », dit Gautama, puis il s'arrêta. Ganaka n'était pas stupide et il n'ignorait pas les Écritures. « S'il te plaît, explique-moi ce que tu voulais dire », demanda-t-il.

Ganaka éclata de rire. « Excuse-moi, mais je ne peux pas m'en empêcher, petit saint. Regarde-toi. Tu voulais sauter au plafond quand je t'ai dit ce que je ferais. Mais tu ne l'as pas fait. Oh, non, tu t'es contrôlé toi-même. Tu sais comment un saint homme agit et je dois dire que tu te débrouilles pas mal. J'aimerais pouvoir entraîner un singe à faire à moitié aussi bien. »

Gautama sentait le sang lui monter au visage. « Tu n'as pas le droit. »

« Et après ? Je vais mourir demain. Je peux dire ce que je veux. » Chose étrange, Ganaka ne parlait pas durement ; le ton qu'il employait envers Gautama était presque gentil. « Je t'ai déjà dit que tu me rappelais comment j'étais quand j'étais plus jeune. As-tu déjà pensé que je pourrais être toi quand tu seras plus vieux ? » Voyant la grimace que Gautama essayait de cacher, Ganaka éclata de rire à nouveau. « Tu es comme un spectacle ambulant. Je peux voir au moins cinq ou six personnes lutter à l'intérieur de toi. Tout un spectacle ! »

« Arrête, ça suffit ! » Gautama sauta sur ses pieds et commença à marcher nerveusement de long en large comme il se retenait de le faire depuis qu'il était entré dans la tente.

« Bien, dit Ganaka. Même un chat est assez intelligent pour agiter la queue quand il est dérangé. La plupart des gens ne le sont pas. »

Cette démonstration de franchise implacable brisait le cœur de Gautama. « Tu me rends tellement triste », dit-il, l'implorant à moitié.

« Alors je m'arrête, dit Ganaka. La sagesse n'est jamais triste et tu veux entendre le dernier mot d'un sage, n'est-ce pas ? » Il se leva et plaça ses mains sur les épaules de Gautama pour le forcer à rester en place. « Le Dharma est sans valeur à moins qu'il n'enseigne à quelqu'un à être libre. J'ai écouté tous les maîtres, j'ai lu toutes les Écritures, je me suis baigné dans toutes les sources sacrées. Je n'ai trouvé la liberté nulle part. »

« Et te tuer toi-même te rendras libre ? »

« Quand tout le reste échoue, ce qui reste doit être la bonne chose à faire », dit Ganaka d'un ton simple et sérieux. Il laissa aller Gautama et se détourna un moment. « Qu'est-ce que la liberté, petit saint ? C'est la fin de la lutte. La mort n'est-elle pas la même chose ? Je veux rencontrer Dieu, mais mes efforts ont échoué. Non seulement ont-ils échoué, mais ils m'ont rendu plus malheureux que lorsque j'étais marié et que je vivais avec une femme aimante. Je ne dis pas que ta quête est une fumisterie. Peut-être devras-tu parcourir autant de sentiers que moi avant de parvenir au même point que moi. »

Il se retourna et fixa Gautama avec un regard clair, sans sourciller. « Tu peux pleurer maintenant. »

« Je ne pleurerai pas pour toi », dit Gautama d'une voix lugubre.

Ganaka retourna s'asseoir sur le lit. Il était très tard et il était prêt à dormir. « Je voulais dire pleurer sur toi-même. Quoi que je sois aujourd'hui, tu le seras demain. »

Il s'étendit et tourna le dos à Gautama, qui le veilla pendant des heures. Il voulait être là à son réveil, espérant qu'un dernier plaidoyer puisse le faire changer d'idée. Mais le temps est immobile dans le noir. La prochaine chose que Gautama sut est qu'il se réveilla avec de la lumière dans les yeux, sa tête tombant sur sa poitrine. Il regarda vers le lit avec un faible espoir. La place était vide.

Chapitre 15

Un matin, Ananda se rendit à la tente de Gautama et ne l'y trouva pas. Plusieurs jours s'étaient écoulés depuis la disparition de Ganaka. On n'avait rien dit aux bikkhus de ce qui s'était passé ; seul Ananda avait appris la triste vérité. Dans les profondeurs de la jungle, il était inutile de partir à sa recherche, où qu'il soit allé pour mourir. Gautama en avait été profondément troublé.

« Comment pouvons-nous croire en des forces surnaturelles, Ananda ? Aucune puissance céleste n'est venue le protéger, ni ne s'en est préoccupée le moins du monde, dit Gautama. Ganaka a sombré dans le désespoir et je n'ai pas pu le sauver. »

« Pourquoi aurait-il fallu que ce soit toi ? » demanda Ananda.

« Sais-tu qui est Bouddha ? »

« Non », dit Ananda, embarrassé.

« Bouddha peut protéger les gens », dit Gautama.

« Mieux que ceci ? » Ananda montrait une amulette que ses parents lui avaient donnée quand il était bébé ; ils l'avaient achetée dans un temple et elle leur avait coûté la moitié de ce que leur ferme leur rapportait en une année.

« Oui, bien mieux. Ne me demande pas de quelle façon. Si je le savais, j'aurais pu protéger Ganaka. »

Le nom de Bouddha intrigua Ananda, mais il comprit intuitivement que ce dieu, même s'il n'en avait jamais entendu parler, protégeait son ami. C'est de cette façon en tout cas qu'il interpréta les paroles de Gautama. Ananda croyait que les dieux suivaient le parcours de chacun d'entre nous, sans exception. Cela l'embêtait que Gautama ne vénère plus les dieux. Parfois il parlait de Dieu comme s'il était l'âme de l'univers ou un esprit qui imprégnait toutes choses.

Depuis qu'il était enfant, Ananda avait appris à croire que les dieux n'étaient que la représentation des différents visages d'un Dieu unique. Mais depuis quelque temps, même ce Dieu-là était fortement remis en question par Gautama.

« Nous pouvons prier Bouddha ensemble, dit Ananda. Ou bien je peux faire une offrande durant le feu ce soir. » Il essayait de tirer Gautama de sa morosité.

Mais au lieu de répondre, Gautama ferma les yeux. C'était sa façon de se mettre hors d'atteinte. Aucun des autres moines ne pouvait se plonger dans un samadhi aussi profond et quand il était dans cet état, Gautama ne voyait ni n'entendait plus rien. Ananda s'en alla et durant la nuit la pluie se mit à tomber, transformant la terre battue du campement en une mer de boue.

Le tonnerre grondait dans le ciel. Le châle d'Ananda était trempé et ne lui procurait aucune chaleur, mais il le serra contre lui pour se protéger d'une inquiétude grandissante. Chaque moine s'engageait au service de son maître, mais Ananda s'était engagé à servir Gautama. Il avait fait ce vœu silencieusement, dans son propre cœur. Pour lui, Gautama était déjà une grande âme. Il gardait également pour lui cette conviction.

Tout en se hâtant sous la pluie, Ananda regardait en plissant les yeux à l'intérieur de tous les abris de fortune qu'il rencontrait. Quand il fut certain que Gautama n'était nulle part dans le camp, il prit une grande respiration et alla frapper à la porte d'Udaka. Déranger le maître pouvait avoir des conséquences plus physiques qu'une simple réprimande. Mais personne ne répondit et Ananda s'en retourna. Après tout, il n'avait aucune preuve que quelque chose de grave s'était produit.

Il n'avait eu le temps de faire que quelques pas lorsque la porte du gourou s'ouvrit, laissant passer Gautama. Il avait l'air pâle et défait et lorsque leurs regards se croisèrent, Ananda eut l'impression d'être pour lui un étranger. Son cœur se serra dans sa poitrine.

« Que se passe-t-il ? »

Gautama hocha la tête et continua son chemin. Il ne protesta cependant pas lorsque Ananda le suivit dans sa tente. Le ciel gris et bas rendait l'atmosphère à l'intérieur sombre et étouffante. Tout à coup, Gautama se mit à parler.

« Je n'ai plus la foi, dit-il. Je partirai ce soir. Cher ami, n'essaye pas de me suivre. Je viendrai te chercher quand le temps sera venu. Sois patient. »

Les lèvres d'Ananda tremblaient. « Pourquoi ne puis-je venir ? »

« Parce que tu essaierais de me retenir, comme j'ai essayé de retenir Ganaka. » La comparaison alarma Ananda, mais avant qu'il ne puisse dire quoi que ce soit, Gautama continua. « Je ne vais pas me suicider, ne t'inquiète pas. Mais quelque chose peut arriver, quelque chose de grave. »

« Tu en as parlé au maître ? »

Gautama secoua la tête. « Je lui ai seulement dit que je partais pour un voyage dont je ne savais pas s'il serait long ou court. S'il vit selon ses propres enseignements, il ne s'attristera pas de perdre un disciple. S'il se met en colère, alors j'ai raison d'arrêter de le servir. Je suis seulement attristé d'avoir à te dire au revoir à toi. »

La mort dans l'âme, Ananda s'enferma dans un silence morose ; ils étaient tous deux assis dans la lumière grise, écoutant les gouttes de pluie qui tombaient sans arrêt sur le toit de la tente. Gautama plaça sur l'épaule de son ami une main qui se voulait réconfortante.

« Il n'y a pas de raison pour que je te cache ce qui se passe. On m'a apporté une nouvelle, dit-il. Un voyageur est venu au camp ce matin et je suis tombé sur lui dans une des huttes. J'ai vu à son accent qu'il venait de Sakya. J'ai essayé de partir, mais je n'ai pas été assez rapide. »

« Assez rapide pour quoi ? »

« Pour ne pas être reconnu. L'étranger s'est jeté à mes pieds et s'est mis à pleurer. Je l'ai supplié de se relever mais il ne voulait rien entendre. Les bikkhus présents dans la tente commençaient à murmurer et à échanger des regards. L'étranger a finalement levé les yeux vers moi et m'a dit que j'étais censé être mort. »

« Mort ? dit Ananda. Parce que tu as tout laissé derrière toi ? »

« Pire, bien pire. J'ai un cousin qui se nomme Devadatta. Il est envieux et il s'est toujours dressé sur mon chemin. Quand j'ai quitté le palais, je craignais qu'il ne gagne de l'influence à la cour. C'est ce qu'il a fait, et de la manière la plus terrible. »

Gautama raconta à Ananda ce qu'il venait d'apprendre : Devadatta avait trouvé dans la jungle un corps décapité vêtu des habits de Siddharta. « Tout le monde l'a cru. La tête n'a jamais été retrouvée. Devadatta avait probablement commis le meurtre lui-même. Il en est bien capable. » La voix de Gautama se fit presque plaintive. « Je suis la cause de ce désastre. Tous ceux que j'aime ont été plongés dans la souffrance. »

« Mais c'est une escroquerie, protesta Ananda. Envoie un messager chez toi pour rétablir la vérité. »

« Si je le fais, Devadatta sera arrêté et exécuté. Je n'ai pas sacrifié le bonheur de ma famille pour cela. Revenir et le tuer ferait de ma quête une farce. Je dois continuer. Je n'ai pas été assez loin. »

« Mais ils vont souffrir encore plus s'ils pensent que tu ne reviendras jamais », dit Ananda.

Au lieu de persuader Gautama, cet argument sembla le durcir. « La personne qu'ils ont connue un jour ne reviendra jamais. Si c'est ce qu'ils attendent et espèrent, alors je pourrais aussi bien être mort. »

Malgré tous ses efforts, la voix de Gautama trahissait ses inquiétudes. Ananda prit sa main dans la sienne. « Retourne chez toi, remets tout en ordre comme avant. Je ne suis pas intelligent comme toi, mais si je causais autant de peine à ma famille, j'aurais l'impression de désobéir à Dieu. »

Ce discours émut Gautama mais, réfléchissant à ce qu'Ananda avait dit, il s'assombrit tout à coup. « Tu me coinces dans un piège, mon ami. J'ai mis tout mon cœur à chercher Dieu. J'ai tout abandonné pour lui. Si cela équivaut à désobéir à Dieu, ma situation est sans espoir. Et la tienne aussi, et celle de tout le monde ici. »

Il y eut d'autres discussions cet après-midi-là, d'autres plaidoyers de la part d'Ananda, mais la décision de Gautama était prise. Le ciel était si sombre que la nuit s'y glissa sans avertissement. Gautama n'accorda pas à Ananda la permission de demeurer près de lui jusqu'à l'aube ; il se souvenait de ce qu'il avait ressenti en s'éveillant le matin et en s'apercevant que Ganaka était déjà parti.

« Avant de nous séparer, je veux que tu comprennes quelque chose, dit-il. J'ai été élevé dans un palais, mais j'y étais prisonnier. Je n'avais qu'un ami, alors je passais des heures tout seul ou en compagnie de domestiques. Ce qui m'a le plus fasciné, ce furent les tisseurs de soie. Je les ai découverts penchés au-dessus de leur métier à tisser dans une petite chambre tout en haut d'une maison. La pièce était remplie de l'odeur de l'indigo et du safran. Les tisseurs ne se parlaient pas entre eux ; tout ce que j'entendais était le clic-clac des navettes qui allaient et venaient entre les fils tendus. »

« Il y avait une vieille femme, voûtée et presque aveugle, qui faisait quelque chose que je ne comprenais pas. Si un fil se brisait, elle démontait complètement son métier et reprenait tout à zéro. Je lui demandai pourquoi elle défaisait le travail de toute une semaine pour un fil cassé. Elle m'a répondu par un mot : *karma*. »

« Le karma tient le bien et le mal en équilibre. Le karma est la loi divine. Quand la loi est violée, même sans malice, ce crime ne peut être défait. Un seul fil brisé dénature tout le motif ; un seul acte malhonnête altère toute la destinée d'une personne. »

Ananda écoutait attentivement, désireux de se rappeler chaque parole prononcée par Gautama s'il devait ne jamais le revoir. « Ainsi donc le fil de ta vie a été brisé », dit-il.

« Je pensais qu'il s'était brisé le jour où je suis parti du palais. Mais j'étais naïf. Même si j'en avais fini avec Siddhartha, son karma a continué à me suivre. Je me sens aussi confus que le jour où j'ai laissé ma femme et mon fils il y a un an. J'ai soif de liberté, mais les pièges se referment sur moi toujours plus étroitement. Au lieu de m'attaquer directement, les démons sèment la discorde partout autour de moi. Il ne me reste plus qu'une chose à tenter. » Gautama n'avait pas dit toute la vérité : si les démons ne s'en prenaient pas directement à lui, c'est qu'ils le craignaient.

« Mais que vas-tu faire ? » demanda Ananda, essayant de ne pas penser à la solitude qui l'attendait au lendemain de cette nuit.

Gautama voulait garder pour lui ce qu'il se proposait de faire, mais il consentit à se livrer un peu. Il y avait de bonnes chances qu'il rate son coup et, si cela se produisait, il rentrerait chez lui, sans essayer de trouver un autre gourou. « La mort me hante depuis le jour où je suis né. Au bout du compte, peu importe la lutte que je lui livre, la mort l'emportera un jour – le chasseur tuera sa proie. Mais d'ici là, j'ai encore une chance de renverser les rôles. Si j'agis rapidement, je serai peut-être capable de tuer la mort le premier. Il n'y a pas d'autre voie si je veux vraiment être libre. »

Dans ce pays où les villages sont à un jour de marche les uns des autres et où les voyageurs doivent emprunter des routes longues et sinueuses à travers des kilomètres de régions sauvages, il aurait été facile pour Gautama de disparaître au beau milieu de toute cette végétation et de ne plus jamais en ressortir. C'est d'ailleurs ce qu'il se préparait à faire, mais ce projet était trop dangereux pour qu'il s'y risque seul. Les tigres n'ont aucun scrupule à dévorer les idéalistes. C'est pourquoi, après avoir quitté le campement d'Udaka, Gautama se mit à la recherche de compagnons plus disciplinés. Il voulait qu'il s'agisse de moines. Ils devaient être prêts à ne pas parler pendant des jours, voire des semaines. Et ils devraient soumettre leur corps à tant d'austérités qu'il ne leur resterait plus qu'un choix: atteindre la délivrance ou périr sous cette forme mortelle.

Gautama fit la même proposition à tous les moines qu'il rencontra: « Viens avec moi et débarrasse-toi une fois pour toutes de ton karma. La mort joue un jeu avec nous. La partie est longue mais le résultat est certain. Voici ta seule chance de triompher de la souffrance et de la douleur qui sont ton héritage depuis le jour où tu es né. »

Ces paroles ne paraissaient pas étranges à ses auditeurs; tout homme saint savait que le monde est illusion. Les Védas en parlaient abondamment. Mais chacun des moines qui entendait Gautama hochait la tête et regardait ailleurs d'un air coupable. « Ta vérité est trop dure, mon frère. Je vis déjà une vie que les gens ordinaires considèrent comme impossible. Un jour je rencontrerai Dieu, mais si j'essaie de lui forcer la main, ma seule récompense sera peut-être que je finirai par me tuer moi-même par mes privations et mes mortifications. »

Certains le disaient de cette façon, d'autres le disaient autrement, mais personne ne relevait le défi de Gautama. Plus il se faisait éloquent, plus ses auditeurs se montraient réticents. « Tu as l'air d'un saint, mais tu pourrais bien être un démon venu pour nous séduire », lui rappela un vieux moine. Finalement, Gautama finit par trouver des compagnons, mais pas par ses discours. Il cessa de manger, se contentant d'une poignée de riz par jour. Son corps se mit à dépérir et lorsque sa peau ne fut plus qu'une membrane tendue et translucide accrochée à ses os, une sorte de halo lumineux l'entoura. Ses mains, qu'ils tendaient volontiers pour bénir quiconque le lui demandait, avaient l'air plus grandes, de même que ses yeux, d'un brun profond. Cette maigreur sainte attira près de lui cinq autres moines et, une fois que la bande fut réunie, il les entraîna le long d'une rivière jusque dans les montagnes, où ils trouvèrent une grande caverne isolée.

Le lieu était à couper le souffle. Les grands pics de l'Himalaya montaient la garde devant l'horizon. L'air était aussi froid et cassant que la première couche de glace sur un étang gelé. Gautama se réveilla un jour en entendant tout avec une acuité exceptionnelle. Les faibles courants d'air qui remontaient de la vallée résonnaient comme la respiration du monde. Mais la pluie lui faisait mal aux os et le tonnerre lui fendait le crâne en deux – pendant des jours il souffrait encore des vibrations qui palpitaient dans son cerveau. Lui et les cinq moines restèrent assis dans la caverne plusieurs mois, parlant le moins possible, se nourrissant de racines, remplissant leurs gourdes au torrent.

Au début, Gautama craignait d'être trop indulgent envers lui-même, car peu importait l'austérité de leurs conditions, il aimait cette vie d'ascète. Peut-être trop. Il restait assis dans la neige pendant des heures, pour voir s'il pouvait faire souffrir son corps suffisamment pour qu'il abandonne à jamais tous ses espoirs de plaisir. Il recommença cet exercice, jour après jour, puis un miracle se produisit. À travers la neige épaisse qui tombait en abondance, il vit un étranger s'avancer vers lui. Au début ce n'était qu'une ombre floue et sombre se détachant sur la blancheur, mais à mesure qu'il s'approchait, Gautama vit bien que ce n'était pas un homme qui avait bravé cette tempête, mais le dieu Krishna. Son visage était merveilleusement beau et serein, sa peau d'un bleu pourpre profond qui était tout sauf noir.

Gautama se prosterna dans la neige. « J'ai attendu toute ma vie de te rencontrer, murmura-t-il. J'ai tout abandonné pour toi. »

« Je sais », dit Krishna. Sa voix résonnait parmi les montagnes comme un tonnerre assourdi. « Maintenant rentre chez toi et ne fais plus jamais de choses aussi stupides. »

Sur ces mots, le dieu lui tourna le dos et s'en alla. C'est à ce moment que Gautama se réveilla, frissonnant et affamé. Le ciel était clair et dégagé ; il n'y avait pas de tempête de neige. Il retourna à la caverne et ne dit rien aux cinq autres moines. Peut-être était ce seulement un rêve ; peut-être Krishna était-il réellement venu le visiter. Dans un cas comme dans l'autre, Gautama était bien décidé à ne pas se laisser tromper par une illusion. Il avait seulement besoin d'un signe quelconque qui lui indiquerait que sa guerre contre le mort était sur la bonne voie. Mais la seule réponse qui lui parvint fut celle de son esprit qui commençait à se rebeller. Au début, il se plaignit d'être seul et d'avoir peur. Il prétendait que Gautama se faisait souffrir inutilement. Durant cette période, la voix que Gautama entendait dans sa tête était faible et plaintive comme celle d'un petit enfant. Mais à mesure que les semaines passaient, elle devenait de plus en plus exaspérée et violente.

Gautama voulait qu'elle lâche prise au plus tôt et c'est pourquoi plus son esprit se rebellait, plus il se soumettait à diverses mortifications. C'est ainsi qu'il passa toute une nuit assis, nu, sur la surface glacée d'un lac tandis que son esprit criait à l'agonie.

Si tu veux me tuer, fais-le maintenant, lança Gautama comme un défi. Il ne savait pas à qui il s'adressait exactement. Peut-être pas à son esprit mais plutôt à Yama, le seigneur de la mort. Quand l'aube arriva enfin et qu'il s'aperçut qu'il n'était pas mort, Gautama exulta. Il avait eu son signe. Il était encore vivant, ce qui prouvait qu'il était plus fort que le soleil, le vent et le froid.

Rendu plus audacieux par cette victoire, il voulut pousser plus loin encore. Il se soumit à des mortifications encore plus extrêmes. Il pouvait empiler des pierres sur sa poitrine ou percer ses joues avec des bâtons aiguisés. Il y avait des yogis légendaires qui arrachaient leur propre bras et le lançaient dans le feu. Mais les cinq moines résistèrent. Eux n'avaient pas reçu de signe. Gautama savait qu'il devait les convaincre. Sinon, il se réveillerait un jour après une ascèse éprouvante et il s'apercevrait qu'ils avaient disparu.

« Vous doutez de mes méthodes, n'est-ce pas ? » dit-il.

« Oui, répondit le plus vieux des moines dont le nom était Assaji. Si tu pouvais te voir toi-même, tu aurais peur. Pourquoi penses-tu que défier la mort soit le moyen de la vaincre ? »

« Parce que lorsque tout le reste a échoué, dit Gautama, ce qui reste doit être la bonne réponse. Je n'ai rien fait encore pour mériter votre respect, mais croyez-moi quand je vous dis que j'ai tout essayé pour devenir libre. J'ai étudié le Dharma du moi supérieur, mais je n'ai jamais rencontré mon moi supérieur ni entendu un mot venant de lui. J'ai étudié le Dharma de l'âme, cette âme qui était censée être la touche du divin en moi, mais peu importe la félicité que j'ai pu éprouver, il y avait toujours un moment où j'étais de nouveau submergé par la colère et la peine. Et sans doute votre expérience ressemble-t-elle à la mienne. »

Les cinq moines ne dirent rien, ce que Gautama considéra comme un assentiment.

« Avec le temps j'en suis venu à la conclusion que cette lutte pourrait durer toute ma vie, et dans quel but ? Je serai encore un esclave du karma et un prisonnier dans ce monde. Quel est ce karma qui nous apporte tant de souffrance ? Le karma réside dans les désirs sans fin du corps. Le karma est le souvenir du plaisir passé que nous voulons revivre et de la souffrance passée que nous voulons éviter. C'est l'illusion de l'ego et la tempête de peur et de colère qui assiège l'esprit. Alors, j'ai décidé de couper le karma à sa racine. »

« Comment ? Tu penses que tu sais quelque chose que personne d'autre ne sait ? » demanda Assaji. Son corps décharné montrait déjà les effets de leurs années d'austérité.

« Moi, non. Mais vous vivez aussi cette vie d'ascète. N'avez-vous pas déjà passé des années assis en silence, répétant vos prières, contemplant les images des dieux, récitant les mille et huit noms de Vishnou ? » Le plus vieux des moines approuva de la tête. « Rien de tout cela vous a-t-il rendu libre ?

« Non. »

« Alors pourquoi s'entêter à faire ce qui ne marche pas depuis le début ? Les prêtres du temple vous ont enseigné comment atteindre Dieu – des prêtres qui n'ont pas trouvé la liberté non plus, mais qui réclament un titre de propriété sur les enseignements sacrés comme un fermier appose sa marque sur son troupeau. » Gautama n'avait rien mangé depuis plusieurs jours et à peine dormi. Il se demanda un instant s'il n'avait pas l'air de délirer.

Un des jeunes moines l'interrompit. « Dis-nous quelle est la voie que tu proposes. »

« Sur la route, j'ai rencontré un vieux sannyasi nommé Ganaka et il m'a dit quelque chose d'important. *Laisse le monde être ton maître.* Au début, je ne comprenais pas ce qu'il voulait dire, mais maintenant je sais. Toutes les expériences qui me piègent sont des expériences du monde. Le monde est séduisant et difficile à connaître pour ce qu'il est réellement. Et pourtant, ce monde n'est rien de plus que le désir et chaque désir me pousse à chercher à le satisfaire à tout prix. Pourquoi ? Parce que je crois qu'il est réel. Les désirs sont des fantômes, derrière lesquels se cache le sourire grimaçant de la mort. Soyez sages. Ne croyez en rien. »

Il fallut plusieurs nuits autour du feu de camp, mais Gautama et les cinq moines en vinrent à une entente. Ils ne donneraient à leur corps aucun espoir en ce monde, aucun désir à combler, aucune soif dont ils pourraient devenir l'esclave. Ils s'assoiraient comme des statues face à un mur et peu importe le nombre de désirs qui les assailliraient, ils les repousseraient implacablement, un à un. « Même si nous sommes attachés à notre karma par dix mille liens, dit Gautama, nous pouvons les briser un à un. Quand nous aurons brisé le lien du dernier attachement, notre karma sera terminé, mais nous ne mourrons pas. »

Il croyait chacun des mots qu'il prononçait. Peut-être les cinq moines n'étaient-ils pas aussi convaincus, mais ils le suivirent. Ils s'assirent comme des statues en face d'un mur et ils attendirent. Gautama était si exalté qu'il espérait atteindre son but bientôt. Assaji ne voulait pas se prononcer. « Le malheur vient de ce que nos attentes ne se réalisent pas, lui rappela-t-il. Même ne rien espérer peut constituer un piège. »

Gautama s'inclina. « Je comprends », dit-il. Mais ce geste d'humilité cachait le feu qu'il ressentait à l'intérieur de lui. Selon les légendes, d'autres yogis avaient trouvé l'immortalité. Ils y avaient consacré tous leurs efforts et c'est ce que Gautama entendait faire. Il choisit un endroit éloigné où il ne pouvait s'abriter nulle part, s'assit sur le sol sans le nettoyer et attendit.

« Si tu dois partir, va-t'en, je n'ai pas besoin d'explication », dit Assaji. Il regardait Kondana avec douceur et ses yeux n'exprimaient aucun reproche. Kondana était le plus jeune des cinq moines, mais c'est lui qui s'était avéré le plus résistant.

« Tu connais déjà mes raisons. Regarde-le », protesta Kondana. Il montrait une forme noueuse reposant sur le sol, qui ressemblait tellement à du bois usé par l'eau et le vent qu'il devait parfois faire un effort pour se rappeler qu'il s'agissait bien d'une personne vivante – Gautama.

« Je ne peux pas rester et le regarder se tuer, dit Kondana. C'est comme regarder un cadavre se décomposer tandis qu'il respire encore. » Déjà, il était resté plus longtemps que les trois autres moines. Ils avaient tous fait preuve de beaucoup de courage. Depuis qu'ils avaient fait le vœu de suivre Gautama, ils avaient mis tous leurs efforts à atteindre l'illumination et cela durait depuis cinq ans.

« Il ne bouge plus jamais. Je me demande où il est », dit Assaji.

« Je pense qu'il est en enfer », dit Kondana lugubrement.

Toutes ces années d'austérités avaient donné des résultats. Au cours de leur méditation, ils avaient tous connu des expériences qu'ils n'auraient jamais crues possibles. Assaji lui-même avait visité la demeure des dieux. Il avait vu Shakti, la sinueuse compagne de Shiva, danser pour lui une danse où chacun de ses pas faisait trembler les mondes et où le tintement des clochettes à ses chevilles se transformait en étoiles. Il avait conversé avec les plus grands sages, comme Vasishtha, qui était pourtant mort depuis des siècles. Seul Gautama ne racontait jamais d'histoires de ce genre et, une fois que l'hiver se fut installé sur les hauts sommets de l'Himalaya, il fallut le forcer, pour assurer sa survie, à trouver un endroit où ils pourraient tous être mieux à l'abri. Gautama accepta avec réticence, à condition qu'il puisse continuer ses mortifications et que les cinq moines n'établissent aucun contact avec d'autres êtres humains.

Un homme émacié dont la peau s'est durcie en un cuir brun craquelé et qui a subsisté avec le dixième de la nourriture qu'on donne à un nouveau-né n'est pas un spectacle recommandé pour les yeux ordinaires. Certains l'auraient considéré comme un escroc, d'autres comme un fou. Les plus superstitieux auraient dit que c'était un saint. « Je ne sais plus qui je suis maintenant, disait Gautama. Mais je considère cela comme une bénédiction, parce qu'il ne m'a fallu que cinq ans pour savoir qui je n'étais pas. »

Assaji s'approcha de Gautama et, avec l'aide de Kondana, le réinstalla dans sa posture. Il était tombé durant la nuit. Lorsqu'il était plongé dans un samadhi aussi profond, rien du monde extérieur ne s'enregistrait en lui. Ce sont les autres moines qui le nourrissaient en lui ouvrant la bouche et en y plaçant un peu de riz déjà mâché. Ils le transportaient à la rivière pour le laver et le déplaçaient pour le mettre à l'abri du soleil brûlant. Tout ceci aurait pu faire croire que Gautama était désarmé et inerte. Mais Assaji savait que les apparences sont trompeuses. Gautama poursuivait une quête dont les origines se perdaient dans la nuit des temps.

Kondana mit ses sandales et enveloppa quelques petits fruits secs dans un coin de son châle. « Viens-tu avec moi ? » demanda-t-il à Assaji.

« Non. »

« Tu penses encore qu'il a une chance – qu'il pourrait réussir ? »

« Je ne dirais pas cela. »

Il n'y avait rien à ajouter. Kondana s'inclina devant Gautama et plaça une orchidée sauvage à ses pieds en signe de respect. Il ne se sentait désormais plus coupable d'avoir perdu espoir ; il était trop épuisé pour ressentir vraiment quoi que ce soit. Comme il s'apprêtait à quitter le campement, Assaji lui toucha l'épaule.

« Quand le moment sera venu, je t'enverrai chercher. Nous devrions tous les cinq ramener son corps à son peuple. »

Ce furent les derniers mots qu'Assaji prononça ou entendit durant les trois mois qui suivirent. Le printemps revint et chaque jour apportait une averse de fleurs blanc crème tombant des arbres *sal* qui couvraient les forêts du nord. Gautama n'avait pas changé. Parfois il lui arrivait de donner signe de vie. Assaji l'entendait se lever la nuit pour soulager ses besoins, mais rarement. Le niveau de l'eau baissait à peine dans la gourde qu'il déposait toujours à côté de son maître.

Finalement, ce fut le corps d'Assaji qui céda le premier. Seul dans la jungle, il tomba malade ; c'était sans doute un signe. Enveloppé dans son châle, il souffrit de fièvre et délira pendant cinq jours et cinq nuits. Quand la fièvre tomba, il se mit à frissonner, couvert de sueurs froides. Lentement son corps revint à la santé, mais avec celle-ci survint un changement inattendu. Assaji se mit à avoir faim de nouveau. Il rêvait d'un vrai repas et fouillait le sol de la forêt à la recherche d'un perroquet mort qu'il pourrait rapporter et faire cuire.

Si j'en suis réduit à désirer une aussi mauvaise nourriture, c'est que ma quête est terminée, pensa-t-il. Il n'était pas prêt à sombrer au niveau d'un sous-homme, même pour atteindre un but aussi extraordinaire que l'illumination. Il décida d'en parler à Gautama. Un bon matin, il s'accroupit devant son frère immobile et avec l'eau de sa gourde nettoya son visage couvert de poussière.

« Je m'en vais », dit-il. Aucun signe ne laissait deviner que Gautama l'avait entendu. « Je dois penser à mon âme. Si tu meurs et que je te laisse faire, mon péché sera aussi grand que si je commettais un meurtre. Je ne voudrais pas que tu en sois responsable. J'ai honte de parler de péché devant quelqu'un comme toi, mais il n'y aurait rien de honteux à ce que tu viennes avec moi. »

Une vague de culpabilité fit sentir à Assaji qu'il en avait déjà trop dit. Comme pour les autres moines, sa foi avait atteint ses limites. Il s'attarda encore quelques jours autour de leur campement. Il empila quelques fruits à côté de Gautama et assez d'eau pour une semaine. Quelle chose étrange que de savoir cette statue immobile encore vivante et de deviner que derrière son masque impassible se livrait une si terrible bataille. *Faites face au mur comme une statue et tenez bon*. Assaji se souvenait du cri de ralliement de Gautama, mais il ne pouvait plus le suivre maintenant. Il quitta le camp avant l'aube sans faire de bruit.

Gautama ne l'entendit pas partir ; il n'avait rien entendu depuis le moment où il avait été conscient – et encore, seulement aux franges de son esprit – que Kondana était parti. Cela n'avait pas d'importance. Il avait finalement compris que chacun suivait seul son chemin. Il y avait deux voyages qu'on ne pouvait faire que seul : le voyage vers la mort et le voyage vers l'illumination.

Au cours de ses méditations, il était parvenu au ciel bien avant les autres, mais il n'en avait rien dit. Il y avait vu une beauté éblouissante ; des êtres célestes dorés s'étaient matérialisés tout autour de lui, mais ensuite il avait choisi une route différente de celle de ses compagnons. Il avait tourné le dos aux êtres célestes. « J'ai déjà connu le plaisir. À quoi bon en chercher davantage ? »

« Il s'agit d'un plaisir divin », dirent les êtres célestes.

« Que je pourrai apprécier pour toujours seulement une fois que je serai mort, dit Gautama. Pour moi, cela ne vaut pas mieux qu'une malédiction. » Il s'éloigna et demanda à voir plus de souffrance.

C'est ainsi qu'il arriva aux portes de l'enfer, derrière lesquelles il put apercevoir les tourments terrifiants qui attendaient les damnés. Mais aucun démon ne vint l'accueillir. Il entendit plutôt ces mots : « Aucun péché ne t'amène ici. N'entre pas. »

Il entra malgré tout, de son plein gré. *J'ai déjà connu la peur,* pensa-t-il. *Et la peur est l'arme principale de la mort. Expérimentons le pire des tourments et alors la peur perdra son emprise sur moi.*

La phase des supplices infernaux dura longtemps parce que chaque matin ses os brisés et sa peau écorchée se reformaient. « Où est Mara ? demandait Gautama. Je dois voir ce qu'il peut faire de pire lui aussi. » Mais pour une raison inconnue, Mara hésitait et ne se montrait pas. Gautama se demandait si c'était un piège, mais au bout d'un certain temps les tourments devinrent une routine et il commença à s'ennuyer. Un matin les démons ne furent pas au rendez-vous et toutes les scènes de l'enfer disparurent alors, laissant place à un silence noir et immobile.

Gautama attendit encore. Il savait qu'il avait vaincu toutes les formes de souffrances qu'il pouvait imaginer. Son corps ne ressentait plus la douleur ; son esprit ne créait plus un seul désir. Et pourtant aucun signe ne venait attester qu'il avait atteint son but. Comme une calme nuit sans fin, il baignait dans le silence. Gautama décida d'ouvrir les yeux.

Au début, il n'y eut que la sensation estompée d'être enveloppé dans une couverture et au bout d'un moment il se rendit compte que c'était son corps. Il regarda autour de lui. C'était en plein midi, mais quelqu'un l'avait placé sous le couvert d'ombre de la jungle où aucun rayon de soleil ne pénétrait. Se regardant lui-même, Gautama vit deux bâtons croisés. Des jambes. Deux pattes de singes sèches. Des mains. Il remarqua une pile de fruits qui pourrissaient à côté de lui, couverts de fourmis et de guêpes. Tout à coup, il se rendit compte qu'il avait soif. Il tendit la main vers sa gourde, mais les dernières gouttes d'eau qui restaient à l'intérieur étaient vertes et remplies de larves de moustiques.

À mesure qu'il s'habituait à être de nouveau dans son corps, il se rendait compte qu'il était à bout de forces. Pourtant tout ce à quoi il pouvait penser était de retrouver les cinq moines pour leur dire qu'il avait atteint l'illumination. Il essaya de décroiser ses jambes-bâtons

et de se lever, mais quand il les déplaça d'un centimètre, ses muscles décharnés se crispèrent douloureusement. Il les regarda avec un léger froncement de sourcil, comme un nouveau père qui se sent impuissant devant son bébé qui pleure.

Gautama n'éprouvait aucune sympathie pour son corps, mais il devait s'en accommoder. Il força ses membres à bouger et commença lentement à ramper sur le sol de la forêt. Le sol était humide et chaud ; sous son corps, il sentait les insectes, les champignons et les roches. Il pouvait entendre l'eau qui coulait tout près. Il sentait son corps désespérément assoiffé. Peut-être atteindrait-il l'eau à temps, peut-être pas. Il continua à ramper mais le sol de la forêt bougeait à peine sous lui maintenant. Il pouvait presque compter chaque insecte que son corps écrasait. Un petit serpent coloré, d'un rouge brillant, s'éloigna en glissant juste devant son visage. L'air devint totalement immobile et avancer encore, même en rampant, devint impossible.

Étendu sur le sol, il se rendit compte qu'il n'avait jamais pensé que l'illumination serait la dernière chose à lui arriver avant de mourir.

Troisième partie

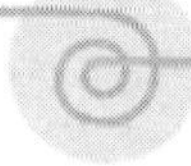

Bouddha

Chapitre 16

Tandis qu'il demeurait là, étendu sans bouger sur le sol, Gautama eut vaguement conscience qu'une ombre s'était penchée sur lui. Quand elle bougea, il supposa que c'était l'ombre d'un gros animal, un prédateur attiré par son odeur. La bête était fort probablement affamée et pourtant Gautama semblait totalement indifférent à la façon dont allait se terminer son séjour sur terre.

« S'il te plaît, ne meurs pas. »

Entendant la voix d'une jeune fille, il ouvrit les yeux presque malgré lui. Elle fut surprise et eut un mouvement de recul, soudain intimidée. Elle ne devait pas avoir plus de seize ans et elle était seule. Gautama referma les yeux et, convaincu qu'elle aurait peur de lui, attendit qu'elle s'éloigne. Mais au lieu de cela, il sentit des mains chaudes qui glissaient doucement sur ses joues. La jeune fille lui souleva légèrement la tête et essuya la poussière sur son visage avec un coin de son sari. Un sari d'un bleu éteint et usé à la corde, le sari d'une jeune fille pauvre.

« Là. »

Elle appuyait quelque chose contre sa bouche. Un bol, dont le bord blessa ses lèvres sèches et gercées. Gautama secoua la tête et un son rauque sortit de sa gorge :

« Non. »

La fille demanda : « Êtes-vous un dieu ? »

Gautama eut l'impression qu'il délirait : ce que racontait cette fille n'avait aucun sens. Elle ajouta : « Je suis venue ici pour recevoir la bénédiction du dieu qui vit près de la rivière. Je me marie le mois prochain. »

Un dieu ? Gautama n'arrivait même pas à trouver cela drôle. Il laissa retomber sa tête et son visage vint reposer sur le sol chaud de la jungle. Mais les privations l'avaient beaucoup affaibli et il ne put opposer aucune résistance quand la jeune fille le retourna puis le souleva et le retint, assis, entre ses bras. Elle faisait tout cela sans effort.

« Il le faut. » Elle approchait à nouveau le bol de sa bouche. « Ne sois pas si têtu. Si mon offrande convient à un dieu, tu ne mérites pas mieux que lui, non ? »

Gautama sentit un sourire monter en lui. « Va trouver ton dieu », marmonna-t-il. Il serra les mâchoires pour l'empêcher de le forcer à avaler. Que voulait-elle ? Il n'y avait aucune raison pour qu'elle soit là. « Je ne t'abandonnerai pas ici, dit-elle. Je ne voudrais pas que les gens disent que Sujata a pu laisser faire une chose pareille. »

Sortant de sa torpeur, Gautama retrouva d'un coup toute sa lucidité. Ce qu'elle venait de dire lui paraissait inconcevable. « Répète-moi ton nom. »

« Sujata. Pourquoi ? Qu'y a-t-il ? »

Des larmes ruisselaient sur les joues du moribond. Entre les bras de la jeune fille, son corps émacié se mit à trembler. Elle se sentait terriblement malheureuse pour lui. Lentement, il ouvrit la bouche et Sujata y glissa un peu de nourriture, du riz doux au lait qu'elle avait préparé pour le dieu de la rivière. Le vieil homme avala une autre bouchée. Il avait cessé de s'entêter, même si la fille ignorait totalement la cause de ce changement d'attitude.

D'une voix brisée, il murmura : « Qu'est-ce que j'ai fait ? »

« Je n'en sais rien », dit la fille, perplexe. Mais sa timidité était disparue et elle n'avait plus peur de lui. « Je vais te ramener chez toi. Pourras-tu marcher ? »

« Bientôt », dit Gautama. Avec difficulté, il avala lentement le reste du riz. Puis Sujata le laissa un moment et revint avec de l'eau. Il but avidement, ses lèvres gercées se mettant à saigner dès qu'il ouvrait la bouche.

« Je vais te transporter aussi loin que je peux, puis j'irai chercher mon frère », dit Sujata. Avec douceur, elle souleva Gautama et le remit sur ses pieds. Ses jambes paraissaient si fragiles qu'on aurait dit qu'elles allaient casser net. Il était incapable de marcher seul, mais il était si léger que la fille pouvait le soutenir sur son épaule. Ensemble, ils se traînèrent le long de la piste étroite qu'elle avait empruntée pour venir à la rivière. Ils atteignirent finalement une route et Sujata l'installa sous un arbre, appuyé contre le tronc comme une poupée de chiffon.

« Attends ici. Ne laisse personne te déplacer. »

Des larmes se remirent à couler sur ses joues. Sujata trouvait difficile de le regarder; elle se dépêcha à partir, disparaissant bientôt hors de sa vue, cachée par un virage de la route. Gautama aurait aimé qu'elle reste, il se sentait soudain seul et malheureux. *Sujata.* Il n'avait pas entendu ce nom depuis quinze ans, mais il ne l'avait pas oublié. C'est pour cela qu'il pleurait, parce que cinq années d'austérités n'avaient pas suffi à effacer son passé. Des flots de souvenirs affluèrent à son esprit: sa première rencontre avec Sujata, le jour de son dix-huitième anniversaire et le costume qu'il portait, un costume qui aurait mieux convenu à un éléphant. Le turban rouge qu'il avait lui-même enroulé autour de sa tête. L'excitation qu'il avait dû réprimer quand il avait senti le désir monter en lui. À mesure que ses souvenirs lui revenaient, c'était comme si une fleur desséchée au milieu d'un désert reprenait vie sous la pluie du printemps. Son esprit s'ouvrait par couches successives, ramenant le passé image après image, et avec elles les émotions qu'il avait voulu supprimer. Mais il était si déshydraté que bientôt ses yeux furent à sec et les larmes cessèrent de couler.

Gautama pencha la tête vers l'arrière et regarda la jungle. La jungle resta la jungle. Ce n'était ni un refuge amical ni un enfer menaçant. Les fleurs ne souriaient pas, l'air n'était pas voluptueusement chaud, humide et enveloppant. Tout ce qu'il vit, ce fut le visage sans expression, vide, neutre de la Nature et une vague d'horreur le traversa. Il eut envie de vomir mais avec un effort de volonté, il réussit à garder le riz et l'eau qu'il avait absorbés. Aussi faible fut-il, il demeurait malgré tout confusément conscient et sa conscience lui disait de continuer à vivre. Il n'avait pas vaincu le karma mais le karma ne l'avait pas vaincu non plus.

La lumière se mit tout à coup à baisser. Sachant qu'il était près de midi, Gautama en tira la conclusion qu'il devait être en train de s'évanouir. Sa tête devint légère; une sueur froide perla sur sa poitrine. C'était un grand soulagement de perdre conscience, aussi s'abandonna-t-il sans remords à cette sensation de tomber sans fin. Des perroquets écarlates s'injuriaient à tue-tête au-dessus de lui; étendu sur le sol, il ne bougeait pas, si immobile que quelques singes curieux commencèrent à s'approcher avec prudence. Gautama n'en avait pas conscience. Son esprit était absorbé tout entier par le visage de Ganaka, qu'il voyait très clairement. Son visage exprimait une émotion qu'il ne parvenait pas à déchiffrer. Tristesse? Mépris? Compassion? Quel que fut le sentiment en question, la noirceur tout à coup l'avala.

La cabane de Sujata était misérable et ses murs de boue fissurés. Elle était fort mal protégée contre les intempéries, ce qui signifiait que le beau temps aussi pouvait y entrer à volonté. Sans s'en rendre compte, Gautama était resté au lit plusieurs semaines, faible et fiévreux. Puis un matin, une fleur blanche et légère se détacha d'un arbre *sal*, descendit en flottant doucement à travers les arbres, glissa de côté sur un courant d'air et pénétra dans la cabane à travers une ouverture béante dans un des murs. Elle se posa directement sur le visage de Gautama et y resta. Le parfum lui fit ouvrir les yeux.

« Est-ce qu'il n'est pas mignon ? »

Sujata s'empara de la fleur en riant et, la plaçant sous son nez, en huma l'odeur sucrée. « Merci, noble seigneur », dit-elle avant de l'épingler derrière son oreille. Sujata assumait ses devoirs d'infirmière avec gaieté, cachant à son patient les inquiétudes qu'il lui causait.

« Rien ne me paraît mignon », dit Gautama, qui avait pris l'habitude de dire ce qu'il pensait.

« Je ne te crois pas », dit Sujata.

Ils passaient tous les jours de longs moments ensemble, seuls tous les deux. La cabane avait été abandonnée après la mort de la grand-mère de Sujata et celle-ci avait supplié sa famille de laisser l'étranger y poursuivre sa convalescence. Comme, de toute façon, sa famille ne voulait pas avoir sous les yeux ce squelette recouvert de peau, Sujata obtint ce qu'elle demandait sans difficulté.

Gautama se souleva sur ses coudes. C'était le plus gros effort qu'il ait fourni depuis qu'il était là. « Je veux aller dehors. »

« Je ne t'en empêche pas », dit Sujata d'un ton faussement détaché.

Gautama eut un sourire désabusé. « Depuis quand es-tu devenue si cruelle ? » Il retomba sur son oreiller. Elle avait raison ; il n'était pas encore assez fort pour sortir au soleil même si on l'aidait. « Est-ce que tu continues à compter les jours ? »

Sujata jeta un coup d'œil vers un morceau d'écorce clouée sur un des murs ; vingt X y étaient gravés. « Là, tu vois ? »

« Tu dois en avoir oublié quelques-uns. Est-ce que ça ne fait pas plutôt un mois, ou peut-être trois ? »

Ne voulant pas que Gautama sache qu'il était malade depuis cinq semaines, Sujata se défendit. « J'aurais perdu mon fiancé si ça durait depuis trois mois. C'est déjà assez compliqué comme ça. » Elle commença à le nourrir avec une mixture de riz bouilli et de lentilles. En fait, elle n'avait pas à se plaindre. Son fiancé avait bon cœur et attendre encore un peu ne le dérangeait pas trop; ils étaient fiancés depuis qu'elle avait onze ans.

« Retourneras-tu chez toi lorsque tu iras mieux ? » demanda-t-elle.

Gautama détourna le visage, esquivant la bouchée de nourriture qu'elle se préparait à lui faire manger. « Je suis désolée, dit Sujata. J'oubliais que tu as prononcé tes vœux. »

Il la regarda, sérieux. « Respecterais-tu un homme qui resterait fidèle à ses vœux même s'il devait en mourir ? »

« Tu parles de toi ? » Elle secoua la tête. « Non. »

Gautama était aussi passif et dépendant qu'un bébé mais cela ne le dérangeait pas. Tout ce qu'il savait faire se résumait, en gros, à ne pas bouger et à se tenir tranquille. De l'illumination il ne restait pas la moindre miette, pas le moindre éclat. Les dieux s'étaient bien amusés. Maintenant il n'était plus qu'un pauvre hère affamé et confus qu'on avait retrouvé mourant dans la forêt.

Parce que Gautama mettait beaucoup de temps à guérir, le temps se mit à passer au ralenti. L'avant-midi, il pouvait rester une heure à ne rien faire, observant la progression d'un rayon de soleil glissant lentement sur le sol. Des grains de poussière flottaient dans la lumière et un verset sacré lui venait à l'esprit. « Les mondes vont et viennent comme des grains de poussière dans la lumière d'un rayon de soleil qui s'infiltre par un trou dans la toiture. » Il avait toujours aimé cette phrase; maintenant elle lui paraissait fade. Chaque jour il reprenait des forces, mais à l'intérieur de lui l'horreur était toujours là. Où qu'il posât les yeux, la Nature continuait à lui offrir son visage vide, neutre, indifférent. Il regardait les plaies sur sa peau, le soleil resplendissant par la fenêtre ouverte, le visage de Sujata, la fleur de sal sur son oreille. Tout était pareil, ennuyant, inutile. Rien.

« À partir de ce soir, je recommence à me nourrir moi-même, annonça Gautama. Et demain je vais dehors, même s'il faut que tu me portes. »

Sujata sourit. « Tu es devenu bien trop gros. Je ne serais pas capable. »

Parce qu'il ne pouvait plus s'empêcher de dire ce qu'il pensait, Gautama ajouta : « Sais-tu que tu es merveilleusement belle ? »

« Oh ! » Sujata venait de prendre un balai pour nettoyer le sol de terre battue. Ses cheveux étaient grossièrement rattachés derrière sa tête; elle était trop pauvre pour s'acheter du maquillage et, quand elle savait que son fiancé allait venir, elle utilisait de la teinture faite avec de petits fruits pour mettre un peu de rouge sur ses joues. « Pourquoi dis-tu cela ? Tu viens de dire que tu avais prononcé tes vœux. » Elle avait l'air à la fois embarrassée et mécontente.

« Mes vœux sont sûrement très puissants. Car je constate que tu es belle mais cela me laisse totalement indifférent. »

Sujata eut l'air plus mécontente encore. Lui tournant le dos, elle se mit à balayer le sol avec vigueur, faisant voler des nuages de poussière. Pendant une bonne demi-heure, ils n'échangèrent pas un mot. Puis deux singes qui se battaient dans la cour firent rire Sujata et quand elle rajusta le lit de Gautama, ses yeux étaient pleins de douceur, sans la moindre trace de rancune.

Comme il l'avait annoncé, Gautama commença à se nourrir lui-même et le lendemain, avec l'aide de Sujata, il put sortir de la cabane sur ses jambes chancelantes. Il n'était plus tout mou comme une poupée de chiffon et il pouvait s'installer sur une chaise d'osier plutôt que s'appuyer contre un arbre. Sujata était étonnée de voir qu'il se souciait peu qu'elle l'installe à l'ombre ou au soleil. Un jour, elle le trouva au jardin ; à la recherche de nourriture, il avait marché sans le savoir sur des araignées rouges et une centaine d'entre elles grimpaient maintenant à l'assaut le long de ses jambes en le mordant férocement. Gautama ne bougeait pas ; il ne les regardait même pas.

Balayant les fourmis de la main en même temps que le sang laissé par leurs morsures, Sujata dit : « Regarde dans quel état tu t'es mis ! Je ne t'ai pas tiré de la forêt pour que tu te désintéresses de tout. Trouve quelque chose, et vite. » Elle détourna la tête et se mit à pleurer.

« Je ferais ce que tu me demandes si je le pouvais, dit Gautama. Je te dois tout. »

Il parlait d'une voix humble et sincère, mais en lui-même il se sentait aussi peu concerné par la détresse de Sujata que par tout le reste. Sujata le sentit, sans aucun doute. Sinon comment expliquer le fait qu'en se réveillant le lendemain, il trouva la cabane vide ? Elle avait laissé des bols avec de la nourriture mais rien d'autre. La porte était fermée, le sol, qu'elle venait de laver, encore mouillé. Gautama enregistra tout cela et attendit. Comme un spectateur impartial observant un pur étranger, il se demandait si son esprit allait être triste, ou s'il se sentirait abandonné. Rien de tout cela ne se produisant, il alla dehors regarder les nuages, comme il le faisait tous les jours.

À mesure qu'il reprenait des forces, il se sentait de plus en plus loin de ce moine intransigeant qui était prêt à mourir pour Dieu. Il avait cessé d'être un zélateur, mais il n'avait rien trouvé à mettre à la place. Il détacha les yeux d'un nuage en forme de bosse de chameau et regarda ses mains. Elles étaient moins osseuses maintenant, et ses bras et ses jambes décharnés s'étaient aussi remplumés. Il essaya de se rappeler son âge. Trente-cinq ans lui parut vraisemblable. Assez jeune pour se trouver un travail honnête ou pour retourner à la vie de moine, ou même pour rentrer chez lui et redevenir le bon prince qu'il était.

Le moment était venu pour lui de se décider puisqu'il ne pouvait rester plus longtemps seul dans la cabane de Sujata. Pourtant, choisir lui paraissait impossible. Il se sentait vide. Au mieux, il était un nuage éthéré, errant à la dérive comme ceux qu'il regardait. Au bout d'un moment, Gautama décida de faire comme les nuages et de n'aller nulle part en particulier. Il nettoya la cabane, effaçant toute trace de son passage, referma la porte derrière lui et s'en alla.

Quand ses sandales reprirent contact avec la poussière battue de la route, son pas retrouva naturellement son allure familière. Il rencontra bientôt d'autres voyageurs, mais ils ne firent pas attention à lui. Peut-être avait-il perdu toute présence réelle, ou peut-être était-ce simplement à cause de son apparence misérable. Gautama observait le spectacle de la jungle – les oiseaux, les animaux, le soleil qui projetait des jets de lumière étincelante sous l'épaisse couverture de feuillage immobile – et il avait l'impression que chaque sensation passait à travers lui. *Je suis eau*, pensait-il. *Je suis air.*

Ce n'était pas désagréable. S'il devait passer le reste de sa vie dans cet état de vide, se sentir transparent n'était pas la pire des choses. Il marcha encore un peu et une autre pensée lui vint. *Je ne souffre pas.* Quand donc avait-il cessé de souffrir ? Il ne le savait pas, parce que son corps avait supporté trop de douleur durant toutes ces semaines et cela l'avait distrait. La douleur physique n'était pas la même chose que la souffrance, il s'en rendait compte. La souffrance arrive à une personne et il était plutôt certain qu'il était devenu quelque chose de nouveau, une non-personne.

Il contempla longuement le coucher du soleil, ses rayons rouges et or éclatant à travers de gros nuages blancs. Apercevant au loin la cime d'un grand arbre qui dominait tous les autres, il se dirigea vers lui. Autour de l'arbre, la terre était molle et spongieuse, propre et sans moisissure. Levant la tête, il vit que cet arbre était une sorte de figuier appelé « pipal ». Rapidement le ciel s'obscurcit ; bientôt il devint presque impossible de voir les taches saphir du ciel entre les silhouettes noires des feuilles. Gautama s'assit pour méditer.

manda si une non-personne avait besoin de méditer et au
lui sembla que la réponse était non. Quand il ferma les yeux, il ne s'enfonça pas dans un silence rassurant et frais. Il eut plutôt l'impression de se retrouver dans une caverne sans lumière où il n'y avait pas de différence entre avoir les yeux ouverts ou fermés. Mais puisqu'il n'avait rien à faire et nulle part où aller, il décida que la méditation valait aussi bien qu'autre chose. Il aperçut la lune décroissante, encore aux trois quarts pleine. Vaguement il songea qu'il serait agréable d'être la lune. Puis il le fut.

Cela n'arriva pas tout de suite. Il était assis et la lune se changea en un mince croissant de lumière, puis en un fil lumineux dans le ciel, avant de se mettre à croître à nouveau. Il ne la regardait qu'une fois par nuit, juste un instant ; le reste du temps, il gardait les yeux fermés. Rien ne changeait à l'intérieur de lui. Sept semaines s'écoulèrent ainsi, Gautama le sut au mouvement de la lune.

« Je suis là. Tu peux ouvrir les yeux maintenant. »

Gautama, ayant dépassé le stade où l'on se fait des illusions, se dit que la voix devait être réelle et il ouvrit les yeux. Un yogi portant une barbe et de longs cheveux bouclés l'avait découvert et, assis sous un arbre, jambes croisées, il attendait. La lune éclairait suffisamment pour qu'il puisse reconnaître le visage du malheureux moine Ganaka.

« Tu n'as pas besoin de te déguiser, dit Gautama. Je m'attendais à te voir, Mara. »

« Vraiment ? » La forme de Ganaka sourit. « Je ne voulais pas te faire peur. Je suis, comme tu le sais, foncièrement aimable. »

« Assez aimable pour te présenter à moi sous cette apparence qui me remplit de tristesse ? Mais je suis au-delà de la tristesse », dit Gautama.

« Alors considère plutôt cette apparence comme une salutation de Ganaka. Je le connais bien, dit Mara. Il est sous mes bons soins à présent. »

« Il doit donc se trouver dans un lieu de supplices. Mais je suis au-delà de l'horreur maintenant. Alors dis-moi rapidement pourquoi tu es venu, avec quelques mensonges au besoin. »

« Je suis venu t'enseigner. Souviens-toi, c'est ce que je t'ai proposé quand tu étais tout jeune, dit Mara. Mais tu t'es mépris sur mon compte, comme tout le monde. Aujourd'hui tu dois être plus sage. »

« Tu crois qu'il est plus sage de suivre les enseignements d'un démon ? » Pendant qu'il badinait ainsi avec lui, Gautama n'éprouvait aucun sentiment particulier à l'endroit de Mara, ni peur ni aversion. Il ne se demandait même pas pourquoi le démon était venu le chercher jusqu'ici, si ce n'est vaguement, comme un faible mouvement à la frange de son esprit.

« Tu me juges mal encore une fois, dit Mara d'une voix enjôleuse. Je connais les secrets de l'univers. Aucune connaissance ne peut m'être cachée puisque mon rôle est de voir dans les secrets de chaque âme. Je partagerai avec toi tout ce que je sais. »

« Non. »

« J'ai mal entendu. Depuis que je te connais, tu cherches passionnément la connaissance. Cela se voit dans tes yeux. Pourquoi te détourner de moi maintenant ? Je suis plus grand que ces yogis avec lesquels tu as perdu ton temps », dit le démon.

« Celui qui voulait tout savoir n'existe plus, dit Gautama. Je n'ai plus de questions. »

« L'entêtement ne te va pas du tout, mon ami. Je suis déçu. » Mara parlait d'une voix douce et pleine d'assurance, mais Gautama était assis suffisamment près de lui pour sentir que le corps du démon tremblait d'une rage contenue. Mara dit : « Je croyais que tu étais supérieur aux autres âmes. Mais puisque tu insistes pour devenir ordinaire, laisse-moi satisfaire tes véritables désirs. »

Des éclats de rire accueillirent ces paroles. Sortant de la forêt, trois superbes jeunes femmes apparurent, portant des lampes à l'huile ; l'encens s'élevait en volutes autour d'elles. Tandis que Gautama les observait, un bassin d'eau claire apparut. Les femmes commencèrent à se dévêtir, lui lançant des œillades et gloussant doucement.

« Mes trois filles, dit Mara. Elles séduisent tous les hommes, alors pourquoi faire semblant ? Tu les désires. »

Les femmes avaient une peau pâle et soyeuse et des seins bien ronds. Gautama les regarda se baigner et prendre les poses les plus provocantes qu'elles connaissaient ; elles avaient des mains délicates et la façon dont elles se caressaient elles-mêmes n'avait rien de vraiment obscène.

« Je leur ai dit que tu n'étais pas vulgaire mais, comme tu peux voir, elles se plieront à tes tous désirs », dit Mara.

« Oui, je vois, dit Gautama. L'homme que j'étais autrefois et qui avait une épouse n'existe plus. Je peux donc accepter tes filles comme nouvelles épouses. Dis-leur de s'approcher. »

Mara sourit avec satisfaction. Les trois femmes sortirent du bassin et se drapèrent dans des saris de gaze à travers lesquels la lumière de la lune dévoilait les formes de leurs corps nus. Mara fit un geste et la première de ses filles s'inclina avec soumission devant Gautama.

« Quel est ton nom, jeune beauté ? » demanda Gautama.

« Je m'appelle Tanha. »

« Tanha, ton nom signifie "désir". Je veux bien te prendre pour épouse, mais malheureusement je n'éprouve aucun désir pour toi. Si tu deviens ma femme, tu ne ressentiras plus jamais de désir ni ne te sentiras plus jamais désirée. Cela te semble-t-il acceptable ? »

Le joli visage de Tanha se transforma tout à coup en une horrible figure de démon aux dents pointues et en poussant un hurlement elle disparut de sa vue.

« Présente-moi ta seconde fille », dit Gautama. Mara, l'air mécontent, fit un geste brusque de la main et la seconde jeune femme s'agenouilla devant eux.

« Quel est ton nom, jeune beauté ? » demanda Gautama.

« Raga. »

« Raga, ton nom veut dire "convoitise". Je suis un homme et je suis sensible à tes attraits. Je te prendrai pour femme, mais si nous nous épousons, tu devras respecter les vœux que j'ai faits. Ton cœur plein de feu deviendra aussi froid que la glace, tu ne convoiteras plus rien ni ne sera plus jamais l'objet de convoitise. Cela te semble-t-il acceptable ? »

En un éclair, Raga se transforma en une boule de feu et se précipita sur Gautama pour essayer de le brûler. Mais le feu passa à travers lui sans le toucher et disparut.

« Présente-moi ta dernière fille, dit Gautama. Les deux premières ne sont pas pour moi. »

Enragé, Mara bondit sur ses pieds. « Tu traites fort mal mes adorables filles. Elles ne veulent que te faire plaisir et en retour tu les insultes avec méchanceté. »

« Mais ta troisième fille est si belle, il est impossible que je puisse mal agir avec elle. Présente-la moi. Je suis sûr que nous nous épouserons », dit Gautama d'un ton aimable. Méfiant, Mara le regarda d'un œil sombre mais fit quand même un petit geste en direction de sa troisième fille qui à son tour vint s'incliner devant eux.

« Ne me demande pas mon nom, dit-elle. Je suis libre de tout désir et de toute convoitise. Tu m'es aussi indifférent que je te suis indifférente. Nous nous accorderons parfaitement l'un à l'autre. »

« Tu es très subtile, dit Gautama, mais je connais déjà ton nom. Tu t'appelles Arati, ce qui veut dire "dégoût". Tu ne désires rien parce que tu détestes tout. Je veux bien te prendre pour épouse, mais à condition que tu t'ouvres à l'amour. Cela te semble-t-il acceptable ? »

Arati parut saisie d'un indicible dégoût. Alarmé, Mara tendit les bras pour la retenir, mais il était trop tard. En un éclair, elle disparut comme les deux autres. Mara poussa un hurlement de plus en plus fort et de plus en plus féroce qui finit par emplir toute la forêt. Se débarrassant de la forme de Ganaka, il se mit à enfler et à grandir. Puis ses quatre horribles visages apparurent et se mirent à tourner.

« Très bien, dit Gautama. Je vais enfin te voir tel que tu es réellement. »

« Arrogant ! cria Mara. Tu me verras, d'accord, mais au moment où tu me verras, tu mourras. »

Il se mit à tracer dans l'air des signes mystérieux que Gautama ne comprenait pas et comme par magie le royaume de l'enfer descendit sur terre. Le sol de la forêt grouillait de démons qui avaient pris la forme de serpents, qui se glissaient sur les genoux de Gautama, et de chauves-souris qui essayaient de lui mordre le visage. Un troupeau d'éléphants surgit en fracassant les arbres sur son passage et en piétinant les démons d'âmes damnées dont ils écrasaient les corps sous leurs pieds. Le monde infernal étant constitué des formes les plus dégoûtantes et les plus terrifiantes que l'esprit humain puisse concevoir, il n'y avait pas de fin aux vagues successives des sujets de Mara qui surgissaient sous la lumière de la lune.

Mara lui-même chevauchait un énorme éléphant mâle qui serrait entre ses mâchoires des âmes tordues par la douleur. Au début, il se tint à distance, attendant que son armée anéantisse Gautama en l'aspirant dans un maelström de souffrances. Mais quand il vit le regard calme et serein de Gautama, Mara devint nerveux.

« Résiste-moi tant que tu voudras. Je ne m'en irai jamais et mes sujets non plus. Ce spectacle est celui que tu auras sous les yeux pour le reste de tes jours. »

« Je ne te résiste pas. Vous êtes tous les bienvenus et je vous invite à rester, dit Gautama. Vous ne pouvez pas attaquer quelqu'un qui n'est pas là et je ne suis pas là. »

« Pas ici ? dit Mara. Tu es fou. »

« Ou peut-être est-ce simplement que je n'ai pas d'âme. Ne faut-il pas posséder une âme pour être damné ? »

Le calme de Gautama ne faisait pas que rendre le roi des démons furieux, il provoquait aussi la disparition de ses suppôts, qui s'effaçaient peu à peu comme les silhouettes des marionnettes dans un théâtre d'ombres ou comme un éclair de chaleur dans un nuage d'été.

« Fais-en toi-même la preuve, dit Gautama. Si tu peux trouver mon âme, elle est à toi. Quant à moi, j'ai cessé de m'en préoccuper. »

Mara sauta en bas de son éléphant et s'accroupit sur le sol face à Gautama. « Marché conclu ! » dit-il entre ses dents. Il n'avait jamais rencontré une seule créature, mortelle ou divine, qui n'ait une âme et maintenant ce fou lui abandonnait librement la sienne. « Tu es à moi et je te réclamerai quand bon me semblera. » Tous les autres spectres étaient disparus à présent. Les quatre terribles visages de Mara s'attardèrent encore quelques secondes avant qu'il ne disparaisse à son tour.

Gautama doutait qu'il le reverrait jamais. L'existence de son âme, comme tout le reste, n'avait plus pour lui aucun intérêt. Seul le détachement total pouvait guérir du karma. Et pourtant le souffle du désir dit encore doucement : « Ne me tue pas. Aie pitié. Confie-moi même le plus petit de tes souhaits. »

Alors, il leva les yeux et il se souvint de la lune. Elle était parfaitement pleine et semblait flotter sur le sommet des arbres.

« J'aimerais devenir la lune, répondit Gautama. Ici-bas, il n'y a plus rien que je désire. »

Tout ce qu'il avait souhaité, c'était d'avoir le contrôle sur sa destinée. C'était le vœu le plus simple qu'un homme puisse former et pourtant ce vœu avait été pour lui une source de peur et d'incertitude durant toute sa vie. Tout le monde lui avait dit, de façon directe ou indirecte, que ce qu'il désirait était impossible. Encore maintenant, Gautama percevait en lui une résistance, comme si les dieux allaient le détruire sur le champ pour avoir usurpé leur pouvoir. Mais au lieu de cela, il sentit le dernier voile s'effacer devant son esprit, une sensation cent fois plus délicate que de laisser tomber un voile de gaze ou un sari de tulle. Puis il devint la lune et ressentit ce que la lune ressentait. Il n'y avait pas de mots pour exprimer ce sentiment : une sérénité qui s'enthousiasmait de sa propre existence, une attention centrée uniquement sur la lumière. Gautama était conscient de ce qui faisait partie de cette sensation, pourtant la chose elle-même était ineffable.

La lune semblait savoir qu'il était arrivé et il la sentit s'incliner devant lui. *J'ai attendu*. Il fouilla l'espace du regard et ces mots semblaient venir de partout, pas seulement de la lune mais aussi des étoiles et de la noirceur entre les étoiles. Son cœur se gonfla de joie.

J'ai attendu aussi.

Le ciel se pencha pour l'envelopper. Maintenant il comprenait pourquoi il lui avait fallu devenir une non-personne. Il fallait être nu. C'est seulement devant l'innocence que le masque tombe. *C'est donc ça*, pensa-t-il. *La vérité*. Gautama donna à son cœur la permission de se déployer au-delà du ciel. Il ne savait pas ce qu'il y avait au-delà, où jusqu'où il pourrait aller. Il avait trouvé sa liberté et dans la liberté tout était permis.

Chapitre 17

Le lever du soleil trouva Gautama toujours assis au pied du figuier sur le sol doux et spongieux. Il se leva et essaya de marcher. C'était une étrange sensation – tandis qu'il marchait à travers la forêt, il avait l'impression que la forêt passait à travers lui. Sa respiration se mêlait à la sienne ; ses arbres et ses vignes étaient le prolongement de son corps. Il pouvait sentir le vent souffler à travers le feuillage mouvant qui se balançait au-dessus de sa tête.

Gautama savait que tout avait changé pour toujours. À partir de maintenant, vivre dans le monde physique serait comme un rêve. Il pourrait faire apparaître et disparaître les choses aussi facilement qu'un rêveur le fait. Un château d'or ou une couronne d'anges voletant autour de sa tête, des étoiles explosant en éclats de lumière blanche ou un faon se nichant sur ses genoux pour dormir – tout cela apparaissait instantanément aussitôt qu'il le pensait.

Maintenant il pouvait demeurer assis sous le figuier, silencieux et immobile, et ne jamais retourner dans le monde. Il avait terminé son voyage. Mais il avait encore le choix. Rester ou partir ?

Tous ceux qu'il avait connus autrefois avaient abandonné depuis longtemps tout espoir de le revoir. Et s'il réapparaissait tout à coup, comment expliquerait-il ce qu'il était devenu ? Les prêtres l'accuseraient d'être un charlatan. Les grandes âmes ne sont en sûreté qu'aussi longtemps qu'elles demeurent plongées dans les Écritures.

Gautama trouvait ce choix difficile. Plusieurs fois, le matin, il sentit que quelqu'un pensait à lui. Yashodhara. En même temps que son nom résonnait en lui, Gautama la voyait clairement. Sa femme était assise dans sa chambre, seule, cousant devant la fenêtre ouverte. Souvent Gautama avait imaginé son visage au cours de ses voyages de moine itinérant, mais cette fois-ci quelque chose avait changé. Il était dans la chambre avec elle, il sentait son désir et c'est toujours lui qu'elle désirait. Quelqu'un, finalement, ne l'avait pas oublié.

Gautama pensa ensuite à d'autres personnes et de la même façon il se retrouva avec elles. Channa était à l'écurie, en train de seller un cheval de guerre à la robe rouan et Gautama sentit qu'il était maintenant le maître des lieux; le vieux Bikram était mort. Suddhodana dormait, seul, les rideaux tirés. Il essayait d'échapper à un mauvais rêve qui l'avait entraîné sur les lieux d'une ancienne bataille.

Gautama pouvait aller absolument partout où il voulait. Simplement en pensant aux gens, il pouvait toucher leur esprit. Tout le monde ne l'écoutait pas. Tout le monde ne sentait pas sa présence, mais pendant un moment leur agitation s'apaisait. Était-ce là le rôle du Bouddha ? Sans avertissement, il se mit à pleurer. Il n'était plus désormais le mari, l'amant ou l'ami. Il était Bouddha, un Bouddha tout neuf, pas encore testé ou mis à l'épreuve, sorti depuis trois jours à peine du sein matriciel. Mais il avait la certitude que Gautama n'existait plus.

Le nouveau Bouddha se leva, ajusta sa robe safran et commença à marcher vers la route, la même route qu'il suivait depuis des milliers de jours. Quand il y parvint, elle était complètement déserte, même s'il était tôt, à l'heure où les charrettes des fermiers auraient normalement dû être en train de rouler en cahotant vers le marché. Ce vide lui parut plus étrange encore au bout de quelques heures, quand il constata qu'il n'avait pas encore rencontré une seule charrette, ni même croisé un seul voyageur à pied.

Bouddha aurait pu être complètement seul au monde. Pourquoi pas ? C'était son monde et il en faisait ce qu'il voulait. C'était lui qui le rêvait. Il éclata de rire et fit s'envoler une bande de perroquets énervés et criards. Tout cela n'avait aucun sens ! Si un roi gouvernait l'univers, il deviendrait fou. Il pourrait aussi bien se fâcher et le mettre en pièces, s'amuser avec lui comme avec un jouet, s'envelopper dans ses délices sensuels.

Mais il possédait le monde en tant que Bouddha et rien de tout cela ne se produisit. Ses pouvoirs prenaient leur source de l'autre côté du silence, là où l'esprit peut tout faire arriver. Pendant quelque temps, le nouveau Bouddha se délecta de lui-même, promenant le soleil à travers le ciel comme un chariot jouet, faisant tournoyer les vents au-dessus des pôles, tomber la pluie sur un désert assoiffé. Ce divertissement personnel ne dura pas longtemps. Dans le monde de

Bouddha, il fallait qu'il y ait aussi des gens dont il pourrait prendre soin. Il se souvint de ce que Canki avait dit au sujet de l'Âge d'Or – une époque sans souffrance, où l'abondance était normale et la pénurie reléguée dans un lointain passé.

À ce moment, un cri fit voler sa vision en éclats. Il vit une femme qui courait dans sa direction, les bras couverts de sang, son sari en lambeaux. Dans sa panique, elle ne se rendit compte de sa présence que lorsqu'elle fut presque sur lui. Alors elle l'aperçut, debout devant elle, immobile et serein.

Poussant un cri, elle voulut se jeter dans ses bras, tout à coup inondée de paix. Quand elle fut à deux pas, il leva la main pour la bénir. La femme s'arrêta net. Haletante, à bout de souffle, elle tremblait de peur.

« N'aie pas peur, murmura Bouddha. Donne-moi ta peur. »

Elle s'effondra sur la route, comme si son corps n'avait plus de force, et se mit à pleurer.

« Toute ta peur, dit Bouddha. Donne-moi toute ta peur. »

La femme se figea totalement ; elle ne pleurait plus. Bouddha effaçait les images d'horreur dans son esprit. Il vit un couteau. Des dents qui ressemblaient à des crocs. Un collier fait de doigts coupés. Des images cauchemardesques. D'un geste très léger, il les faisait disparaître. Mais une image ne voulait pas s'effacer – celle du corps de son mari. Il reposait étendu sur la route dans la poussière, la gorge tranchée.

La femme maintenant touchait les pieds de Bouddha dans une prière muette. Quelque chose en elle savait qui il était. Elle le regarda dans les yeux et dit : « S'il te plaît. »

Bouddha se retint de la consoler. Il prit sa tête entre ses mains, la releva et regarda la femme dans les yeux. « C'est fait », dit-il. Elle fut prise d'un frisson et s'évanouit. Au bout d'un certain temps, Bouddha demeurant toujours immobile, un homme qui menait un char à bœufs apparut sur la route. Son mari. Bouddha lui fit signe d'approcher et l'homme pressa le pas. Voyant sa femme étendue sur le sol, le mari sauta à terre, fou d'inquiétude.

« Que s'est-il passé ? » demanda-t-il.

« Tout va bien. Installons-la dans ta charrette. » À deux, ils la soulevèrent et la déposèrent doucement sur un tas de paille derrière le siège du conducteur. Le mari avait une gourde en peau de chèvre remplie d'eau fraîche et il voulait en asperger le visage de sa femme. Bouddha arrêta son geste. « Laisse-la se réveiller toute seule. Elle sera peut-être surprise de te voir, mais tu la calmeras avec des mots d'amour. Tu comprends ? »

De la tête, le fermier fit signe que oui. Il avait suffi à Bouddha d'imaginer le fermier vivant et bien portant, et cela avait supprimé toute l'attaque. Ce n'était pas bien difficile. Il n'avait pas réveillé le mari d'entre les morts. Il avait simplement dit non doucement en lui-même, c'est tout ce qu'il avait fait. L'événement dont il refusait d'accepter l'existence cessait aussitôt d'exister. Bouddha sourit au mari et le fermier, n'ayant rien à ajouter, le remercia et partit.

Un pouvoir sur le temps et sur le destin. Bouddha y songeait tout en marchant. Est-ce qu'un Bouddha doit se faire le redresseur de tous les torts ? Même s'il avait ce pouvoir, avait-il le droit de changer le karma des gens sur un simple signe de tête ?

Bientôt il aperçut les premières cabanes d'un petit village. Comme il s'en approchait, des gens en sortirent, méfiants et l'air terrifié. Certains portaient des fourches ou des épées rouillées. Quand Bouddha passa, ils lui jetèrent des regards pleins de colère et dans chaque esprit il entendait résonner le même mot : Angulimala. Il comprit bientôt que c'était là le nom de quelqu'un qu'ils craignaient tous. Un tueur. Un fou. Un monstre.

Bouddha continua sa route jusqu'au temple local, dont le toit couvert de tuile constituait le point le plus élevé du village. Dans l'ombre fraîche du sanctuaire, il aperçut un vieux prêtre qui nettoyait l'autel des fleurs fanées et des cendres d'encens brûlé. Il s'approcha.

« Namaste. »

Le prêtre fit à peine attention à lui. Même si le temple dont il avait la charge était situé loin de tout, il conservait malgré tout les manières d'un brahmane. Au lieu d'aller prier à côté de lui, Bouddha s'assit, jambes croisées, devant l'autel et attendit. Le vieux prêtre déposa quelques fleurs fraîches devant la statue de Shiva et se prépara à partir.

« Angulimala », dit Bouddha.

Le prêtre se mit aussitôt en colère. « Ne prononce pas ce nom ! Tu es dans un lieu saint ici ! »

Bouddha dit : « Je pense que vous m'interdisez de prononcer le nom d'Angulimala parce que vous avez peur qu'il puisse vous entendre et venir envahir votre royaume. » Le vieux prêtre plissa les yeux, se demandant s'il se moquait de lui. « Je peux vous aider », ajouta Bouddha.

Cette proposition fut accueillie par un rire amer. « Comment ? Serais-tu un moine guerrier ? De toute façon, cela n'y changerait rien.

Angulimala a tué plus que sa part de guerriers. Il possède des pouvoirs magiques. Il a donné son âme pour les obtenir. »

« Quels pouvoirs ? »

« Il peut courir plus vite qu'un cheval. Il peut se rendre invisible et sauter sur les voyageurs du haut des arbres. Cela te suffit-il ? »

« Peut-être, si c'est la vérité. Mais je doute qu'on ait pu observer ces pouvoirs si le monstre tue tous ceux qu'il rencontre et si les quelques survivants sont aveuglés par la peur », dit Bouddha.

Le prêtre, un homme chauve et un peu bossu, se calma. « Tu as raison sur ce point, étranger. Viens avec moi. Je peux te donner à manger et, avec un peu de nourriture dans l'estomac, tu cesseras peut-être de te faire des illusions sur l'aide que tu peux nous apporter. » Le vieux prêtre réussit à sourire, d'un sourire un peu crispé ; la proposition de l'étranger avait touché quelque chose de profond en lui. Ils passèrent par la cuisine du temple et quand le bol de l'étranger fut bien rempli de riz et de lentilles, ils allèrent tous deux s'asseoir dehors pour manger.

« Comme tu sais, *anguli* veut dire doigts, dit le prêtre. Pour se rendre encore plus terrifiant, le tueur sectionne les doigts de ses victimes et les porte en collier autour de son cou. Très peu de gens connaissent sa vraie histoire, mais je suis un de ceux-là. Ce monstre est le fils d'une famille de brahmanes démunis. Jusqu'à l'âge de quatorze ans, c'était un gamin sans histoire. Ensuite, on l'a envoyé à l'école dans un village voisin, avec l'espoir qu'il puisse, une fois éduqué, s'employer au temple et contribuer à améliorer le sort de la famille.

« Mais le brahmane qui dirigeait l'école avait l'esprit dérangé. Il accusa le garçon de coucher avec sa femme et le mit à la porte de façon déshonorante. » Bouddha ne sentait pas beaucoup de compassion dans le cœur du vieux prêtre, mais la sympathie qu'il éprouvait pour le garçon face à l'injustice qu'il avait subie était réelle.

« Le scandale parvint aux oreilles de sa famille avant le retour du fils. Quand il franchit le seuil de la maison, son père le battit brutalement et le jeta dehors, le laissant se débrouiller seul. L'espoir de voir s'améliorer le sort de la famille s'était envolé. Que leur fils soit innocent du crime qu'on lui reprochait n'avait aucune importance. »

À mesure que le prêtre racontait son histoire, Bouddha voyait chacun des événements dans son esprit. La suite s'annonçait beaucoup plus sombre. « Il ne lui restait plus que la mort », murmura Bouddha.

« Il a été maudit à sa naissance et il n'y a rien à espérer », dit le vieux prêtre d'une voix sèche.

« Quelqu'un a-t-il essayé de lui redonner espoir ? » demanda Bouddha. Le vieux prêtre se renfrogna, mais le repas était fini. En signe de gratitude, Bouddha inclina la tête, sans se prosterner aux pieds du brahmane. Cela provoqua chez le vieux prêtre un silence morose tandis qu'il escortait son visiteur vers la sortie.

« Tu es fou de partir à sa recherche – car je vois bien que c'est ce que tu as l'intention de faire, dit le brahmane. Mais si tu dois y aller, voici une amulette qui te protégera. » Il lui tendit quelques herbes séchées enveloppées dans une feuille sur laquelle une prière était griffonnée. Bouddha l'accepta.

« Dis-moi une chose, demanda-t-il. Pourquoi Angulimala tue-t-il autant de gens ? »

« Pour se sauver lui-même, répondit le vieux prêtre. En disgrâce dans son village, il s'est caché dans la forêt. Il s'est mis à vivre comme un animal, se nourrissant de racines et d'insectes et s'habillant de peaux et de fourrures. On prétend qu'il a rencontré par hasard un diseur de bonne aventure et que celui-ci lui a raconté qu'il pourrait se débarrasser de la malédiction qui pesait sur lui en réunissant mille doigts et en les offrant en sacrifice à Shiva. Voilà pourquoi il porte son affreux collier. »

« Alors il faut que je l'aide, dit Bouddha. Sinon il viendra ici un jour et ce sera pour offrir son collier en sacrifice sur l'autel. »

Le vieux prêtre se mit à trembler et il claqua violemment la porte en la refermant derrière Bouddha.

L'image d'Angulimala continua de hanter l'esprit de Bouddha toute cette journée-là et le lendemain encore. Pourquoi était-il attiré par ce monstre ?

Il s'enfonça plus profondément dans la forêt pour réfléchir à la question. L'après-midi était torride et il se retrouva sur une piste enfouie dans la jungle. Tout à coup, il entendit un bruissement dans les feuillages et, avant qu'il n'ait eu le temps de bouger, une bête sauvage bondit du haut des arbres et retomba accroupie devant lui. Le corps recouvert de fourrures, Angulimala ressemblait à un singe géant et montrait des crocs féroces et aiguisés.

Bouddha regarda les dents de l'homme sauvage, qui avaient été grossièrement limées en pointe et son collier de doigts desséchés. De sa main gauche, il tenait une longue épée recourbée. « Namaste », dit Bouddha. Angulimala émit un grognement.

« Je ne peux pas te sauver si tu ne me dis pas ce qui te fait souffrir, dit Bouddha. Un animal n'a pas besoin d'être sauvé. »

L'homme sauvage n'eut aucune réaction. Il n'avait qu'un bond à faire pour atteindre sa proie et, poussant un cri, il leva son arme et se jeta sur Bouddha. Mais quand il voulut le frapper, son épée ne rencontra que le vide. Bouddha se tenait, comme avant, à deux pas de lui. Angulimala le regarda, perplexe.

« Tu n'as pas besoin de demander grâce ou d'implorer pardon, dit Bouddha. Montre-toi simplement tel que tu es vraiment et non sous le déguisement de ce monstre dont tu as accepté de jouer le rôle. »

L'homme sauvage bondit une seconde fois sur Bouddha et, comme la première fois, sa lame fendit l'air en sifflant. Bouddha se tenait à deux pas de lui.

« Je ne peux rester plus longtemps, dit-il. Mais si tu as besoin de mon aide, viens me trouver. »

Il tourna le dos à Angulimala et commença tranquillement à s'éloigner. Derrière lui, il entendit un cri de rage. De tout ce que le vieux brahmane avait dit, au moins une chose était vraie : Angulimala possédait suffisamment d'énergie démoniaque pour dépasser un cheval à la course. Il fonça sur Bouddha, son épée tendue devant lui comme une lance. Il aurait dû le rejoindre en quelques instants, mais Bouddha demeurait toujours à deux pas de lui. Angulimala accéléra, haletant. Ses pieds nus soulevaient un nuage de poussière, mais il n'arrivait pas à réduire l'écart qui le séparait de Bouddha. Ce petit jeu se poursuivit durant une dizaine de minutes, jusqu'à ce que l'homme sauvage tombe par terre, pris de crampes, tenant ses jambes à deux mains. Bouddha se retourna et le regarda.

« Il y a une petite distance entre toi et moi, dit-il doucement. Veux-tu que je la fasse disparaître ? Je peux. »

Il tendit la main et toucha la chevelure emmêlée du monstre. Angulimala se mit à pleurer. « S'il te plaît, dis-moi ton vrai nom », insista Bouddha. Il y eut un silence et un frisson parcourut Angulimala de la tête aux pieds. « Pourquoi ? » dit-il d'une voix plaintive, et Bouddha comprit qu'il voulait dire : *Pourquoi quelqu'un m'aiderait-il ? Je suis damné.*

« Je vais te le dire, mais je ne peux pas l'expliquer à un animal », dit Bouddha.

Angulimala continuait à se tordre de douleur sur le sol, massant ses jambes avec ses mains. Bouddha se tenait debout près de lui, parfaitement calme, attendant que l'énergie du démon ait fini de s'épuiser. Cet exorcisme ne suffirait sans doute pas à purifier totalement cet homme sauvage, mais c'était un début. Il se tortilla encore quelque temps sur le sol, puis un nom finit par franchir ses lèvres : « Anigha », dit-il.

« Regarde-moi, Anigha, dit Bouddha. Nous sommes frères. »

L'homme sauvage se sentit soulagé de ses tensions, son corps pacifié. Il leva la tête tandis que Bouddha se penchait pour le bénir. « Tu fus autrefois un grand saint, dit Bouddha. Et maintenant tu es devenu un grand pécheur. Ce n'est pas une malédiction. Le cycle des naissances et des renaissances a accompli pour toi un cycle complet. La même chose arrive à tout le monde. Elle m'est arrivée à moi aussi. »

Chacun des mots qu'il disait provoquait un changement chez Anigha. Le regard perdu au loin, il semblait se souvenir de quelque chose de profond et de fondamental. Des pleurs roulaient le long de ses joues. « Je suis damné », dit-il tout haut, d'une voix déjà plus humaine.

« Non, tu partages le sort de tous les hommes, dit Bouddha. Tu cherchais un chemin pour t'affranchir de la souffrance. La différence, c'est que toi, tu as choisi de vivre la vie d'un monstre. Tu t'imaginais qu'en étant la cause d'énormes souffrances, tu serais immunisé contre elle. »

Le poids des crimes qu'il avait commis écrasait Anigha – il poussa un profond soupir.

« Apporter l'enfer sur la terre est terrible, dit Bouddha. Mais il y avait un autre motif à tout cela, que personne ne connaît. » Anigha écoutait attentivement sans rien comprendre. « Il y a bien des vies de cela, tu avais faim de la vérité suprême. Mais les dieux t'ont laissé tomber ; les vœux que tu as prononcés lorsque tu es devenu moine ne t'ont mené à rien sinon à une déception plus grande encore. Alors tu t'es juré que tu ne serais pas sauvé tant que le plus grand pécheur ne le serait pas. »

Anigha prit dans ses mains le pied de Bouddha et se mit à sangloter bruyamment, laissant toute sa douleur s'épancher. Bouddha le força à se relever. « Si tu es une partie de moi, tu n'as besoin de rien d'autre pour être sauvé », dit-il.

Anigha dit : « Mais j'ai tué des gens. »

« Tu t'es mis à faire le mal pour te prouver à toi-même qu'il existe une réalité que le mal ne peut pas atteindre. Me laisseras-tu te la montrer ? »

Anigha écouta Bouddha sans bouger, puis il regarda son propre corps, sale et vêtu de fourrures tachées de sang, si méconnaissables qu'on aurait pu croire qu'elles étaient sa propre peau. Bouddha le suivit jusqu'à un ruisseau et Anigha s'y lava. Quand il se fut décrassé autant qu'il le pouvait, il sortit de l'eau. « Je te suivrai partout, dit-il. Angulimala est mort à présent. »

« Tu seras toujours avec moi. Mais pour le moment tu dois rester ici, dit Bouddha. Consacre-toi à réparer le mal que tu as fait. Donne de la nourriture aux pauvres. Offre des fleurs et de l'eau à la porte du temple pour ceux qui viennent y faire des sacrifices. Aide les voyageurs perdus que tu terrifiais autrefois. Quoi que tu fasses, ne te montre pas. Je reviendrai te chercher très bientôt. »

Anigha ne trouva pas facile de laisser Bouddha partir ; il se demandait encore s'il n'était pas dans quelque rêve inventé par un démon malfaisant. Au bout d'un certain temps toutefois, la fatigue eut le dessus sur lui et, tandis qu'ils étaient tous les deux assis à parler sous un arbre, il finit par s'endormir. Bouddha se leva et s'éloigna tranquillement. Il ne se demandait pas où il irait ensuite. Mais quelque chose s'était produit qu'il était seul à savoir. Il avait changé le cours du mal par un simple toucher et quelques mots.

Il était encore un Bouddha tout neuf, sorti depuis quatre jours à peine de sa matrice, mais chaque moment lui apportait plus de pouvoir et plus de sagesse pour en faire bon usage.

Chapitre 18

Après avoir quitté Gautama, les cinq moines avaient installé leur campement dans une clairière au milieu de la forêt près de Bénarès. Les mois avaient passé. Maintenant la clairière était magnifique, bordée d'arbres exubérants qui suspendaient au-dessus d'eux leur floraison printanière. Ils se doutaient tous que Gautama était mort, même s'ils n'en avaient jamais parlé entre eux. Les cinq moines menaient une vie de reclus, mais l'époque des grandes austérités était bel et bien terminée. Ce retour à une vie plus mesurée paraissait une bonne idée, mais un voile de tristesse s'était posé sur leur existence, car chacun d'eux voulait encore atteindre l'illumination. L'échec de Gautama signifiait aussi le leur. C'est pourquoi lorsqu'ils le virent arriver par un beau matin dans la clairière, les cinq moines éprouvèrent un grand soulagement, pour eux-mêmes autant que pour lui.

Après l'avoir accueilli avec des exclamations et lui avoir manifesté leur joie de le revoir, les moines s'assirent autour de lui et attendirent que leur frère raconte ce qui lui était arrivé. C'était comme s'il était revenu d'entre les morts. Ils s'attendaient à une histoire miraculeuse. À tout le moins, il allait leur décrire les merveilles de l'illumination. Mais Bouddha voulait simplement demeurer là avec eux, à les regarder tranquillement à tour de rôle.

« Nous avons pleuré pour toi, Gautama », dit Kondana, le plus jeune des moines. « C'est parce que vous saviez que Gautama n'existait plus, dit Bouddha. Et vous aviez raison. »

C'était là quelque chose qu'ils pouvaient comprendre puisqu'il était évident que celui qui atteint l'illumination a rompu tous les liens avec son ancienne personnalité. Mais aucun des cinq moines n'avait jamais réellement rencontré quelqu'un qui avait atteint cet état.

« Si tu n'es pas Gautama, qui es-tu ? » demanda Assaji.

« Je conserve le corps de Gautama et vous pouvez m'appeler par ce nom si vous le voulez, dit Bouddha en souriant. Il vous faut bien un moyen pour me retrouver dans l'obscurité. Mais je ne suis pas ce corps, ni ce nom. Je ne suis plus du tout une personne comme celles que vous connaissez. »

« Cela me dit qui tu n'es pas, mais je ne sais toujours pas qui tu es », insista Assaji.

Au lieu de répondre, Bouddha ferma les yeux et plongea en samadhi, chose qu'ils avaient vu Gautama faire des milliers de fois. Assaji se préparait à faire signe aux autres de l'imiter lorsque de façon tout à fait inattendue Gautama ouvrit à nouveau les yeux. Les moines avaient plutôt l'habitude de le voir demeurer dans ce silence pendant des jours.

« Est-ce que tu veux méditer seul ? demanda Assaji. Nous pouvons te laisser. »

« Là n'est pas la question, cher ami, dit Bouddha. Depuis que je suis éveillé, je n'ai parlé qu'à très peu de gens. L'une de ces personnes m'a béni et fait cadeau de la connaissance du bien et du mal. Mais personne jusqu'à maintenant ne m'a demandé qui je suis. C'est une autre bénédiction que tu viens de m'apporter. »

Assaji avait l'air perplexe. « Comment cela ? » demanda-t-il.

« Quand j'ai fermé mes yeux, j'ai revu mes vies passées – mes dix milles vies passées – et j'ai revécu chacune d'elles, seconde par seconde. »

Les cinq moines étaient tout étonnés. « En un clin d'œil ? » s'exclama Kondana.

Bouddha sourit. « Deux, si tu veux. Depuis que nous sommes tout petits, on nous a dit et répété que le cycle des naissances et des renaissances nous avait ramenés ici bien de fois. Mais quand je les ai revécues, je me suis aperçu que toutes ces vies s'équivalaient. Je suis chacune des vies que j'ai vécues et pourtant je ne suis aucune d'elles, car je peux être ici ou là quand je le veux. »

« Est-ce là la connaissance qui t'a rendu libre ? » dit Assaji.

« Me demandes-tu cela parce que tu veux réellement le savoir ou parce que tu te sens inquiet et anxieux ? » demanda Bouddha.

Assaji parut embarrassé. « Ce que tu as fait semble surhumain, dit-il. Si c'est ce qu'il faut faire pour atteindre l'illumination, quel espoir reste-t-il pour nous ? Nous ne sommes que des moines ordinaires. » Il y eut parmi les autres moines un murmure d'assentiment.

« Je ne suis pas revenu pour vous décourager ni pour susciter votre admiration. Vous m'avez demandé qui je suis et maintenant je peux vous le dire. Je peux aussi vous dire qui vous êtes. Vous n'êtes pas l'ego, le moi séparé. Vous vous identifiez à votre nom, mais vous vous êtes déjà identifié à dix mille autres noms. Lequel êtes-vous vraiment ? Aucun d'entre eux. Vous vous identifiez à un ensemble de souvenirs. Vous savez qui sont votre père et votre mère. Vous vous fixez des objectifs que vous poursuivez avec ardeur.

« Mais vous avez fait exactement la même chose dix mille fois auparavant. Dès lors vos souvenirs, vos parents et vos précieux objectifs sont transitoires. Ils se transforment aussi rapidement que des éphémères, qui naissent et meurent dans la même journée. »

Les cinq moines étaient captivés par le discours de Bouddha, mais il y avait plus que cela : ses paroles les entraînaient profondément à l'intérieur d'eux-mêmes. C'était comme entrer en samadhi les yeux ouverts. Ils voyaient clairement ce qu'il leur décrivait. Mais Assaji était encore tourmenté.

« Je pourrais gaspiller toute ma vie à essayer de démêler l'écheveau de mes dix mille vies passées, dit-il. Et pour ce qui est de renoncer à cette vie-ci et à ses illusions, ne l'ai-je pas déjà fait en devenant moine ? »

« Tu as renoncé seulement à ses ornements, dit Bouddha. Une robe safran ne libère pas du désir, et le désir est ce qui vous retient prisonnier. »

« Tu nous as déjà dit cela lorsque nous vivions dans les montagnes, dit Kondana, mais en six ans, nous ne nous sommes jamais débarrassés du désir. Notre karma nous suit toujours et nous obéissons toujours à sa loi. »

« Et c'est la raison pour laquelle je suis d'abord venu vous voir, au lieu d'aller retrouver ma famille, dit Bouddha. Ce que je vous ai exhorté à faire lorsque nous étions sur la montagne était une erreur. Je suis venu me racheter. »

« Tu ne nous dois rien », dit vivement Assaji.

« Je ne parle pas d'une dette, dit Bouddha. Les dettes prennent fin quand le karma prend fin. Mon erreur vous a menés à un piège. Je croyais qu'il fallait faire la guerre au désir. Je détestais le monde et je détestais mon propre corps, qui désirait tous les plaisirs du monde. »

« Ce n'était certainement pas une erreur, dit Assaji. Autrement il n'y aurait aucune raison de prononcer des vœux. La vie sainte doit être différente de la vie de tout le monde. »

« Et s'il n'y avait pas de vie sainte ? » demanda Bouddha. Les cinq moines devinrent très mal à l'aise et aucun d'eux ne répondit. « Vous voyez, dit Bouddha, même la sainteté est devenue une nourriture pour votre ego. Vous voulez être différents. Vous voulez être rassurés. Vous voulez conserver vos espoirs. »

« Qu'y a-t-il de mal là-dedans ? » demanda Assaji.

« Ce sont des rêves qui vous tiennent endormis », dit Bouddha.

« Et que verrions-nous si nous ne dormions pas ? »

« La mort. »

Un frisson glacé parcourut les cinq moines. Il semblait inutile de nier ce que leur frère disait, mais l'accepter leur enlevait tout espoir. Bouddha dit : « Vous êtes tous terrorisés par la mort, comme je l'étais aussi, alors vous inventez n'importe quelle histoire pour vous rassurer et au bout d'un moment vous vous mettez à y croire, même si c'est vous qui l'avez inventée. » Sans attendre de réponse, il se pencha et ramassa une poignée de poussière. « La réponse à la vie et à la mort est simple. Elle repose dans la paume de ma main. Regardez. »

Il lança la poussière en l'air ; elle demeura suspendue comme un nuage brunâtre pendant un bref instant, puis le vent l'emporta.

« Réfléchissez à ce que vous venez de voir, dit Bouddha. La poussière conserve sa forme pendant un bref moment quand je la lance dans les airs, comme le corps conserve sa forme durant cette brève vie. Quand le vent la fait disparaître, où donc s'en va la poussière ? Elle retourne à sa source, la terre. Plus tard, cette même poussière permet à l'herbe de pousser et l'herbe pénètre dans le chevreuil qui la mange. Puis l'animal meurt et retourne à la poussière. Et maintenant imaginez que la poussière vient vers vous et vous demande : "Qui suis-je ?" Que lui répondrez-vous ? La poussière est vivante dans une plante mais morte quand elle repose sur la route sous nos pieds. Elle bouge dans un animal mais elle est immobile lorsqu'elle est enfouie dans les profondeurs de la terre. La poussière englobe la vie et la mort en même temps. Aussi lorsque vous donnez à la question "Qui suis-je ?" une réponse qui ne tient pas compte de tout cela, vous êtes dans l'erreur.

« Je suis revenu pour vous dire que vous pouvez être un, complet, entier, mais seulement si vous vous percevez vous-même de cette façon. Il n'y a pas de vie sainte. Il n'y a pas de guerre entre le bien et le mal. Il n'y a pas de péché et pas de rédemption. Aucune de ces choses n'a d'importance pour votre vrai moi. Mais elles ont toutes une importance énorme pour votre faux moi, celui qui croit au moi individuel, qui croit être séparé. Vous avez essayé d'apporter votre moi individuel, avec toute sa solitude, ses angoisses et son orgueil, jusqu'à la porte de l'illumination. Mais il ne pourra jamais en franchir le seuil, parce que c'est un fantôme. »

Tandis qu'il parlait, Bouddha savait que ce sermon n'était que le premier et que des centaines d'autres le suivraient. Il était étonné que les mots soient aussi nécessaires. Il avait espéré guérir le monde par un simple toucher, ou par le simple fait qu'il existait. L'univers avait d'autres plans.

« Comment puis-je me voir moi-même comme un, demanda Kondana, quand tout ce que j'appelle « moi » est séparé ? Je n'ai qu'un corps et un esprit, ceux avec lesquels je suis né. »

« Regardez la forêt, répliqua Bouddha. Nous marchons à travers elle tous les jours et nous croyons que c'est toujours la même. Mais pas une seule feuille n'est pareille à ce qu'elle était hier. Chaque grain de poussière sous vos pieds, chaque plante et chaque animal changent continuellement. Vous ne pouvez pas être illuminé en tant que personne séparée, cette personne que vous croyez être, parce que cette personne a déjà disparu, en même temps que tout ce qui existait hier. »

Entendant ce discours, les cinq moines demeurèrent stupéfaits. Ils avaient le plus grand respect pour Gautama, mais ce qu'il enseignait maintenant exigeait de leur part une révolution. Si ce qu'il disait était vrai, alors tout ce qu'on leur avait appris était faux. Pas de vie sainte ? Pas de guerre entre le bien et le mal ? Longtemps, ils gardèrent le silence. Qu'y avait-il à dire à un homme qui prétendait qu'ils n'existaient même pas ?

« Je vous ai apporté l'inquiétude, dit Bouddha. Ce n'était pas mon intention. » Il dit ces mots sincèrement, après y avoir bien pensé. Il n'avait pas réalisé que le fait d'être éveillé perturberait autant les autres.

En un clin d'œil, aussi rapidement qu'il avait revu ses dix mille vies précédentes, la condition humaine lui apparut clairement. Tout le monde dormait, totalement inconscient de sa vraie nature. Certains se réveillaient par à-coups, découvrant des fragments épars de la vérité, mais ils retombaient bientôt dans leur sommeil. Ceux-là étaient les plus chanceux. La majorité des êtres humains n'apercevait même pas ces lueurs. Comment pourrait-il leur dire ce qu'il voulait réellement leur dire ? *Vous êtes tous Bouddha.*

« Je me rends compte que si je reste ici, je ne ferai que vous troubler un peu plus, dit-il. Alors aidez-moi. Ensemble nous devons mettre au point un Dharma qui ne fera pas peur aux gens. En commençant par vous, mes frères apeurés. » Les cinq moines, qui commençaient à se détendre un peu, sourirent. Bouddha fit un geste vers les arbres qui fleurissaient tout autour d'eux. « Le Dharma devrait être aussi beau et tout aussi facile, dit-il. Si la nature est éveillée où que nous regardions, alors les êtres humains méritent le même sort. S'évciller ne devrait pas être une lutte. »

« Mais toi, tu as lutté », dit Assaji.

« Oui, et plus je l'ai fait, plus l'éveil devenait difficile. J'ai transformé mon corps et mon esprit en ennemis. Sur ce chemin ne se trouve que la mort et encore la mort. Aussi longtemps que votre corps est votre ennemi, vous y êtes attaché et pour le corps il n'y a d'autre choix que de mourir. La mort ne sera jamais vaincue si elle ne devient pas irréelle. »

Des années plus tard, Assaji se souvenait encore qu'une tempête de pluie s'était abattue sur la forêt tandis que Bouddha parlait. Les éclairs ponctuaient ses paroles et éclairaient son visage, qui n'était plus le visage du zélateur austère de Gautama mais où se reflétait maintenant quelque chose d'immatériel et de serein. Ils entendaient la pluie tomber sur les frondaisons au-dessus d'eux, puis son rythme s'accéléra jusqu'à devenir un tambourinement régulier, et pourtant, pas une goutte ne tombait sur eux ni sur le feu qu'ils avaient allumé. C'était la façon qu'avait trouvée la Nature de leur dire que Bouddha était plus qu'un homme qui avait atteint l'illumination. Après cette nuit-là, ils le suivirent avec dévotion.

Pour la première fois en six ans, les pieds de Bouddha marchaient à nouveau sur la route qui menait à Kapilavastu. Il voyageait en compagnie des cinq moines, qui avaient peu à peu oublié leur timidité sans rien perdre de leur admiration. Ils mangeaient et dormaient auprès de leur maître. Ils se lavaient avec lui dans la rivière, mais Bouddha ne méditait plus et ne disait plus de prières. Un par un, il prit chacun de ses frères à l'écart et leur donna des instructions personnelles. Ils furent remplis de joie lorsqu'il leur annonça qu'ils étaient tout près de l'illumination et qu'ils l'atteindraient très bientôt.

Il y avait parmi eux un moine qui ne parlait jamais. Son nom était Vappa et il semblait être le moins enthousiasmé par le retour de Gautama à la vie. Quand Bouddha le prit à part et lui dit qu'il serait illuminé, Vappa accueillit la nouvelle avec scepticisme. « Si ce que tu me dis est vrai, je devrais sentir quelque chose et je ne sens rien », dit-il.

« Quand tu creuses un puits, il n'y a pas de signe de la présence de l'eau jusqu'à ce que tu l'aies atteint, il n'y a que les roches et la terre qu'il faut enlever. Maintenant, tu en as suffisamment enlevé ; bientôt l'eau pure coulera », dit Bouddha. Mais au lieu d'être rassuré, Vappa se jeta par terre, pleurant et s'agrippant à ses pieds.

« Ça n'arrivera jamais, se plaignit-il. Ne me remplis pas de faux espoirs. »

« Je n'apporte pas d'espoir, dit Bouddha. Ton karma t'a amené à moi en même temps que nos quatre autres frères. Tu seras bientôt éveillé, je le vois. »

« Alors pourquoi ai-je autant de pensées impures ? » demanda Vappa, qui était irritable et facilement porté à des éclats de colère, au point que les autres moines le craignaient.

« Ne te fie pas à ce que tu penses, dit Bouddha. Tu ne peux pas t'éveiller par la pensée. »

« J'ai volé de la nourriture quand j'étais affamé et parfois j'ai volé mes frères pour aller voir des femmes », dit Vappa.

« Ne te fie pas à ce que tu as fait. Les actions appartiennent au corps, dit Bouddha. Ton corps ne peut pas t'éveiller. »

Vappa était toujours aussi malheureux et plus Bouddha parlait, plus son visage se durcissait. « Je devrais partir d'ici. Tu dis qu'il n'y a pas de guerre entre le bien et le mal, mais je la sens à l'intérieur de moi. Je sens aussi combien tu es bon et cela ne sert qu'à me trouver plus mauvais encore. »

L'angoisse de Vappa était si sincère que Bouddha éprouva la tentation de le soulager. Il aurait pu tendre la main et le débarrasser de la culpabilité qui l'écrasait. Mais rendre Vappa heureux n'était pas la même chose que le rendre libre et Bouddha savait qu'il ne pourrait toucher tous les humains de la Terre. Il dit : « Je vois qu'il y a une guerre à l'intérieur de toi, Vappa. Mais crois-moi, je te le dis, tu ne la gagneras jamais. »

Vappa courba un peu plus la tête. « Je le sais. Alors, dois-je m'en aller ? »

« Non, tu m'as mal compris, dit Bouddha gentiment. Personne n'a jamais gagné cette guerre. Le bien s'oppose au mal de la même façon que la chaleur de l'été s'oppose au froid de l'hiver, de la même façon que la lumière s'oppose à l'obscurité. Ils sont imbriqués l'un dans l'autre et font tous deux partie du jeu sans fin de la Nature. »

« Mais toi tu as gagné. Tu es bon ; je le sens », dit Vappa.

« Ce que tu sens est l'être que j'ai en moi, tout comme tu l'as en toi, dit Bouddha. Je n'ai ni vaincu le mal ni embrassé le bien. Je me suis détaché des deux. »

« Comment ? »

« Ça n'a pas été difficile. Quand j'ai admis que je ne serais jamais complètement bon ni libéré de tout péché, quelque chose a changé en moi. Mon esprit n'était plus distrait par cette guerre et je pouvais porter mon attention ailleurs. Elle m'entraîna au-delà de mon corps et j'ai découvert qui j'étais réellement. Je ne suis pas un guerrier. Je ne suis pas non plus prisonnier du désir. Ces choses vont et viennent. Je me suis demandé à moi-même : Qui observe cette guerre ? Qui est celui à qui je reviens lorsque la souffrance est passée, ou lorsque le plaisir a disparu ? Qui est satisfait du simple fait d'être ? Tu as ressenti toi aussi la paix qui consiste à simplement être. Éveille-toi à cela et tu me rejoindras dans la liberté. »

Cette leçon eut un effet déterminant sur Vappa, qui consacra le reste de sa vie à s'occuper des gens les plus misérables et les plus désespérés de la société. Il était convaincu que Bouddha avait découvert une vérité que tout le monde devait admettre : la souffrance est inséparable de la vie. Fuir la souffrance et chercher le plaisir ne changerait jamais rien à cette réalité. Et pourtant, la plupart des gens passaient toute leur vie à fuir la souffrance et à rechercher le plaisir. Pour eux, tout cela semblait naturel, mais en réalité ils s'impliquaient de plus en plus profondément dans une guerre qu'ils ne pourraient jamais gagner.

En approchant des portes de Kapilavastu, Bouddha commença à préparer la voie pour son arrivée. Il envoya sa présence au-devant de lui et il put sentir l'excitation grandissante de Yashodhara. Elle avait donné ordre à ses servantes de jeter ses sombres saris de veuve ; elle avait fait ressortir d'anciens portraits de Siddharta pour les montrer à Rahula, leur fils, afin qu'il ne soit pas effrayé par le retour d'un père qu'il n'avait connu qu'au berceau. Chaque jour elle répétait le même rituel. Elle s'assoyait avec Rahula à ses côtés sur le belvédère près de l'étang aux lotus, à l'endroit où le pavillon des plaisirs de Siddharta s'élevait autrefois. Le vieux bâtiment avait été démoli et on avait offert aux courtisanes un travail honnête comme domestiques. Siddharta ne leur avait jamais rendu visite. C'était une façon de prouver sa fidélité à Yashodhara, tandis que de son côté elle l'attendait pour lui montrer qu'elle aussi lui était restée fidèle.

Sentir sa présence pourtant ne suffisait pas à Yashodhara, Bouddha le savait. Sa femme était encore jeune ; Siddharta lui-même n'avait d'ailleurs que trente-cinq ans. Ils avaient le temps d'avoir d'autres enfants. La présence de Bouddha ne pouvait toucher cette partie de la nature de Yashodhara. Comment pourrait-il la faire changer d'idée sans l'anéantir ? Le bonheur conjugal était sa seule raison de vivre.

Il était ainsi préoccupé lorsque les cinq moines manifestèrent une soudaine excitation. Bouddha tourna les yeux dans la direction qu'ils indiquaient. Devant eux, sur la route, un puissant étalon noir, l'écume à la bouche, couvert de sueur et de sang, galopait dans leur direction, l'air affolé. Les cinq moines s'éparpillèrent pour libérer la voie mais personne n'osa toucher à Bouddha pour l'écarter du passage du cheval ; Bouddha ne bougea pas. Quand il fut tout près de lui, l'animal se cabra et se mit à donner des coups avec ses pattes de devant. Pendant un moment, l'énorme bête se tint ainsi en équilibre sur ses pattes arrière, donnant des coups avec ses sabots ferrés. Puis ses pattes retombèrent lourdement sur le sol sans avoir atteint leur cible. L'étalon tremblait de souffrance et de peur, mais il ne se cabra plus et commença lentement à se calmer.

« Que s'est-il passé ? » demanda Assaji, essayant de panser avec le tissu de sa robe la plus grave des blessures du cheval. « Comment a-t-il pu se faire cela ? »

« Il n'y a qu'une explication possible, dit Bouddha. La guerre. Nous ne devons pas être loin. »

Ils n'avaient pas franchi plus d'un kilomètre que sa prévision se réalisa ; on commençait à entendre au loin le grondement de la bataille. « Je suis la cause de tout cela », dit Bouddha. Les cinq moines protestèrent, mais Bouddha n'ajouta plus rien et quand l'étalon blessé flaira l'odeur de la mort, ils eurent toutes les peines à l'empêcher de s'emballer. Plus d'une fois Bouddha dut s'arrêter et regarder l'animal droit dans les yeux. « La seule façon de le convaincre de ne pas avoir peur est de lui montrer que je n'ai pas peur. Les animaux sont plus intelligents que nous sur ce point. S'ils ne sentent pas la paix, ils ne se laissent pas apaiser par des paroles trompeuses. »

Les moines savaient que Bouddha ne parlait pas pour rien. Chaque parole qu'il prononçait servait à leur enseigner la vérité. Bientôt, le bruit des combats devint suffisamment rapproché pour qu'ils puissent entendre le choc métallique des épées et les cris d'angoisse des soldats agonisants. Bouddha s'arrêta et écouta. « Mon père a été trompé par des paroles de paix. Devadatta l'a entraîné dans cette guerre au moyen d'une ruse. » Puis il amena les cinq moines dans une autre direction. « À la maison d'abord. » Une heure plus tard, ils virent apparaître les tours surmontant les portes de la capitale. La route devint plus large et ils parcoururent les dernières centaines de mètres sur un chemin pavé de pierres plates.

« Qui va là ? » cria la sentinelle.

« Celui que vous appeliez Siddhartha », dit Bouddha.

« Je ne peux laisser entrer personne qui n'est pas citoyen de la ville et je ne connais pas ce nom », dit la sentinelle qui les regardait par une fente pratiquée dans le mur. Il était jeune, presque un garçon. Les vrais soldats étaient tous partis se battre sur les ordres du roi.

« Envoyez chercher la domestique de la princesse Yashodhara. Elle me reconnaîtra », dit Bouddha. Le visage de la sentinelle disparut. Ils attendirent quelque temps, puis les grandes portes de bois s'ouvrirent juste assez pour les laisser entrer avec le cheval. Bouddha vit tout de suite où sa femme était. Dès qu'elle avait entendu le nom de Siddharta, elle avait envoyé sa domestique à la course pour faire ouvrir les portes pendant qu'elle jetait un rapide coup d'œil à son image dans le miroir et s'enveloppait dans un sari tissé de fils d'or.

Essoufflée et légèrement en sueur, elle alla s'asseoir dans le belvédère. Rahula faisait une sieste. Yashodhara avait songé un instant à le réveiller, mais elle ne voulait pas qu'il la voie pleurer et avait décidé de venir seule. Il ventait à peine, mais chaque fois qu'un souffle d'air venait de son côté, elle pouvait entendre au loin le tumulte de la guerre et cela augmentait son inquiétude.

« Ma chérie. »

Elle était si absorbée dans ses pensées qu'il fut devant elle sans qu'elle ne l'ait entendu venir. Poussant un cri, Yashodhara sauta sur ses pieds, courut jusqu'à Bouddha et se jeta dans ses bras. Elle était sensible à ses moindres réactions et son cœur se gonfla de joie quand elle sentit qu'il la serrait contre lui sans hésitation. Ce fut un tel soulagement qu'elle se mit à sangloter. Un mari aurait dit : « Ne pleure pas. Je suis revenu maintenant. Tout va bien. » Le mari de Yashodhara ne dit rien de tout cela.

Bouddha la relâcha et pendant un instant Yashodhara se sentit complètement abandonnée. Elle voulait s'accrocher à lui, mais il fit un léger signe de la main et elle laissa ses bras retomber. « Tu es ma femme bien-aimée. Tu as le droit de me prendre dans tes bras, dit Bouddha. Mais personne ne le fera plus jamais. Même pas toi. »

Yashodhara trembla. Pendant des années, elle s'était refusée à imaginer Siddharta en moine. Même en ce moment, pour ne pas voir sa robe safran, elle gardait les yeux fixés sur son visage. Ses traits se mirent à se déformer devant elle, mais elle n'était pas en train de s'évanouir — pas de rideau noir descendant devant ses yeux, pas de sueurs froides ni de frissons lui montant à la tête. Elle sentait plutôt une chaleur et cette chaleur prenait naissance dans son cœur. Elle irradiait vers l'extérieur. Qu'est-cc qui lui arrivait ? Le monde disparut de sa vue, non dans la noirceur mais dans un éclat de lumière blanche qui n'avait pas de source. Elle eut encore le temps d'apercevoir le soleil, mais il paraissait pâle comparé à la lumière qui remplissait maintenant tout son être. À présent, elle était certaine que la lumière venait de cet homme qu'elle avait l'habitude d'appeler son mari.

« C'est à ton tour, Yashodhara. Abandonne-toi et tu seras librc. »

Chapitre 19

Bouddha ne passa pas la nuit à Kapilavastu mais emmena les cinq moines avec lui et partit en direction du champ de bataille. Le soleil allait se coucher lorsqu'ils arrivèrent au sommet d'une colline d'où l'on pouvait apercevoir toute la scène. Dans la lumière déclinante, aucune des deux armées ne menait de charge. Les éléphants et les chevaux avaient été retirés du front et ramenés à l'arrière. Tout ce qui restait du fracas de la bataille était le bruit des épées sonnant l'une contre l'autre et le nuage de poussière soulevé par les soldats d'infanterie qui s'affrontaient par petites bandes.

Bouddha s'assit sur une crête. Vu d'en haut, chacun des soldats ressemblait à une marionnette à moitié folle qui agitait furieusement les bras. D'autres marionnettes couraient alentour et se butaient les unes contre les autres. Elles rebondissaient, se cognaient à nouveau, puis l'une des marionnettes tombait et ne se relevait pas. Plusieurs marionnettes jonchaient déjà le sol, certaines se tortillaient encore un peu et d'autres étaient complètement immobiles. « Allons-nous vraiment les rejoindre ? demanda nerveusement Kondana. Ce n'est pas un endroit pour des moines. »

« Nous n'avons pas le choix, dit Bouddha. La guerre n'est pas différente de la vie de tous les jours. C'est simplement une autre façon que les hommes ont trouvée de souffrir. »

« Mais la vie n'est pas toujours une guerre », fit remarquer Kondana.

« Pas ouvertement, dit Bouddha. Mais si les hommes n'avaient pas si peur de mourir, ils se battraient tous les jours et au fond de leur cœur leur souhait le plus cher serait de voir tous leurs ennemis morts. » Le soleil était couché à présent et l'obscurité avait mis fin aux dernières escarmouches. Sur le champ de bataille, il ne restait que les charognards qui s'approchaient en rampant pour piller les cadavres. Le vent transportait les chants mélodieux des oiseaux jusqu'en haut de la colline, mêlés aux plaintes des soldats blessés.

« Maître, dit Kondana, ce que tu nous dis là est très noir et nous enlève tout espoir. »

« L'espoir n'a jamais mis fin à aucune guerre. »

Ce furent les dernières paroles de Bouddha ce soir-là. Il replia ses robes autour de lui et s'étendit sur le sol. Les cinq moines savaient par expérience qu'il n'accordait aucune importance à l'endroit où il dormait, pas plus qu'aux gens qui l'entouraient. Ils avaient pris malgré tout l'habitude de voir à son confort dans la mesure – limitée – où il le leur permettait. Ils remplirent une gourde d'eau fraîche et la placèrent à côté de lui avec un peu de nourriture qu'ils avaient rapportée de la capitale. Ils firent un feu et se couchèrent ensemble un peu à l'écart, en signe du respect qu'ils lui portaient.

Bouddha les pressait généralement de dormir près de lui, mais ils auraient pu être troublés de voir qu'il n'avait plus besoin de sommeil. Son corps se reposait, mais son esprit demeurait éveillé en tout temps. En ce moment même, il venait d'envoyer une bénédiction à Yashodhara et visitait son fils de six ans, Rahula, qui pouvait à peine rester au lit tellement il était excité de revoir son père une deuxième fois. En secret, on avait toujours dit à Rahula que son père était toujours vivant, aussi n'avait-il pas été aussi stupéfait que les courtisans lorsqu'ils aperçurent Bouddha. Bouddha eut beau leur répéter à plusieurs reprises qu'il n'était pas revenu pour prendre la succession de son père, mais beaucoup continuaient malgré tout à l'espérer.

Lorsque le soleil se leva et que tous les moines furent éveillés, Bouddha indiqua du doigt la scène qui se déroulait au pied de la colline où des groupes de soldats s'agitaient autour des feux de camp. Certains mangeaient en vitesse, mais la plupart s'occupaient de leurs chevaux, aiguisaient leurs épées ou réparaient les accrocs au cuir de leur armure.

« Combien d'entre eux vont mourir ? » demanda timidement Assaji.

« Ils mourront tous. Et si ce n'est pas aujourd'hui, alors ce sera un autre jour », dit Bouddha sèchement. Les moines n'avaient jamais entendu de la part de leur maître une remarque qui soit dénuée de compassion, aussi furent-ils très étonnés. D'une voix plus douce, Bouddha ajouta : « Je vous ai dit que la première réalité du monde est la souffrance. Nous pouvons y mettre fin, mais nous n'y arriverons pas en parlant de Dieu. » D'un geste, Bouddha balaya l'étendue du champ de bataille. « Lequel de ces soldats ne croit pas que Dieu est avec lui ? »

« Mais Dieu peut aussi soulager la souffrance », dit Assaji.

« Ne fais jamais ce genre de promesse, dit Bouddha, secouant la tête. Nous n'avons rien à voir avec ces histoires de religion. Je vais vous dire comment vous devriez considérer chaque personne que vous rencontrez. Imaginez-vous que cette personne est dans une maison en feu. Crierait-elle : "Je ne sortirai pas d'ici tant que quelqu'un ne m'aura pas expliqué comment Dieu a permis qu'une telle chose se produise ?" Non. Elle sortirait en courant de sa maison aussi vite qu'elle le pourrait. Il en va de même avec la souffrance. Nous devons montrer aux gens comment se sauver aussi vite qu'ils le peuvent. Il est inutile de passer des années à discuter pour savoir si quelqu'un est maudit des dieux ou aimé par eux. »

Le combat le plus près d'eux se déroulait à moins de cinq cents mètres et ils y arrivèrent en quelques minutes. Un cavalier avait réussi à en isoler un autre à l'écart de la mêlée. Il s'était approché assez près pour atteindre d'un coup de lance la monture de son adversaire, qui avait trébuché et désarçonné son cavalier. Les deux soldats poursuivaient le combat au corps à corps ; ils avaient tous les deux assez d'expérience pour se servir de leur poignard d'une main et de leur épée de l'autre.

Les deux soldats n'accordèrent aucune attention aux moines qui s'approchaient, tous deux complètement aveugles à tout ce qui n'était pas leur combat. Même en relative sécurité, les cinq moines furent ébranlés à la vue de toute cette violence. Bouddha s'arrêta un moment pour leur permettre de retrouver leur sang-froid.

« À l'époque où j'étais un guerrier, dit-il, j'ai appris que la victoire ne pouvait jamais être acquise sans armes. Nous n'avons pas d'armes, mais nous allons l'emporter malgré tout. »

Sans dire un mot, il s'avança droit vers les deux adversaires et s'installa sans hésiter dans l'espace qui les séparait.

« Va-t'en, l'étranger, cria un des soldats, si tu restes là, tu te feras frapper. »

« Tu crois ? dit Bouddha. Essaye. »

Les deux soldats le regardèrent d'un air incrédule. « Tu dois être fou, dit l'un. Sauve-toi, le moine. Si tu m'y obliges, je te transpercerai sans hésitation avec ma lame. »

« Voilà qui serait intéressant à voir », dit Bouddha. Son calme était tellement déroutant que les deux soldats baissèrent les armes, dérangés dans leur rage de se battre. Resté à l'écart, Assaji leur cria : « Si vous le touchez, vous blesserez un saint homme. Ce sera un grand péché. »

Bouddha se retourna et lui jeta un regard sévère. « Pas de ça », lui dit-il sur un ton de reproche. Puis il reporta son attention sur les deux soldats. « Vous remplissez tous les deux votre devoir envers les dieux, mais cela ne vous a pas empêchés de consacrer toute votre vie aux tueries et à la peur. Pourquoi vous arrêter maintenant ? Si vous craignez si peu le destin que vous soyez prêts à risquer d'aller en enfer avec vos ennemis, je ne vous en empêcherai pas. Transpercez-moi avec votre épée. Je vous accorde même mon pardon à l'avance. »

Au moment où il prononçait ces derniers mots, les deux combattants courbèrent la tête. Bouddha tendit la main et toucha légèrement les poignards et les épées, qui tombèrent sur le sol. « C'est la honte qui vous a fait perdre le goût de tuer, dit-il. Maintenant, retournez chez vous et cherchez-vous une meilleure façon de vivre. »

« Je ne peux pas, dit l'un des soldats. Si je déserte le combat, le roi m'enlèvera ma maison et je n'aurai plus rien pour nourrir ma famille. »

« Je te promets que cela n'arrivera pas, dit Bouddha. Le roi pour lequel tu combats va dissoudre toute son armée aujourd'hui même. »

Les deux soldats étaient stupéfaits et auraient voulu poser plus de questions, mais Bouddha fit un signe aux cinq moines et ils se remirent en marche. Quand ils se retournèrent pour regarder derrière eux, les deux soldats n'étaient plus là.

« Je viens de vous montrer la première façon dont la paix peut triompher, dit Bouddha. Certaines personnes peuvent être touchées si on s'adresse à leur conscience. Ce sont celles qui savent déjà qu'elles veulent mettre fin à leur souffrance. Elles reconnaissent leurs torts lorsqu'on les amène à en prendre conscience et elles en ressentent honte et culpabilité. »

« Y a-t-il beaucoup de gens de cette espèce ? » demanda Assaji.

« Trop peu. »

Bouddha les amena ensuite au cœur de la bataille : des bandes de soldats se heurtaient face à face et se battaient pêle-mêle dans un tohu-bohu de cris, de coups et de chevaux. Pendant un moment, Bouddha se tint à l'écart. « Que voyez-vous ? » demanda-t-il.

« Carnage et effusion de sang, dit Assaji. Un spectacle sur lequel je n'ai pas envie de jeter les yeux. »

« Regardez mieux, dit Bouddha. Ce sont des gens qui ne peuvent écouter la voix de leur conscience, non parce qu'ils sont mauvais mais parce qu'ils sont engagés dans l'action jusqu'au cou. Vous ne pouvez pas prêcher à quelqu'un qui lutte pour sa survie, que ce soit à la guerre ou dans les petits conflits et les rivalités de tous les jours. »

Bouddha s'approchait de la mêlée lorsqu'un coup d'épée qui avait raté sa cible passa à quelques centimètres de sa tête. Les moines crièrent mais Bouddha tendit la main et attrapa la lame en plein vol. Il l'arracha des mains du soldat, qui le regardait, ébahi. Bouddha tenait solidement dans sa main la lame acérée de l'épée. Voyant son ennemi désarmé, l'autre soldat en profita pour se jeter sur lui. Bouddha tendit la main et saisit également son épée par la lame, puis la lui arracha des mains.

Les deux soldats n'en croyaient pas leurs yeux. « Qui es-tu ? », demanda l'un d'eux en se jetant à genoux.

« Je suis celui dont vous avez besoin maintenant », dit Bouddha.

Il laissa tomber les deux épées sur le sol et continua sa marche au milieu des deux armées. À mesure qu'il s'avançait, les combats prenaient fin. Les soldats demeuraient figés comme des statues, leurs armes arrêtées en plein mouvement. Bouddha laissait ainsi derrière lui un sillon à travers le champ de bataille, comme un faucheur dans un champ de blé. Les cinq moines se hâtaient de le suivre.

« Que se passe-t-il ? » demanda Assaji, essoufflé.

« Qu'est-ce que tu en penses ? dit Bouddha. Tu assistes à un miracle. »

Bouddha traversa ainsi le champ de bataille au complet. « Je vous montre une autre façon de triompher, dit-il. Il est parfois nécessaire de montrer qui vous êtes réellement. Les gens qui sont plongés dans la lutte pour l'existence sont prisonniers de leur illusion. Rappelez-vous seulement une chose : vous êtes fait de lumière et si les circonstances l'exigent, il se peut que vous ayez à en faire la démonstration. »

Assaji demeurait perplexe devant l'admiration que Bouddha inspirait aux soldats, dont certains tenaient même les mains devant leur visage pour protéger leurs yeux. Aux yeux d'Assaji, pourtant, Bouddha paraissait parfaitement normal. « Pourquoi est-ce que je ne le vois pas, moi, ce miracle ? » demanda-t-il.

« Parce que tu es encore plus fou que ces soldats, dit Bouddha avec un sourire. Tu continues à penser que nous allons nous faire tuer. »

À ces mots, Assaji commença à se détendre; il avait été jusque-là aussi tendu que la corde d'un arc. Il poussa une profonde expiration et il vit alors que Bouddha était entouré d'une aura de lumière blanche éblouissante. Ce que les soldats voyaient, c'était un être de lumière se déplaçant au beau milieu de la bataille et c'est ce qui les faisait tomber à genoux.

« Maître, pardonne-moi. Je vois maintenant que tu peux apporter le salut à de grandes multitudes », dit Assaji avec un respect rempli d'admiration.

« Ce n'est pas encore le salut, dit Bouddha. Juste un petit aperçu de la réalité. Tous les hommes sont profondément endormis. Il faudra plus qu'un aperçu pour les réveiller. »

Vappa, qui se tenait tout près et avait tout entendu, dit: « Moi, personne ne me verra jamais de cette façon. »

« Pourquoi pas ? dit Bouddha. Je te vois déjà comme ça. »

Puis il demeura silencieux tandis qu'ils traversaient le cœur de l'affrontement. On entendait encore faiblement les échos de quelques combats, mais aussi loin que l'œil pouvait voir, tous les soldats avaient déposé leurs armes. Il leur fallut une demi-heure pour traverser tout le champ de bataille. Alors, ils aperçurent les tentes des généraux. Bouddha pointa du doigt la plus haute, sur laquelle flottait un drapeau rouge et or. « Mon père. » Les plus vieux généraux accueillirent en tremblant ce prince revenu d'entre les morts; tous les officiers s'inclinèrent bien bas devant lui et tous le suivirent vers la tente royale.

Bouddha ouvrit les portes de la tente et pénétra à l'intérieur. Dans la pièce sombre et chaude, le vieux roi reposait sur un lit de camp. Il s'était endormi en revêtant son armure. Il grognait et se retournait sans arrêt, ses bras lui faisaient mal. Bouddha fit un signe et Assaji le suivit à l'intérieur.

« Je veux que tu sois témoin de tout, dit Bouddha. Mais reste caché pour l'instant. Il ne faut pas qu'il soit trop troublé. »

Assaji recula jusque dans un coin plus sombre. Puis Bouddha s'approcha du lit et toucha son père à l'épaule. Suddhodana ne sursauta pas mais s'éveilla lentement, en se frottant les yeux. Il lui fallut un moment pour comprendre ce qu'il voyait, puis trois mots s'échappèrent un à un de sa bouche, séparés par de longues pauses. « Qui ? Non. Toi ! »

« Ne crains rien, père. » Bouddha embrassa le vieil homme et ils restèrent un moment ensemble, se serrant dans leurs bras; à la grande surprise d'Assaji, Bouddha lui-même pleurait silencieusement. Recouvrant la parole, Suddhodana n'arrivait qu'à émettre de courtes phrases. D'où sortait Siddharta ? Qui avait eu la tête tranchée ? Mais le plus souvent, il s'en prenait à lui-même d'avoir été aussi stupide.

Puis un élan de colère affermit le vieux roi et provoqua une soudaine explosion d'énergie. « Devadatta va payer pour ce qu'il a fait, dit-il d'une voix forte. Il faut que je me batte. Ce n'est pas une place pour toi. Demande à quelques hommes de t'escorter jusqu'au palais. » Suddhodana prit l'armure et le heaume qu'il était en train de revêtir au moment où il s'était endormi. Il évitait de regarder son fils. « Je sais que tu es un moine maintenant, Siddharta, mais si nous ne gagnons pas cette bataille, ton père sera ruiné. » Suddhodana n'avait jamais accepté le choix de son fils et il ne pensait maintenant qu'à une chose : le royaume avait besoin d'un défenseur. Au lieu de l'arrêter, Bouddha se tint en retrait et laissa le vieux roi revêtir son armure lui-même, puis ramasser son épée et sortir en vitesse de la tente.

« Tu vas le laisser se battre ? » demanda Assaji, incrédule.

« C'est un guerrier ; le conflit est dans sa nature », dit Bouddha.

« Mais il y a un instant il pleurait. Et toi, tu pleurais aussi », dit Assaji maladroitement.

« Ça, c'était l'amour, dit Bouddha. L'amour pleure parfois. Il ne faut pas en avoir honte. Avec certaines personnes, un appel à l'amour peut parfois l'emporter. »

« L'amour ne l'a pas empêché de retourner se battre en courant », dit Assaji.

Bouddha ouvrit la porte de la tente. Ils aperçurent les généraux marchant derrière Suddhodana qui exhortait ses hommes au combat comme lorsqu'il était plus jeune. Certains de ses officiers essayaient de le calmer mais il les repoussait avec vigueur. Au bout d'un moment, les officiers montèrent sur leurs chevaux ou sautèrent dans les chariots. Bouddha les regarda se hâter vers le flanc gauche, où des combats clairsemés faisaient encore rage.

« Et s'il se fait tuer ? demanda Assaji anxieusement. N'es-tu pas ici pour sauver ton père ? »

« C'est le moment où la foi entre en jeu, quand plus rien ne semble fonctionner, dit Bouddha se mettant en marche après le départ des soldats. Ne prêchez pas la foi comme on le fait trop souvent, pour tenir les gens tranquilles et les empêcher de penser par eux-mêmes. Ce genre de foi est aveugle et être aveugle ne vaut rien. Ne faites appel à la foi que lorsque l'esprit a lâché prise. »

« Mais abandonner est parfois la chose à faire », protesta Assaji.

« Non, cher ami, ce que tu dis là n'est pas vrai. N'oublie jamais que tout cela est un rêve. » Bouddha promena son regard sur les cadavres des soldats des deux camps, sur les oiseaux charognards qui se nourrissaient de leurs restes, sur les chevaux galopant sans cavalier. « Perdre et gagner sont une seule et même chose. Et les deux ne sont rien. »

Bouddha accéléra le pas. Assaji fit signe aux autres moines de se dépêcher. « Cette journée est importante pour nous, maître. Nous ne l'oublierons jamais », dit-il.

« Toutes les journées sont comme celle-ci, répliqua Bouddha. Vous verrez. »

Ils arrivaient maintenant au cœur de la mêlée où Suddhodana, malgré les supplications de ses officiers, se tenait debout sur ses étriers et criait : « Viens donc te battre, peureux ! Je suis un vieil homme, mais tu ne t'en sortiras pas vivant. »

Il y eut un mouvement dans les rangs ennemis, puis un cavalier solitaire galopa dans l'espace entre les deux armées. C'était Devadatta, recouvert de son armure, l'épée tendue en avant. « Je te tuerais avec plaisir, vieux fou, cria-t-il. Mais la moitié de ton armée est déjà à mes ordres. Rends-toi ou tu verras tes hommes mourir avant le coucher du soleil. »

« Qui est-ce ? » demanda Assaji.

« Je pourrais te donner plusieurs réponses. Mon cousin. Une âme perdue. Un homme prisonnier d'un cauchemar, dit Bouddha. Mais en vérité il s'agit d'un autre aspect de moi-même. »

Élevant la voix, Bouddha appela : « Devadatta ! »

Son cousin regarda de son côté, mais au lieu de paraître surpris, il eut un rire mauvais. « Tu es venu voir mourir ton dernier espoir ? cria-t-il. Dis à ton père de rendre les armes ou je prendrai son trône de force. »

Après avoir convaincu Suddhodana que son fils était mort, Devadatta n'avait pas perdu son temps. Il avait soulevé la dissension dans certaines garnisons de l'armée, promettant plus de batailles et plus d'or une fois que Suddhodana aurait été détrôné. Puis il avait comploté avec Bimbisara, le roi d'un pays voisin, pour qu'il envahisse le royaume et amène les foules à se ranger du côté de Devadatta.

« Arrête-toi, cousin, pour ton propre bien, dit Bouddha en s'approchant. C'est une erreur. »

« Seulement pour ta famille, dit Devadatta amèrement. Vous m'avez retenu prisonnier toute ma vie. »

« La vengeance ne t'appartient pas, dit Bouddha. Soumets-toi et je te promets que tu seras libéré de ta souffrance. »

La colère s'empara de Devadatta. « Me soumettre à toi ? cria-t-il. Toi le faible, le pieux faux jeton. » Il agita son épée en cercles au-dessus de sa tête et éperonna son cheval pour charger. De son côté, Suddhodana avait perdu toute volonté de se battre. Sans avertissement, il avait senti toute son énergie le déserter et il s'était affaissé sur sa selle comme le vieil homme qu'il était.

Prêt à mourir, il ferma les yeux et se mit à prier. Il ne l'avait jamais fait que dans le temple de Shiva, avant de partir à la guerre. Mais il s'inquiétait pour son âme et il demanda à Maya de lui pardonner de l'avoir laissée mourir. Il remercia les dieux de lui avoir permis de vivre assez longtemps pour revoir une dernière fois son fils disparu. Et finalement, puisque telle était sa nature, le roi pria avec ferveur pour que Devadatta meure d'une mort violente et aille directement en enfer. Quand il ouvrit les yeux de nouveau, Suddhodana crut que sa dernière prière avait été exaucée, car Devadatta n'était plus là, le menaçant de son épée. Le traître avait roulé dans la poussière après que sa monture se fut emballée. La confusion se répandit dans les deux camps.

Un moment plus tard, tout devint clair. Au dernier instant, un soldat était sorti des rangs en courant et avait sectionné la sangle qui retenait la selle de Devadatta, le projetant par terre du même coup. Le soldat se tenait maintenant au-dessus de lui et lui enlevait son heaume. C'était Channa. Il cria au roi : « Partez d'ici ! Je ne peux pas tuer toute une armée pour un vieux fou. »

Suddhodana battit en retraite et alla se mettre à l'abri dans les rangs de ses soldats. Devadatta sauta sur ses pieds. Les deux adversaires se mirent à tourner l'un autour de l'autre, l'épée tendue devant eux.

« Alors tu choisis encore des combats que tu ne peux pas perdre, dit Channa d'un ton hargneux. Mais pas aujourd'hui. Aujourd'hui, personne ne devient roi sans d'abord passer par moi. »

Devadatta plongea avec son épée, espérant le tuer net du premier coup. Channa bondit de côté rapidement et son ennemi passa tout droit, perdant presque l'équilibre. Avec un sourire arrogant, Channa lui fit signe de revenir.

« Pourquoi perdre du temps, le railla-t-il. Depuis toujours il est prévu que c'est ce voyou de basse caste qui te tuerait un jour. Et je frotterai un peu de mon sang sur tes blessures pour m'assurer que tu ailles en enfer. »

Devadatta avait repris le contrôle de lui-même et reculait prudemment. Pendant tout ce temps, les cinq moines regardaient Bouddha, attendant qu'il intervienne. « Maître, toute la journée vous nous avez montré les choses que nous pouvons faire, murmura Assaji. Pourquoi reculez-vous maintenant ? »

« Je semble seulement reculer. »

L'autorité dans la voix de Bouddha fit taire Assaji. Devadatta et Chana continuaient à tourner l'un autour de l'autre, portant de petits coups, hésitant, essayant de voir s'ils pouvaient surprendre l'autre hors de ses gardes.

« Toute leur vie les a menés à cet instant, dit Bouddha. Et en un instant toute vie peut-être bouleversée. Voyez comme c'est facile. » Il se pencha et s'empara d'un caillou. Il le lança adroitement et le caillou atterrit juste derrière le talon droit de Devadatta. Celui-ci fit un pas en arrière, glissa sur le caillou et tomba sur un genou. Channa tourna les yeux un bref instant vers les spectateurs. Il avait attaqué Devadatta avec tant d'intensité qu'il n'avait même pas remarqué la présence de Bouddha parmi la foule. Quand il l'aperçut, son visage s'empourpra, mais il ne put s'empêcher en même temps de se jeter sur son adversaire et d'appuyer la pointe de son épée sur sa gorge. Nul ne saura jamais s'il lui aurait ou non porté le coup de grâce, car la voix de Suddhodana retentit avec force. « Non ! Retiens ta main »

Channa hésita ; il savait que s'il désobéissait, il serait exécuté. Il était rempli de confusion, car il devait intégrer dans son esprit le fait que Siddharta était encore en vie juste au moment où il s'apprêtait à venger sa mort. Suddhodana s'approcha.

« Je t'interdis de le tuer, dit-il d'un ton de commandement. Devadatta est encore prince. »

Channa laissa retomber Devadatta et rangea son épée. En signe d'obéissance, il salua en baissant brièvement la tête. C'était le moment que Devadatta attendait. Il leva son épée et frappa Channa par-derrière. La lame lui trancha l'aorte et il s'écrasa d'un coup. Devadatta sauta sur ses pieds, haletant et couvert de sueur. En quelques secondes, les hommes de Suddhodana le capturèrent et le traînèrent à l'écart. Il y eut un moment de confusion dans les rangs ennemis, puis les trompettes sonnèrent et l'armée battit en retraite. Suddhodana donna l'ordre de les laisser aller ; sans Devadatta pour les diriger, les hommes de Bimbisara n'avaient plus qu'à rentrer chez eux la tête basse et les rebelles de l'armée de Suddhodana n'avaient d'autre choix que de les suivre en exil.

Il ne resta plus sur le champ de bataille que Bouddha et les cinq moines, qui étaient en état de choc. « N'était-ce pas ton ami ? demanda Kondana. Maintenant il est mort à cause de toi. »

Bouddha répliqua : « Chaque vie individuelle est tissée à même la grande toile du karma, qui n'a ni commencement ni fin. Jusqu'à ce que vous acceptiez que toute vie est ainsi tissée avec toutes les autres, liée à toutes les autres, vous ne saurez pas qui vous êtes vraiment. »

« Alors Channa doit mourir aujourd'hui ? » demanda Kondana.

« La mort n'est pas la question, dit Bouddha. Aussi longtemps que vous restez pris dans la toile du karma, la mort et la naissance viennent ensemble. Les deux sont inséparables. Trouvez la partie de vous-même qui n'est pas née ; alors vous serez libre à la fois de la mort et de la naissance. »

Tout en leur parlant, Bouddha se dirigeait vers la tente royale. Devadatta était attaché à un poteau et un homme, la tête recouverte d'un capuchon qui lui masquait le visage, s'apprêtait à le fouetter. À côté de lui, sur le sol, il avait déposé un grand cimeterre. Bouddha détourna les yeux et entra dans la tente. Suddhodana se tenait penché au-dessus du lit où Channa reposait, respirant à peine.

« J'ai envoyé chercher un médecin, dit Suddhodana d'un ton lugubre. Mais j'aurais aussi bien pu envoyer chercher un prêtre. »

Bouddha s'agenouilla à côté du lit. « Que puis-je faire pour toi, cher Channa ? »

Ses mots semblèrent redonner vie au moribond. Il battit des paupières et ouvrit faiblement les yeux. Mais au lieu de regarder Bouddha, il posa sur Suddhodana un regard amer. « Ton orgueil m'a tué », dit-il. Quelque chose semblait obstruer sa bouche et un filet de sang apparut sur ses lèvres.

« Regarde-moi, dit Bouddha avec douceur, pas lui. »

« Je ne peux pas. J'ai péché contre toi. »

« Pourquoi parles-tu de péché ? Tu crois que tu vas mourir ? » demanda Bouddha. Sa voix était si calme et tendre que Channa ne put s'empêcher de le regarder longuement. « Je suis venu te montrer celui qui n'est pas né et qui par conséquent ne peut pas mourir. »

Bouddha ferma les yeux de Channa. Personne ne sut jamais ce qu'il lui fit voir, mais cette vision amena sur son visage un sourire de profonde béatitude. En extase, il fit entendre un cri étouffé, puis sa tête retomba sur l'oreiller. On aurait pu prendre son immobilité pour celle de la mort, sauf pour le léger mouvement de sa poitrine qui se soulevait et s'abaissait régulièrement.

« Comment peut-il vivre encore avec une pareille blessure ? » demanda Assaji.

« C'est le seul avantage du rêveur, dit Bouddha. Vous ne pouvez être tué à moins que vous ne le vouliez. Laissons-le décider. Ce n'est le rêve de personne d'autre que Channa. Il fera ce qu'il fera. »

Bouddha s'approcha de Suddhodana, si bouleversé par tout ce qui s'était produit ce jour-là qu'il semblait sur le point de défaillir, et il l'entraîna à l'extérieur avec tous ceux qui étaient encore là. Le vieil homme permit à Bouddha de le soutenir, mais quand il aperçut Devadatta, qu'on avait fouetté avec tant de force qu'il en était inconscient, la colère le fit se ressaisir. Il se préparait à donner l'ordre qu'on ranime ce traître pour qu'il puisse être bien conscient de sa propre exécution, lorsqu'il remarqua quelque chose : autour de lui, tous les gens se prosternaient devant Bouddha, certains en mettant un genou par terre, d'autres en s'allongeant devant lui sur le sol.

« Pourquoi font-ils cela ? » demanda Suddhodana.

« Je vais t'expliquer, dit Bouddha. Au fond de ton cœur, tu ne penses qu'à tuer Devadatta, même si tu l'as vaincu et qu'il est sans défense. » Le vieux roi baissa légèrement la tête mais ne nia pas. Bouddha dit : « Celui qui tue un tueur endosse son karma et ainsi la roue de la souffrance ne s'arrête jamais. Arrêtons-la ici, aujourd'hui, pour toi. » Son père frissonna, approuvant d'un signe de tête à peine perceptible. « Je vais te montrer comment faire de ce lieu un royaume de paix », dit Bouddha.

Personne ne le vit faire quoi que ce soit de particulier, mais ce fut comme s'il avait chassé les nuages qui voilaient les rayons du soleil. L'humeur guerrière fut tout à coup balayée ; l'atmosphère redevint calme et pure.

Regardant autour d'eux, les soldats sakyens semblaient ne pas reconnaître l'endroit où ils étaient. Plusieurs regardaient leurs armes comme s'ils n'avaient jamais vu ces étranges outils.

Bouddha se pencha vers Assaji et lui glissa à l'oreille. « J'inaugure ce nouvel âge pour que vous puissiez le continuer pour toujours. Souviens-toi de mes paroles. »

On trancha les liens qui retenaient Devadatta, toujours inconscient, et on emporta son corps. Il se réveilla cette nuit-là dans sa chambre au palais. La pièce fut scellée et fermée hermétiquement et on monta la garde devant la porte pendant trois jours tandis qu'il réfléchissait à ce qui lui était arrivé. Au début, il se sentit simplement vide et engourdi. Être au service du mal lui fournissait énormément d'énergie et il ne parvenait plus à la retrouver. La nuit du troisième jour, il tâta la poignée de la porte et s'aperçut que sa chambre n'était plus fermée. Prudemment, il regarda des deux côtés du corridor. Personne. Des bruits venaient du grand hall et, après s'être demandé s'il devait s'enfuir, il se sentit attiré dans cette direction. Les violents coups de fouet qu'il avait reçus avaient brouillé ses souvenirs et il n'était même plus certain de la façon dont la bataille avait pris fin, qui l'avait gagnée, ou qui était roi.

Personne ne le vit s'attarder à l'entrée du hall. Une grande fête battait son plein. Toute la cour était assise à table tandis que les serviteurs allaient et venaient avec des plateaux de viande et de riz au safran, de mangues mûres et de petits fruits trempés dans le miel. Assis au bout de la table, Suddhodana présidait le banquet. À côté, assis à une table plus basse, Bouddha et les cinq moines mangeaient du riz et des lentilles. La pièce était remplie d'une joie sereine que le palais n'avait pas connue depuis longtemps.

Devadatta s'arrêta un instant à l'entrée et observa la salle, puis se retourna et partit.

Assis à la droite de Bouddha, Assaji demanda : « Tu as vu ? »

« Oui. »

« C'était ton ennemi juré et maintenant tu le laisses partir ? »

« S'il y a une personne au monde qui ne pourra jamais me quitter, dit Bouddha, c'est Devadatta. C'est la grâce qu'il a reçue, mais il la voit comme une malédiction. Il est retenu à moi par un fil qu'il ne pourra jamais rompre. »

« Alors il reviendra ? » demanda Assaji, pas très heureux à cette idée.

« Avons-nous le choix ? dit Bouddha. Quand votre haine pour quelqu'un vous obsède, il est inévitable que dans une autre vie vous deveniez son disciple. »

« Maître, j'espère seulement qu'il se sera amélioré quand il reviendra », dit Assaji d'un ton sceptique.

« Il sera toujours aussi fier et aussi arrogant, dit Bouddha. Mais ça n'aura pas d'importance. Le feu de la passion finit toujours par s'éteindre. Alors vous fouillez dans les cendres et vous trouvez une pierre précieuse. Vous la ramassez ; vous la regardez, sans en croire vos yeux. Le joyau reposait en vous pendant tout ce temps. Il est à vous pour toujours. C'est *bouddha.* »

Épilogue

Un conteur ne demanderait pas mieux que de terminer la vie de Bouddha sur une note spectaculaire. C'est ce que nous attendons en retenant notre souffle. Il y a eu ce début en forme de conte de fées, avec un beau prince charmant puis, au deuxième acte, un moine mendiant qui connaissait toutes sortes d'épreuves et de souffrances et tout a culminé au moment où Bouddha a atteint l'illumination en une seule nuit au pied de l'arbre bodhi. Comment cette vie étonnante s'est-elle terminée finalement ?

De façon bien terre à terre, à vrai dire. Bouddha vécut paisiblement durant quarante-cinq ans encore, parcourant le nord de l'Inde et acquérant par son enseignement une grande renommée. Il mourut à l'âge vénérable de quatre-vingts ans, après avoir mangé de la viande de porc avariée, une façon bien prosaïque et même un peu embarrassante de quitter la vie.

Pour combler notre besoin d'intrigues dramatiques, nous devrons plutôt nous tourner vers les personnages secondaires de l'histoire. Ceux qui étaient les intimes de Siddhartha furent à nouveau réunis dans la joie. Sa femme Yashodhara et son fils Rahula devinrent tous deux ses dévots, ce qui paraît tout à fait naturel. Ils conservèrent l'estime de tous jusqu'à la fin de leurs jours. D'autres personnages connurent un sort plus curieux. La communauté toujours grandissante des moines réunis autour de Bouddha, le Sangha, finit par accueillir deux figures inattendues, son cousin et vieil ennemi Devadatta ainsi que le brave Channa. Selon la tradition, Devadatta demeura arrogant et plein d'animosité; même une fois devenu disciple il continua à causer des problèmes. Dans un épisode fameux, il essaye de tuer Bouddha en provoquant une avalanche; dans une it boire de l'alcool à un éléphant et, une fois celui-ci ivre, le contre son cousin, sans succès. Comme il arrive souvent, le p... ge du méchant est trop amusant pour qu'on le laisse partir et il existe d'autres histoires qui mettent en scène des intrigues politiques avec Ajatashatru, le prince d'un pays voisin, de même que des récits plus prosaïques où Devadatta s'oppose aux règles conçues par Bouddha pour les moines. Pas facile pour un conteur de trouver de bonnes histoires dans les petites chicanes d'un ashram.

Obéir aux règles ne faisait pas non plus partie du caractère de Channa. Ayant abandonné son rôle de guerrier et de conducteur de char, Channa souffrait d'en être réduit au statut de simple moine. L'orgueil était son plus grand défaut. Il ne laissait jamais passer une occasion de rappeler qu'il avait été le meilleur ami de Siddhartha. Il traitait Bouddha avec une familiarité exagérée, ce qui créait un malaise chez les autres disciples. Bouddha lui-même finit par ne plus pouvoir tolérer les frasques de Channa. Le maître des disciples, Ananda, qui était le cousin de Bouddha, fut envoyé pour le réprimander. À partir de là, les versions diffèrent : dans l'une, Channa accepte à contrecœur les reproches qui lui sont faits ; dans l'autre, il sombre dans un profond désespoir et finit par se suicider.

Mais nous aurions tort d'être déçus par notre héros. L'illumination n'était que le début de l'ascension spirituelle de Bouddha, qui fut spectaculaire à tous les points de vue. Le bouddhisme bouleversa la vie spirituelle de l'Inde comme un tremblement de terre, ébranlant les privilèges de la caste des brahmanes et redonnant leur dignité spirituelle même aux plus méprisés des intouchables.

Comme un vent puissant, Bouddha balaya les temples et avec une simplicité qui tenait du génie il résuma l'essence de la condition humaine en un mot : la souffrance. Si la souffrance est une constante dans toute vie, dit-il, alors tant que la souffrance n'aura pas pris fin, l'illumination est vaine. De même est-il vain de parler de Dieu ou des dieux, du ciel et de l'enfer, de péché, de rédemption, d'âme et de tout le reste. C'était là une réforme en profondeur et qui ne réussit qu'en partie. Les gens voulaient un Dieu. Bouddha refusait d'en parler et refusait même de discuter de son existence. Il nia toujours fermement être lui-même divin. Les gens cherchaient le réconfort des rituels et des cérémonies. Bouddha les fuyait. Il voulait que chacun regarde au fond de lui et trouve la libération au cours d'un voyage personnel qui commençait dans l'univers physique et se terminait dans le nirvana, la conscience pure et éternelle. Le nirvana est présent en chacun, enseignait-il, mais il est comme l'eau pure qui repose dans les profondeurs de la terre. Le trouver demande de la concentration, de la dévotion et un travail diligent.

Il n'est pas étonnant que l'appel de Bouddha se soit avéré à la fois si attirant et si difficile à suivre. La Voie du Milieu, ainsi nommée parce qu'elle n'est ni trop dure ni trop facile, paraît très attrayante, mais le voyage vers le nirvana est un voyage solitaire et on n'y croise pas beaucoup de paysages rieurs. Pourtant personne n'a remis en question cet enseignement. Tout ce que Bouddha enseigne découle logiquement de la première des quatre Nobles Vérités, la première dont il ait parlé aux moines après avoir été illuminé : la vie est souffrance. Les trois vérités suivantes semblent sortir tout droit de la psychothérapie moderne plutôt que d'une religion conventionnelle.

Première Noble Vérité : L'existence est souffrance.
Deuxième Noble Vérité : La souffrance a une cause et nous pouvons la connaître.
Troisième Noble Vérité : Nous pouvons mettre fin à la souffrance.
Quatrième Noble Vérité : Le chemin pour mettre fin à la souffrance se divise en huit parties.

Nous débordons maintenant de notre rôle de conteur, puisque ces quatre simples énoncés provoquèrent une explosion théologique qui se répandit à travers l'Asie et le reste du monde. Pendant plus de quatre décennies d'enseignement, Bouddha forma un noyau de disciples totalement dévoués à la voie bouddhiste qui traversèrent l'Himalaya et voyagèrent partout où leurs sandales pouvaient se rendre. La liste des pays dont ces ascètes itinérants ont révolutionné la culture est proprement stupéfiante : le Tibet, le Népal, la Chine, le Japon, la Corée, le Sri Lanka, la Thaïlande, le Cambodge, la Birmanie, le Vietnam, jusqu'en Malaisie et en Indonésie. Dans plusieurs de ces endroits, une poignée de missionnaires bouddhistes donnèrent littéralement naissance à une nouvelle culture. Devant ce succès, tout observateur ne peut que s'incliner avec respect.

Pourquoi les gens acceptèrent-ils ce nouvel enseignement si facilement ? Parce que la première noble vérité était un fait indéniable. Les gens savaient bien qu'ils souffraient et les anciennes religions, au lieu de leur montrer comment s'en sortir, leur proposaient comme seules réponses des dogmes, des prières, des rituels et ainsi de suite. Bouddha pour sa part pouvait simplement s'installer sur la place d'un village et dire : « Voici huit choses qui vont vous apporter la paix plutôt que la souffrance. » L'octuple chemin demande que chacun transforme son esprit, qu'il en retire ce qui est faux, inefficace ou lié à des superstitions et qu'il remplace ces façons de penser usées par une clarté grandissante. En d'autres mots, le processus de l'éveil vécu par Bouddha en une seule nuit devient, dans l'octuple chemin, le programme de toute une vie :

- la vision juste (ou la compréhension juste) ;
- l'intention juste (ou la pensée juste) ;
- la parole juste ;
- l'action juste ;
- les moyens d'existence justes ;
- l'effort juste ;
- l'attention juste ;
- la concentration juste.

Certains points semblent aller de soi. Nous parlons et agissons tous de façon vertueuse, du moins nous aimons le penser. Nous ne voulons pas que nos efforts soient inutiles ou nos intentions mauvaises. D'autres points demandent un peu plus d'éclaircissements. Qu'est-ce que l'attention juste ? La concentration juste ? Ces concepts sont enracinés dans les différentes pratiques de la méditation rattachées au yoga, que Bouddha réforma aussi et mit à la portée de tous.

En tant que conteur, je sentais que ce n'était pas à moi de me faire le propagandiste du bouddhisme. J'ai compris qu'il valait mieux laisser ce rôle à ceux qui sont aujourd'hui les homologues modernes des moines errants qui ont été les premiers à prêcher le bouddhisme. Je n'ai pas l'intention de leur marcher sur les pieds. Mais j'aimerais m'adresser à vous, lecteurs, qui avez peut-être entendu parler de Bouddha ici pour la première fois et sans aucune préparation. C'est de cette façon que j'ai découvert Bouddha moi-même et je me suis aussitôt posé la question la plus évidente : Qu'est-ce que cet enseignement peut faire pour moi ? Vais-je y trouver quelque chose qui va m'ouvrir les yeux et m'éveiller sur le champ ?

Personnellement, j'y ai trouvé trois choses. On les appelle les trois sceaux du Dharma ou, en bon français, les trois faits fondamentaux concernant l'Être. Ils m'ont touché beaucoup plus profondément que la Voie du Milieu, à cause de leur universalité, qui s'étend bien au-delà des frontières de la religion.

1. Dukkha
La vie est insatisfaisante. Dans le monde physique, le plaisir est éphémère. La souffrance le suit inévitablement. Ainsi donc, rien de ce que nous vivons ne peut être profondément satisfaisant. Il n'y a pas de repos possible, car tout change continuellement.

2. Anicca
Rien ne dure. Toute expérience est emportée dans un courant perpétuel. Les causes et les effets se succèdent sans fin et leurs rapports sont confus. Ainsi donc personne ne peut trouver la clarté ou la permanence.

3. Anatta
On ne peut se fier à l'ego individuel, séparé, car tout compte fait il n'a même pas d'existence réelle. Nous plaquons des mots comme *âme* et *personnalité* sur quelque chose de fuyant et de fantomatique. Nos tentatives pour rendre l'ego réel n'ont pas de fin, car elles ne peuvent réussir. Ainsi donc, pour nous rassurer, nous nous accrochons à une illusion.

Quelqu'un peut-il lire ces lignes sans en être profondément troublé ? Bouddha n'était pas seulement un gentil professeur qui voulait que les gens trouvent la paix. C'était aussi un chirurgien radical qui procédait à leur examen et leur disait : « Pas surprenant que vous vous sentiez malade. Toutes ces choses sans réalité ont fini par prendre toute la place et maintenant vous devez vous en débarrasser. » Naturellement, un grand nombre de ses auditeurs retournaient en vitesse à leur religion traditionnelle ou revenaient au matérialisme qui nous assure que le corps, l'esprit et le monde physique sont absolument réels.

Pourquoi accepterions-nous la parole de Bouddha lorsqu'il nous dit qu'ils ne le sont pas ? C'est là, je pense, la question cruciale. Il n'est pas très difficile d'accepter que notre propre vie est tissée de souffrance, et pas beaucoup plus difficile d'admettre que le mouvement et le changement perpétuels nous condamnent à l'insatisfaction. Les deux faits semblent psychologiquement évidents. Mais accepter que le monde entier et tous ceux qui en font partie sont une illusion ? Voilà un énorme défi et, pour y faire face, nous devrons transformer complètement notre manière de penser.

Le mot illusion a un grand nombre d'acceptions et certaines de ces illusions sont très attrayantes. L'illusion par exemple, lorsque vous tombez en amour, que cela durera toujours. L'illusion que vous ne mourrez jamais. L'illusion que le bonheur est dans l'ignorance. Bouddha vit bien le danger qui se cachait derrière ces tentations. Il ne lui arrivait pas souvent d'avoir des mots durs, mais je peux l'imaginer faisant éclater toutes ces bulles : l'amour finit un jour, tout le monde meurt, l'ignorance est folie. Mais s'il s'était arrêté là, Bouddha serait devenu un ennuyant moraliste.

Sa définition de l'illusion est si absolue qu'elle glace presque le sang. Tout ce qui peut être vu, entendu ou touché n'est pas réel. Tout ce à quoi vous vous accrochez et croyez permanent n'est pas réel. Tout ce que l'esprit peut penser n'est pas réel. Cela laisse-t-il quelque chose à l'abri de l'emprise dévastatrice de l'illusion ?

Non.

Pourtant, une fois que nous avons surmonté ce choc, Bouddha déclare qu'avec un changement de conscience, la réalité se révèle telle qu'elle est. Non pas comme une chose. Non pas comme une sensation. Pas même comme une parcelle de pensée. La réalité est purement elle-même. C'est la base de l'existence, la source à partir de laquelle tout le reste est projeté. En termes très simples, le bouddhisme échange un monde de projections infinies pour le seul état d'Être. Une liberté si totale qu'elle n'a pas besoin de penser à la liberté ou de prononcer son nom.

Ce qui m'amène à la raison subversive pour laquelle j'ai choisi d'écrire un livre sur la vie de Bouddha. En racontant son histoire de l'intérieur (au début, j'ai pensé intituler ce livre : *Moi, Bouddha*), je pouvais retracer toutes les étapes qui l'avaient amené à cesser de croire à la réalité du monde. Son histoire n'est pas vraiment celle d'un prince romantique, d'un moine souffrant ou d'un saint triomphant. C'est le voyage universel d'une âme qui, au début, est endormie et qui, à la fin, s'est éveillée. Siddhartha s'est éveillé à la vérité, ce qui paraît merveilleux, mais cette vérité a totalement anéanti son ego. Elle a renversé chacune de ses croyances, purifié chacun de ses sens et apporté une totale clarté dans son esprit où régnait la confusion. En somme, ce livre a été une sorte d'entreprise de séduction pour amener le lecteur étape par étape vers une vision qu'aucun d'entre nous n'a été préparé à connaître. Selon la vision de Bouddha, la racine de la souffrance est l'illusion et la seule façon de sortir de cette illusion est d'arrêter de croire à l'ego individuel et au monde qui lui sert de support. Aucun message spirituel n'a jamais été aussi radical. Aucun ne demeure aussi terriblement urgent.

L'art du non-agir

Guide pratique du bouddhisme

Si vous avez été inspiré par la vie de Bouddha, le plus important est de ne pas le laisser vous glisser entre les doigts. Ce qui peut facilement arriver, d'abord et avant tout parce que Bouddha lui-même ne voulait pas que ses disciples s'attachent à lui. Bouddha était comme une supernova qui explose dans le ciel, projetant sa lumière dans toutes les directions. Avant l'explosion, vous pouviez le situer quelque part en un point de l'espace et du temps. Il était comme tout le monde, aussi brillant et charismatique fut-il. Mais après cette explosion que fut l'illumination, il se changea en quelque chose d'autre, quelque chose de tout à fait impersonnel. Appelez cela comme vous voulez, pur esprit, essence ou sagesse transcendante. Quel que soit le nom, il avait cessé d'être une personne, ce qui donne lieu à quelques difficultés. Comment fait-on pour suivre un maître qui est partout à la fois ?

Je peux facilement m'imaginer assis en compagnie d'un de mes lecteurs qui me poserait la question suivante, laquelle en entraînerait à son tour quelques autres.

Comment suis-je censé suivre l'enseignement de quelqu'un qui insistait continuellement sur le fait qu'il n'était plus une personne et qu'il n'avait pas d'ego ?

Idéalement, en faisant la même chose que lui, en abandonnant votre propre ego. Ce qui semble impossible, puisque c'est votre ego qui subit sa fascination. C'est votre ego qui souffre et qui veut se débarrasser de sa souffrance. Le message primordial du bouddhisme est que l'ego ne peut rien faire de réel. Il doit trouver une façon de disparaître, comme Bouddha l'a fait.

L'ego atteint son but en n'étant pas l'ego ? Cela semble paradoxal.
Oui, mais les bouddhistes ont trouvé trois voies pour vivre la sagesse que leur maître leur avait enseignée. La première est sociale : les disciples se regroupent dans une communauté ou Sangha, comme le groupe de moines et de moniales qui s'étaient réunis autour de Bouddha lorsqu'il vivait. Le Sangha existe pour nous permettre de vivre un mode de vie spirituel. Les gens se rappellent entre eux l'enseignement et gardent vivante la vision bouddhiste. Ils méditent ensemble et créent une atmosphère de paix.

La deuxième façon de vivre la sagesse de Bouddha est éthique ; elle est axée sur la compassion. Bouddha fut connu sous le nom du Tout Compatissant, un être qui aimait toute l'humanité sans porter de jugement. L'éthique bouddhiste applique la même attitude à la vie de tous les jours. Un bouddhiste s'exerce à être aimable et à voir les autres sans les juger, mais il fait montre d'un surcroît d'amour et de respect pour la vie elle-même. La morale ou l'éthique bouddhiste est pacifiste, tolérante et joyeuse.

La troisième façon de vivre la sagesse du Bouddha est la voie mystique. Vous tenez pour essentiel l'enseignement relatif au non-ego. Vous faites tout ce que vous pouvez faire pour briser les liens de l'attachement qui vous retiennent prisonnier de l'illusion que vous êtes un moi séparé, individuel. Votre objectif ici est de quitter sur la pointe des pieds le monde matériel tandis que votre corps y demeure. Les gens ordinaires s'agitent toute la journée, mais vous dans votre cœur vous avez centré votre attention sur le non-agir, comme disent les bouddhistes. Le non-agir n'est pas la passivité mais un état d'ouverture à toutes les possibilités.

Si je pratique le non-agir, de quelle façon vais-je agir ? Cela ressemble encore à un paradoxe.
La troisième voie nous met face à l'aspect le plus énigmatique de Bouddha. Comment pouvez-vous vous débarrasser du moi individuel, séparé, quand c'est la seule chose que vous connaissez ? La façon d'y arriver paraît redoutable, entre autres parce qu'elle ne comporte aucune garantie. Une fois que vous aurez réussi à « tuer l'ego », comme on dit souvent, que va-t-il rester ? Vous serez peut-être illuminé, mais peut-être aussi serez-vous simplement vide, un non-ego passif sans curiosité ni désirs. Les gens trouvent la voie bouddhiste difficile parce qu'elle leur demande de remettre en question toutes les choses dont nous pensons qu'elles constituent un progrès dans notre vie – l'argent, les biens

matériels, le statut social, le succès – et de les considérer comme une source de souffrance. Par exemple, avoir de l'argent ne cause pas directement la souffrance, mais cela vous rattache plus fortement au monde de l'illusion en masquant le fait qu'il y a une autre façon de vivre qui, elle, est vraiment réelle. L'argent, comme nos possessions et notre statut, crée un engrenage qui engendre désir après désir.

L'illumination est donc la même chose que de ne pas avoir de désirs ?

Ici, vous devez comprendre « pas de désirs » dans un sens positif, comme une plénitude, dans le sens où vous êtes comblé. Un musicien, quand il joue sur une scène, atteint un état de non-désir parce qu'il se sent comblé. Au moment où vous mangez un plantureux repas, votre faim est comblée. Bouddha enseignait qu'il y a un état, appelé nirvana, où le désir n'a plus cours. Tout ce que le désir essaye d'atteindre et de réaliser existe déjà dans le nirvana. Vous n'avez pas besoin de vous lancer à la poursuite d'un objet de désir après l'autre dans une quête futile pour mettre fin à la souffrance. Vous allez directement à la source de l'Être, qui n'est ni pleine ni vide. Elle est, simplement.

A-t-on encore le goût de vivre après cela ?

Dans le nirvana, il n'est plus question de vie et de mort, qui sont des opposés. Bouddha voulait libérer les gens de tous les opposés. Si vous suivez son enseignement en pratiquant la seconde voie, celle de la moralité et de l'éthique, alors il est important pour vous d'être bon, sincère, non violent et plein de compassion. Vous ne pouvez pas adopter le comportement contraire. Mais si vous suivez la troisième voie, la voie mystique du non-agir, la dualité est cela même que vous essayez de fusionner avec ce à quoi vous essayez de mettre fin. Vous devez donc aller au-delà du bien et du mal et c'est ce qui fait peur à beaucoup de gens.

Qu'est ce que le non-ego ?

C'est celui que vous êtes quand vous n'avez plus de liens, plus d'attachements personnels. Cela semble mystique mais nous ne devons pas nous laisser repousser par des questions de sémantique. Le non-ego est naturel ; il est enraciné dans l'expérience de tous les jours. Quand vous vous réveillez le matin, avant que votre esprit ne commence à s'emplir de toutes les choses que vous avez à faire dans la journée, il existe un moment de ce genre. À ce moment-là, vous existez sans ego. Vous ne pensez pas à votre nom ou à votre compte de banque, vous ne pensez même pas à votre épouse ou à vos enfants. Vous êtes, c'est tout. L'illumination prolonge cet état et l'approfondit. Vous n'avez plus à vous soucier de vous rappeler qui vous êtes, plus jamais.

Quand je me réveille le matin, je me rappelle qui je suis presque immédiatement. Comment cela peut-il changer ?
En déplaçant graduellement votre centre d'attention, votre rapport à vous-même. Prenez, par exemple, votre rapport avec votre corps. Vous l'oubliez presque complètement. Battements de cœur, métabolisme, température, équilibre électrolytique – ce sont des dizaines de processus qui fonctionnent de façon automatique et votre système nerveux les coordonne parfaitement sans intervention de votre esprit conscient. Bouddha suggère que vous pouvez de la même manière laisser aller bien des choses que vous croyez fermement devoir contrôler. Au lieu de consacrer autant d'efforts et d'énergie à penser, à planifier, à courir après le plaisir et à éviter la souffrance, vous pouvez tout abandonner et laisser ces fonctions s'accomplir automatiquement elles aussi. On y parvient graduellement par une pratique appelée l'attention.

Vous voulez dire que j'arrête simplement de penser ?
Vous arrêtez de vous investir dans la pensée parce que, comme Bouddha nous l'a enseigné, nous n'avons jamais contrôlé notre esprit de toute façon. L'esprit est une suite d'événements éphémères et transitoires, et vouloir vous enraciner dans ce qui est transitoire est une illusion. Le temps est exactement la même chose, une suite d'événements fugitifs qui n'ont pas de base solide. Une fois que vous avez compris cela, vous le mettez en pratique par l'attention. Chaque fois que vous êtes tenté de tomber dans l'illusion, vous vous rappelez à vous-mêmes qu'elle n'est pas réelle. D'une certaine façon, un meilleur terme pourrait être « ré-attention », ou « rappel à soi ».

Le processus de déplacer votre centre d'attention demande du temps. C'est une évolution, pas une révolution. Nous sommes tentés de choisir entre A et B. La dualité nous porte à croire que prendre les bonnes décisions et éviter les mauvaises est de la plus grande importance. Bouddha n'est pas d'accord – il dit que le plus important est de sortir de la dualité et que vous n'y échapperez pas tant que vous continuerez à vous enfoncer plus profondément dans le petit jeu du « A ou B ? » La réalité n'est pas A ou B. Elle est à la fois les deux et aucun des deux. L'attention vous permet de rester conscient de ce fait.

Comment puis-je comprendre « à la fois les deux et aucun des deux » ?
Vous ne pouvez pas, pas avec le mental. L'esprit est fondamentalement une machine qui décode le monde en utilisant seulement deux catégories : « Je veux ceci » et « Je ne veux pas cela ». Bouddha nous a enseigné que nous pouvons sortir de la machine et simplement la regarder fonctionner. Vous assistez en témoin à cet incroyable fouillis de désirs, de peurs, de souhaits et de souvenirs qu'est votre mental. Quand vous vous habituez à pratiquer cela en méditant, les choses changent. Vous commencez à prendre conscience de vous-même d'une façon plus simple, sans tout ce fatras mental. Avec le temps, votre centre d'attention se déplace et l'espace entre les pensées – l'intervalle silencieux – prend plus d'importance que les pensées elles-mêmes.

Est-ce le nirvana ?
Non, c'est seulement un signe que vous pratiquez l'attention avec succès. L'intervalle silencieux entre les pensées passe trop rapidement pour qu'on puisse y demeurer. Vous devez donner à cet intervalle une chance de se développer et, ce faisant, le silence s'approfondit. Cela peut sembler étrange, mais votre esprit peut demeurer silencieux en même temps qu'il pense. Ordinairement, le silence et la pensée sont considérés comme des opposés, mais quand vous allez au-delà des contraires, ils fusionnent. Vous vous identifiez à la source intemporelle plutôt qu'aux pensées qui en émergent.

Quels avantages cela apporte-t-il ? À supposer que je mette le temps et les efforts nécessaires pour parvenir à un tel état ?
On peut parler des avantages qu'on en retire en termes élogieux et qui semblent très attrayants. Vous trouvez la paix ; vous ne souffrez plus. La mort ne vous fait plus peur. Vous vous sentez ancré de façon inébranlable dans votre propre Être. En réalité, les avantages varient selon les individus et se manifestent à leur propre rythme. Chacun de nous vit dans un état différent de non-réalité qui est lui est hautement personnel. Je peux avoir un tempérament obsessif alors que la personne à côté de moi est anxieuse et que son voisin est déprimé. Dans la méditation, ces nœuds de discorde et de conflit commencent

à se dénouer spontanément. Mais ce développement se fait de façon progressive. Chacun suit à sa façon le chemin vers la paix, la non-souffrance, l'absence de peur et tout ce dont Bouddha nous a donné l'exemple.

Vue de l'extérieur, cette troisième façon de vivre les enseignements de Bouddha semble mystérieuse, mais avec le temps elle devient aussi naturelle que la respiration. Si le bouddhisme demeure vivant aujourd'hui et se répand partout dans le monde, c'est justement parce qu'il est si flexible et si ouvert. Vous n'avez pas à suivre un ensemble de règles et de prescriptions ou à prier un Dieu ou des dieux. Vous n'avez même pas besoin d'être religieux ou « spirituel ». Tout ce que vous avez à faire est de regarder à l'intérieur de vous et d'aspirer à devenir transparent, limpide, à vous réveiller et à être complet. Le bouddhisme mise sur le fait que chacun possède au moins l'embryon de ces motivations. L'attention et la méditation forment la base de la pratique bouddhiste – même si chaque groupe et chaque professeur possèdent un angle d'approche particulier. Le zazen, le type de méditation bouddhiste pratiquée au Japon, n'est pas le même que la méditation Vipassana du sud de l'Asie. En fin de compte, pourtant, le bouddhisme est un « projet à faire soi-même » et c'est là le secret de son attrait pour le monde contemporain. Car au bout du compte, ne sommes-nous pas tous intéressés avant tout par notre propre souffrance et par ce que nous réserve notre destin individuel ? Bouddha n'eut besoin de rien d'autre comme point de départ et sa promesse est que cette voie mène à l'éternité.

Remerciements

D'abord et avant tout, je tiens à remercier mon ami le réalisateur Shekhar Kapur, dans l'imagination duquel ce projet a pris naissance. Ensemble, nous avons passé de longues et passionnantes heures à essayer d'imaginer la vie de Bouddha. Sans sa contribution, les meilleures parties de ce livre n'auraient jamais vu le jour.

Merci également à Gideon Weil, mon conseiller littéraire, qui m'a fait part de ses suggestions précieuses à chaque étape de mon travail et qui est intervenu aux moments précis où il le fallait. Et, comme toujours, merci à ma famille et à tous ceux du Chopra Center qui m'ont apporté leur soutien et leur amour. Je vous en suis profondément reconnaissant et j'espère que vous serez fiers de ce livre.